冯其庸评点《红楼梦》 五

曹雪芹 著
无名氏 续
冯其庸 评点

青岛出版社

第七十八回　老学士闲征姽婳词
　　　　　　　痴公子杜撰芙蓉诔

　　话说两个尼姑领了芳官等去后,王夫人便往贾母处来省晨,见贾母喜欢,便趁便回道:"宝玉屋里有个晴雯,那个丫头也大了,而且一年之间,病不离身。我常见他比别人分外淘气,也懒。前日又病倒了十几天,叫大夫瞧,说是女儿痨。信口就说晴雯是痨病,则其用心之险可知。因痨病是传染病,得此病者,决不能留也。所以我就赶着叫他下去了。若养好了,也不用叫他进来,就赏他家配人去也罢了。再,那几个学戏的女孩子,我也作主放出去了。一则他们都会戏,口里没轻没重,都会混说,叫这些女孩儿们听了,如何使得?又另加一种罪名。二则他们既唱了会子戏,白放了他们,也是应该的。况丫头们也太多,若说不够使,再挑上几个来,也是一样。"

一个表面上端庄正经的王夫人,却能随口给人胡编罪名,说晴雯是痨病,无异置晴雯于死地,说芳官等是"口里没轻没重混说",以此作为逐出大观园的理由。

　　贾母听了,点头道:"这倒是正理,我也正想着如此呢,但晴雯那丫头,我看他甚好,怎么就这样起来。我的意思,这些丫头的模样爽利言谈针线都不及

贾母倒说晴雯好。贾母喜欢漂亮的,王夫人喜欢笨拙粗陋的。贾母于生活很讲究美,头脑也比王夫人灵清。此两人之区别也。若晴雯事由贾母处理,或不致无辜受冤乎?

他，将来只他还可以给宝玉使唤得。谁知变了。"

王夫人笑道："老太太挑中的人原不错。只怕他命里没造化，所以得了这个病。俗语又说，'女大十八变'。况且有了本事的人，未免就有些调歪。老太太还有什么不曾经验过的。三年前，我也就留心这件事。先只取中了他，我便留心。冷眼看去，他色色虽比人强，只是不大郑重。若说郑重、知大礼，莫若袭人第一。虽说贤妻美妾，然也要性情和顺、举止郑重的更好些。就是袭人，模样虽比晴雯略次一等，然放在房里，也算得一二等的了。况且行事大方，心地老实，_{袭人的老实，实与王夫人一样。}这几年来，从未逢迎着宝玉淘气。凡宝玉十分胡闹的事，他只有死劝的。因此品择了二年，一点不错了，我就悄悄的把他丫头的月分钱止住，我的月分银子里批出二两银子来给他。不过使他自己知道，越发小心效好之意。且不明说者，一则宝玉年纪尚小，老爷知道了，又恐说耽误了书；二则宝玉再自为已是跟前的人，_{其实早已是跟前人了。}不敢劝他、说他，反倒纵性起来。所以直到今日，才回明老太太。"

贾母听了，笑道："原来这样，如此更好了。袭人本来从小儿不言不语，我只说他是没嘴的葫芦。既是你深知，岂有大错误的。而且你这不明说与宝玉的主意更好。且大家别提这事，只是心里知道罢了。我深知宝玉将来也是个不听妻妾劝的。我也解不过来，

侧批：
王夫人竟然欺骗贾母。

着力保举袭人。

自认是老实的王夫人，也会当面欺骗贾母，故王夫人之老实亦只是其表也，一到关键时刻，则原形毕露矣。

第七十八回　老学士闲征姽婳词　痴公子杜撰芙蓉诔

也从未见过这样的孩子。别的淘气都是应该的，只他这种和丫头们好却更叫人难懂。我为此也耽心。每冷眼查看，他只和丫头们闹，必是人大心大，知道男女的事了，所以爱亲近他们。既细细查试，究竟不是为此，岂不奇怪？想必他原是个丫头，错投了胎不成。"说着，大家笑了。

> 贾母也留心观察，见宝玉与丫头们好，并无男女之事。

王夫人又回今日贾政如何夸奖，又如何带他们逛去。贾母听了，更加喜悦。

一时，只见迎春妆扮了，前来告辞过去。凤姐也来省晨，伺候过早饭，又说笑了一回。贾母歇晌后，王夫人便唤了凤姐，问他丸药可曾配来。凤姐儿道："还不曾呢，如今还是吃汤药。太太只管放心，我已大好了。"_{脂批："总是勉强。"}王夫人见他精神复初，也就信了。_{脂批："只用此一句，便又（入）后文。"}因告诉撵逐晴雯等事，又说："怎么宝丫头私自回家睡了，你们都不知道？我前儿顺路都查了一查，谁知兰小子这一个新进来的奶子，也十分的妖乔，我也不喜欢他。我也说与你嫂子了，好不好叫他各自去罢。况且兰小子也大了，用不着奶子了。我因问你大嫂子：'宝丫头出去难道你也不知道不成？'他说是告诉了他的，不过住两三日，等你姨妈好了就进来。姨妈究竟没甚大病，不过还是咳嗽腰疼，年年是如此的。他这去必有原故，敢是有人得罪了他不成？那孩子心重，亲戚们住一场，别得罪了人，反不好了。"

> 都要抄家了，亲戚还能住吗？王夫人是真不懂还是假不懂。

凤姐笑道："可好好的谁得罪着他？况且他天天在园里，左不过是他们姊妹那一群人。"

王夫人道："别是宝玉有嘴无心，_{反而推到宝玉身上来了。}傻子似的从没个忌讳，高兴了信嘴胡说也是有的。"凤姐笑道："这可是太太过于操心了。若说他出去干正经事、说正经话去，却像个傻子；若只叫进来，在这些姊妹跟前，以至于大小的丫头们跟前，他最有尽让，还恐怕得罪了人，那是再不得有人恼他的。我想薛妹妹出去，想必为着前时搜检众丫头的东西的原故。他自然为信不及园里的人才搜检，他又是亲戚，现也有丫头、老婆在内，我们又不好去搜检了，恐我们疑他，所以多了这个心，自己回避了。也是应该避嫌疑的。"_{倒是凤姐说了实话。}

王夫人听了这话不错，自己遂低头想了一想，便命人请了宝钗来，分晰前日的事，以解他疑心，又仍命他进来照旧居住。宝钗陪笑道："我原要早出去的，只是姨娘有许多的大事，所以不便来说。可巧前日妈又不好了，家里两个靠得的女人也病着，我所以趁便出去了。姨娘今日既已知道了，我正好明讲出情理来，就从今日辞了，好搬东西的。"_{宝钗真会说话，反顺水推舟，明白告辞。}

王夫人、凤姐都笑道："你太固执了。正经再搬进来的为是，休为没要紧的事反疏远了亲戚。"宝钗笑道："你这话说的我太不解了，并没为什么事我出去，我为的是妈近来神思比先大减，而且夜间晚上没

第七十八回 老学士闲征姽婳词 痴公子杜撰芙蓉诔

有得靠的人，通共只我一个。二则如今我哥哥眼看要娶嫂子，多少针线活计，并家里一切动用的器皿，尚有未齐备的，我也须得帮着妈去料理料理。姨妈和凤姐姐都知道我们家的事，不是我撒谎。三则自我在园里，东南上小角门子就常开着，原是为我走的，保不住出入的人就图省路，也从那里走，又没人盘查，设若从那里生出一件事来，岂不两碍脸面。而且我进园里来睡，原不是什么大事，因前几年年纪皆小，且家里没事，有在外头的，不如进来姊妹相共，或作针线，或顽笑，皆比在外头闷坐着好。如今彼此都大了，彼此皆有事。况姨娘这边历年皆遇不遂心的事故，那园子也太大，一时照顾不到，皆有关系，惟有少几个人，就可以少操些心。所以今日不但我执意辞去，此外还要劝姨娘，如今该减些的就减些，也不为失了大家的体统。据我看，园里这一向的费用，也竟可以免的，说不得当日的话。姨娘深知我们家的，难道我们当日也是这样冷落不成？"

<u>竟说出一大篇必去之理。</u>

凤姐听了这篇话，便向王夫人笑道："这话依我说竟是，不必强他了。"王夫人点头道："我也无可回答，只好随你便罢了。"

说话之间，只见宝玉等已回来，因说他父亲还未散，"恐天黑了，所以先叫我们回来了。"王夫人忙问："今日可有丢了丑？"宝玉笑道："不但不丢丑，倒拐了许多东西来。"接着，就有老婆子们从二门上小厮手内接了东西来。

王夫人一看时，只见扇子三把，扇坠三个，笔墨共六匣，香珠三串，玉绦环三个。宝玉说道："这是梅翰林送的，那是杨侍郎送的，这是李员外送的，每人一分。"说着，又向怀中取出一个旃檀香小护身佛来，说："这是庆国公单给我的。"王夫人又问在席何人、作何诗词等语毕，只将宝玉一分令人拿着，同宝玉、兰、环前来见过贾母。

贾母看了，喜欢不尽，不免又问些话。无奈宝玉一心记着晴雯，答应完了话时，便说骑马颠了，骨头疼。贾母便说："快回房去换了衣服，疏散疏散就好了，不许睡倒。"宝玉听了，便忙入园来。

当下麝月、秋纹已带了两个小丫头来等候，见宝玉辞了贾母出来，秋纹便将笔墨拿起来，一同随宝玉进园来。宝玉满口里说"好热"，一壁走，一壁便摘冠解带，将外面的大衣服都脱下来，麝月拿着，脂批："看他用智之处。"

<small>故意用大红裤子引出晴雯的话头来。</small>

只穿着一件松花绫子夹袄，袄内露出血点般大红裤子来。秋纹见这条红裤是晴雯手内针线，因叹道："这条裤子以后收了罢，真是物在人去了。"麝月忙也笑道："这是晴雯的针线。"又叹道："真真物在人亡了！"秋纹将麝月拉了一把，笑道："这裤子配着松花色袄儿、石青靴子，越显出这靛青的头、雪白的脸

第七十八回　老学士闲征姽婳词　痴公子杜撰芙蓉诔

来了。"

宝玉在前，只装听不见，又走了两步，便止步道："我要走一走，这怎么好？"麝月道："大白日里，还怕什么？还怕丢了你不成！"因命两个小丫头跟着，"我们送了这些东西去再来。"宝玉道："好姐姐，等一等我再去。"麝月道："我们去了就来。两个人手里都有东西，倒像摆执事的，一个捧着文房四宝，一个捧着冠袍带履，成个什么样子。"宝玉听说，正中心怀，便让他两个去了。_{宝玉乖觉。}

> 脱下外面的大衣服是要叫她们送回去，支开她们也。

他便带了两个小丫头到一石后，也不怎么样，只问他二人道："自我去了，你袭人姐姐打发人瞧晴雯姐姐去了不曾？"这一个答道："打发宋妈妈瞧去了。"宝玉道："回来说了些什么？"小丫头道："回来说，晴雯姐姐直着脖子叫了一夜，今日早起就闭了眼，住了口，世事不知，也出不得一声儿，只有倒气的分儿了。"宝玉忙道："一夜叫的是谁？"小丫头子说："一夜叫的是娘。"宝玉拭泪道："还叫谁？"小丫头子道："没有听见叫别人了。"宝玉道："你糊涂，想必没有听真。"

> 晴雯之死，从小丫头口中说出，"直着脖子叫了一夜"，其状惨极！

旁边那一个小丫头最伶俐，听宝玉如此说，便上来说："真个他糊涂。"又向宝玉道："不但我听得真切，我还亲自偷着看去的。"宝玉听说，忙问："你怎么又亲自看去？"小丫头道："我因想，晴雯姐姐素日与

> 此人真聪明。

1501

别人不同，待我们极好。如今他虽受了委屈出去，我们不能别的法子救他，只亲去瞧瞧，也不枉素日疼我们一场。就是人知道了，回了太太，打我们一顿，也是愿受的。所以我拼着挨一顿打，偷着下去瞧了一瞧。不知是真是假，但能如此说，也差慰人意。谁知他平生为人聪明，至死不变。他因想着那起俗人不可说话，所以只闭眼养神，见我去了，便睁开眼，拉我的手，问：'宝玉那去了？'我告诉他实情。他叹了一口气，说：'不能见了。'我就说：'姐姐何不等一等他回来见一面，岂不两完心愿？'他就笑道：（这个丫头真能编，编得既巧且好。）'你们不知道。我不是死，如今天上少了一位花神，玉皇敕命我去司主。我如今在未正二刻到任司花，那宝玉须待未正三刻才到家，只少得一刻的工夫，不能见面。世上凡该死之人，阎王勾取了过去，是差些小鬼来捉人魂。若要迟延一时半刻，不过烧些纸钱，浇些浆饭，那鬼只顾抢钱去了，该死的人就可多待些个工夫。脂批："好，奇之至。又从来皆说'阎王注定三更死，谁人留至五更'之语，今忽借此小女儿一篇无稽之谈，反成无人敢翻之案。且又寓意调侃，骂尽世态，岂非文章之至耶。寄语观者至此不浮一大白者，已后不必看书也。"（王夫人、袭人等皆欲死之，而作者竟欲神之！）我这如今是有天上的神仙来召请，岂可挨得时刻！'我听了这话，竟不大信，及进来到房里留神看时辰表时，果然是未正二刻他咽了气，正三刻上就有人来叫我们，说你来了。编得神乎其神，活灵活现。这时候倒都对合。"

（宝玉亦入真境矣，唯其如此，宝玉之情真意真也。）宝玉忙道："你不识字看书，所以不知道。这原是有的，不但花有一个神，一样花有一位神之外，还

第七十八回　老学士闲征姽婳词　痴公子杜撰芙蓉诔

有总花神。但他不知是作总花神去了，还是单管一样花的神？"这丫头听了，一时诌不出来。恰好这是八月时节，园中池上芙蓉正开。这丫头便见景生情，忙答道："我也曾问他是管什么花的神，告诉我们日后也好供养的。他说：'天机不可泄漏。你既这样虔诚，我只告诉你，你只可告诉宝玉一人。除他之外若泄了天机，五雷就来轰顶的。'他就告诉我说，他就是专管这芙蓉花的。"

宝玉听了这话，不但不为怪，亦且去悲而生喜，乃指芙蓉笑道："此花也须得这样一个人去司掌。我就料定他那样的人必有一番事业做的。虽然超出苦海，从此不能相见，也免不得伤感思念。"因又想："虽然临终未见，如今且去灵前一拜，也算尽这五六年的情常。"

八月是芙蓉季节，此木芙蓉也。

想毕，忙至房中，又另穿戴了，只说去看黛玉，遂一人出园来，往前次之处来，意为停柩在内。谁知他哥嫂见他一咽气，便回了进去，希图早些得几两发送例银。王夫人闻知，便命赏了十两烧埋银子。又命："即刻送到外头焚化了罢。女儿痨死的，断不可留！"

王夫人一刻不能相容。他哥嫂听了这话，一面得银，一面就雇了人来入殓，抬往城外化人场上去了。剩的衣履簪环，约有三四百金之数，他兄嫂自收了为后日之计。二人将门锁上，一同送殡去未回。宝玉走来，扑了个空。脂批：

"收拾晴雯,故为红颜一哭。然亦大令人不堪。 上云王夫人怕女儿痨不祥,今则忽从宝玉心中(道)其苦。 又(非)模拟(得)出,是已悒郁(其)词,其母子至心中体贴眷爱之情,曲委已尽。"(按此批下半尚未尽妥。)

宝玉自立了半天,别无法术,只得复回身进入园中。待回至房中,甚觉无味,因乃顺路来找黛玉。偏黛玉不在房中,问其何往,丫鬟们回说:"往宝姑娘那里去了。"

宝玉又至蘅芜苑中,只见寂静无人,房内搬的空空落落的,_{写宝钗去后情景。}不觉吃一大惊。忽见几个老婆子走来。宝玉忙问这是什么原故。老婆子道:"宝姑娘出去了。这里交我们看着,还没有搬清楚。我们帮着送了些东西去,这也就完了。你老人家请出去罢,让我们扫扫灰尘也好,从此你老人家省跑这一处的腿子了。"

· 抄检以后,园中冷落衰败之状顿现。

宝玉听了,怔了半天,因看着那院中的香藤异蔓,仍是翠翠青青,_{物是人非也。}忽比昨日好似改作凄凉了一般,更又添了伤感。默默出来,又见门外的一条翠樾埭上,也半日无人来往,不似当日各处房中的丫鬟不约而来者络绎不绝。又俯身看那埭下之水,仍是溶溶脉脉的流将过去。心下因想,"天地间竟有这样无情的事!"悲感一番,忽又想到去了司棋、入画、芳官等五个;死了晴雯;今又去了宝钗等一处;迎春虽尚未去,然连日也不见回来,且接连有媒人来求亲:大约园中之人不久都要散的了。纵生烦恼,也无济于事。不如还

一片凄凉,触目惊心。

第七十八回　老学士闲征姽婳词　痴公子杜撰芙蓉诔

是找黛玉去相伴一日，[与黛玉是相伴。]回来还是和袭人厮混，[与袭人是厮混。]只这两三个人，只怕["只怕"两字，未定之词。盖"厮混"者未必混得下去也。]还是同死同归的。

想毕，仍往潇湘馆来。偏黛玉尚未回来。宝玉想亦当出去候送才是，无奈不忍悲感，还是不去的好，遂又垂头丧气的回来。[满纸颓丧之气。]

正在不知所以之际，忽见王夫人的丫头进来找他说："老爷回来了，找你呢，又得了好题目来了。[先提一笔好题目，是为题目而作诗也。]快走，快走。"宝玉听了，只得跟了出来。到王夫人房中，他父亲已出去了。王夫人命人送宝玉至书房中。

彼时贾政正与众幕友们谈论寻秋之胜，又说："快散时忽然谈及一事，最是千古佳谈，'风流俊逸，忠义感慨'八字皆备，[不过是清客相公，无聊文人作文字之嬉而已。]倒是个好题目，大家要作一首挽词。"众幕宾听了，都忙请教系何等妙事。

贾政乃道："当日曾有一位王封曰恒王，出镇青州。这恒王最喜女色。[最喜女色。]且公余好武，因选了许多美女，日习武事。[以美女而习武事，游嬉而已。]每公余辄开宴，连日令众美女教以战斗攻伐之事。[恒王武事，亦不过无聊消遣。]其姬中有姓林行四者，姿色既冠，且武艺更精，皆呼为林四娘。恒王最得意，遂超拔林四娘统辖诸姬，又呼为'姽婳将军'。"众清客都称："妙极神奇。竟以'姽婳'下加'将军'二字，反更觉妩媚风流，真绝世奇文也。想这恒王也

[林四娘事，见清陈维崧《妇人集》、王士祯《池北偶谈》、蒲松龄《聊斋志异》事与此略异，唯言："妾故衡王宫嫔也，生长金陵，衡王昔以千金聘妾，入后宫，宠绝伦辈，不幸早死，殡于宫中，不数年，国破，遂北去，妾魂魄犹恋故墟。"（《池北偶谈》）"妾衡府宫人也，遭难而死，十七年矣。"（《聊斋志异》）唯此数语，与衡王有关，余皆嫣婉之词，未及征战。按《明史》，宪宗之子佑楎封衡王，就藩青州。此处恒王，当借此事而易以同音字。故其时代为明代而非清代，清代亦无恒王。]

是千古第一风流人物了。"

贾政笑道:"这话自然是如此,但更有可奇可叹之事。"众清客都愕然惊问道:"不知底下有何奇事?"

贾政道:"谁知次年便有黄巾、赤眉一干流贼余党,_{黄巾、赤眉,只是标举而已,非认真说汉末事也。}复又乌合抢掠山左一带。_{脂批:"妙,赤眉、黄巾两时之事,今合而为一,盖云不过是此等众类,非特历历指名某赤某黄,若云不合两用便呆矣。此书全是如此,为混人也。"}恒王意为犬羊之恶,不足大举,因轻骑前剿。不意贼众颇有诡谲智术,两战不胜,恒王遂为众贼所戮。_{如此好色之人,岂真能好武哉,两战即被戮,事所必然。}于是青州城内文武官员,各各皆谓'王尚不胜,你我何为!'遂将有献城之举。林四娘得闻凶报,遂集聚众女将发令,说道:'你我皆向蒙王恩,戴天履地,不能报其万一。今王既殒身于国,我意亦当殒身以报王。尔等有愿随者,实时同我前往;有不愿者,亦早各散。'众女将听他这样,都一齐说愿意。于是林四娘带领众人连夜出城,直杀至贼营里头。众贼不防,也被斩戮了几员首贼。然后大家见是不过几个女人,料不能济事,遂回戈倒兵,奋力一阵,把林四娘等一个不曾留下,倒作成了这林四娘的一片忠义之志。_{贾政之意是表彰林四娘忠义之志。}_{林四娘是以身殉王。}后来报至中都,自天子以至百官,无不惊骇道奇。其后朝中自然又有人去剿灭,天兵一到,化为乌有,不必深论。只就林四娘一节,_{只要咏林四娘。}众位听了,可羡不可羡呢?"_{作姽婳词的原由,因奉恩旨也,是补前朝之遗也,非本朝事也,切切记清。}

众幕友都叹道:"实在可羡可奇,实是个妙题,

第七十八回　老学士闲征姽婳词　痴公子杜撰芙蓉诔

原该大家挽一挽才是。"说着，早有人取了笔砚，按贾政口中之言稍加改易了几个字，便成了一篇短序，递与贾政看了。贾政道："不过如此。他们那里已有原序。昨日因又奉恩旨，着察核前代以来应加褒奖而遗落未经请奏各项人等，<注意："前代以来"四字，盖叙前代之遗落而请当代恩奖也。>无论僧尼、乞丐与女妇人等，有一事可嘉，即行汇送履历至礼部备请恩奖。所以他这原序也送往礼部去了。大家听见这新闻，所以都要作一首《姽婳词》，以志其忠义。"<志其忠义，最是要旨。>

众人听了，都又笑道："这原该如此。只是更可羡者，本朝皆系千古未有之旷典隆恩，实历代所不及处，可谓'圣朝无阙事'，唐朝人预先就说了，竟应在本朝。如今年代方不虚此一句。"<这一个篾片真能胡扯。>贾政点头道："正是。"

说话间，贾环叔侄亦到。贾政命他们看了题目。他两个虽能诗，较腹中之虚实，虽也去宝玉不远，但第一件，他两个终是别路，若论举业一道，似高过宝玉，<可见他们是走的仕途经济的道路。>若论杂学，则远不能及；第二件，他二人才思滞钝，<死读书者，读书死也。>不及宝玉空灵洒逸，每作诗亦如八股之法，<一句话说到痛处，予曾见以八股之法作诗者，非惟彼时有也。>未免拘板庸涩。

那宝玉虽不算是个读书人，然亏他天性聪敏，且素喜好些杂书。他自为古人中也有杜撰的，也有误失之处，拘较不得许多；若只管怕前怕后起来，纵堆砌成一篇，也觉得甚无趣味。因心里怀着这个念头，每见一题，不拘难易，他便毫无费力之处，就如世上的流嘴滑舌之人，无风作有，信着伶口俐舌，长篇大论，胡扳乱扯，敷演出一篇话来。虽无稽考，却都说得四座春风。虽有正言厉语之人，亦不得压倒这一种风流去。

> 宝玉思想不受拘缚，古人中有杜撰，有失误，都是事实，宝玉当时此想，实为石破天惊。然明清之际的先进思想家多有此论，此亦现实之反映也。

近日贾政年迈，名利大灰，然起初天性也是个诗酒放诞之人，_{不过假斯文而已。}因在子侄辈中，少不得规以正路。近见宝玉虽不读书，竟颇能解此，细评起来，也还不算十分玷辱了祖宗。就思及祖宗们，各各亦皆如此，_{作者之祖曹寅确是诗人。}虽有深精举业的，也不曾发迹过一个，看来此亦贾门之数。况母亲溺爱，遂也不强以举业逼他了，所以近日是这等待他。又要环、兰二人举业之余，怎得亦同宝玉才好，所以每欲作诗，必将三人一齐唤来对作。脂批："妙，世事皆不可无足厌，只有'读书'二字是万不可足厌的，父母之心可不甚哉。近只（之）父母只怕儿子不能名利，岂不可叹乎。"

闲言少述。且说贾政又命他三人各吊一首，谁先成者赏，佳者额外加赏。贾环、贾兰二人，近日当着多人皆作过几首了，胆量愈壮，今看了题目，遂自去思索。一时，贾兰先有了。贾环生恐落后，也就有了。二人皆已录出，宝玉尚出神。脂批："妙，偏写出钝态来。"

贾政与众人且看他二人的二首。贾兰的是一首七言绝句，写道是：

姽婳将军林四娘。玉为肌骨铁为肠。

第七十八回　老学士闲征姽婳词　痴公子杜撰芙蓉诔

捐躯自报恒王后，此日青州土亦香。

众幕宾看了，便皆大赞："小哥儿十三岁的人就如此，可知家学渊源，真不诬矣。"贾政笑道："稚子口角，也还难为他。"又看贾环的，是首五言律，写道是：

红粉不知愁。将军意未休。

掩啼离绣幕，抱恨出青州。

自谓酬王德，讵能复寇仇。

谁题忠义墓，千古独风流。

两首均是应题官腔。

众人道："更佳，到底是大几岁年纪，立意又自不同。"贾政道："倒还不甚大错，终不恳切。"众人道："这就罢了。三爷才大不多两岁，俱在未冠之时，如此用了工夫，再过几年，怕不是大阮小阮了。"贾政笑道："过奖了。只是不肯读书的过失。"

因又问宝玉怎样。众人道："二爷细心镂刻，定又是风流悲感，不用此等的了。"宝玉笑道："这个题目似不称近体，须得古体，或歌或行，或竟是长篇一首，方能恳切。"

众人听了，都立身点头拍手道："我说他立意不同！每一题到手，必先度其体格宜与不宜，这便是老手妙法。就如裁衣一般，未下剪时，须度其身量。这题目名曰《姽婳词》，且既有了序，此必当是篇歌行方合体的。或拟温八叉《击瓯歌》，或拟李长吉《会稽歌》，或拟〔一〕白乐天《长恨歌》，或拟咏古词，半叙半咏，流利飘逸，始能尽妙。"

贾政听说，也合了主意，遂自提笔向纸上要写，又向宝玉笑道："如此，你念我写。若不好了，我捶你那肉。谁许你先大言不惭了！"宝玉只得念了一句，道是：

> 恒王好武兼好色。

贾政写了看时，摇头道："粗鄙。"一幕宾道："要这样方古，究竟不粗。且看他底下的。"贾政道："姑存之。"宝玉又道：

> 遂教美女习骑射。
> 秾歌艳舞不成欢，列阵挽戈为自得。

贾政写出，众人都道："只这第三句便古朴老健，极妙。这四句平叙出，也最得体。"贾政道："休谬加奖誉，且看转的如何。"宝玉念道：

> 眼前不见尘沙起。将军俏影红灯里。

众人听了这两句，便都叫："妙极！好个'不见尘沙起'！又承了一句'俏影红灯里'，用字用句，皆入神化了。"宝玉道：

> 叱咤时闻口舌香，霜矛雪剑娇难举。

众人听了，便拍手笑道："益发画出来了。当日敢是宝公也在座，见其娇，且闻其香否？不然，何体贴至此。"宝玉笑道："闺阁习武，任其勇悍，怎似男人。

【旁批】

首句即点出好武好色，似赞实讥。

美女骑射，看似风流，实为儿戏。

俏影红灯，叱咤口香，总不离妖娆美女，霜矛雪剑句写其娇，似赞实讥。

第七十八回 老学士闲征姽嫿词 痴公子杜撰芙蓉诔

脂批:"贾老在坐,故不便出浊物二字,妙甚细甚。"不待问而可知娇怯之形的了。"贾政道:"还不快续,这又有你说嘴的了。"

宝玉只得又想了一想,念道:

　　丁香结子芙蓉绦。

闺阁娇姬装束。

众人都道:"转'绦''萧'韵更妙,这才流利飘荡。而且这一句也绮靡秀媚的妙。"

贾政写了,看道:"这一句不好。已写过'口舌香''娇难举',何必又如此?这是力量不加,故又用这些堆砌货来搪塞。"宝玉笑道:"长歌也须得要些词藻点缀点缀,不然便觉萧索。"贾政道:"你只顾用那些,但这一句底下如何能转至武事?若再多说两句,岂不蛇足了。"宝玉道:"如此,底下一句转煞住,想亦可矣。"贾政冷笑道:"你有多大本领?上头说了一句大开门的散话,如今又要一句连转带煞,岂不心有余而力不足些。"

宝玉听了,垂头想了一想,说了一句道:

　　不系明珠系宝刀。

一句挽转,然芙蓉绦上却系宝刀,香艳固极香艳,可以大悦这些闲官清客之意,然总不免牵强不论,如此娇娆,直同舞台演戏,如何可以临阵杀敌?

忙问:"这一句可还使得?"众人拍案叫绝。贾政写了,看着笑道:"且放着,再续。"宝玉道:"若使得,我便要一气下去了;若使不得,越性涂了,我再想别的意思出来,再另措词。"贾政听了,便喝道:"多话!不好了再作,便作十篇百篇,还怕辛苦了不成!"

宝玉听说,只得想了一会,便念道:

  战罢夜阑心力怯，脂痕粉渍污鲛鮹。

  贾政道："又一段。底下怎样？"宝玉道：

  明年流寇走山东。强吞虎豹势如蜂。

  众人道："好个'走'字！便见得高低了。且通句转的也不板。"

  宝玉又念道：

  王率天兵思剿灭，一战再战不成功。

  腥风吹折陇头麦，日照旌旗虎帐空。

  青山寂寂水澌澌，正是恒王战死时。

  雨淋白骨血染草，月冷黄沙鬼守尸。

  众人都道："妙极，妙极！布置、叙事、词藻，无不尽美。且看如何至四娘，必另有妙转奇句。"

  宝玉又念道：

  纷纷将士只保身。青州眼见皆灰尘。

  不期忠义明闺阁，愤起恒王得意人。

  众人都道："铺叙得委婉。"贾政道："太多了，底下只怕累赘呢。"宝玉乃又念道：

  恒王得意数谁行。姽婳将军林四娘。

  号令秦姬驱赵女，艳李秾桃临战场。

  胜负自然难预定，誓盟生死报前王。〔二〕

  绣鞍有泪春愁重，铁甲无声夜气凉。

  贼势猖獗不可敌，柳折花残实可伤。

  魂依城郭家乡近，马践胭脂骨髓香。

批注：

- 两句写娇怯已不胜其力矣。
- 敌如峰举，势不可挡。
- 八句写官兵大败，恒王战死，凄惨至极。
- 骂尽将士，独标林四娘之"忠义"，看似褒，实另有含义，宝玉一向反对"文死谏、武死战"，反对"浊气一涌，猛拼一死"以邀名。
- 六句写秦姬赵女临战，自知不能胜，唯图报主拼死而已。
- 绣鞍以下四句，写林四娘等战死。
- 魂依四句，写死讯传来，人人悲伤。

第七十八回　老学士闲征姽婳词　痴公子杜撰芙蓉诔

星驰羽报入京师，谁家儿女不伤悲！
天子惊慌恨失守，此时文武皆垂首。
何事文武立朝纲，不及闺中林四娘。
我为四娘长太息，歌成余意尚彷徨。

念毕，众人都大赞不止，又都从头看了一遍。

贾政笑道："虽然说了几句，到底不大恳切。"因说："去罢。"三人如得了赦的一般，一齐出来，各自回房。

> 天子四句，写朝廷无能，文武垂首，反不及林四娘。
> 末两句话，只说太息、彷徨，既未提表彰忠义，亦未有半句颂祷，则其太息什么？为何彷徨？皆当令人三思矣。

众人皆无别话，不过至晚安歇而已。独有宝玉一心凄楚，回至园中，猛然见池上芙蓉，想起小丫鬟说晴雯作了芙蓉之神，不觉又喜欢起来，乃看着芙蓉嗟叹了一会。忽又想起死后并未至灵前一祭，如今何不在芙蓉之前一祭，岂不尽了礼，比俗人去灵前祭吊又更觉别致。

想毕，便欲行礼，忽又止住，道："虽如此，亦不可太草率了，也须得衣冠整齐，奠仪周备，方为诚敬。"想了一想："如今若学那世俗之奠礼，断然不可；竟也还要别开生面，另立排场，风流奇异，于世无涉，方不负我二人之为人。况且古人有云：'潢污行潦，苹蘩蕴藻之贱，可以馐王公，荐鬼神。'原不在物之贵贱，全在心之诚敬而已。此其一也。二则诔文挽词也须另出己见，自放手眼，亦不可蹈袭前人的套头，

> 填写几字搪塞耳目之文，亦必须洒泪泣血，一字一咽，一句一啼，宁使文不足悲有余，万不可尚文藻而反失悲切。况且古人多有微词，_{多有微词，又为上面林四娘诗作注。}非自我今作俑也。奈今人全惑于'功名'二字，_{再批"功名"，亦为前诗作互注。}尚古之风一洗皆尽，恐不合时宜，于功名有碍之故。我又不希罕那功名，不为世人观阅称赞，何必不远师楚人之《大言》《招魂》《离骚》《九辩》《枯树》《问难》《秋水》《大人先生传》等法，或杂参单句，或偶成短联，或用实典，或设譬寓，随意所之，信笔而去，喜则以文为戏，悲则以言志痛，辞达意尽为止，何必若世俗之拘拘于方寸之间哉。"

"万不可尚文藻而反失悲切"数句，正是《姽婳将军歌》之弊，作者特于此处借题点出。

林四娘诗，指定表彰忠义，是真"拘拘于方寸之间"也。

宝玉本是个不读书之人，再心中有了这篇歪意，怎得有好诗好文作出来。他自己却任意纂着，并不为人知慕，所以大肆妄诞，竟杜撰成一篇长文，用晴雯素日所喜之冰鲛縠一幅楷字写成，名曰《芙蓉女儿诔》，前序后歌。又备了四样晴雯所喜之物，于是夜月下，命那小丫头捧至芙蓉花前。先行礼毕，将那诔文即挂于芙蓉枝上，乃泣涕念曰：_{脂批："诸君阅此，只当一笑话看去，便可醒倦。"}

挂于芙蓉枝上，则明写是木芙蓉也。木芙蓉八月正盛开，高者可数丈，有分枝。予在湖南芙蓉楼即王昌龄送辛渐处，见木芙蓉高数丈，成林，花甚美。

　　维

　　太平不易之元，_{脂批："年便奇。"}蓉桂竞芳之月，_{脂批："是八月。"}无可奈何之日，_{脂批："日更奇，细思月（日），何难于说真某某，今偏用如此说，则可知矣。"}怡红院浊玉，_{脂批："自谦的更奇，盖常以浊字许天下之男子，竟自谓。所谓以责人之心责己矣。"}谨以群花之蕊、_{脂批："奇香"}冰鲛之縠、_{脂批：}

第七十八回　老学士闲征姽婳词　痴公子杜撰芙蓉诔

"奇帛。"沁芳之泉、脂批："奇奠。"枫露之茗，脂批："奇茗。"四者虽微，聊以达诚申信，乃致祭于

白帝宫中抚司秋艳芙蓉女儿之前脂批："奇称。"曰：

窃思女儿自临浊世，脂批："世不浊，因物所混而浊也。前后便有照应。'女儿'称妙，盖思普天下之称断不能有如此二字之清洁者。亦是宝玉之真心。"迄今凡十有六载。脂批："方十六岁而夭，亦伤矣。"其先之乡籍姓氏，湮沦而莫能考者久矣。脂批："忽又有此文不可，后来亦可伤矣。"而玉得于衾枕栉沐之间，栖息宴游之夕，亲昵狎亵，相与共处者，仅五年八月有奇。脂批："相共不足六载，一旦天别，岂不可伤。"

噫，女儿曩生之昔，其为质则金玉不足喻其贵，其为性则冰雪不足喻其洁，其为神则星日不足喻其精，其为貌则花月不足喻其色。姊妹悉慕媖娴，姬媪咸仰惠德。

孰料鸠鸩恶其高，鹰鸷翻遭罦罬；脂批："《离骚》'鸷鸟之不群兮'。'吾令鸩为媒兮，鸩告余以不好。雄鸠之鸣逝兮，余犹恶其佻巧。'注：鸩，特立不群，故不群，故不于（？）。鸠羽毒杀人。雄鸠多声，有如人之多言不实。罦罬，音孚拙。翻毕绸（？）。《诗经》'雉离于罦'。《尔雅》'罬谓之罦'。"薋葹妒其臭，

六句，针对王夫人之恶罟，一洗晴雯之冤。　孰料数句，痛责鸠鸩、薋葹之类。

茝兰竟被芟锄！花原自怯，岂耐狂飙；柳本多愁，何禁骤雨。偶遭蛊虿之谗，遂抱膏肓之疚。指大观园抄检，晴雯被谗。故尔樱唇红褪，韵吐呻吟；杏脸香枯，色陈颔颌。脂批："《离骚》：'长颔颌亦何伤。'面黄色。"诼谣謑诟，出自屏帏；明指进谗者出自屏帏。荆棘蓬榛，蔓延户牖。岂招尤则替，实攘诟而终。脂批："《离骚》'朝谇夕替'，废也。忍尤而相詢。"诟

<small>同詢。攘，即取也。"</small>既忳幽沉于不尽，复含罔屈于无穷。高标见嫉，闺帏恨比长沙；<small>脂批："汲黯辈嫉贾谊之才，谪贬长沙"。</small>直烈遭危，巾帼惨于羽野。<small>脂批："鲧刚直自命，舜殛于羽山。《离骚》曰：'鲧婞直以亡身兮，终然夭乎羽之野。'"</small>

<small>高标四句，指晴雯以高标而反遭害。</small>

自蓄辛酸，谁怜夭折！仙云既散，芳趾难寻。洲迷聚窟，何来却死之香？海失灵槎，不获回生之药。眉黛烟青，<small>眉黛以下数句，不减六朝风旨。</small>昨犹我画；指环玉冷，今倩谁温？鼎炉之剩药犹存，襟泪之余痕尚渍。镜分鸾别，愁开麝月之奁；梳化龙飞，哀折檀云之齿。委金钿于草莽，拾翠𬘫于尘埃。楼空鳷鹊，徒悬七夕之针；带断鸳鸯，谁续五丝之缕？况乃金天属节，白帝司时，孤衾有梦，空室无人。桐阶月暗，芳魂与倩影同销；蓉帐香残，娇喘共细言皆绝。<small>哀哉伤哉!</small>连天衰草，岂独蒹葭；匝地悲声，无非蟋蟀。<small>六朝佳句。</small>露苔晚砌，穿帘不度寒砧；雨荔秋垣，隔院希闻怨笛。芳名未泯，檐前鹦鹉犹呼；艳质将亡，槛外海棠预老。<small>脂批："恰极。"</small>捉迷屏后，莲瓣无声；<small>脂批："元微之诗：'小楼深迷藏。'"</small>斗草庭前，兰芽枉待。抛残绣线，银笺彩缕谁裁？折断冰丝，金斗御香未熨。

<small>孤衾数句，白描传神。</small>

<small>一段皆以实事传神。</small>

昨承严命，既趋车而远涉芳园；今犯慈威，复泣杖而遽抛孤柩。及闻槥棺被燹，惭

第七十八回　老学士闲征姽婳词　痴公子杜撰芙蓉诔

违共穴之盟；石椁成灾，愧迨同灰之诮。^{脂批："唐诗云：'先开石棺，木可为棺。'晋杨公回诗云：'生为并身物，死作同棺灰。'"}尔乃西风古寺，淹滞青磷；落日荒坵，零星白骨。楸榆飒飒，蓬艾萧萧。隔雾圹以啼猿，绕烟塍而泣鬼。自为红绡帐里，公子情深；始信黄土陇中，女儿命薄！^{情深句佳，哀哉伤哉。}汝南泪血，斑斑洒向西风；梓泽余衷，默默诉凭冷月。

　　未践盟誓，伤极痛极！
　　"西风古寺"数句，六朝佳句。

呜呼！固鬼蜮之为灾，岂神灵而亦妒。箝诐奴之口，讨岂从宽；剖悍妇之心，忿犹未释！^{以上四句有微旨。脂批："《庄子》：'箝杨墨之口。'孟子谓'诐辞知其所蔽。'"}在君之尘缘虽浅，然玉之鄙意岂终。因蓄惓惓之思，不禁谆谆之问。始知上帝垂旌，花宫待诏，生侪兰蕙，死辖芙蓉。听小婢之言，似涉无稽；据浊玉之思，则深为有据。

　　"箝诐奴之口"数句，如讨恶檄文。

何也？昔叶法善摄魂以撰碑，李长吉被诏而为记，事虽殊，其理则一也。故相物以配才，苟非其人，恶乃滥乎？始信上帝委托权衡，可谓至洽至协，庶不负其所秉赋也。因希其不昧之灵，或陟降于兹；特不揣鄙俗之词，有污慧听。乃歌而招之曰：

　　以情真故信也。

天何如是之苍苍兮，乘玉虬以游乎穹窿耶？^{脂批：《楚词》：'驷玉虬以乘鹥兮。'}

地何如是之茫茫兮，驾瑶象以降乎泉壤

　　一段恍惚飘渺之词，真合晴雯在天司花之神。

耶? 脂批:"《楚词》:'杂瑶象以为车。'"

望伞盖之陆离兮,抑箕尾之光耶?

列羽葆而为前导兮,卫危虚于旁耶?

驱丰隆以为比从兮,望舒月以离耶? 脂批:"危虚二星为卫护星。丰隆,雷师。望舒,月御也。"

听车轨而伊轧兮,御鸾鹥以征耶?

闻馥郁而薆然兮,纫蘅杜以为纕耶?

炫裙裾之烁烁兮,镂明月以为珰耶?

籍葳蕤而成坛畤兮,檠莲焰以烛兰膏耶?

文瓟匏以为觯斝兮,漉醽醁以浮桂醑耶?

瞻云气而凝睇兮,仿佛有所觇耶?

俯窈窕而属耳兮,恍惚有所闻耶?

期汗漫而无天阏兮,忍捐弃余于尘埃耶?

脂批:"《逍遥游》,'天阏,上也。'"

倩风廉之为余驱车兮,冀联辔而携归耶?

余中心为之慨然兮, 脂批:"《庄子·至乐》篇:'我独何能无慨然。'" 徒嗷嗷而何为耶? 脂批:"《庄子》:'嗷嗷然随而哭之。'"

君偃然而长寝兮,岂天运之变于斯耶?

脂批:"《庄子》:'偃然寝于巨室',谓人死也。 又:'变而有气,气变而有形,形变之有生。今又变而之死,是相与为春秋冬夏四时行也。'《天道》篇:'其死也物化。'"

第七十八回　老学士闲征姽嫿词　痴公子杜撰芙蓉诔

既窀穸且安稳兮，反其真而复奚化耶？

脂批："窀穸，（夕）胧。《左传》：'窀穸之事'，墓穴幽堂也。左贵嫔杨后诔：'早即窀穸。'《庄子·大宗师》：'而已反真。'注：以死为真。"

脂批："《庄子·大宗师》：桎梏之名。'彼以生为附赘悬疣，以死为决疣溃痈。''嗟来桑户乎，嗟来桑户乎。'注，桑户，人名。孟子（反）琴张二人，招其魂而语之也。'方将不化，恶知已化哉。'言人死犹如化去。《法华经》云：'法华道师多殊方便，于险道中化一城，疲极之众，入城皆生已度想，安稳想。'"

余犹桎梏而悬附兮，灵格余以嗟来耶！

来兮止兮，君其来耶？

若夫鸿蒙而居，寂静以处，虽临于兹，余亦莫睹。搴烟萝而为步幛，列枪蒲而森行伍。警柳眼之贪眠，释莲心之味苦。素女约于桂岩，宓妃迎于兰渚。弄玉吹笙，寒簧击敔。征嵩岳之妃，启骊山之姥。龟呈洛浦之灵，兽作咸池之舞。潜赤水兮龙吟，集珠林兮凤翥。爰格爰诚，匪簠匪筥。发轫乎霞城，返旌乎玄圃。既显微而若通，复氤氲而倏阻。离合兮烟云，空蒙兮雾雨。尘霾敛兮星高，溪山丽兮月午。何心意之怵怵，若寤寐之栩栩。余乃欷歔怅望，泣涕彷徨。人语兮寂历，天籁兮篔筜。鸟惊散而飞，鱼唼喋以响。志哀兮是祷，成礼兮期祥。呜呼哀哉！尚飨！

结以《离骚》《招魂》《湘君》之篇，文章愈见云气空蒙。

读毕，遂焚帛奠茗，犹依依不舍。小鬟催至再四，方才回身。忽听山石之后有一人笑道："且请留步。"二人听了，不免一惊。那小鬟回头一看，却是个人影从芙蓉花中走出来，他便大叫："不好，有鬼。晴雯真来显魂了！"唬得宝玉也忙看时……且听下回分解。

【回后评】

　　王夫人逐晴雯，撵芳官等，皆于抄检之后，且抄检中均无"罪"可治，乃仍必欲去之，可见不论抄检不抄检，此数人皆在必逐之列。王夫人何以恶晴雯等人至此，盖皆袭人之谗也，此不写之写也。宝玉已指出为何王夫人独不提袭人、麝月、秋纹之过，则其意已明矣。乃王夫人向贾母报告遣晴雯、芳官等人，竟诬称晴雯是女儿痨，还说她"分外淘气，也懒"，说芳官等人则是"都会戏，都会混说"，王夫人一向是以正人君子的面貌出现的，虽然觉得她颠顸昏庸，但还未看出她竟会欺骗贾母，捏造罪名，这次从清洗大观园到捏造晴雯等罪名以欺骗贾母，是王夫人灵魂的一次彻底大暴露，读者对她的一次彻底大认识。她在贾母面前极力推荐袭人，也反证了袭人进谗有功，袭人实际是大清洗的幕后制造黑名单者，怡红院中晴雯、芳官、四儿都被清洗出去，于是怡红院便是袭人的一统天下矣。于是怡红院中的宝玉便被活生生地处以思想、精神的禁闭矣。世皆以为袭人是宝钗的影子，以其与宝钗同其气味也。此固确论也！然世人不知袭人之心胸气味，色色与王夫人同也，故王夫人视之为耳目心神也！所以，袭人亦王夫人之化身也！

　　宝玉探晴雯之死而竟未见到，其凄楚之景、伤痛之情可以想见。幸亏小丫头编出一套神话，说晴雯是应天上神仙之召请，去做管芙蓉花的花神。这段话，宝玉未必听不出来是杜撰，但其杜撰得正合宝玉之意，也就宁肯信其真了。

　　贾宝玉写的《姽嫿将军歌》，历来研究者都有不同看法，或说作者反对农民起义，或说是歌颂林四娘的忠义等。我以为这两种意见都不切合实际，因而皆未得雪芹作此诗的真意。

第七十八回　老学士闲征姽婳词　痴公子杜撰芙蓉诔

要确解此诗,首先必须弄清此诗写作背景,就是此诗题材的确定时代,即恒王和林四娘是哪一个时代的人。据《明史》,宪宗之子佑樬封衡王,就藩青州。此处的恒王,当是借用衡王故事。而易以同音字"恒"字,以避免太坐实,《红楼梦》中多有此种写法,如"太平不易之元",如"钦差金陵省体仁院总裁"等,但恒(衡)王不是本朝的,而是前代的是明确的。其次要弄清贾政命写此诗的目的是奉旨表彰忠义。书中说:"昨日因又奉恩旨,着察核前代以来应加褒奖而遗落未经请奏各项人等。"所以一再说:"'风流俊逸、忠义感慨'八字皆备","都要作一首《姽婳词》以志其忠义",而这样的表彰,可算是本朝"千古未有之旷典隆恩,实历代所不及者,可谓'圣朝无阙事',唐朝人预先说了,竟应在本朝"。这些说法,都是说明是表彰前朝之忠义,是补前朝之所阙,所以才是"旷典隆恩"。弄清了诗中所写故事的时代背景和贾政所以要让宝玉写此诗的目的,那么就容易理解此诗了。贾政要让宝玉写此诗,事先毫无通知,当时宝玉正沉浸在晴雯死去的痛苦中,他哪有心情来写这类"奉旨"的诗。何况又明确主题是要表彰忠义。《红楼梦》中早已写过,贾宝玉反对那些"国贼禄鬼",也反对"文死谏、武死战",反对武将"浊气一涌,猛拼一死",现在要他来歌颂忠义,表彰猛拼一死,他真能真心这样做吗?对此,书中有一段特意的交代:"那宝玉虽不算是个读书人,然亏他天性聪敏,且素喜好些杂书,他自为古人中也有杜撰的,也有误失之处,拘较不得许多;若只管怕前怕后起来,纵堆砌成一篇,也觉得无甚趣味。因心里怀着这个念头,每见一题,不拘难易,他便毫无费力之处,就如世上的流嘴滑舌之人,无风作有,信着伶口俐舌,长篇大论,胡扳乱扯,敷演出一篇话来,虽无稽考,却都说得四座春风。虽有正言厉语之人,亦不得压倒这一种风流去。"许多读者，都没有看懂这段文字的用意，实际上这是对贾宝玉作的这首《姽婳将军歌》的解题，说明它只是应题敷衍之作，并不能代表他的真情实感。接着我们来分析这首长歌：先说题目。贾政出的题目是"都要作一首《姽婳词》以志其忠义"，宝玉却说："这个题目似不称近体，须得古体，或歌或行，或竟是长篇一首，方能恳切。"众人听了，都立身点头拍手道："我说他立意不同！每一题到手，必先度其体格宜与不宜，这便是老手妙法。就如裁衣一般，未下剪时，须度其身量。这题目名曰《姽婳词》，且既有了序，此必当是篇歌行方合体的。或拟温八叉《击瓯歌》，或拟李长吉《会稽歌》，或拟白乐天《长恨歌》，或拟咏古词，半叙半咏，流利飘逸，始能尽妙。"这一段话虽是众人说的，但实际上是帮助宝玉作了发挥，使贾政这个"正言厉语之人，亦不得压倒"他，所以贾政"也合了主意"。因此第一步就把贾政的原题驳倒了，这个题材，只能用歌行体，这个诗题，当然就应是《姽婳将军歌》，而不能再用《姽婳词》。下面我们来分析歌词，第一句就是"恒王好武兼好色"，这个句法是从白乐天的《长恨歌》来的，但这句话，从形式来看是歌行的起首，但从词意来说，却是似褒实贬，实际上是骂恒王好色。接下去的七句，合第一句共八句为一段，是说平时教美女骑射，是演习。从"秾歌艳舞""红灯俏影""叱咤口舌香"，到"霜矛雪剑娇难举"，连剑矛都举不起来，只有"俏影红灯""叱咤口香"，全是脂粉气，哪有一点战斗的味道！下面"丁香结子芙蓉绦，不系明珠系宝刀。战罢夜阑心力怯，脂痕粉渍污鲛鮹"这四句仍是演习，并非实战，一片娇怯，全无半点英气。"心力怯"，是说既无战斗的意志，也没有战斗的力量，只剩下"脂痕粉渍"，这哪里是写实战，闭目想想，实同看舞台上的刀马旦。"明年

第七十八回　老学士闲征姽婳词　痴公子杜撰芙蓉诔

流寇走山东"十句，这才是写恒王实战，结果大败战死。"纷纷将士只保身"四句，从字面上看是借贬黜将士来突出林四娘，说林四娘深明忠义，骨子里仍是骂那些"只保身"的"将士"。以下十二句，写林四娘率众女兵出战，终于全部战死，这里没有一句奋勇战斗的描写，只是"贼势猖獗不可敌，柳折花残实可伤"，才一交战，就全部被歼了。下面"星驰"以下八句是结尾，结果是"天子惊慌恨失守，此时文武皆垂首。何事文武立朝纲，不及闺中林四娘"。从皇帝到大臣，都惊慌垂首，不及林四娘勇敢。全诗四十六句，只有一句说林四娘忠义，一句说文武大臣都不及林四娘。结尾两句是"我为四娘长太息，歌成余意尚彷徨"，歌成结尾不是歌颂表彰，而是"太息""彷徨"，词意实在太隐晦了，令人想起宝玉的名言"那武将浊气一涌，猛拼一死"，林四娘不是为了"誓盟生死报前王"而猛拼一死吗？这首诗：一、正是宝玉"流嘴滑舌"，"胡扳乱扯，敷演出一篇话来"的杰作，表面上看风流倜傥，哀感顽艳，骨子里是写这些女将如同儿戏，白白送死；二、借这个题目痛骂皇帝和那些文武大臣，也即是国贼禄鬼。要明白诗里写的王、皇、大臣，都是前朝而不是本朝，这是旨意里已明确的，在当时，骂前朝是有先例的，顾炎武、唐甄都大声骂过的；三、这首诗是临时出题，又是古人题材，与作者毫无感情瓜葛，所以宝玉对此无半点真情实感，只是"无风作有"，"伶口俐舌"，是一首应付临时考试敷衍之作。雪芹让宝玉作这首应制式的诗，是为了衬托下面泣血呕心的《芙蓉女儿诔》，这才是有真情实感、刻骨铭心的绝世之作。有人以为《姽婳将军歌》是游离出去的，是强加进去的，这都是因为没有看出这首诗的真正用意。诗中"明年流寇走山东"二句，并不是骂农民起义，相反却把官军写得一败堕地，"一战再战不成功"，可见实际是说他们的威力，弄得"天子惊慌恨失守"，这对农民军的威力是写得够充分的了。同样一件事，请看贾政的说法："朝中自然又有人去剿灭，天兵一到，化为乌有。"这才是反对农民起义的立场，所以不能单从"流寇"一词来衡其全诗，何况脂批还特加说明："盖云不过是此等众类，非特历历指名某赤某黄。"这说明不过是泛写一笔耳。果然，这样一篇"流嘴滑舌"，明褒暗讽的诗，倒博得贾政的赞赏，可见贾政实在是一个不学无术、附庸风雅的官僚。

贾宝玉的《芙蓉女儿诔》是全书中的一首杰作，更是与《姽婳将军歌》前后照应、相互映衬的作品，并不是两首互不相干的。在宝玉作《芙蓉女儿诔》之前，也有一段类似题解的说明。原文说：宝玉"想了一想：'如今若学那世俗之奠礼，断然不可，竟也还别开生面，另立排场，风流奇异，于世无涉，方不负我二人之为人。况且古人有云：'潢污行潦，苹蘩蕴藻之贱，可以馐王公，荐鬼神。'原不在物之贵贱，全在心之诚敬而已。此其一也。二则诔文挽词也须另出己见，自放手眼，亦不可蹈袭前人的套头，填写几字，搪塞耳目之文，亦必须洒泪泣血，一字一咽，一句一啼，宁使文不足悲有余，万不可尚文藻而反失悲切。况且古人多有微词，非自我今作俑也。奈今人全惑于'功名'二字，尚古之风，一洗皆尽，恐不合时宜，于功名有碍之故。我又不希罕那功名，不为世人观阅称赞，何必不远师楚人之《大言》《招魂》《离骚》《九辩》《枯树》《问难》《秋水》《大人先生传》等法。或杂参单句，或偶成短联，或用实典，或设譬寓，随意所之，信笔而去，喜则以文为戏，悲则以言志痛，辞达意尽为止，何必若世俗之拘拘于方寸之间哉。"这一段序言式的文字，重点说明了三点：一、诔文必须"心之诚敬"，"必须洒泪泣血，一字一咽，一

第七十八回　老学士闲征姽婳词　痴公子杜撰芙蓉诔

句一啼，宁使文不足，悲有余，万不可尚文藻而反失悲切"。二、今人惑于功名，不尚古文，我不希罕功名，也不要世人称赞，故不用时文熟套，而远师楚人，另出己见，自放手眼。三、古人文章多有微词，非自我今作俑，故我的文章也有微言隐词。宝玉说明的这三点，是读这篇诔文的钥匙。这篇诔文开头一段叙述，用的是唐宋古文，中间的诔辞，是六朝以来四六骈俪文体，末尾的挽歌是用的《离骚》《招魂》《湘君》诸篇的楚人文体。诔文"其为质则金玉不足喻其贵"，直至"海失灵槎，不获回生之药"两段是一洗种种对晴雯的诬蔑之词，并愤怒谴责那些阴险狠毒害人的鸠鸩、薋葹之类，而且揭露他们"出自屏帏"，就在怡红院内，就在自己的身边，这就说得明明白白了。"眉黛烟青"十句，伤心不尽，哀婉欲绝。下面"桐阶月暗"一大段，如"连天衰草，岂独兼葭；匝地悲声，无非蟋蟀"等句，以及下文"西风古寺，淹滞青磷；落日荒坵，零星白骨"，"红绡帐里，公子情深；黄土陇中，女儿命薄"等句，直诉痛肠，全用白描，如闻悲啼哀吟。至"箝诐奴之口，讨岂从宽？剖悍妇之心，忿犹未释"数句，竟是怒发冲冠，悲愤填膺。真是情文相生，愈读愈感其真挚动人，呕心沥血，真一字一泪，一句一咽。这里要提出的是这篇文章的"微词"究竟何所指。我个人以为就在"箝诐奴之口"四句里。这四句的内涵比较深，凡造谣害人者，都可以包括在内，但不能明指，是为"微词"。下面至挽歌的部分，文章更是飘缈恍惚，云气空蒙，忽隐忽现，如闻似见，切合晴雯上天为花神的情景。总之，一篇《芙蓉女儿诔》的全部真情实感，一字一泪，与《姽婳将军歌》的敷衍成章恰好成为鲜明对照。而且书中不断讲宝玉反对时文八股，那么他自己究竟能写出什么样的与时文八股截然不同的好文章来呢？正好借这个题目，写出了与世俗文章截然不同的佳作。当然，这是诔文，受文体所限要力求古奥，要用典故。就是这样，这篇文章里已有不少流畅易读、伤心泣血、一字一泪而纯用白描的好句子好段落了，所以如果不是诔文，那么宝玉肯定还能写出更流畅易诵的古文来。这是无疑的，因为与雪芹同时，已经有袁枚的《祭妹文》为例了。

【校记】

〔一〕"温八叉《击瓯歌》"以下共十六字，底本缺，各本皆有，但文字歧异。此据甲辰、程甲本改。

〔二〕按"胜负"两句，各本均在"绣鞍"句后，独庚辰本在"绣鞍"句前。或以为诸本是，庚辰本误。予以为庚本不误，诸本误。盖"胜负"两句，为临战前之誓言。"绣鞍"乃誓师后直驱战场，下面"贼势"两句，为两军决战，林四娘军兵败殉王。文势顿挫曲折而有势。若依诸本，则诗语平铺直叙，不成波澜矣。于此，可见古木之可贵也。

第七十九回　薛文龙悔娶河东狮
　　　　　　　贾迎春误嫁中山狼

话说宝玉祭完了晴雯,只听花影中有人声,倒唬了一跳。既走出来细看,不是别人,却是林黛玉,满面含笑,口内说道:"好新奇的祭文!可与曹娥碑并传的了。"宝玉听了,不觉红了脸,笑答道:"我想着世上这些祭文都蹈于熟滥了,所以改个新样,原不过是我一时的顽意,谁知又被你听见了。有什么大使不得的,何不改削改削。"

黛玉道:"原稿在那里?倒要细细一读。长篇大论,不知说的是些什么,只听见中间两句,什么'红绡帐里,公子多情;黄土陇中,女儿薄命'。这一联意思却好,只是'红绡帐里',未免熟滥些。放着现成的真事,为什么不用?"宝玉忙问:"什么现成的真事?"黛玉笑道:"咱们如今都系霞影纱糊的窗槅,何不就说'茜纱窗下,公子多情'呢?"宝玉听了,不禁跌足笑道:"好极!是极!到底是你想的出,说

_{世传《曹娥碑》为"绝妙好辞",此亦赞其辞也。}

_{这一联原自动人。}

_{改句亦好。}

的出。可知天下古今现成的好景妙事尽多，只是愚人蠢子说不出、想不出罢了。^{确是如此。然天下之景实不可尽也。}但只一件，虽然这一句新妙之极，但你居此则可，在我实不敢当。"说着，又接连说了一二百句"不敢当"。黛玉笑道："何妨。我的窗即可为你之窗，何必分晰得如此生疏。古人异姓陌路，犹然同肥马，衣轻裘，敝之而无憾，何况咱们。"宝玉笑道："论交之道，不在肥马轻裘，即黄金白璧，亦不当锱铢较量。倒是这唐突闺阁，万万使不得的。如今我越性将'公子''女儿'改去，竟算是你诔他的倒妙。^{越说越逼近黛玉。}况且素日你又待他甚厚，故今宁可弃此一篇大文，万不可弃此'茜纱'新句。竟莫若改作'茜纱窗下，小姐多情；黄土陇中，丫鬟薄命'。^{竟直改成黛玉的口气。}如此一改，虽于我无涉，我也是惬怀的。"

黛玉笑道："他又不是我的丫头，何用作此语。况且小姐、丫鬟亦不典雅，等我的紫鹃死了，我再如此说，还不算迟。"脂批："明是为与阿颦作谶，却先偏说紫鹃，总用此狡猾之法。" 宝玉听了，忙笑道："这是何苦，又咒他。"脂批："又画出宝玉来，究竟不知是咒谁，使人一笑一叹。" 黛玉笑道："是你要咒的，并不是我说的。"宝玉道："我又有了，这一改可极妥当了。莫若说'茜纱窗下，我本无缘；^{脂批："双关句，意妥极。"}黄土陇中，卿何薄命'。"^{脂批："如此我亦为妥极，但试问"我""卿"二字，当面直对黛玉说出，故如直指黛玉也。当面用尔我字样，究竟不知是为谁之谶，一笑一叹。 一篇诔文总因此二句而有，又当知虽诔晴雯，而实诔黛玉也。奇幻至此，若云必因晴雯诔，则呆之至矣。"}

黛玉听了，忡然变色，^{脂批："慧心人可为一哭。观此句，便知诔文实不为晴雯而作也。"}心中

第七十九回　薛文龙悔娶河东狮　贾迎春误嫁中山狼

虽有无限的狐疑乱拟，[脂批："用此事更妙，盖又欲瞒观者。"]外面却不肯露出，反连忙笑着点头，称说："果改的好。再不必乱改了，快去干正经事去罢。才刚太太打发人叫你明儿一早快过大舅母那边去。你二姐姐已有人家求准了，想是明儿那家人来拜允，所以叫你们过去呢。"宝玉摆手道："何必又如此忙。我身上也不大好，明儿还未必能去呢。"

黛玉道："又来了，我劝你把脾气改改罢。一年大，二年小。"一面说话，一面咳嗽起来。[脂批："总为后文伏线，阿颦之问，可见不是一笔两笔所写。"]宝玉忙道："这里风冷，咱们只顾呆站在这里，快回去罢。"黛玉道："我也家去歇息了，明儿再见罢。"说着，便自取路去了。

宝玉只得闷闷的转步，又忽想起来黛玉无人随伴，忙命小丫头子跟了送回去。自己到了怡红院中，果有王夫人打发老嬷嬷来，吩咐他明日一早过贾赦那边去，与方才黛玉之言相对。

原来贾赦已将迎春许与孙家了。这孙家乃是大同府人氏，[脂批："设云大概相同也，若必云真大同府则呆。"]祖上系军官出身，乃当日宁荣府中之门生，算来亦系世交。如今孙家只有一人在京，现袭指挥之职。此人名唤孙绍祖，生得相貌魁梧，体格健壮，弓马娴熟，应酬权变，[脂批："画出一个俗物来。"]年纪未满三十，且又家资饶富，[脂批："此句断不可少。"]现在兵部候缺提升。因未有室，贾赦见是世交之孙，且人品家当，都相称

合,遂青目择为东床娇婿。

贾母不称意,不知何故,未见说明。

亦曾回明贾母,贾母心中却不十分趁意,但想来拦阻亦必不听,儿女之事自有天意前因,况且他是亲父主张,何必出头多事,为此只说"知道了"三字,余不多及。

贾政更恶孙家,因知其底细。

贾政又深恶孙家,虽是世交,当年不过是彼祖希慕荣、宁之势,有不能了结之事才拜在门下的,并非诗礼名族之裔,因此倒劝谏过两次,无奈贾赦不听,也只得罢了。

宝玉却从未会过这孙绍祖一面的,次日只得过去,聊以塞责。只听见说娶亲的日子甚急,不过今年就要过门的,又见邢夫人等回了贾母,将迎春接出大观园去等事,越发扫去了兴头,每日痴痴呆呆的,不知作何消遣。又听得说,要陪四个丫头过去,更又跌足自叹道:"从今后,这世上又少了五个清洁人了。"因此,总是散的兆头。天天到紫菱洲一带地方徘徊瞻顾,见其轩窗寂寞,屏帐翛然,一片凄凉景况,为日后预写一笔。不过只有几个该班上夜的老妪。

脂批:"先为对景悼颦儿作引。"

再看那岸上的蓼花苇叶,池内的翠荇香菱,也都觉摇摇落落,似有追忆故人之态,迥非素常逞妍斗色之可比。既领略得如此寥落凄惨之景,是以情不自禁,乃信口吟成一歌曰:

脂批:"此回题上半截是'悔娶河东狮',今却偏逢中山狼,倒装上下情孽,细腻写来,可见迎春是书中正传,阿呆夫妻是副,宾主次序严肃之至。其婚娶俗礼一概不及,只用宝玉一人过去,正是书中之大旨。"

池塘一夜秋风冷。吹散芰荷红玉影。

第七十九回　薛文龙悔娶河东狮　贾迎春误嫁中山狼

蓼花菱叶不胜愁，重露繁霜压纤梗。〔一〕

不闻永昼敲棋声，燕泥点点污棋枰。

古人惜别怜朋友，况我今当手足情！

宝玉方才吟罢，忽闻背后有人笑道："你又发什么呆呢？"宝玉回头忙看是谁，原来是香菱。宝玉忙转身笑问道："我的姐姐，你这会子跑到这里来做什么？许多日子也不进来逛逛。"

香菱拍手笑嘻嘻的说道："我何曾不来。如今你哥哥回来了，那里比先时自由自在的了。才刚我们奶奶使人找你凤姐姐的，竟没找着，说往园子里来了。我听见了这话，我就讨了这件差使，进来找他。遇见他的丫头，说在稻香村呢。如今我往稻香村去，谁知又遇见了你。我且问你，袭人姐姐这几日可好？怎么忽然把个晴雯姐姐也没了，到底是什么病？二姑娘搬出去的好快。你瞧瞧，这地方好空落落的。"宝玉应之不迭，又让他同到怡红院去吃茶。 薛蟠回来了。

香菱道："此刻竟不能，等找着琏二奶奶，说完了正经事再来。"宝玉道："什么正经事，这么忙？"香菱道："为你哥哥娶嫂子的事，所以要紧。" 脂批："出题去，闲闲引出。" 为薛蟠娶妻事。宝玉道："正是。说的到底是那一家的？只听见吵嚷了这半年，今儿又说张家的好，明儿又要李家的，后儿又议论王家的。这些人家的女儿，他也不知道造了什么罪了，叫人家好端端的议论。"香菱道："如今定了，可以不用搬扯别家了。"

宝玉忙问："定了谁家的？"香菱道："因你哥哥上次出门贸易时，在顺路到了个亲戚家去。这门亲原是老亲，且又和我们是同在户部挂名行商，也是数一数二的大门户。前日说起来时，你们两府都也知道的，合长安城中，上至王侯，下至买卖人，都称他家是'桂花夏家'。"脂批："夏日何得有桂，又桂花时节焉得又有雪？三者原系风马牛，今若强凑合，故终不相符。来此败运之事，大都如此，当局者自不解耳。"

宝玉笑问道：脂批："听得桂花之号，原觉新雅，故不觉又一笑，余亦欲笑问。""如何又称为'桂花夏家'？"香菱道："他家本姓夏，非常的富贵。其余田地不用说，单有几十顷地独种桂花，凡这长安城里城外桂花局子俱是他家的，连宫里一应陈设盆景亦是他家贡奉，因此才有这个浑号。如今太爷也没了，只有老奶奶带着一个亲生的姑娘过活，也并没有哥儿兄弟，可惜他竟一门尽绝了后。"

> 实际是暴发富商。

宝玉忙道："咱们也别管他绝后不绝后，只是这姑娘可好？你们大爷怎么就中意了？"脂批："补出阿呆素日难得中意来。"香菱笑道："一则是天缘，二则是'情人眼里出西施'。当年又是通家来往的，从小儿都一处厮混过。叙亲，是姑舅兄妹，又没嫌疑。虽离了这几年，前儿一到他家，夏奶奶又是没儿子的，一见了你哥哥出落的这样，又是哭，又是笑，竟比见了儿子的还胜。又令他兄妹相见，谁知这姑娘出落得花朵似的了，在家里也读书写字，所以你哥哥当时就一心相准了。连当铺里老朝

> 补叙夏家情况。

第七十九回　薛文龙悔娶河东狮　贾迎春误嫁中山狼

奉、伙计们一群人，遭扰了人家三四日，他们还留多住，好容易苦辞才放回家。你哥哥一进门，就咕咕唧唧求我们奶奶去求亲。我们奶奶原也是见过这姑娘的，且又门当户对，也就依了。和这里姨太太、凤姑娘商议了，打发人去一说就成了。只是娶的日子太急，所以我们忙乱的很。脂批："阿呆求妇一段文字，却从香菱口中补明，省却许多闲文累笔。"我也巴不得早些过来，又添一个作诗的人了。"脂批："妙极，香菱口声断不可少。看他下作死语，知其心中略无忌讳疑虑等意，直是浑然天真。余为之一哭。"

宝玉冷笑道：脂批："忽曰冷笑，二字便有文章。""虽如此说，但只我听这话，不知怎么，倒替你耽心虑后呢。"脂批："又为香菱之谶，偏是此等事体等到。"宝玉预为香菱担心，非无故也，盖见之多矣。香菱听了，不觉红了脸，正色道："这是什么话！素日咱们都是厮抬厮敬的，今日忽然说起这些事来，是什么意思！怪不得人人都说你是个亲近不得的人。"香菱完全不明白宝玉之意。少不更事，更未经过此类事，故反觉宝玉唐突也。一面说，一面转身走了。

宝玉见他这样，便怅然如有所失，呆呆的站了半天，思前想后，不觉滴下泪来，此意无人了解，安得不怅然有失。只得没精打彩，还入怡红院来。一夜不曾安稳，睡梦之中犹唤晴雯，或魇魔惊怖，种种不宁。次日便懒进饮食，身体作热。此皆近日抄检大观园、逐司棋、别迎春、悲晴雯等羞辱、惊恐、悲凄之所致，兼以风寒外感，故酿成一疾，卧床不起。晴雯一死，宝玉为之梦魂颠倒，忧能伤人，宝玉之悲苦，无人可诉也。

贾母听得如此，天天亲来看视。王夫人心中自悔不合因晴雯过于逼责了他。心中虽如此，脸上却不露不悔逼死晴雯，只悔逼责宝玉，可见此人蠢而且悍。

出。只吩咐众奶娘等好生服侍看守,一日两次带进医生来诊脉下药。一月之后,方才渐渐的痊愈。

贾母命好生保养,过一百日方许动荤腥油面等物,方可出门行走。这一百日内,连院门前皆不许到,只在房中顽笑。四五十日后,就把他拘约的火星乱迸,那里忍耐得住。虽百般设法,无奈贾母、王夫人执意不从,也只得罢了。因此和那些丫鬟们无所不至,恣意耍笑作戏。

又听得薛蟠摆酒唱戏,热闹非常,已娶亲入门,闻得这夏家小姐十分俊俏,也略通文翰,宝玉恨不得就过去一见才好。

薛蟠娶妻,迎春出嫁,均在宝玉病中叙出。

再过些时,又闻得迎春出了阁。宝玉思及当时姊妹们一处,耳鬓厮磨,从今一别,纵得相逢,也必不似先前那等亲密了。眼前又不能去一望,真令人凄惶迫切之至。少不得潜心忍耐,暂同这些丫鬟们厮闹释闷,幸免贾政责备、逼迫读书之难。这百日内,只不曾拆毁了怡红院,和这些丫鬟们无法无天,凡世上所无之事,都顽耍出来。如今且不消细说。

不知究竟有哪些事,可惜未叙出一二。

写香菱天真,仍一片真心也。

且说香菱自那日抢白了宝玉之后,心中自为宝玉有意唐突他,"怨不得我们宝姑娘不敢亲近他,可见我不如宝姑娘远矣;怨不得林姑娘时常和他角口,气的痛哭,自然唐突他也是有的了。从此倒要远避他才

第七十九回　薛文龙悔娶河东狮　贾迎春误嫁中山狼

好。"因此，以后连大观园也不轻易进来了，日日忙乱着。薛蟠娶过亲，自为得了护身符，自己身上分去责任，到底比这样安宁些；二则又闻得是个有才有貌的佳人，自然是典雅和平的。因此，他心中盼过门的日子比薛蟠还急十倍。好容易盼得一日娶过了门，他便十分殷勤小心服侍。

原来这夏家〔二〕小姐今年方十七岁，生得亦颇有姿色，亦颇识得几个字。若论心中的邱壑经纬，颇步熙凤之后尘。只吃亏了一件，从小时父亲去世的早，又无同胞弟兄，寡母独守此女，娇养溺爱，不啻珍宝，凡女儿一举一动，彼母皆百依百随，因此未免娇养太过，竟酿成个盗跖的性气。爱自己尊若菩萨，窥他人秽如粪土；外具花柳之姿，内秉风雷之性。在家中时常就和丫鬟们使性弄气，轻骂重打的。今日出了阁，自为要作当家的奶奶，比不得作女儿时腼腆温柔，须要拿出些威风来，才弹压得住人。况且见薛蟠气质刚硬，举止骄奢，若不趁热灶一气炮制熟烂，将来必不能自竖旗帜矣。又见有香菱这等一个才貌俱全的爱妾在室，越发添了"宋太祖灭南唐"之意，"卧榻之侧，岂容他人酣睡"之心。因他家多桂花，他小名就唤做金桂。他在家时，不许人口中带出"金""桂"二字来。凡有不留心误道一字者，他便定要苦打重罚才罢。他因想"桂花"二字是禁止不住的，须另换一名。因想

空有皮囊，性气却是盗跖，奇奇怪怪，世间又增一样人物。

看夏金桂，又是一种女子，又是一副心肠，真是千奇百怪。

既悍且混，天下又一种恶妇。

1535

桂花曾有广寒嫦娥之说，便将桂花改为嫦娥花，又寓自己身份如此。_{天下竟有如此蠢妇，真令人意想不到。}

又是另一种夫妻景况，天下之大，无奇不有。

薛蟠本是个怜新弃旧的人，且是有酒胆无饭力的，如今得了这样一个妻子，正在新鲜兴头上，凡事未免尽让他些。那夏金桂见了这般形景，便也试着一步紧似一步。一月之中，二人气概还都相平；至两月之后，便觉薛蟠的气概渐次低矮了下去。

一日，薛蟠酒后，不知要行何事，先与金桂商议，金桂执意不从。薛蟠忍不住便发了几句话，赌气自行了。这金桂便气的哭如醉人一般，茶汤不进，装起病来。_{是金桂第一着治人之法。}请医疗治，医生又说："气血相逆，当进宽胸顺气之剂。"薛姨娘恨的骂了薛蟠一顿，说："如今娶了亲，眼前抱儿子了，还是这样胡闹。人家凤凰蛋似的，好容易养了一个女儿，比花朵还轻巧，原看的你是个人物，才给你作老婆。你不说收了心安分守己，一心一计和和气气的过日子，还是这样胡闹，味嗓了黄汤，折磨人家。这会子花钱吃药白遭心。"

薛姨妈亦只以常情而论。

一席话说的薛蟠后悔不迭，反来安慰金桂。金桂见婆婆如此说丈夫，越发得了意，便装出些张致来，总不理薛蟠。薛蟠没了主意，惟自怨而已，好容易十天半月之后，才渐渐的哄转过金桂的心来，自此便加一倍小心，不免气概又矮了半截下来。_{呆霸王遇到了母夜叉。}

那金桂见丈夫旗纛渐倒，婆婆良善，也就渐渐的

第七十九回　薛文龙悔娶河东狮　贾迎春误嫁中山狼

持戈试马起来。_{新鲜至极。}先时不过挟制薛蟠，后来倚娇作媚，将及薛姨妈，后又将至薛宝钗。

> 夏金桂竟想横扫千军，独自称霸。

宝钗久察其不轨之心，每随机应变，暗以言语弹压其志。金桂知其不可犯，每欲寻隙，又无隙可乘，只得曲意俯就。_{碰到宝钗，略有顾忌。}

一日，金桂无事，因和香菱闲谈，问香菱家乡、父母，香菱皆答忘记。金桂便不悦，说有意欺瞒了他。因问他"香菱"二字是谁起的名字，香菱便答："姑娘起的。"金桂冷笑道："人人都说姑娘通，只这一个名字就不通。"香菱忙笑道："嗳哟，奶奶不知道，我们姑娘的学问，连我们姨老爷时常还夸呢。"……

> 香菱天真无邪，何曾遇见如此恶煞。

欲明后事，且见下回。

【回后评】

黛玉赞《芙蓉女儿诔》，记其警句，欲改"红绡帐里"为"茜纱窗下"，遂而愈转愈深，宝玉竟说不如改为："茜纱窗下，我本无缘；黄土陇中，卿何薄命。""我本无缘""卿何薄命"两句是与黛玉当面说出，于是"我""卿"二字竟是面对直指矣，故黛玉听了"忡然变色"也。宝玉续毕诔文时，黛玉竟"从芙蓉花中走出来"，小鬟便大叫"有鬼，晴雯真来显魂了"。这段文字，作者用迷离模糊的笔墨，已经使人感到晴雯隐寓黛玉，诔文再作如此一改，更是移花接木，诔晴雯变成诔黛玉了，所以脂批说："又当知虽诔晴雯，而又实诔黛玉也。""观此句，便知诔文实不为晴雯而作也。"脂批的说法，当然是指作者的用意，指出他的隐寓。从文章来说，当然是诔晴雯，不能真的把它当作诔黛玉。但正是透过这种暗示，作者已经渐渐地向读者渗透了黛玉的悲惨命运。

大观园在抄检之后，最先自动出去的是薛宝钗，接着便是迎春的出嫁，也是为迎春的命运作了最终的判定。宝钗的走，迎春的嫁，说明大观园的"理想国"，或者叫"女儿国"，从此宣告破灭了。贾宝玉听得迎春搬出园去的消息，"越发扫去了兴头，每日痴痴呆呆的，不知作何消遣。又听得说要陪四个丫头过去，更又跌足自叹道：'从今后，这世上又少了五个清洁人了。'因此，天天到紫菱洲一带地方徘徊瞻顾，见其轩窗寂寞，屏帐翛然，不过只有几个该班上夜的老妪。再看那岸上的蓼花苇叶，池内的翠荇香菱，也都觉摇摇落落，似有追忆故人之态，迥非素常逞妍斗色之可比。既领略得如此寥落凄惨之景，是以情不自禁，乃信口吟成一歌曰：'池塘一夜秋风冷，吹散芰荷红玉影。蓼花菱叶不胜愁，重露繁霜压

第七十九回　薛文龙悔娶河东狮　贾迎春误嫁中山狼

纤梗。不闻永昼敲棋声，燕泥点点污棋枰。古人惜别怜朋友，况我今当手足情。'"这一段描写大观园冷落凄凉的景色，实际上也是贾府以后败落的预兆。

薛蟠娶夏金桂，使《红楼梦》里多了一个有特殊个性的女性。贾宝玉一直认为"女儿是水作的骨肉"，女儿总比男人好，但夏金桂却不是如此。书中说："只吃亏一件，从小时父亲去世的早，又无同胞弟兄，寡母独守此女，娇养溺爱，不啻珍宝，凡女儿一举一动，彼母皆百依百随，因此不免娇养太过，竟酿成个盗跖的性气。爱自己尊若菩萨，窥他人秽如粪土；外具花柳之姿，内秉风雷之性。在家中时常就和丫鬟们使性弄气，轻骂重打的。今日出了阁，自为要作当家的奶奶，比不得作女儿时腼腆温柔。须要拿出些威风来，才弹压得住人。"可见这个夏金桂从小就是个坏性格，并不是后来沾了男人气后变坏的。这说明曹雪芹在创造人物时，还是从实际生活出发的。贾宝玉的"女儿论"只是他对社会的一种天真的理想的认识，这个认识，虽有合理的一面，但却有其明显的片面性。就拿大观园的女儿来说，薛宝钗、袭人等的思想就并不那么单纯。到了七十九回出现夏金桂，更说明雪芹创造人物，完全是从生活出发的，不是一味的理想主义。但香菱的个性却是单纯、天真、善良，要拿香菱来说，倒可以附合贾宝玉的"女儿论"，而且她即使沾了男人气，也没有改变她的单纯、天真的性格。她满以为薛蟠娶了夏金桂，自己得了良师益友了，反倒盼望愈早来愈好，谁知"自从两地生孤木，致使香魂返故乡"，夏金桂竟成了她的催命鬼。从女儿命运和从婚姻的角度来看，薛蟠和夏金桂，雪芹又为我们创造了一对罪恶的婚姻，我以为这更是当时社会现实的真实写照，而贾宝玉的"女儿论"并不是曹雪芹对妇女问题的全部思想。其中有相当大成分是属于为这个特殊艺术形象所作的特殊描写,不能把它与曹雪芹的妇女思想完全等同起来。

【校记】

〔一〕此句底本缺。此据列藏、杨藏、蒙府、戚序、甲辰、程甲诸本补。
〔二〕以上二十四字,底本缺,各本均存,此从甲辰本补。

第八十回　　美香菱屈受贪夫棒
王道士胡诌妒妇方〔一〕

　　话说金桂听了，将脖项一扭，嘴唇一撇，脂批："画出一个悍妇来。"鼻孔里哧哧两声，脂批："真真追魂摄魄之笔。"拍着掌冷笑道："菱角花谁闻见香来着？若说菱角香了，正经那些香花放在那里？可是不通之极！"真是不通至极。香菱道："不独菱角花，就连荷叶、莲蓬，都是有一股清香的。但他那原不是花香可比，若静日静夜或清早半夜细领略了去，那一股香比是花儿都好闻呢。此种境界，岂是暴发之家之人所能领略的。与夏金桂论此，真是对牛弹琴也。就连菱角、鸡头、苇叶、芦根得了风露，那一股清香，就令人心神爽快的。"脂批："说的出，便是慧心人，何况菱卿哉。"

　　金桂道："依你说，那兰花、桂花倒香的不好了？"脂批："又陪一个兰花，一则是自高声价，二则是诱人犯法。"香菱说到热闹头上，忘了忌讳，便接口道："兰花、桂花的香，又非别花之香可比。"一句话未完，金桂的丫鬟，名唤宝蟾者，都是金桂一路货色。忙指着香菱的脸儿说道："你要死，要死！你怎么真叫起姑娘的名字来了！"香菱猛省了，反不好意思，忙陪笑赔罪说:"一时说顺了嘴,奶奶别计较。"

金桂笑道:"这有什么,你也太小心了。但只是我想这个'香'字到底不妥,意思要换一个字,不知你服不服?"<small>其人横蛮可知。</small>香菱忙笑道:"奶奶说那里话,此刻连我一身一体俱属奶奶,何得换一名字反问我服不服,叫我如何当得起。<small>可怜香菱那知世人之险恶。</small>奶奶说那一个字好,就用那一个。"金桂笑道:"你虽说的是,只怕姑娘多心,说'我起的名字,反不如你,你能来了几日,就驳我的回了。'"<small>金桂还有顾忌。</small>

香菱笑道:"奶奶有所不知,当日买了我来时,原是老奶奶使唤的,故此姑娘起的名字,后来我自服侍了爷,就与姑娘无涉了。如今又有了奶奶,益发不与姑娘相干。况且姑娘又是极明白的人,如何恼得这些呢。"<small>香菱心肠如雪。</small>金桂道:"既这样说,'香'字竟不如'秋'字妥当。菱角、菱花皆盛于秋,岂不比香字有来历些。"香菱道:"就依奶奶这样罢了。"自此后,遂改了"秋"字,宝钗亦不在意。<small>香菱改为秋菱,自此时起。</small><small>宝钗亦未想到此人如此心胸也。</small>

只因薛蟠天性是"得陇望蜀"的,如今得娶了金桂,又见金桂的丫鬟宝蟾有三分姿色,举止轻浮可爱,便时常要茶要水的故意撩逗他。宝蟾虽亦解事,只是怕着金桂,不敢造次,且看金桂的眼色。金桂亦颇觉察其意,想着:"正要摆布香菱,无处寻隙,如今他既看上了宝蟾,且舍出宝蟾去与他,他一定就和香菱疏<small>薛蟠本性如此。</small>

第八十回　美香菱屈受贪夫棒　王道士胡诌妒妇方

远了。_{竟用阴谋诡计，其人心肠可知。}我且乘他疏远之时，摆布了香菱。那时宝蟾原是我的人，也就好处了。"_{香菱已在金桂的摆布中。}打定了主意，伺机而发。

这日，薛蟠晚间微醺，又命宝蟾倒茶来吃。薛蟠接碗时，故意捏他的手。宝蟾又乔装躲闪，连忙缩手，两下失误，豁啷一声，茶碗落地，泼了一身一地的茶。薛蟠不好意思，佯说宝蟾不好生递，宝蟾说："姑爷不好生接。"金桂冷笑道："两个人的腔调儿都够使了。别打谅谁是傻子。"薛蟠低头微笑不语，宝蟾红了脸出去。

一时安歇之时，金桂便故意的撺薛蟠别处去睡，"省得你馋痨饿眼。"薛蟠只是笑。金桂道："要作什么和我说，别偷偷摸摸的，不中用。"_{金桂如此工于心计，真心如蛇蝎也。}薛蟠听了，仗着酒盖脸，便趁势跪在被上，拉着金桂笑道："好姐姐，你若要把宝蟾赏了我，你要怎样就怎样。你要人脑子，我也弄来给你。"金桂笑道："这话好不通，你爱谁，说明了，就收在房里，省得别人看着不雅。我可要什么呢。"_{故作大方。}薛蟠得了这话，喜的称谢不尽，是夜曲尽丈夫之道，奉承金桂。_{脂批："曲尽丈夫之道，奇闻奇语。"}次日也不出门，只在家中厮奈，越发放大了胆。

至午后，金桂故意出去，让个空儿与他二人。薛蟠便拉拉扯扯的起来。宝蟾心里也知八九，也就半推半就，正要入港。_{金桂已设就牢笼，只让香菱进去。}谁知金桂是有心等候的，

_{薛蟠也是此类货色，正好与夏金桂相配，真是一对恶赖。}

料那时必在难分之际,便叫丫头小舍儿过来。

原来这小丫头也是金桂从小儿在家里使唤的,因他自幼父母双亡,无人看管,便大家叫他作小舍儿,专作些粗笨的生活。脂批:"铺叙小舍儿首尾,忙中又点薄命二字,与痴丫头遥遥作对。"金桂如今有意独唤他来,盼咐道:"你去告诉秋菱,到我屋里,将手帕取来,不必说我说的。"脂批:"金桂坏极,所以独使小舍为此。"小舍儿听了,一径寻着香菱,说:"菱姑娘,奶奶的手帕子忘记在屋里了。你去取来送上去,岂不好?"

香菱正因金桂近日每每的折挫他,不知何意,百般竭力挽回不暇。脂批:"总为痴心人一叹。"听了这话,忙往房里来取。不防正遇见他二人推就之际,一头撞了进去,自己倒羞的耳面飞红,忙转身回避不迭。即使回避,已入牢笼矣。

那薛蟠自为是过了明路的,除了金桂,无人可怕,所以连门也不掩。今见香菱撞来,故也略有些惭愧,还不十分在意。无奈宝蟾素日最是说嘴要强的,今既遇见了香菱,便恨无地缝儿可入,忙推开薛蟠,一径跑了。种种都在金桂设计之中。口内还恨怨不迭,说他强奸力逼等语。薛蟠好容易圈哄的要上手,却被香菱打散,不免一腔兴头,变作了一腔恶怒,都在香菱身上。不容分说,赶出来啐了两口,骂道:"死娼妇,你这会子作什么来撞尸游魂!"香菱料事不好,三步两步早已跑了。

薛蟠再来找宝蟾,已无踪迹了,于是恨的只骂香菱。至晚饭后,已吃得醺醺然,洗澡时不防水略热了

第八十回　美香菱屈受贪夫棒　王道士胡诌妒妇方

些，烫了脚，便说香菱有意害他，赤条精光赶着香菱踢打了两下。_{写薛蟠如此不堪。}香菱虽未受过这气苦，既到此时，也说不得了，只好自悲自怨，各自走开。

彼时金桂已暗和宝蟾说明，今夜令薛蟠和宝蟾在香菱房中去成亲，命香菱过来陪自己先睡。先是香菱不肯，金桂说他嫌脏了，再必是图安逸，怕夜里劳动服侍，又骂说："你那没见世面的主子，见一个，爱一个，把我的人霸占了去，又不叫你来，到底是什么主意，想必是逼我死罢了。"_{刁钻古怪，一至于此，亦见人性恶之可怕也。}

薛蟠听了这话，又怕闹黄了宝蟾之事，忙又赶来骂香菱："不识抬举！再不去便要打了！"香菱无奈，只得抱了铺盖来。金桂命他在地下铺睡。香菱无奈，只得依命。刚睡下，便叫倒茶，一时又叫捶腿。如是一夜七八次，总不使其安逸稳卧片时。_{香菱受尽折磨。}

那薛蟠得了宝蟾，如获珍宝，_{写薛蟠之滥之无状。}一概都置之不顾。恨的金桂暗暗的发狠道：_{写金桂之阴狠。}"且叫你乐这几天，等我慢慢的摆布了来，那时可别怨我！"一面隐忍，一面设计摆布香菱。_{恶妇手中有杀人刀。}

半月光景，忽又装起病来，只说心疼难忍，四肢不能转动。_{脂批："半月工夫，设计安矣。"}请医疗治不效，众人都说是香菱气的。闹了两日，忽又从金桂的枕头内抖出纸人来，上面写着金桂的年庚八字，有五根针钉在心窝并四肢骨节等处。_{毒计百出，千变万化，何恶人之多术也。}于是众人反乱起来，当作新闻,先报与薛姨妈。薛姨妈先忙手忙脚的,薛蟠自然更乱起来,立刻要拷打众人。_{薛蟠是一个浑人,浑得逼真。}

金桂笑道:"何必冤枉众人,大约是宝蟾的镇魇法儿。"_{脂批:"恶极坏极。"}薛蟠道:"他这些时并没多空儿在你房里,何苦赖好人。"_{脂批:"正要老兄此句。"}金桂冷笑道:"除了他,还有谁?莫不是我自己不成!虽有别人,谁可敢进我的房呢?"_{偏不说香菱,偏要薛蟠自己说出。}薛蟠道:"香菱如今是天天跟着你,他自然知道,先拷问他就知道了。"金桂冷笑道:"拷问谁,谁肯认?_{此句是说不认也要认也。}依我说,竟装个不知道,大家丢开手罢了。横竖治死我也没什么要紧,乐得再娶好的。若据良心上说,左不过是你们三个多嫌我一个。"_{偏要反说,让你正做。}说着,一面痛哭起来。

薛蟠更被这一席话激怒,顺手抓起一根门闩来,_{脂批:"与前要打死宝玉遥遥一对。"}一径抢步找着香菱,不容分说,便劈头劈面打起来,一口咬定是香菱所施。香菱叫屈,薛姨妈跑来禁喝说:"不问明白,就打起人来了。这丫头服侍了你这几年,那一点不周到,不尽心?他岂肯如今倒作这没良心的事!你且问个清浑皂白,再动粗卤。"

金桂听见他婆婆如此说着,生怕薛蟠耳软心活,便益发嚎啕大哭起来,一面又哭喊说:"这半个多月把我的宝蟾霸占了去,不容他进我的房,惟有秋菱跟着我睡。我要拷问宝蟾,〔二〕你又护到头里。你这会子又赌气打他去。不过要治死我,再拣富贵的标致的

先说宝蟾,是为让薛蟠说出香菱。金桂真恶而刁也。

幸亏薛姨妈几句话,不然香菱危矣。

泼妇、刁妇、悍妇、赖妇,色色俱全。

第八十回　美香菱屈受贪夫棒　王道士胡诌妒妇方

娶来就是了，何苦作出这些把戏来！"薛蟠听了这些话，越发着了急。<small>薛蟠是条浑虫，一触即动。</small>

薛姨妈听见金桂句句挟制着儿子，百般恶赖的样子，十分可恨。无奈儿子偏不硬气，已是被他挟持软惯了。如今又勾搭上丫头，被他说霸占了去，他自己反要占温柔让夫之礼。这魇魔法究竟不知谁作的，实是俗语说的，"清官难断家务事"，此时正是公婆难断房帏事了。<small>魇魔法是谁作的，只要拷打金桂，自然便知。</small>因此无法，只得赌气喝骂薛蟠说："不争气的孽障！骚狗也比你体面些！<small>骂得准，比骚狗还坏得多！</small>谁知你三不知的把陪房丫头也摸索上了，叫老婆说嘴占了他的丫头，什么脸出去见人！也不知谁使的法子，<small>难道还用问。</small>也不问青红皂白，好歹就打人。我知道你是个得新弃旧的东西，<small>骂得准。</small>白辜负了我当日的心。他既不好，你也不许打，我即刻叫人牙子来卖了他，你就心净了。"<small>如果卖了，也许倒是救了香菱。</small>说着，命香菱"收拾了东西，跟我来"，一面叫人："去，快叫个人牙子来，多少卖几两银子，拔去肉中刺，眼中钉，大家过太平日子。"薛蟠见母亲动了气，早也低下头了。

金桂听了这话，便隔着窗子往外哭道："你老人家只管卖人，不必说着一个扯着一个的。我们很是那吃醋拈酸、容不下人的人不成？怎么'拔去肉中刺，眼中钉'？是谁的钉，谁的刺？但凡多嫌着他，也不肯把我的丫头也收在房里了。"<small>其刁无比，半句不让。</small>

> 拿出家法来，她也不怕，反而变本加厉，愈闹愈泼，雪芹之笔，不仅能画人，竟能画妖魔鬼怪。

薛姨妈听说，气的身战气咽道："这是谁家的规矩？婆婆这里说话，媳妇隔着窗子拌嘴。亏你是旧家人家的女儿！满嘴里大呼小喊，说的是些什么！"薛蟠急的跺脚说："罢哟，罢哟！看人听见笑话。"

> 一套浑话、赖话，偏说得如此周全，亏雪芹写得出，雪芹不唯洞察宝黛心灵神妙精微处，且又洞悉妖魔心肝肺腑，真上天入地之通才！

金桂意谓一不作，二不休，越发发泼喊起来了，说："我不怕人笑话！你的小老婆治我害我，我倒怕人笑话了！再不然，留下他，就卖了我。_{其刁无比，谁能想得出。}谁还不知道你薛家有钱，行动就拿钱垫人，又有好亲戚，挟制着别人。你不趁早施为，还等什么？嫌我不好，谁叫你们瞎了眼，三求四告的跑了我们家作什么去了！这会子人也来了，金的银的也赔了，略有个眼睛鼻子的也霸占去了，该挤发我了！"一面哭喊，一面滚揉，自己拍打。_{写得活生生一个刁妇、泼妇、恶妇形象。}薛蟠急的说又不好，劝又不好，打又不好，央告又不好，只是出入咳声叹气，抱怨说运气不好。_{脂批："果然不差。"}

> 香菱能从宝钗当是幸运，奈并不能长久耳！

当下薛姨妈早被薛宝钗劝进去了，只命人来卖香菱。宝钗笑道："咱们家从来只知买人，并不知有卖人之说。妈可是气的糊涂了，倘或叫人听见，岂不笑话。哥哥、嫂子嫌他不好，留下我使唤。我正也没人使呢。"薛姨妈道："留下他还是淘气，_{薛姨妈倒是说对了。}不如打发了他倒干净。"宝钗笑道："他跟着我也是一样，横竖不叫他到前头去。从此断绝了他那里，_{能断绝了吗？}也如卖了一般。"香菱早已跑到薛姨妈跟前痛哭哀求，只不

第八十回　美香菱屈受贪夫棒　王道士胡诌妒妇方

愿出去，情愿跟着姑娘。薛姨妈也只得罢了。

从此以后，香菱果跟随宝钗到园内去了，把前面路径竟一心断绝。虽然如此，终不免对月伤悲，挑灯自叹。本来怯弱，虽在薛蟠房中几年，皆由血分中有病，是以并无胎孕。今复加以气怒伤感，内外折挫不堪，竟酿成干血之症，香菱终于被折磨成病矣。此妒妇杀之也。日渐羸瘦作烧，饮食懒进，请医诊视服药亦不效验。

那时金桂又吵闹了数次，气的薛姨妈母女惟暗中垂泪，怨命而已。薛蟠虽曾仗着酒胆，挺撞过他两三次，持棍欲打，那金桂便递与他身子，着他随意打；这里持刀欲杀时，便伸与他脖项。薛蟠也实不能下手，薛蟠实不敢下手也。金桂泼赖，到底竟让薛蟠无法。如遇《水浒》中杨志，则已一刀了之矣，今薛蟠虽非韩信，倒肯受胯下文。只得乱闹了一阵罢了。如今习惯成自然，反使金桂越发长了威风，薛蟠越发软了气骨。已是西风压倒东风。虽是香菱犹在，却亦如不在的一般，纵不能十分畅快，也就不觉的碍眼了，且姑置不究。如今又渐次寻趁宝蟾。赶走了一个，又找第二个。

宝蟾却不比香菱的情性，最是个烈火干柴，既和薛蟠情投意合，便把金桂忘在脑后。近见金桂又作践他，他便不肯服低容让半点。先是一冲一撞的拌嘴角口，后来金桂急了，甚至于骂，再至于厮打。他虽不敢还言还手，便大撒泼性，拾头打滚，寻死觅活，昼则刀剪，夜则绳索，无所不闹。薛蟠此时一身难以两顾，惟徘徊观望于二者之间，十分闹的无法，便出门

庚辰本"香菱果跟随宝钗在园内去了"句，"园内"两字点掉，旁改"屋里"，"了"字亦点掉。今查列藏本、王府本、杨藏本、甲辰本均有"园内"两字，甲辰本"园"下脱"内"字。程甲本、戚序本无"园内"二字。据此，可知早期抄本都有"园内"二字，删去"园内"二字，是从程甲、戚序本开始的，按前已叙明，大观园抄检后，宝钗已自动搬出园来，并未再回去，故后来删去"在园内"三字是合理的。

宝蟾又是一种性格，倒是金桂的好对手，即以其人之道，还治其人之身。

躲在外厢。

金桂不发作性气，有时欢喜，便纠聚人来斗纸牌、掷骰子作乐。又生平最喜啃骨头。_{奇极怪极，莫非前生是狗。}每日务要〔三〕杀鸡鸭，将肉赏人吃，自己只以油炸焦骨头下酒。吃的不奈烦或动了气，便肆行海骂，说："有别的忘八粉头乐的，我为什么不乐！"薛家母女总不去理他。薛蟠亦无别法，惟日夜悔恨不该娶这搅家星罢了，都是一时没了主意。_{脂批："补足本题。"}于是宁、荣二宅之人，上上下下，无有不知，无有不叹者。

> 已经治得呆霸王霸不起来了。

此时宝玉已过了百日，出门行走。亦曾过来见过金桂，"举止形容也不怪厉，一般是鲜花嫩柳，与众姊妹不差上下的人，焉得这等样情性。可为奇之至极。"_{脂批："别书中形容妒妇，必曰黄发鳖面，岂不可笑。"}因此心下纳闷。这日，与王夫人请安去，又正遇见迎春奶娘来家请安，说起孙绍祖甚属不端，"姑娘惟有背地里淌眼抹泪的，只叫接了来家散诞两日。"王夫人因说："我正要这两日接他去，只因七事八事的都不遂心，_{脂批："草蛇灰线，后文方不见突然。"}所以就忘了。前儿宝玉去了，回来也曾说过的。_{脂批："补明。"}明日是个好日子，就接他去。"

> 叙香菱灾难刚罢，又来迎春厄运。

> "七事八事都不遂心"，贾府已入衰运。

正说着，贾母打发人来找宝玉，说："明儿一早往天齐庙还愿去。"宝玉如今巴不得各处去逛逛，听见如此说，喜的一夜不曾合眼，盼明不明的。次日一

第八十回　美香菱屈受贪夫棒　王道士胡诌妒妇方

早,梳洗穿带已毕,随了两三个老嬷嬷坐车出西城门外天齐庙来烧香还愿。宝玉久不外出矣。

这庙里已是昨日预备停妥的。宝玉天生性怯,不敢近狰狞神鬼之像。这天齐庙本系前朝所修,极其雄壮。如今年深岁久,又极其荒凉。里面泥胎塑像,皆极其凶恶。是以忙忙的焚过纸马钱粮,便退至道院歇息。

一时吃过饭,众嬷嬷和李贵等人围随宝玉,到处散诞顽耍了一回。宝玉困倦,复回至静室安歇。众嬷嬷生恐他睡着了,便请当家的老王道士来陪他说话儿。这老王道士专意在江湖上卖药,弄些海上方治人射利,这庙外现挂着招牌,丸散膏丹,色色俱备,亦长在宁、荣两宅走动熟惯,都与他起了个浑号,唤他作"王一贴",言他的膏药最灵验,只一贴百病皆除之意。又一个江湖骗子,雪芹笔下的道士真实形象,非一僧一道之属。

当下王一贴进来,宝玉正歪在炕上想睡,李贵等正说"哥儿别睡着了",厮混着。看见王一贴进来,〔四〕都笑道:"来的好,来的好。王师父,你极会说古记的,说一个与我们小爷听听。"王一贴笑道:"正是呢。哥儿别睡,仔细肚子里面筋作怪。"说着,满屋里人都笑了。脂批:"王一贴又与张道士遥遥一对,特犯不犯。"

宝玉也笑着起身整衣。王一贴喝命徒弟们快泡好酽茶来。茗烟道:"我们爷不吃你的茶,连这屋里坐着还嫌膏药气息呢。"王一贴笑道:"没当家花花的,膏药从不拿进这屋里来的。知道哥儿今日必来,头三五天就拿香熏了又熏的。"

宝玉道:"可是呢,天天只听见你的膏药好,到底治什么病?"王一贴道:"哥儿若问我的膏药,说来话长,其中细理,一言难尽。共药一百二十味,君臣相际,宾客得宜,温凉兼用,贵贱殊方。内则调元补气,开胃口,养荣卫,宁神安志,去寒去暑,化食化痰;外则和血脉,舒筋络,出死肌,生新肉,去风散毒。其效如神,贴过的便知。"〔一副江湖卖药套话,写得头头是道、活灵活现。〕

宝玉道:"我不信,一张膏药就治这些病!我且问你,倒有一种病,可也贴的好么?"王一贴道:"百病千灾,无不立效。若不见效,哥儿只管揪着胡子打我这老脸,拆我这庙,何如?〔江湖气到底。〕只说出病源来。"宝玉笑道:"你猜。若你猜的着,便贴的好了。"王一贴听了,寻思一会,笑道:"这倒难猜,只怕膏药有些不灵了。"

宝玉命李贵等:"你们且出去散散。这屋里人多,越发蒸臭了。"李贵等听说,且都出去自便,只留下茗烟一人。〔王一贴更误以为有心遣出了。脂批:"与前文一照。"〕这茗烟手内点着了一枝梦甜香,宝玉命他坐在身旁,却倚在他身上。

王一贴心有所动,〔脂批:"四字好,万端生于心,心邪则意邪。"〕便笑嘻嘻走近前来,悄悄的说道:"我可猜着了。想是哥儿如今有了房中的事情,要滋助的药,可是不是?"〔江湖骗人老道,只有此等骗术。〕话

〔王一贴想到歪路上去了,因其人歪,故想入歪路也。〕

第八十回　美香菱屈受贪夫棒　王道士胡诌妒妇方

犹未完，茗烟先喝道："该死，打嘴！"宝玉犹未解，忙问："他说什么？"茗烟道："信他胡说。"唬的王一贴不敢再问，只说："哥儿明说了罢。"

脂批："未解妙，若解，则不成文矣。"

宝玉道："我问你，可有贴女人的妒病方子没有？"

奇想奇问。

王一贴听说，拍手笑道："这可罢了。不但说没有方子，〔五〕就是听也没有听见过。"宝玉笑道："这样还算不得什么。"王一贴又忙道："贴妒的膏药倒没经过，倒有一种汤药或者可医，只是慢些儿，不能立竿见影的效验。"

脂批："千古奇文奇语，仍归结至上半回正文，细密如此。"

宝玉问："什么汤药，怎么吃法？"王一贴道："这叫作'疗妒汤'，用极好的秋梨一个，二钱冰糖，一钱陈皮，水三碗，梨熟为度。每日清早吃这么一个梨，吃来吃去，就好了。"宝玉道："这也不值什么，只怕未必见效。"王一贴道："一剂不效吃十剂，今日不效明日再吃，今年不效吃到明年。横竖这三味药都是润肺开胃不伤人的，甜丝丝的，又止咳嗽，又好吃。吃过一百岁，人横竖是要死的，死了还妒什么！那时就见效了。"说着，宝玉、茗烟都大笑不止，骂"油嘴的牛头"。

药名新，从未听过。

活画一个江湖老滑头。

虽是一段谐谑文字，却是谐中寓庄，"死了还妒什么"，可见此病不可医也。

脂批："此科诨一收，方为奇趣之至。"

王一贴笑道："不过是闲着解午盹罢了，有什么关系。说笑了你们，就值钱。实告诉你们说，连膏药也是假的。我有真药，我还吃了作神仙呢。有真的，跑到这里来混！"正说着，吉时已到，

总算说了实话。

脂批："寓意深远，在此数语。"

此江湖老道最终能说实话，则又与一般只说假话者不同。

请宝玉出去焚化钱粮散福。功课完毕,方进城回家。

那时迎春已来家好半日,孙家的婆娘媳妇等人已待过晚饭,打发回家去了。迎春方哭哭啼啼的在王夫人房中诉委曲,说孙绍祖"一味好色,好赌酗酒,家中所有的媳妇、丫头将及淫遍,_{与薛蟠可以成对。}略劝过两三次,便骂我是'醋汁子老婆拧出来的'。_{脂批:"奇文奇骂,为迎春一哭。又为荣府一哭,恨薛蟠何等刚霸,偏不能以此语及金桂,使人忿忿。此书中全是不平,又全是意外之料。"}又说,老爷曾收着他五千银子,不该使了他的。如今他来要了两三次不得,他便指着我的脸说道:'你别和我充夫人娘子,你老子使了我五千银子,把你准折卖给我的。好不好,打一顿撵在下房里睡去。当日有你爷爷在时,希图上我们的富贵,赶着相与的。论理,我和你父亲是一辈,如今强压我的头,卖了一辈。又不该作了这门亲,倒没的叫人看着赶势利似的。'"_{脂批:"不通可笑,遁辞如闻。"}一行说,一行哭的呜呜咽咽,连王夫人并众姊妹无不落泪。

> 又是一个恶赖。

> 写过女的夏金桂,又写男的孙绍祖。

> 写过香菱,又写迎春。

王夫人只得用言语解劝说:"已是遇见了这不晓事的人,可怎么样呢。想当日你叔叔也曾劝过大老爷,不叫作这门亲的。大老爷执意不听,一心情愿,到底作不好了。我的儿,这也是你的命。"迎春哭道:"我不信我的命就这么不好!从小儿没了娘,幸而过婶子这边过了几年心净日子,如今偏又是这么个结果!"

王夫人一面解劝,一面问他随意要在那里安歇。迎春道:"乍乍的离了姊妹们,只是眠思梦想。二则

第八十回　美香菱屈受贪夫棒　王道士胡诌妒妇方

还记挂着我的屋子，还得在园里旧房子里住得三五天，死也甘心了。不知下次还可能得住不得住了呢！"可怜可悲。才离大观园，仍思大观园，无奈往日欢情，已如流水矣。

王夫人忙劝道："快休乱说。不过年轻的夫妻们，斗牙斗齿，亦是万万人之常事，何必说这丧话。"仍命人忙忙的收拾紫菱洲房屋，命姊妹们陪伴着解释，又吩咐宝玉："不许在老太太跟前走漏一些风声，倘或老太太知道了这些事，都是你说的。"宝玉唯唯的听命。

迎春是夕，仍在旧馆安歇。众姊妹、丫鬟等更加亲热异常。一连住了三日，才往邢夫人那边去。先辞过贾母及王夫人，然后与众姊妹分别，更皆悲伤不舍。还是王夫人、薛姨妈等安慰劝释，方止住了，过那边去。脂批："凡迎春之文，皆从宝玉眼中写出。前'悔娶河东狮'是实写，'误嫁中山狼'，出迎春口中，可为实（虚）写。以虚虚实实变幻体格，各尽其法。"又在邢夫人处住了两日，就有孙绍祖的人来接去。迎春虽不愿去，无奈惧孙绍祖之恶，只得勉强忍情，作辞去了。

邢夫人本不在意，也不问其夫妻和睦、家务烦难，只面情塞责而已。终不知端的。且听下回分解。

【回后评】

作者写夏金桂,则世间有其一,无其二,活生生之夏金桂。古人写妒妇悍妇多矣,夏金桂出,遂难更出其右者。夏金桂种种恶行,世间恶妇难有其全。夏金桂设计陷香菱、镇薛蟠、纵宝蟾种种手段,皆是明写。且其人行为放纵撒泼,无半点隐藏,与王熙凤计诱尤二姐、折磨尤二姐、逼杀尤二姐种种做法,一明一暗,恰成对照:王熙凤是不动声色,笑里藏刀,把人逼死了还要洒泪哭泣,以示悲伤;夏金桂则是电闪雷霹,狂风骤雨,又如猛虎扑羊,恣意吞噬,饱食后放声长啸。前者是文丝不动而灭对方,后者是大喊大叫而吞弱敌。雪芹一枝笔,写出两种截然不同之妒妇、悍妇、毒妇,其胸中所藏,岂仅陈仓数十万之众哉!

王道士"疗妒汤"一方,实存讽世之意,"妒"之一病,岂独女子哉,又岂独男女间哉,故"妒"实不可治也。论者曰:宝玉觅"妒妇方",非为夏金桂也,实为袭人等也,此论求之过深而近于凿。盖宝玉实有感于夏金桂之奇妒,而又遇王一贴,故有此问也。如无夏金桂之奇妒,宝玉虽遇王一贴,亦断无此问矣。宝玉虽是为夏金桂而问,实亦为普天下形形色色之"妒"而问也。

迎春嫁出后归诉受虐待之苦,欲求在紫菱洲再小住数日,可见昔日女儿国之欢乐无忧,不可复矣。雪芹写孙绍祖之中山狼,不仅写其恶赖,更是为写又一种悲剧婚姻也。此悲剧婚姻是贾赦"执意不听,一心情愿"所造成,终于断送迎春!此又是婚姻不得自主之罪也。

《红楼梦》前八十回,为雪芹原作,八十回讫,则雪芹之原作尽矣,八十回后之文字,皆为后人续作,其作者已不可

第八十回　美香菱屈受贪夫棒　王道士胡诌妒妇方

考。予之评止于八十回，八十回以后则或略记所感，或多或少，亦有评之较多者，抑或有竟付阙如者，读者谅之。

或曰后四十回绝非高鹗所续，强认后四十回为高鹗所续，误也。予深然其说。予以为程、高刻本序中所述后四十回陆续于冷摊所得为实话，非欺人之谈。或又曰后四十回中杂有雪芹旧稿，此亦吾人可研之题也。况后四十回中间亦有文笔极胜者。然就整体而论，后四十回与前八十回相违者甚多，而文笔迥不如前，此为其大概也。然较之同时流行之续书，此为佼佼者矣，《红楼梦》之得风行于世，程、高之功为巨也。后四十回之胜于众续亦其主因也，故未可一概而论也。

【校记】

〔一〕底本此回无回目，但已分回，仅有"第八十回"四字。列藏本七十九、八十回未分回，更无回目，只在"连我们姨老爷时常还夸呢"的"呢"字下有一墨勾。以示分回。但此墨勾，当非原抄者所勾，恐是后人补勾。其余蒙府、戚序本作"懦弱迎春肠回九曲，姣怯香菱病入膏肓"；杨藏本作"懦迎春肠回九曲，姣香菱病入膏肓"；甲辰本作"美香菱屈受贪夫棒，丑道士胡诌妒妇方"；程甲本同，唯"丑道士"作"王道士"。此从程甲本补。

〔二〕"霸占了去"以下共二十五字，底本缺，各本存，文字有异，此从列藏、甲辰本补。

〔三〕"便纠聚人来斗纸牌"以下共二十五字，底本缺，各本均有，此从戚序本补。

〔四〕"宝玉正歪在炕上想睡"以下共三十字，底本缺，各本均有，文字略异，此从列藏、蒙府本补。

〔五〕"听说，拍手笑道"以下共十七字，底本缺，各本皆有，文字有歧异，此从列藏、戚序本补。

第八十一回　占旺相四美钓游鱼
　　　　　　　奉严词两番入家塾

　　且说迎春归去之后，邢夫人像没有这事，倒是王夫人抚养了一场，却甚实伤感，在房中自己叹息了一回。只见宝玉走来请安，看见王夫人脸上似有泪痕，也不敢坐，只在旁边站着。王夫人叫他坐下，宝玉才挨上炕来，就在王夫人身旁坐了。

　　王夫人见他呆呆的瞅着，似有欲言不言的光景，便道："你又为什么这样呆呆的？"宝玉道："并不为什么，只是昨儿听见二姐姐这种光景，我实在替他受不得。虽不敢告诉老太太，却这两夜只是睡不着。我想咱们这样人家的姑娘，那里受得这样的委屈。况且二姐姐是个最懦弱的人，向来不会和人拌嘴，偏偏儿的遇见这样没人心的东西，竟一点儿不知道女人的苦处。"说着，几乎滴下泪来。

　　王夫人道："这也是没法儿的事。俗语说的，'嫁出去的女孩儿泼出去的水'，叫我能怎么样呢。"宝玉

第八十一回　占旺相四美钓游鱼　奉严词两番入家塾

道："我昨儿夜里倒想了一个主意：咱们索性回明了老太太，把二姐姐接回来，还叫他紫菱洲住着，仍旧我们姐妹弟兄们一块儿吃，一块儿顽，省得受孙家那混账行子的气。等他来接，咱们硬不叫他去。由他接一百回，咱们留一百回，只说是老太太的主意。这个岂不好呢！"

王夫人听了，又好笑，又好恼，说道："你又发了呆气了，混说的是什么！大凡做了女孩儿，终久是要出门子的，嫁到人家去，娘家那里顾得？也只好看他自己的命运，碰得好就好，碰得不好也就没法儿。你难道没听见人说，'嫁鸡随鸡，嫁狗随狗'，那里个个都像你大姐姐做娘娘呢？况且你二姐姐是新媳妇，孙姑爷也还是年轻的人，各人有各人的脾气，新来乍到，自然要有些扭别的。过几年，大家摸着脾气儿，生儿长女以后，那就好了。你断断不许在老太太跟前说起半个字，我知道了是不依你的。快去干你的去罢，不要在这里混说。"说得宝玉也不敢作声，坐了一回，无精打彩的出来了。憋着一肚子闷气，无处可泄，走到园中，一径往潇湘馆来。刚进了门，便放声大哭起来。

> 宝玉此时之呆，是真呆，全无灵气，与前八十回之呆有异。

黛玉正在梳洗才毕，见宝玉这个光景，倒吓了一跳，问："是怎么了？和谁怄了气了？"连问几声。宝玉低着头，伏在桌子上，呜呜咽咽，哭的说不出话来。黛玉便在椅子上怔怔的瞅着他，一会子问道："到底

> 写宝玉放声大哭及如此哭法，以前少见，总是笔少灵动之气。

是别人和你怄了气了,还是我得罪了你呢?"宝玉摇手道:"都不是,都不是。"黛玉道:"那么着,为什么这么伤起心来?"宝玉道:"我只想着咱们大家越早些死的越好,活着真真没有趣儿!"黛玉听了这话,更觉惊讶,道:"这是什么话,你真正发了疯了不成?"

宝玉道:"也并不是我发疯,我告诉你,你也不能不伤心。前儿二姐姐回来的样子和那些话,你也都听见、看见了。我想人到了大的时候,为什么要嫁?嫁出去,受人家这般苦楚!还记得咱们初结海棠社的时候,大家吟诗做东道,那时候何等热闹。如今宝姐姐家去了,连香菱也不能过来,二姐姐又出了门子了。几个知心知意的人都不在一处,弄得这样光景。我原打算去告诉老太太,接二姐姐回来,谁知太太不依,倒说我呆,混说,我又不敢言语。这不多几时,你瞧瞧,园中光景已经大变了。若再过几年,又不知怎么样了。故此越想不由人不心里难受起来。"

黛玉听了这番言语,把头渐渐的低了下去,身子渐渐的退至炕上,一言不发,叹了口气,便向里躺下去了。

紫鹃刚拿进茶来,见他两个这样,正在纳闷。只见袭人来了,进来看见宝玉,便道:"二爷在这里呢么,老太太那里叫呢。我估量着二爷就是在这里。"黛玉听见是袭人,便欠身起来让坐。

第八十一回　占旺相四美钓游鱼　奉严词两番入家塾

黛玉的两个眼圈儿已经哭的通红了。宝玉看见道："妹妹，我刚才说的不过是些呆话，你也不用伤心。你要想我的话时，身子更要保重才好。你歇歇儿罢，老太太那边叫我，我看看去就来。"说着，往外走了。

袭人悄问黛玉道："你两个人又为什么？"黛玉道："他为他二姐姐伤心。我是刚才眼睛发痒揉的，并不为什么。"袭人也不言语，忙跟了宝玉出来，各自散了。宝玉来到贾母那边，贾母却已经歇晌，只得回到怡红院。

到了午后，宝玉睡了中觉起来，甚觉无聊，随手拿了一本书看。袭人见他看书，忙去沏茶伺候。谁知宝玉拿的那本书却是《古乐府》，随手翻来，正看见曹孟德"对酒当酒，人生几何"一首，不觉刺心。因放下这一本，又拿一本看时，却是晋文，翻了几页，忽然把书掩上，托着腮，只管痴痴的坐着。

袭人倒了茶来，见他这般光景，便道："你为什么又不看了？"宝玉也不答言，接过茶来喝了一口，便放下了。袭人一时摸不着头脑，也只管站在旁边呆呆的看着他。忽见宝玉站起来，嘴里咕咕哝哝的说道："好一个'放浪形骸之外'！"袭人听了，又好笑，又不敢问他，只得劝道："你若不爱看这些书，不如还到园里逛逛，也省得闷出毛病来。"

那宝玉只管口中答应，只管出着神往外走了。一时走到沁芳亭,但见萧疏景象,人去房空。又来至蘅芜院,更是香草依然,门窗掩闭。转过藕香榭来,远远的只见几个人在蓼溆一带栏杆上靠着,有几个小丫头蹲在地下找东西。宝玉轻轻的走在假山背后听着。

只见一个说道:"看他浟上来不浟上来。"好似李纹的语音。一个笑道:"好,下去了。我知道他不上来的。"这个却是探春的声音。一个又道:"是了,姐姐你别动,只管等着。他横竖上来。"一个又说:"上来了。"这两个是李绮、邢岫烟的声儿。

宝玉忍不住,拾了一块小砖头儿,往那水里一撂,咕咚一声,四个人都吓了一跳,惊讶道:"这是谁这么促狭?唬了我们一跳。"宝玉笑着从山子后直跳出来,笑道:"你们好乐啊,怎么不叫我一声儿?"探春道:"我就知道再不是别人,必是二哥哥这样淘气。没什么说的,你好好儿的赔我们的鱼罢。刚才一个鱼上来,刚刚儿的要钓着,叫你唬跑了。"宝玉笑道:"你们在这里顽,竟不找我,我还要罚你们呢。"大家笑了一回。宝玉道:"咱们大家今儿钓鱼,占占谁的运气好。看谁钓得着,就是他今年的运气好。钓不着,就是他今年运气不好。咱们谁先钓?"探春便让李纹,李纹不肯。探春笑道:"这样就是我先钓。"回头向宝玉说道:"二哥哥,你再赶走了我的鱼,我可不依了。"宝玉道:"头里原是我要唬你们顽,这会子你只管钓罢。"探春

> 迎春之去,不知探春等作如何想。

第八十一回　占旺相四美钓游鱼　奉严词两番入家塾

把丝绳抛下，没十来句话的工夫，就有一个杨叶窜儿吞着钩子，把漂儿坠下去，探春把竿一挑，往地下一撩，却是活迸的。侍书在满地上乱抓，两手捧着，搁在小磁坛内清水养着。

探春把钓竿递与李纹。李纹也把钓竿垂下，但觉丝儿一动，忙挑起来，却是个空钩子。又垂下去，半晌钩丝一动，又挑起来，还是空钩子。李纹把那钩子拿上来一瞧，原来往里钩了。李纹笑道："怪不得钓不着。"忙叫素云把钩子敲好了，换上新虫子，上边贴好了苇片儿。垂下去一会儿，见苇片直沉下去，急忙提起来，倒是一个二寸长的鲫瓜儿。

李纹笑着道："宝哥哥钓罢。"宝玉道："索性三妹妹和邢妹妹钓了我再钓。"岫烟却不答言。只见李绮道："宝哥哥先钓罢。"说着，水面上起了一个泡儿。探春道："不必尽着让了。你看那鱼都在三妹妹那边呢，还是三妹妹快着钓罢。"李绮笑着接了钓竿儿，果然沉下去就钓了一个。然后，岫烟也钓着了一个，随将竿子仍旧递给探春，探春才递与宝玉。

宝玉道："我是要做姜太公的。"便走下石矶，坐在池边钓起来。岂知那水里的鱼看见人影儿，都躲到别处去了。宝玉抡着钓竿等了半天，那钓丝儿动也不动。刚有一个鱼儿在水边吐沫，宝玉把竿子一幌，又唬走了。急的宝玉道："我最是个性儿急的人，他偏

侍书，前八十回作"待书"。前后不一，后四十回前后不一者甚多，不再作统一，亦留程甲本原貌。

俗云：姜太公钓鱼，愿者上钩。按姜太公即吕尚、字子牙，本姓姜，因其先世封于吕，故又姓吕。曾隐于渭水之滨。传他的钓钩无饵。今尚有姜太公钓鱼处，位于宝鸡市东南四十公里之磻溪河上，南依秦岭，北濒渭水，在丛山中，景甚佳，所留古迹甚多，有太公庙、钓台、诸葛武侯一出祁山和赵云、邓芝屯兵处等。

竿折丝断，形容终嫌牵强。

性儿慢,这可怎么样呢。好鱼儿,快来罢!你也成全成我呢。"说得四人都笑了。一言未了,只见钓丝微微一动。宝玉喜得满怀,用力往上一兜,把钓竿往石上一碰,折作两段,丝也振断了,钩子也不知往那里去了。众人越发笑起来,探春道:"再没见像你这样卤人。"

正说着,只见麝月慌慌张张的跑来说:"二爷,老太太醒了,叫你快去呢。"五个人都唬了一跳。探春便问麝月道:"老太太叫二爷什么事?"麝月道:"我也不知道。就只听见说是什么闹破了,叫宝玉来问,还要叫琏二奶奶一块儿查问呢。"吓得宝玉发了一回呆,说道:"不知又是那个丫头遭了瘟了。"探春道:"不知什么事,二哥哥你快去。有什么信儿,先叫麝月来告诉我们一声儿。"说着,便同李纹、李绮、岫烟走了。

宝玉走到贾母房中,只见王夫人陪着贾母摸牌。宝玉看见无事,才把心放下了一半。贾母见他进来,便问道:"你前年那一次大病的时候,后来亏了一个疯和尚和个瘸道士治好了的。那会子病里,你觉得是怎么样?"宝玉想了一回,道:"我记得得病的时候儿,好好的站着,倒像背地里有人把我拦头一棍,疼的眼睛前头漆黑,看见满屋子里都是些青面獠牙、拿刀举棒的恶鬼。躺在炕上,觉着脑袋上加了几个脑箍似的。

以前是虚笔传神,此处偏要实写。

以后便疼的任什么不知道了。到好的时候，又记得堂屋里一片金光，直照到我房里来，那些鬼都跑着躲避，便不见了。我的头也不疼了，心上也就清楚了。"

贾母告诉王夫人道："这个样儿也就差不多了。"说着，凤姐也进来了，见了贾母，又回身见过了王夫人，说道："老祖宗要问我什么？"贾母道："你前年害了邪病，你还记得怎么样？"凤姐儿笑道："我也不很记得了，但觉自己身子不由自主，倒像有些鬼怪拉拉扯扯要我杀人才好，有什么，拿什么，见什么，杀什么。自己原觉很乏，只是不能住手。"贾母道："好的时候还记得么？"凤姐道："好的时候好像空中有人说了几句话似的，却不记得说什么来着。"

贾母道："这么看起来，竟是他了。他姐儿两个病中的光景和才说的一样。这老东西竟这样坏心，宝玉枉认了他做干妈。倒是这个和尚、道人，阿弥陀佛，才是救宝玉性命的，只是没有报答他。"凤姐道："怎么老太太想起我们的病来呢？"贾母道："你问你太太去，我懒待说。"王夫人道："才刚老爷进来说起，宝玉的干妈竟是个混账东西，邪魔外道的。如今闹破了，被锦衣府拿住送入刑部监，要问死罪的了。前几天被人告发的。那个人叫做什么潘三保，有一所房子卖与斜对过当铺里。这房子加了几倍价钱，潘三保还要加，当铺里那里还肯？潘三保便买嘱了这老东西，因他常到当铺里去，那当铺里人的内眷都与他好的。他就使了个法儿，叫人家的内人便得了邪病，家翻宅乱起来。他又去说，这个病他能治，就用些神马纸钱烧献了，果然见效。他又向人家内眷们要了十几两银子。岂知老佛爷有眼，应该败露了。这一天急要回去，掉了一个绢包儿。当铺里人捡起来一看，里头有许多纸人，还有四丸子很香的香。正诧异着呢，那老东西倒回来找这绢包儿。这里的人就把他拿住，身边一搜，搜出一个匣子，里面有象牙刻的一男一女，不穿衣服，光着身子的两个魔王，还有七根朱红绣花针。立时送到锦衣府去，问出许多官员家大户太太姑娘们的隐情事来。所以知会了营里，把他家中一抄，抄出好些泥塑的煞神，几匣子闹香。炕背后空屋子里挂着一盏七星灯，灯下有几个草人，有头上戴着脑箍的，有胸前穿着钉子的，有项上拴着锁子的。柜子里无数纸人儿，底下几篇小账，上面记着某家验过，应找银若干。得人家油钱香分也不计其数。"

<small>从马道婆又带出赵姨娘，是为逐步收结前文。</small>

凤姐道："咱们的病，一准是他。我记得咱们病后，那老妖精向赵姨娘处来过几次，要向赵姨娘讨银子，见了我，便脸上变貌变色，两眼鷔鸡似的。我当初还猜疑了几遍，总不知什么原故。如今说起来，却原来都是有因的。但只我在这里当家，自然惹人恨怨，怪不得人治我。宝玉可和人有什么仇呢，忍得下这样毒

手?"贾母道:"焉知不因我疼宝玉,不疼环儿,竟给你们种了毒了呢。"

王夫人道:"这老货已经问了罪,决不好叫他来对证。没有对证,赵姨娘那里肯认账。事情又大,闹出来,外面也不雅。等他自作自受,少不得要自己败露的。"贾母道:"你这话说的也是,这样事,没有对证,也难作准。只是佛爷菩萨看的真,他们姐儿两个,如今又比谁不济了呢。罢了,过去的事,凤哥儿也不必提了。今日你和你太太都在我这边吃了晚饭再过去罢。"遂叫鸳鸯、琥珀等传饭。

凤姐赶忙笑道:"怎么老祖宗倒操起心来!"王夫人也笑了。只见外头几个媳妇伺候。凤姐连忙告诉小丫头子传饭:"我和太太都跟着老太太吃。"

正说着,只见玉钏儿走来,对王夫人道:"老爷要找一件什么东西,请太太伺候了老太太的饭完了,自己去找一找呢。"贾母道:"你去罢,保不住你老爷有要紧的事。"

王夫人答应着,便留下凤姐儿伺候,自己退了出来。回至房中,和贾政说了些闲话,把东西找了出来。贾政便问道:"迎儿已经回去了,他在孙家怎么样?"王夫人道:"迎丫头一肚子眼泪,说孙姑爷凶横的了不得。"因把迎春的话述了一遍。贾政叹道:"我原知不是对头,无奈大老爷已说定了,教我也没法。不过

> 笑得牵强，不合王夫人身份。

迎丫头受些委屈罢了。"王夫人道："这还是新媳妇，只指望他以后好了好。"说着，嗤的一笑。

贾政道："笑什么？"王夫人道："我笑宝玉，今儿早起特特的到这屋里来，说的都是些孩子话。"贾政道："他说什么？"王夫人把宝玉的言语笑述了一遍。

贾政也忍不住的笑，因又说道："你提宝玉，我正想起一件事来。这小孩子天天放在园里，也不是事。生女儿不得济，还是别人家的人。生儿若不济事，关系非浅。前日倒有人和我提起一位先生来，学问人品都是极好的，也是南边人。但我想，南边先生性情最是和平。咱们城里的孩子，个个踢天弄井，鬼聪明倒是有的，可以搪塞就搪塞过去了，胆子又大，先生再要不肯给没脸，一日哄哥儿似的，没的白耽误了。所以老辈子不肯请外头的先生，只在本家择出有年纪再有点学问的，请来掌家塾。如今儒大太爷虽学问也只中平，但还弹压的住这些小孩子们，不至以颠顸了事。我想，宝玉闲着总不好，不如仍旧叫他家塾中读书去罢了。"王夫人道："老爷说的很是。自从老爷外任去了，他又常病，竟耽搁了好几年。如今且在家学里温习温习，也是好的。"贾政点头，又说些闲话，不题。

且说宝玉次日起来，梳洗已毕，早有小厮们传进话来说："老爷叫二爷说话。"宝玉忙整理了衣服，来至贾政书房中，请了安，站着。贾政道："你近来作

第八十一回　占旺相四美钓游鱼　奉严词两番入家塾

些什么功课？虽有几篇字，也算不得什么。我看你近来的光景，越发比头几年散荡了，况且每每听见你推病不肯念书。如今可大好了，我还听见你天天在园子里和姊妹们顽顽笑笑，甚至和那些丫头们混闹，把自己的正经事总丢在脑袋后头。就是做得几句诗词，也并不怎么样，有什么稀罕处！比如应试选举，到底以文章为主，你这上头倒没有一点儿工夫。我可嘱咐你：自今日起，再不许做诗做对的了，单要习学八股文章。限你一年，若毫无长进，你也不用念书了，我也不愿有你这样的儿子了。"遂叫李贵来，说："明儿一早，传焙茗跟了宝玉去收拾应念的书籍，一齐拿过来我看看，亲自送他到家学里去。"喝命宝玉："去罢！明日起早来见我。"宝玉听了，半日竟无一言可答，因回到怡红院来。

袭人正在着急听信，见说取书，倒也欢喜。独是宝玉要人即刻送信与贾母，欲叫拦阻。贾母得信，便命人叫过宝玉来，告诉他说："只管放心先去，别叫你老子生气。有什么难为你，有我呢。"宝玉没法，只得回来嘱咐了丫头们："明日早早叫我。老爷要等着送我到家学里去呢。"袭人等答应了，同麝月两个倒替着醒了一夜。

次日一早，袭人便叫醒宝玉，梳洗了，换了衣服，打发小丫头子传了焙茗在二门上伺候，拿着书籍等物。

> 前面七十八回刚写过"近日贾政年迈，名利大灰"，"见宝玉虽不读书，竟颇能解此（指做诗），细评起来，也还不算十分玷辱了祖宗。就思及祖宗们，各各亦皆如此，虽有深精举业的，也不曾发迹过一个，看来此亦贾门之数"。此处又写贾政要宝玉"应试选举"，前后不接。

袭人又催了两遍，宝玉只得出来，过贾政书房中来，先打听老爷过来了没有。书房中小厮答应："方才一位清客相公请老爷回话，里边说梳洗呢，命清客相公出去候着去了。"宝玉听了，心里稍稍安顿，连忙到贾政这边来。恰好贾政着人来叫，宝玉便跟着进去。贾政不免又嘱咐几句话，带了宝玉上了车，焙茗拿着书籍，一直到家塾中来。

> 贾政竟亲自送宝玉上学，与前八十回态度大异。

早有人先抢一步回代儒说："老爷来了。"代儒站起身来，贾政早已走入，向代儒请了安。代儒拉着手问了好，又问："老太太近日安么？"宝玉过来也请了安。贾政站着，请代儒坐了，然后坐下。

贾政道："我今日自己送他来，因要求托一番。这孩子年纪也不小了，到底要学个成人的举业，才是终身立身成名之事。如今他在家中，只是和些孩子们混闹，虽懂得几句诗词，也是胡诌乱道的；就是好了，也不过是风云月露，与一生的正事毫无关涉。"代儒道："我看他相貌也还体面，灵性也还去得，为什么不念书，只是心野贪顽？诗词一道，不是学不得的，只要发达了以后再学，还不迟呢。"

贾政道："原是如此。目今只求叫他读书、讲书、作文章。倘或不听教训，还求太爷认真的管教管教他，才不至有名无实的，白耽误了他的一世。"说毕，站起来又作了一个揖，然后说了些闲话，才辞了出去。

代儒送至门首,说:"老太太前替我问好请安罢。"贾政答应着,自己上车去了。

代儒回身进来,看见宝玉在西南角靠窗户摆着一张花梨小桌,右边堆下两套旧书,薄薄儿的一本文章,叫焙茗将纸墨笔砚都搁在抽屉里藏着。代儒道:"宝玉,我听见说,你前儿有病,如今可大好了?"宝玉站起来道:"大好了。"代儒道:"如今论起来,你可也该用功了。你父亲望你成人恳切的很。你且把从前念过的书,打头儿理一遍。每日早起理书,饭后写字,晌午讲书,念几遍文章就是了。"宝玉答应了个"是",回身坐下时,不免四面一看,见昔时金荣辈不见了几个,又添了几个小学生,都是些粗俗异常的。忽然想起秦钟来,如今没有一个做得伴,说句知心话儿的,心上凄然不乐,却不敢作声,只是闷着看书。

代儒告诉宝玉道:"今日头一天,早些放你家去罢。明日要讲书了。但是你又不是很愚夯的,明日我倒要你先讲一两章书我听,试试你近来的工课何如,我才晓得你到怎么个分儿上头。"说得宝玉心中乱跳。

欲知明日听解何如,且听下回分解。

【回后评】

　　刚写过大观园人去园芜的萧条景象，写过迎春的悲惨遭遇，宝玉为之大哭，却忽接四美钓鱼，写"宝玉笑着从山子后直跳出来……"前后变化，殊觉突然。

　　前八十回写马道婆作邪法，只是虚写一笔，无具体描写。此处却细写种种邪法邪具，实多于虚，文章死板，反成渲染邪道。

　　七十八回已写贾政名利大灰，无心再逼宝玉读书应举，此处却忽命宝玉重新入学，"单要习学八股文章"，贾政的思想说变就变。

　　从本回起，已非雪芹笔墨，后人续书，总是平铺直叙，且前后多有不接者。然却因有续书，《红楼梦》得风行天下，而前八十回亦得藉以保存，世事固不能只论其一不论其二也。

第八十二回　　老学究讲义警顽心
　　　　　　　病潇湘痴魂惊恶梦

话说宝玉下学回来，见了贾母。贾母笑道："好了，如今野马上了笼头了。去罢，见见你老爷，回来散散儿去罢。"宝玉答应着，去见贾政。贾政道："这早晚就下了学了么？师父给你定了工课没有？"宝玉道："定了。早起理书，饭后写字，晌午讲书、念文章。"贾政听了，点点头儿，因道："去罢，还到老太太那边陪着坐坐去。你也该学些人功道理，别一味的贪顽。晚上早些睡，天天上学早些起来。你听见了？"宝玉连忙答应几个"是"，退出来，忙忙又去见王夫人，又到贾母那边打了个照面儿。

赶着出来，恨不得一走就走到潇湘馆才好。刚进门口，便拍着手笑道："我依旧回来了！"猛可里倒唬了黛玉一跳。紫鹃打起帘子，宝玉进来坐下。黛玉道："我恍惚听见你念书去了。这么早就回来了？"宝玉道："嗳呀，了不得！我今儿不是被老爷叫了念书去了么，心上倒像没有和你们见面的日子了。好容易熬了一天,这会子瞧见你们,竟如死而复生的一样,真真古人说'一日三秋',这话再不错的。"

黛玉道:"你上头去过了没有?"宝玉道:"都去过了。"黛玉道:"别处呢?"宝玉道:"没有。"黛玉道:"你也该瞧瞧他们去。"宝玉道:"我这会子懒待动了,只和妹妹坐着说一会子话儿罢。老爷还叫早睡早起,只好明儿再瞧他们去了。"黛玉道:"你坐坐儿,可是正该歇歇儿去了。"宝玉道:"我那里是乏,只是闷得慌。这会子咱们坐着才把闷散了,你又催起我来。"黛玉微微的一笑,因叫紫鹃:"把我的龙井茶给二爷沏一碗。二爷如今念书了,比不的头里。"紫鹃笑着答应,去拿茶叶,叫小丫头子沏茶。

宝玉接着说道:"还提什么念书,我最厌这些道学话。更可笑的是八股文章,拿他诓功名混饭吃也罢了,还要说代圣贤立言。好些的,不过拿些经书凑搭凑搭还罢了。更有一种可笑的,肚子里原没有什么,东拉西扯,弄的牛鬼蛇神,还自以为博奥。这那里是阐发圣贤的道理?目下老爷口口声声叫我学这个,我又不敢违拗,你这会子还提念书呢。"

黛玉道:"我们女孩儿家虽然不要这个,但小时跟着你们雨村先生念书,也曾看过。内中也有近情近理的,也有清微淡远的。那时候虽不大懂,也觉得好,

_{黛玉竟也称赞八股文,与前不接。续作者总在渐渐改变前八十回人物性格。}

第八十二回　老学究讲义警顽心　病潇湘痴魂惊恶梦

不可一概抹倒。况且你要取功名，这个也清贵些。"宝玉听到这里，觉得不甚入耳，因想黛玉从来不是这样人，怎么也这样势欲熏心起来？又不敢在他跟前驳回，只在鼻子眼里笑了一声。

正说着，忽听外面两个人说话，却是秋纹和紫鹃。只听秋纹道："袭人姐姐叫我老太太那里接去，谁知却在这里。"紫鹃道："我们这里才沏了茶，索性让他喝了再去。"说着，二人一齐进来。宝玉和秋纹笑道："我就过去，又劳动你来找。"秋纹未及答言，只见紫鹃道："你快喝了茶去罢，人家都想了一天了。"秋纹啐道："呸，好混账丫头！"说的大家都笑了。宝玉起身才辞了出来。黛玉送到屋门口儿，紫鹃在台阶下站着，宝玉出去，才回房里来。

却说宝玉回到怡红院中，进了屋子，只见袭人从里间迎出来，便问："回来了么？"秋纹应道："二爷早来了，在林姑娘那边来着。"宝玉道："今日有事没有？"袭人道："事却没有。方才太太叫鸳鸯姐姐来吩咐我们：如今老爷发狠叫你念书，如有丫鬟们再敢和你顽笑，都要照着晴雯、司棋的例办。我想，服侍你一场，赚了这些言语，也没什么趣儿。"说着，便伤起心来。宝玉忙道："好姐姐，你放心。我只好生念书，太太再不说你们了。我今儿晚上还要看书，明日师父叫我讲书呢。我要使唤，横竖有麝月、秋纹呢，

> 黛玉竟赞成宝玉取功名，并说"这个也清贵些"，与前八十回完全相反。
>
> 宝玉笑黛玉"势欲熏心"，是宝黛关系中之逆音，宝与黛从未有过此类情景，如此一写，钗、黛无差异矣。

你歇歇去罢。"袭人道："你要真肯念书，我们服侍你也是欢喜的。"

> 宝玉大改以前的态度。

宝玉听得了，赶忙吃了晚饭，就叫点灯，把念过的四书翻出来。只是从何处看起。翻了一本，看去章章里头似乎明白，细按起来，却不很明白。看着小注，又看讲章，闹到梆子下来了，自己想道："我在诗词上觉得很容易，在这个上头竟没头脑。"便坐着呆呆的呆想。袭人道："歇歇罢，做工夫也不在这一时的。"宝玉嘴里只管胡乱答应，麝月、袭人才服侍他睡下，两个才也睡了。及至睡醒一觉，听得宝玉炕上还是翻来覆去。袭人道："你还醒着呢么？你倒别混想了，养养神，明儿好念书。"宝玉道："我也是这样想，只是睡不着。你来给我揭去一层被。"袭人道："天气不热，别揭罢。"宝玉道："我心里烦躁的很。"自把被窝褪下来。袭人忙爬起来按住，把手去他头上一摸，觉得微微有些发烧。袭人道："你别动了，有些发烧了。"宝玉道："可不是。"袭人道："这是怎么说呢！"宝玉道："不怕，是我心烦的原故。你别吵嚷，省得老爷知道了，必说我装病逃学，不然怎么病的这样巧。明儿好了，原到学里去就完事了。"袭人也觉得可怜，说道："我靠着你睡罢。"便和宝玉捶了一回脊梁，不知不觉大家都睡着了。

> 现在是有病反而不肯说病了，前面刚笑黛玉，此处却如此积极读书，令人不解。

直到红日高升，方才起来。宝玉道："不好了，

第八十二回　老学究讲义警顽心　病潇湘痴魂惊恶梦

晚了！"急忙梳洗毕，问了安，就往学里来了。代儒已经变着脸，说："怪不得你老爷生气，说你没出息。第二天你就懒惰，这是什么时候才来！"宝玉把昨儿发烧的话说了一遍，方过去了，原旧念书。

到了下晚，代儒道："宝玉，有一章书你来讲讲。"宝玉过来一看，却是"后生可畏"章。宝玉心上说："这还好，幸亏不是'学''庸'。"问道："怎么讲呢？"代儒道："你把节旨句子细细儿讲来。"宝玉把这章先朗朗的念了一遍，说："这章书是圣人勉励后生，教他及时努力，不要弄到……"说到这里，抬头向代儒一瞧。

代儒觉得了，笑了一笑，道："你只管说，讲书是没有什么避忌的。《礼记》上说'临文不讳'，只管说，'不要弄到'什么？"宝玉道："不要弄到老大无成。先将'可畏'二字激发后生的志气，后把'不足畏'三字警惕后生的将来。"说罢，看着代儒。代儒道："也还罢了，串讲呢？"宝玉道："圣人说，人生少时，心思才力，样样聪明能干，实在是可怕的。那里料得定他后来的日子不像我的今日。若是悠悠忽忽到了四十岁，又到五十岁，既不能够发达，这种人虽是他后生时像个有用的，到了那个时候，这一辈子就没有人怕他了。"

代儒笑道："你方才节旨讲的倒清楚，只是句子里有些孩子气。'无闻'二字，不是不能发达做官的话。'闻'是实在自己能够明理见道，就不做官也是有'闻'了。不然，古圣贤有遁世不见知的，岂不是不做官的人，难道也是'无闻'么？'不足畏'是使人料得定，方与'焉知'的'知'字对针，不是'怕'的字眼。要从这里看出，方能入细。你懂得不懂得？"宝玉道："懂得了。"代儒道："还有一章，你也讲一讲。"代儒往前揭了一篇，指给宝玉。宝玉看是"吾未见好德如好色者也"。宝玉觉得这一章却有些刺心，便陪笑道："这句话没有什么讲头。"代儒道："胡说。譬如场中出了这个题目，也说没有做头么？"

宝玉不得已，讲道："是圣人看见人不肯好德，见了色便好的了不得。殊不想，德是性中本有的东西，人偏都不肯好他。至于那个色呢，虽也是从先天中带来，无人不好的，但是德乃天理，色是人欲，人那里肯把天理好的像人欲似的？孔子虽是叹息的话，又是望人回转来的意思。并且见得人就有好德的好得终是浮浅，直要像色一样的好起来，那才是真好呢。"代儒道："这也讲的罢了。我有句话问你：你既懂得圣人的话，为什么正犯着这两件病？我虽不在家中，你们老爷也不曾告诉我，其实你的毛病我却尽知的。做一个人，怎么不望长进？你这会儿正是'后生可畏'的时候，'有闻''不足畏'全在你自己做去了。我如

<大异其趣。>宝玉也讲天理、人欲，与前八十回大异其趣。

前八十回的代儒未见如此认真讲书过。

第八十二回　老学究讲义警顽心　病潇湘痴魂惊恶梦

今限你一个月，把念过的旧书全要理清，再念一个月文章。以后我要出题目叫你作文章了。如若懈怠，我是断乎不依的。自古道：'成人不自在，自在不成人。'你好生记着我的话。"宝玉答应了，也只得天天按着功课干去。不提。

且说宝玉上学之后，怡红院中甚觉清净闲暇。袭人倒可做些活计，拿着针线要绣个槟榔包儿，想着如今宝玉有了工课，丫头们可也没有饥荒了。早要如此，晴雯何至弄到没有结果？兔死狐悲，不觉滴下泪来。忽又想到自己终身，本不是宝玉的正配，原是偏房。宝玉的为人，却还拿得住，只怕娶了一个利害的，自己便是尤二姐、香菱的后身。素来看着贾母、王夫人光景及凤姐儿往往露出话来，自然是黛玉无疑了。那黛玉就是个多心人。想到此际，脸红心热，拿着针不知戳到那里去了，便把活计放下，走到黛玉处去探探他的口气。

黛玉正在那里看书，见是袭人，欠身让坐。袭人也连忙迎上来，问："姑娘这几天身子可大好了？"黛玉道："那里能够，不过略硬朗些。你在家里做什么呢？"袭人道："如今宝二爷上了学，房中一点事儿没有，因此来瞧瞧姑娘，说说话儿。"

说着，紫鹃拿茶来，袭人忙站起来道："妹妹坐

袭人竟为晴雯之死滴泪，与前八十回袭人于王夫人处说晴雯坏话，致使晴雯遭殃，宝玉亦已明质袭人，此处却一反前情。

此处忽然明确说是"偏房"，不知何时明确过此身份。前面七十八回王夫人明明说"且不明说"，贾母也赞成"不明说"，"只是心里知道罢了"。此处袭人却自己称自己是"偏房"，前后不接。或曰，此处是写袭人心里所想。然玩此语气，曰"本不是宝玉的正配，原是偏房"，此二语已非意想，而是实事矣。

着罢。"因又笑道:"我前儿听见秋纹说,妹妹背地里说我们什么来着。"紫鹃也笑道:"姐姐信他的话!我说,宝二爷上了学,宝姑娘又隔断了,连香菱也不过来,自然是闷的。"袭人道:"你还提香菱呢,这才苦呢,撞着这位太岁奶奶,难为他怎么过!"把手伸着两个指头道:"说起来,比他还利害,连外头的脸面都不顾了。"黛玉接着道:"他也够受了,尤二姑娘怎么死了!"袭人道:"可不是。想来都是一个人,不过名分里头差些,何苦这样毒?外面名声也不好听。"

"伸着两个指头"是学前面赵姨娘与马道婆说凤姐,袭人岂能如此说!

黛玉从不闻袭人背地里说人,今听此话有因,便说道:"这也难说。但凡家庭之事,不是东风压了西风,就是西风压了东风。"袭人道:"做了旁边人,心里先怯了,那里倒敢去欺负人呢。"说着,只见一个婆子在院里问道:"这里是林姑娘的屋子么?那位姐姐在这里呢?"雪雁出来一看,模模糊糊认得是薛姨妈那边的人,便问道:"作什么?"婆子道:"我们姑娘打发来给这里林姑娘送东西的。"雪雁道:"略等等儿。"雪雁进来,回了黛玉。黛玉便叫领他进来。

黛玉岂肯如此说。

那婆子进来请了安,且不说送什么,只是觑着眼瞧黛玉,看的黛玉脸上倒不好意思起来,因问道:"宝姑娘叫你来送什么?"婆子方笑着回道:"我们姑娘叫给姑娘送了一瓶儿蜜饯荔枝来。"回头又瞧见袭人,便问道:"这位姑娘不是宝二爷屋里的花姑娘么?"

"只是觑着眼瞧黛玉",岂是下人行止,作者文笔,总是勉强做作,总不得自然之理也。

第八十二回　老学究讲义警顽心　病潇湘痴魂惊恶梦

袭人笑道："妈妈怎么认得我？"婆子笑道："我们只在太太屋里看屋子，不大跟太太、姑娘出门，所以姑娘们都不大认得。姑娘们碰着到我们那边去，我们都模糊记得。"说着，将一个瓶儿递给雪雁，又回头看着黛玉，因笑着向袭人道："怨不得我们太太说这林姑娘和你们宝二爷是一对儿，原来真是天仙似的。"袭人见他说话造次，连忙岔道："妈妈，你乏了，坐坐吃茶罢。"那婆子笑嘻嘻的道："我们那里忙呢，都张罗琴姑娘的事呢。姑娘还有两瓶荔枝，叫给宝二爷送去。"说着，颤颤巍巍告辞出去。

> 岂能没规矩至此。

黛玉虽恼这婆子方才冒撞，但因是宝钗使来的，也不好怎么样他。等他出了屋门，才说一声道："给你们姑娘道费心。"那老婆子还只管嘴里咕咕哝哝的说："这样好模样儿，除了宝玉，什么人擎受的起。"黛玉只装没听见。袭人笑道："怎么人到了老来，就是混说白道的，叫人听着又生气，又好笑。"一时雪雁拿过瓶子来与黛玉看。黛玉道："我懒待吃，拿了搁起去罢。"又说了一回话，袭人才去了。

一时晚妆将卸，黛玉进了套间，猛抬头看见了荔枝瓶，不禁想起日间老婆子的一番混话，甚是刺心。当此黄昏人静，千愁万绪，堆上心来。想起自己身子不牢，年纪又大了。看宝玉的光景，心里虽没别人，但是老太太、舅母又不见有半点意思。深恨父母在时，何不早定了这头婚姻。又转念一想道："倘若父母在时，别处定了婚姻，怎能够似宝玉这般人材心地，不如此时尚有可图。"心内一上一下，辗转缠绵，竟像辘轳一般。叹了一回气，掉了几点泪，无情无绪，和衣倒下。

> 已入梦境。

不知不觉，只见小丫头走来说道："外头雨村贾老爷请姑娘。"黛玉道："我虽跟他读过书，却不比男学生，要见我作什么？况且他和舅舅往来，从未提起，我也不便见的。"因叫小丫头："回复'身上有病不能出来'，与我请安道谢就是了。"小丫头道："只怕要与姑娘道喜，南京还有人来接。"

说着，又见凤姐同邢夫人、王夫人、宝钗等都来笑道："我们一来道喜，二来送行。"黛玉慌道："你们说什么话？"凤姐道："你还装什么呆。你难道不知道，林姑爷升了湖北的粮道，娶了一位继母，十分合心合意。如今想着你撂在这里，不成事体，因托了贾雨村作媒，将你许了你继母的什么亲戚，还说是续弦，所以着人到这里来接你回去。大约一到家中，就要过去的，都是你继母作主。怕的是道儿上没有照应，还叫你琏二哥哥送去。"说得黛玉一身冷汗。黛玉又恍惚父亲果在那里做官的样子，心上着急，硬说道："没有的事，都是凤姐姐混闹。"只见邢夫人向王夫人使个眼色儿，道："他还不信呢，咱们走罢。"黛玉含

第八十二回　老学究讲义警顽心　病潇湘痴魂惊恶梦

着泪道："二位舅母坐坐去。"众人不言语，都冷笑而去。

黛玉此时心中干急，又说不出来，哽哽咽咽。恍惚又是和贾母在一处的似的，心中想道："此事惟求老太太，或还可救。"于是两腿跪下去，抱着贾母的腰，说道："老太太救我！我南边是死也不去的！况且有了继母，又不是我的亲娘。我是情愿跟着老太太一块儿的。"但见老太太呆着脸儿笑道："这个不干我事。"黛玉哭道："老太太，这是什么事呢。"老太太道："续弦也好，倒多一副妆奁。"黛玉哭道："我若在老太太跟前，决不使这里分外的闲钱，只求老太太救我。"贾母道："不中用了。做了女人，终是要出嫁的，你孩子家，不知道，在此地终非了局。"黛玉道："我在这里情愿自己做个奴婢过活，自做自吃，也是愿意。只求老太太作主。"老太太总不言语。

黛玉抱着贾母的腰，哭道："老太太，你向来最是慈悲的，又最疼我的，到了紧急的时候怎么全不管！不要说我是你的外孙女儿，是隔了一层了，我的娘是你的亲生女儿，看我娘分上，也该护庇些。"说着，撞在怀里痛哭。听见贾母道："鸳鸯，你来送姑娘出去歇歇。我倒被他闹乏了。"

黛玉情知不是路了，求去无用，不如寻个自尽，站起来往外就走。深痛自己没有亲娘，便是外祖母与舅母姊妹们,平时何等待的好,可见都是假的。又一想:"今日怎么独不见宝玉?或见一面,看他还有法儿?"便见宝玉站在面前,笑嘻嘻的说:"妹妹大喜呀。"

黛玉听了这一句话,越发急了,也顾不得什么了,把宝玉紧紧拉住说:"好,宝玉,我今日才知道你是个无情无义的人了!"宝玉道:"我怎么无情无义?你既有了人家儿,咱们各自干各自的了。"黛玉越听越气,越没了主意,只得拉着宝玉哭道:"好哥哥,你叫我跟了谁去?"宝玉道:"你要不去,就在这里住着。你原是许了我的,所以你才到我们这里来,我待你是怎么样的,你也想想。"

黛玉恍惚又像果曾许过宝玉的,心内忽又转悲作喜,问宝玉道:"我是死活打定主意的了。你到底叫我去不去?"宝玉道:"我说叫你住下。你不信我的话,你就瞧瞧我的心。"说着,就拿着一把小刀子往胸口上一划,只见鲜血直流。黛玉吓得魂飞魄散,忙用手握着宝玉的心窝,哭道:"你怎么做出这个事来,你先来杀了我罢!"宝玉道:"不怕,我拿我的心给你瞧。"还把手在划开的地方儿乱抓。黛玉又颤又哭,又怕人撞破,抱住宝玉痛哭。宝玉道:"不好了,我的心没有了,活不得了。"说着,眼睛往上一翻,咕咚就倒了。黛玉拼命放声大哭。

只听见紫鹃叫道:"姑娘,姑娘,怎么魇住了?

<small>俗笔、恶笔,令人不堪卒读。吕启祥云:"这样鲜血淋漓、剖心挖肝的画面,实在不能给人以美感,用来表现贾宝玉、林黛玉的爱情,实在太不协调。"</small>

第八十二回　老学究讲义警顽心　病潇湘痴魂惊恶梦

快醒醒儿，脱了衣服睡罢。"黛玉一翻身，却原来是一场恶梦。喉间犹是哽咽，心上还是乱跳，枕头上已经湿透，肩背身心，但觉冰冷。想了一回，"父亲死得久了，与宝玉尚未放定，这是从那里说起？"又想梦中光景，无倚无靠，再真把宝玉死了，那可怎么样好！一时痛定思痛，神魂俱乱。又哭了一回，遍身微微的出了一点儿汗，扎挣起来，把外罩大袄脱了，叫紫鹃盖好了被窝，又躺下去，翻来覆去，那里睡得着。只听得外面淅淅飒飒，又像风声，又像雨声。又停了一会子，又听得远远的吆呼声儿，却是紫鹃已在那里睡着鼻息出入之声。自己扎挣着爬起来，围着被坐了一会。觉得窗缝里透进一缕凉风来，吹得寒毛直竖，便又躺下。正要朦胧睡去，听得竹枝上不知有多少家雀儿的声儿，啾啾唧唧，叫个不住。那窗上的纸，隔着屉子，渐渐的透进清光来。

黛玉此时已醒得双眸炯炯，一回儿咳嗽起来，连紫鹃都咳嗽醒了。紫鹃道："姑娘，你还没睡着么？又咳嗽起来了，想是着了风了。这会儿窗户纸发清了，也待好亮起来了。歇歇儿罢，养养神，别尽着想长想短的了。"黛玉道："我何尝不要睡，只是睡不着。你睡你的罢。"说了又嗽起来。

紫鹃见黛玉这般光景，心中也自伤感，睡不着了，听见黛玉又嗽，连忙起来，捧着痰盒。这时天已亮了。

黛玉道:"你不睡了么?"紫鹃笑道:"天都亮了,还睡什么呢?"黛玉道:"既这样,你就把痰盒儿换了罢。"紫鹃答应着,忙出来换了一个痰盒儿,将手里的这个盒儿放在桌上,开了套间门出来,仍旧带上门,放下撒花软帘,出来叫醒雪雁。开了屋门去倒那盒子时,只见满盒子痰,痰中好些血星,唬了紫鹃一跳,不觉失声道:"嗳哟,这还了得!"黛玉里面接着问是什么,紫鹃自知失言,连忙改说道:"手里一滑,几乎摺了痰盒子。"黛玉道:"不是盒子里的痰有了什么?"紫鹃道:"没有什么。"说着这句话时,心中一酸,那眼泪直流下来,声儿早已岔了。

> 写梦醒后一段稍能得其神理。

　　黛玉因为喉间有些甜腥,早自疑惑,方才听见紫鹃在外边诧异,这会子又听见紫鹃说话声音带着悲惨的光景,心中觉了八九分,便叫紫鹃:"进来罢,外头看凉着。"紫鹃答应了一声,这一声更比头里凄惨,竟是鼻中酸楚之音。黛玉听了,凉了半截。看紫鹃推门进来时,尚拿手帕拭眼。黛玉道:"大清早起,好好的为什么哭?"紫鹃勉强笑道:"谁哭来?早起起来,眼睛里有些不舒服。姑娘今夜大概比往常醒的时候更大罢,我听见咳嗽了大半夜。"黛玉道:"可不是。越要睡,越睡不着。"紫鹃道:"姑娘身上不大好,依我说,还得自己开解着些。身子是根本,俗语说的,'留得青山在,依旧有柴烧。'况这里自老太太、太太起,

第八十二回　老学究讲义警顽心　病潇湘痴魂惊恶梦

那个不疼姑娘？"只这一句话，又勾起黛玉的梦来，觉得心头一撞，眼中一黑，神色俱变。紫鹃连忙端着痰盒，雪雁捶着脊梁，半日才吐出一口痰来。痰中一缕紫血，簌簌乱跳。紫鹃、雪雁脸都唬黄了。两个旁边守着，黛玉便昏昏躺下。紫鹃看着不好，连忙努嘴叫雪雁叫人去。

雪雁才出屋门，只见翠缕、翠墨两个人笑嘻嘻的走来。翠缕便道："林姑娘怎么这早晚还不出门？我们姑娘和三姑娘都在四姑娘屋里讲究四姑娘画的那张园子景儿呢。"雪雁连忙摆手儿，翠缕、翠墨二人倒都吓了一跳，说："这是什么原故？"雪雁将方才的事一一告诉他二人。二人都吐了吐舌头儿，说："这可不是顽的！你们怎么不告诉老太太去？这还了得！你们怎么这么糊涂！"雪雁道："我这里才要去，你们就来了。"

正说着，只听紫鹃叫道："谁在外头说话？姑娘问呢。"三个人连忙一齐进来。翠缕、翠墨见黛玉盖着被躺在床上，见了他二人，便说道："谁告诉你们了？你们这样大惊小怪的。"翠墨道："我们姑娘和云姑娘才都在四姑娘屋里讲究四姑娘画的那张园子图儿，叫我们来请姑娘来，不知姑娘身上又欠安了。"黛玉道："也不是什么大病，不过觉得身子略软些，躺躺儿就起来了。你们回去告诉三姑娘和云姑娘，饭后若无事，倒是请他们来这里坐坐罢。宝二爷没到你们那边去？"二人答道："没有。"翠墨又道："宝二爷这两天上了学了，老爷天天要查功课，那里还能像从前那么乱跑呢。"黛玉听了，默然不言。二人又略站了一回，都悄悄的退出来了。

且说探春、湘云正在惜春那边论评惜春所画大观园图，说这个多一点，那个少一点，这个太疏，那个太密。大家又议着题诗，着人去请黛玉商议。正说着，忽见翠缕、翠墨二人回来，神色匆忙。湘云便先问道："林姑娘怎么不来？"翠缕道："林姑娘昨日夜里又犯了病了，咳嗽了一夜。我们听见雪雁说，吐了一盒子痰血。"探春听了，诧异道："这话真么？"翠缕道："怎么不真？"翠墨道："我们刚才进去瞧了瞧，颜色不成颜色，说话儿的气力儿都微了。"湘云道："不好的这么着，怎么还能说话呢？"探春道："怎么你这么糊涂，不能说话不是已经……"说到这里，却咽住了。惜春道："林姐姐那样一个聪明人，我看他总有些瞧不破，一点半点儿都要认起真来。天下事那里有多少真的呢。"

探春道："既这么着，咱们都过去看看。倘若病的利害，咱们好过去告诉大嫂子，回老太太，传大夫进来瞧瞧，也得个主意。"湘云道："正是这样。"惜春道："姐姐们先去，我回来再过去。"

第八十二回　老学究讲义警顽心　病潇湘痴魂惊恶梦

　　于是探春、湘云扶了小丫头，都到潇湘馆来。进入房中，黛玉见他二人，不免又伤心起来。因又转念，想起梦中，连老太太尚且如此，何况他们。况且我不请他们，他们还不来呢。心里虽是如此，脸上却碍不过去，只得勉强令紫鹃扶起，口中让坐。探春、湘云都坐在床沿上，一头一个，看了黛玉这般光景，也自伤感。探春便道："姐姐怎么身上又不舒服了？"黛玉道："也没什么要紧，只是身子软得很。"紫鹃在黛玉身后偷偷的用手指那痰盒儿。湘云到底年轻，性情又兼直爽，伸手便把痰盒拿起来看，不看则已，看了唬的惊疑不止，说："这是姐姐吐的？这还了得！"

　　初时黛玉昏昏沉沉，吐了也没细看，此时见湘云这么说，回头看时，自己早已灰了一半。探春见湘云冒失，连忙解说道："这不过是肺火上炎，带出一半点来，也是常事。偏是云丫头，不拘什么，就这样蝎蝎螫螫的！"湘云红了脸，自悔失言。探春见黛玉精神短少，似有烦倦之意，连忙起身，说道："姐姐静静的养养神罢，我们回来再瞧你。"黛玉道："累你二位惦着。"探春又嘱咐紫鹃好生留神服侍姑娘，紫鹃答应着。

　　探春才要走，只听外面一个人嚷起来，未知是谁，下回分解。

【回后评】

宝玉讲书,亦讲天理、人欲,实与前八十回大异其趣。

黛玉梦魇,写得挖心割肺,令人不堪卒读,文如作画,涂抹过甚,则成恶俗。妙手着文,如行云流水,只觉天成,不见斧凿痕也。

七十六回黛玉还彻夜联句,七十八回黛玉晚间还听宝玉念祭晴雯的诔词,七十九回还与宝玉商量修改诔文,八十、八十一回均无黛玉的事,至八十二回,忽然病重至此,令人惊讶。

第八十三回　　省宫闱贾元妃染恙
　　　　　　　闹闺阃薛宝钗吞声

话说探春、湘云才要走时,忽听外面一个人嚷道:"你这不成人的小蹄子!你是个什么东西,来这园子里头混搅!"黛玉听了,大叫一声道:"这里住不得了。"一手指着窗外,两眼反插上去。

原来黛玉住在大观园中,虽靠着贾母疼爱,然在别人身上,凡事终是寸步留心。听见窗外老婆子这样骂着,在别人呢,一句是贴不上的,他却听来竟像专骂着自己的一般。自思一个千金小姐,只因没了爹娘,不知何人指使这老婆子来这般辱骂,那里委屈得来,因此肝肠崩裂,哭晕去了。紫鹃只是哭叫:"姑娘怎么样了,快醒转来罢。"探春也叫了一回。

半晌,黛玉回过这口气,还说不出话来,那只手仍向窗外指着。探春会意,开门出去,看见老婆子手中拿着拐棍赶着一个不干不净的毛丫头道:"我是为照管这园中的花果树木来到这里,你作什么来了!等

> 黛玉何至不能分辨至此。此种表面文章,岂能入人心胸,所谓文章最忌假也。

我家去打你一个知道。"这丫头扭着头，把一个指头探在嘴里，瞅着老婆子笑。探春骂道："你们这些人如今越发没了王法了，这里是你骂人的地方儿吗？"老婆子见是探春，连忙陪着笑脸儿说道："刚才是我的外孙女儿，看见我来了，他就跟了来。我怕他闹，所以才吆喝他回去，那里敢在这里骂人呢。"探春道："不用多说了，快给我都出去。这里林姑娘身上不大好，还不快去么！"老婆子答应了几个"是"，说着一扭身去了。那丫头也就跑了。

探春回来，看见湘云拉着黛玉的手只管哭，紫鹃一手抱着黛玉，一手给黛玉揉胸口，黛玉的眼睛方渐渐的转过来了。探春笑道："想是听见老婆子的话，你疑了心了么？"黛玉只摇摇头儿。探春道："他是骂他外孙女儿，我才刚也听见了。这种东西说话再没有一点道理的，他们懂得什么避讳。"黛玉听了，点点头儿，拉着探春的手道："妹妹……"叫了一声，又不言语了。探春又道："你别心烦。我来看你，是姊妹们应该的，你又少人服侍。只要你安心肯吃药，心上把喜欢事儿想想，能够一天一天的硬朗起来，大家依旧结社做诗，岂不好呢。"湘云道："可是三姐姐说的，那么着不乐？"黛玉哽咽道："你们只顾要我喜欢，可怜我那里赶得上这日子，只怕不能够了！"

探春道："你这话说的太过了。谁没个病儿灾儿

第八十三回　省宫闱贾元妃染恙　闹闺阃薛宝钗吞声

的，那里就想到这里来了。你好生歇歇儿罢，我们到老太太那边，回来再看你。你要什么东西，只管叫紫鹃告诉我。"黛玉流泪道："好妹妹，你到老太太那里，只说我请安，身上略有点不好，不是什么大病，也不用老太太烦心的。"探春答应道："我知道，你只管养着罢。"说着，才同湘云出去了。

这里，紫鹃扶着黛玉躺在床上，地下诸事自有雪雁照料，自己只守着旁边，看着黛玉，又是心酸，又不敢哭泣。那黛玉闭着眼躺了半晌，那里睡得着？觉得园里头平日只见寂寞，如今躺在床上，偏听得风声、虫鸣声、鸟语声，人走的脚步响声，又像远远的孩子们啼哭声，一阵一阵的聒噪的烦躁起来，因叫紫鹃放下帐子来。

雪雁捧了一碗燕窝汤，递与紫鹃，紫鹃隔着帐子轻轻问道："姑娘喝一口汤罢？"黛玉微微应了一声。紫鹃复将汤递给雪雁，自己上来搀扶黛玉坐起，然后接过汤来，搁在唇边试了一试，一手搂着黛玉肩臂，一手端着汤送到唇边。黛玉微微睁眼喝了两三口，便摇摇头儿不喝了。紫鹃仍将碗递给雪雁，轻轻扶黛玉睡下。静了一时，略觉安顿。

只听窗外悄悄问道："紫鹃妹妹在家么？"雪雁连忙出来，见是袭人，因悄悄说道："姐姐屋里坐着。"袭人也便悄悄问道："姑娘怎么着？"一面走，一面雪雁告诉夜间及方才之事。袭人听了这话，也唬怔了，因说道："怪道刚才翠缕到我们那边，说你们姑娘病了，唬的宝二爷连忙打发我来看看是怎么样。"正说着，只见紫鹃从里间掀起帘子望外看见袭人，点头儿叫他。袭人轻轻走过来，问道："姑娘睡着了吗？"紫鹃点点头儿，问道："姐姐才听见说了？"袭人也点点头儿，蹙着眉道："终久怎么样好呢！那一位昨夜也把我唬了个半死儿。"紫鹃忙问怎么了，袭人道："昨日晚上睡觉还是好好儿的，谁知半夜里一叠连声的嚷起心疼来，嘴里胡说白道，只说好像刀子割了去的似的，直闹到打亮梆子以后才好些了。你说，唬人不唬人？今日不能上学，还要请大夫来吃药呢。"

> 文章最忌假，此等做作，岂能入人肌肤。
> 欲写二人同梦感应，终未能入人之心耳。

正说着，只听黛玉在帐子里又咳嗽起来。紫鹃连忙过来捧痰盒儿接痰。黛玉微微睁眼问道："你和谁说话呢？"紫鹃道："袭人姐姐来瞧姑娘来了。"说着，袭人已走到床前。黛玉命紫鹃扶起，一手指着床边，让袭人坐下。袭人侧身坐了，连忙陪着笑劝道："姑娘倒还是躺着罢。"黛玉道："不妨，你们快别这样大惊小怪的。刚才是说谁半夜里心疼起来？"袭人道："是宝二爷偶然魇住了，不是认真怎么样。"黛玉会意，知道是袭人怕自己又悬心的原故，又感激，又伤心，因趁势问道："既是魇住了，不听见他还说什么？"袭人道："也没说什么。"黛玉点点头儿，迟了

第八十三回　省宫闱贾元妃染恙　闹闺阃薛宝钗吞声

半日，叹了一声，才说道："你们别告诉宝二爷说我不好，看耽搁了他的工夫，又叫老爷生气。"袭人答应了，又劝道："姑娘还是躺躺歇歇罢。"黛玉点头，命紫鹃扶着歪下。袭人不免坐在旁边，又宽慰了几句，然后告辞，回到怡红院，只说黛玉身上略觉不受用，也没什么大病。宝玉才放了心。

且说探春、湘云出了潇湘馆，一路往贾母这边来。探春因嘱咐湘云道："妹妹，回来见了老太太，别像刚才那样冒冒失失的了。"湘云点头，笑道："知道了，我头里是叫他唬的忘了神了。"说着，已到贾母那边。探春因提起黛玉的病来。贾母听了，自是心烦，因说道："偏是这两个玉儿多病多灾的。林丫头一来二去的大了，他这个身子也要紧，我看那孩子太是个心细。"众人也不敢答言，贾母便向鸳鸯道："你告诉他们，明儿大夫来瞧了宝玉，就叫他到林姑娘那屋里去。"鸳鸯答应着，出来告诉了婆子们，婆子们自去传话。这里，探春、湘云就跟着贾母吃了晚饭，然后同回园中去。不提。

到了次日，大夫来了，瞧了宝玉，不过说饮食不调，着了点儿风邪，没大要紧，疏散疏散就好了。

这里王夫人、凤姐等一面遣人拿了方子回贾母，一面使人到潇湘馆告诉说大夫就过来。紫鹃答应了，连忙给黛玉盖好被窝，放下帐子。雪雁赶着收拾房里的东西。

一时,贾琏陪着大夫进来了,便说道:"这位老爷是常来的,姑娘们不用回避。"老婆子打起帘子,贾琏让着进入房中坐下。贾琏道:"紫鹃姐姐,你先把姑娘的病势向王老爷说说。"王大夫道:"且慢说。等我诊了脉,听我说了看是对不对,若有不合的地方,姑娘们再告诉我。"紫鹃便向帐中扶出黛玉的一只手来,搁在迎手上。紫鹃又把镯子连袖子轻轻的搂起,不叫压住了脉息。那王大夫诊了好一回儿,又换那只手也诊了,便同贾琏出来,到外间屋里坐下,说道:"六脉皆弦,因平日郁结所致。"说着,紫鹃也出来站在里间门口。那王大夫便向紫鹃道:"这病时常应得头晕,减饮食,多梦,每到五更,必醒个几次。即日间听见不干自己的事,也必要动气,且多疑多惧。不知者疑为性情乖诞,其实因肝阴亏损,心气衰耗,都是这个病在那里作怪。不知是否?"紫鹃点点头儿,向贾琏道:"说的很是。"王太医道:"既这样就是了。"说毕起身,同贾琏往外书房去开方子。小厮们早已预备下一张梅红单帖,王太医吃了茶,因提笔先写道:

> 六脉弦迟,素由积郁,左寸无力,心气已衰。关脉独洪,肝邪偏旺。木气不能疏达,势必上侵脾土,饮食无味,甚至胜所不胜,肺金定受其殃。气不流精,凝而为痰;血随

第八十三回　省宫闱贾元妃染恙　闹闺阃薛宝钗吞声

气涌，自然咳吐。理宜疏肝保肺，涵养心脾。虽有补剂，未可骤施。姑拟黑逍遥以开其先，复用归肺固金以继其后。不揣固陋，俟高明裁服。

又将七味药与引子写了。贾琏拿来看时，问道："血势上冲，柴胡使得么？"王大夫笑道："二爷但知柴胡是升提之品，为吐衄所忌。岂知用鳖血拌炒，非柴胡不足宣少阳甲胆之气。以鳖血制之，使其不致升提，且能培养肝阴，制遏邪火。所以《内经》说：'通因通用，塞因塞用。'柴胡用鳖血拌炒，正是'假周勃以安刘'的法子。"贾琏点头道："原来是这么着，这就是了。"

王大夫又道："先请服两剂，再加减，或再换方子罢。我还有一点小事，不能久坐，容日再来请安。"说着，贾琏送了出来，说道："舍弟的药就是那么着了？"王大夫道："宝二爷倒没什么大病，大约再吃一剂就好了。"说着，上车而去。

这里，贾琏一面叫人抓药，一面回到房中告诉凤姐，黛玉的病原与大夫用的药，述了一遍。

只见周瑞家的走来回了几件没要紧的事，贾琏听到一半，便说道："你回二奶奶罢，我还有事呢。"说着，就走了。周瑞家的回完了这件事，又说道："我方才到林姑娘那边，看他那个病，竟是不好呢。脸上一点血色也没有，摸了摸身上，只剩得一把骨头。问问他,也没有话说,只是淌眼泪。回来紫鹃告诉我说:'姑娘现在病着,要什么自己又不肯要,我打算要问二奶奶那里支用一两个月的月钱。如今吃药虽是公中的,零用也得几个钱。'我答应了他,替他来回奶奶。"凤姐低了半日头,说道:"竟这么着罢:我送他几两银子使罢,也不用告诉林姑娘。这月钱却是不好支的。一个人开了例,要是都支起来,那如何使得呢?你不记得赵姨娘和三姑娘拌嘴了,也无非为的是月钱。况且近来你也知道,出去的多,进来的少,总绕不过弯儿来。不知道的,还说我打算的不好。更有那一种嚼舌根的,说我搬运到娘家去了。周嫂子,你倒是那里经手的人,这个自然还知道些。"

> 黛玉生活竟至困窘至此!

周瑞家的道:"真正委屈死人!这样大门头儿,除了奶奶这样心计儿当家罢了,别说是女人当不来,就是三头六臂的男人,还撑不住呢。还说这些个混账话!"说着,又笑了一声,道:"奶奶还没听见呢,外头的人还更糊涂呢。前儿周瑞回家来,说起外头的人打谅着咱们府里不知怎么样有钱呢,也有说'贾府里的银库几间,金库几间,使的家伙都是金子镶了玉石嵌了的',也有说'姑娘做了王妃,自然皇上家的东西分的了一半子给娘家。前儿贵妃娘娘省亲回来,我们还亲见他带了几车金银回来,所以家里收拾摆设的水晶宫似的。那日在庙里还愿,花了几万银子,只

第八十三回　省宫闱贾元妃染恙　闹闺阃薛宝钗吞声

算得牛身上拔了一根毛罢咧。'有人还说'他门前的狮子只怕还是玉石的呢。园子里还有金麒麟，叫人偷了一个去，如今剩下一个了。家里的奶奶、姑娘不用说，就是屋里使唤的姑娘们，也是一点儿不动，喝酒下棋，弹琴画画，横竖有服侍的人呢。单管穿罗罩纱，吃的戴的，都是人家不认得的。那些哥儿、姐儿们更不用说了，要天上的月亮，也有人去拿下来给他顽。'还有歌儿呢，说是'宁国府，荣国府，金银财宝如粪土。吃不穷，穿不穷，算来……'"说到这里，猛然咽住。

原来那时歌儿说道是"算来总是一场空"。这周瑞家的说溜了嘴，说到这里，忽然想起这话不好，因咽住了。

凤姐儿听了，已明白必是句不好的话了，也不便追问，因说道："那都没要紧。只是这金麒麟的话从何而来？"周瑞家的笑道："就是那庙里的老道士送给宝二爷的小金麒麟儿。后来丢了几天，亏了史姑娘捡着还了他，外头就造出这个谣言来了。奶奶说，这些人可笑不可笑？"凤姐道："这些话倒不是可笑，倒是可怕的。咱们一日难似一日，外面还是这么讲究。俗语儿说的，'人怕出名猪怕壮'，况且又是个虚名儿。终久还不知怎么样呢。"周瑞家的道："奶奶虑的也是。只是满城里茶坊、酒铺儿，以及各胡衕儿，都是这样说，并且不是一年了，那里握的住众人的嘴。"

凤姐点点头儿，因叫平儿称了几两银子，递给周瑞家的，道："你先拿去交给紫鹃，只说我给他添补买东西的。若要官中的，只管要去，别提这月钱的话。他也是个伶透人，自然明白我的话。我得了空儿，就去瞧姑娘去。"周瑞家的接了银子，答应着自去。不提。

且说贾琏走到外面，只见一个小厮迎上来回道："大老爷叫二爷说话呢。"贾琏急忙过来，见了贾赦。贾赦道："方才风闻宫里头传了一个太医院御医、两个吏目去看病，想来不是宫女儿下人了。这几天娘娘宫里有什么信儿没有？"贾琏道："没有。"贾赦道："你去问问二老爷和你珍大哥。不然，还该叫人去到太医院里打听打听才是。"贾琏答应了，一面吩咐人往太医院去，一面连忙去见贾政、贾珍。

> 吏目，太医院医官，八品或九品官职。

贾政听了这话，因问道："是那里来的风声？"贾琏道："是大老爷才说的。"贾政道："你索性和你珍大哥到里头打听打听。"贾琏道："我已经打发人往太医院打听去了。"一面说着，一面退出来，去找贾珍。只见贾珍迎面来了，贾琏忙告诉贾珍。贾珍道："我正为也听见这话，来回大老爷、二老爷去的。"于是两个人同着来见贾政。贾政道："如系元妃，少不得终有信的。"说着，贾赦也过来了。

到了晌午，打听的尚未回来。门上人进来，回说：

第八十三回　省宫闱贾元妃染恙　闹闺阃薛宝钗吞声

"有两个内相在外，要见二位老爷呢。"贾赦道："请进来。"门上的人领了老公进来。贾赦、贾政迎至二门外，先请了娘娘的安，一面同着进来，走至厅上，让了坐。老公道："前日这里贵妃娘娘有些欠安。昨日奉过旨意，宣召亲丁四人进里头探问。许各带丫头一人，余皆不用。亲丁男人只许在宫门外递个职名，请安听信，不得擅入。准于明日辰巳时进去，申酉时出来。"贾政、贾赦等站着听了旨意，复又坐下，让老公吃茶毕，老公辞了出去。贾赦、贾政送出大门，回来先禀贾母。贾母道："亲丁四人，自然是我和你们两位太太了。那一个人呢？"众人也不敢答言，贾母想了想，道："必得是凤姐儿，他诸事有照应。你们爷儿们各自商量去罢。"贾赦、贾政答应了出来，因派了贾琏、贾蓉看家外，凡文字辈至草字辈一应都去。遂吩咐家人预备四乘绿轿，十余辆大车，明儿黎明伺候。家人答应去了。

贾赦、贾政又进去回明老太太，辰巳时进去，申酉时出来，今日早些歇歇，明日好早些起来收拾进宫。贾母道："我知道。你们去罢。"赦、政等退出。这里，邢夫人、王夫人、凤姐儿也都说了一会子元妃的病，又说了些闲话，才各自散了。

次日黎明，各间屋子丫头们将灯火俱已点齐，太太们各梳洗毕，爷们亦各整顿好了。一到卯初，林之孝和赖大进来，至二门口回道："轿车俱已齐备，在门外伺候着呢。"不一时，贾赦、邢夫人也过来了。大家用了早饭，凤姐先扶老太太出来，众人围随，各带使女一人，缓缓前行。又命李贵等二人先骑马去外宫门接应，自己家眷随后。文字辈至草字辈各自登车骑马，跟着众家人，一齐去了。贾琏、贾蓉在家中看家。

且说贾家的车辆轿马俱在外西垣门口歇下等着。一会儿，有两个内监出来说道："贾府省亲的太太、奶奶们，着令入宫探问；爷们俱着令内宫门外请安，不得入见。"门上人叫快进去。贾府中四乘轿子跟着小内监前行，贾家爷们在轿后步行跟着，令众家人在外等候。

走近宫门口，只见几个老公在门上坐着，见他们来了，便站起来，说道："贾府爷们至此。"贾赦、贾政便挨次立定。轿子抬至宫门口，便都出了轿。早有几个小内监引路，贾母等各有丫头扶着步行。

走至元妃寝宫，只见奎壁辉煌，琉璃照耀。又有两个小宫女儿传谕道："只用请安，一概仪注都免。"贾母等谢了恩，来至床前请安毕，元妃都赐了坐。贾母等又告了坐。元妃便向贾母道："近日身上可好？"贾母扶着小丫头，颤颤巍巍站起来，答应道："托娘娘洪福，起居尚健。"元妃又向邢夫人、王夫人问了好，邢、王二夫人站着回了话。元妃又问凤姐家中过的日

第八十三回　省宫闱贾元妃染恙　闹闺阃薛宝钗吞声

子若何,凤姐站起来回奏道:"尚可支持。"元妃道:"这几年来难为你操心。"

凤姐正要站起来回奏,只见一个宫女传进许多职名,请娘娘龙目。元妃看时,就是贾赦、贾政等若干人。那元妃看了职名,眼圈儿一红,止不住流下泪来。宫女儿递过绢子,元妃一面拭泪,一面传谕道:"今日稍安,令他们外面暂歇。"贾母等站起来,又谢了恩。元妃含泪道:"父女弟兄,反不如小家子得以常常亲近。"贾母等都忍着泪道:"娘娘不用悲伤,家中已托着娘娘的福多了。"元妃又问:"宝玉近来若何?"贾母道:"近来颇肯念书。因他父亲逼得严紧,如今文字也都做上来了。"元妃道:"这样才好。"遂命外宫赐宴。便有两个宫女儿、四个小太监引了到一座宫里,已摆得齐整,各按坐次坐了。不必细述。

此话前番已说过。

一时吃完了饭,贾母带着他婆媳三人谢过宴,又耽搁了一回。看看已近酉初,不敢羁留,俱各辞了出来。元妃命宫女儿引道,送至内宫门,门外仍是四个小太监送出。贾母等依旧坐着轿子出来,贾赦接着,大伙儿一齐回去。到家又要安排明后日进宫,仍令照应齐集。不题。

且说薛家夏金桂赶了薛蟠出去,日间拌嘴没有对头,秋菱又住在宝钗那边去了,只剩得宝蟾一人同住。

既给与薛蟠作妾,宝蟾的意气又不比从前了。金桂看去更是一个对头,自己也后悔不来。一日,吃了几杯闷酒,躺在炕上,便要借那宝蟾做个醒酒汤儿,因问着宝蟾道:"大爷前日出门,到底是到那里去?你自然是知道的了。"宝蟾道:"我那里知道。他在奶奶跟前还不说,谁知道他那些事!"金桂冷笑道:"如今还有什么奶奶、太太的,都是你们的世界了。别人是惹不得的,有人护庇着,我也不敢去虎头上捉虱子。你还是我的丫头,问你一句话,你就和我摔脸子,说塞话。你既这么有势力,为什么不把我勒死了,你和秋菱不拘谁做了奶奶,那不清净了么!偏我又不死,碍着你们的道儿。"

宝蟾听了这话,那里受得住,便眼睛直直的瞅着金桂道:"奶奶这些闲话只好说给别人听去!我并没和奶奶说什么。奶奶不敢惹人家,何苦来拿着我们小软儿出气呢。正经的,奶奶又装听不见,'没事人一大堆'了。"说着,便哭天哭地起来。金桂越发性起,便爬下炕来,要打宝蟾。宝蟾也是夏家的风气,半点儿不让。金桂将桌椅杯盏,尽行打翻,那宝蟾只管喊冤叫屈,那里理会他半点儿。

岂知薛姨妈在宝钗房中听见如此吵嚷,叫香菱:"你去瞧瞧,且劝劝他。"宝钗道:"使不得,妈妈别叫他去。他去了岂能劝他,那更是火上浇了油了。"

第八十三回　省宫闱贾元妃染恙　闹闺阃薛宝钗吞声

薛姨妈道："既这么样，我自己过去。"宝钗道："依我说，妈妈也不用去，由着他们闹去罢。这也是没法儿的事了。"薛姨妈道："这那里还了得！"说着，自己扶了丫头，往金桂这边来。宝钗只得也跟着过去，又嘱咐香菱道："你在这里罢。"

母女同至金桂房门口，听见里头正还嚷哭不止。薛姨妈道："你们是怎么着，又这样家翻宅乱起来，这还像个人家儿吗！矮墙浅屋的，难道都不怕亲戚们听见笑话了么？"金桂屋里接声道："我倒怕人笑话呢！只是这里扫帚颠倒竖，也没有主子，也没有奴才，也没有妻，没有妾，是个混账世界了。我们夏家门子里，没见过这样规矩，实在受不得你们家这样委屈了！"宝钗道："大嫂子，妈妈因听见闹得慌，才过来的。就是问的急了些，没有分清'奶奶''宝蟾'两字，也没有什么。如今且先把事情说开，大家和和气气的过日子，也省的妈妈天天为咱们操心。"那薛姨妈道："是啊，先把事情说开了，你再问我的不是还不迟呢。"

金桂道："好姑娘，好姑娘，你是个大贤大德的。你日后必定有个好人家，好女婿，决不像我这样守活寡，举眼无亲，叫人家骑上头来欺负的。我是个没心眼儿的人，只求姑娘，我说话别往死里挑捡，我从小儿到如今，没有爹娘教导。再者我们屋里老婆、汉子、大女人、小女人的事，姑娘也管不得！"宝钗听了这话,又是羞,又是气,见他母亲这样光景,又是疼不过。因忍了气说道:"大嫂子,我劝你少说句儿罢。谁挑捡你?又是谁欺负你?不要说是嫂子,就是秋菱,我也从来没有加他一点声气儿的。"金桂听了这几句话,更加拍着炕沿大哭起来,说:"我那里比得秋菱?连他脚底下的泥我还跟不上呢!他是来久了的,知道姑娘的心事,又会献勤儿。我是新来的,又不会献勤儿,如何拿我比他?何苦来,天下有几个都是贵妃的命,行点好儿罢!别修的像我嫁个糊涂行子守活寡,那就是活活儿的现了眼了!"

薛姨妈听到那里,万分气不过,便站起身来,道:"不是我护着自己的女孩儿,他句句劝你,你却句句怄他。你有什么过不去,不要寻他,勒死我倒也是稀松的。"宝钗忙劝道:"妈妈,你老人家不用动气。咱们既来劝他,自己生气,倒多了层气。不如且出去,等嫂子歇歇儿再说。"因吩咐宝蟾道:"你可别再多嘴了。"跟了薛姨妈出得房来。

走过院子里,只见贾母身边的丫头同着秋菱迎面走来。薛姨妈道:"你从那里来,老太太身上可安?"那丫头道:"老太太身上好,叫来请姨太太安,还谢谢前儿的荔枝,还给琴姑娘道喜。"宝钗道:"你多早晚来的?"那丫头道:"来了好一会子了。"薛姨妈料他知道,红着脸说道:"这如今我们家里闹得也不像个过日子的人家了,叫你们那边听见笑话。"丫头道:"姨太太说那里的话,谁家没个碟大碗小磕着碰着的呢。那是姨太太多心罢咧。"说着,跟了回到薛姨妈房中,略坐了一回就去了。

宝钗正嘱咐香菱些话,只听薛姨妈忽然叫道:"左肋疼痛的很。"说着,便向炕上躺下。唬得宝钗、香菱二人手足无措。

要知后事如何,下回分解。

【回后评】

　　上回写黛玉梦魇,此回竟写宝玉梦刀子割心,总是勉强做作。

　　写元妃病,贾母等探视,总是一番空排场;贾妃讲的话,还是省亲时说过的老话,略无动人之处。

　　写夏金桂寻事吵闹,亦少新意。

第八十四回　　试文字宝玉始提亲
　　　　　　　探惊风贾环重结怨

却说薛姨妈一时因被金桂这场气怄得肝气上逆，左肋作痛。宝钗明知是这个原故，也等不及医生来看，先叫人去买了几钱钩藤来，浓浓的煎了一碗，给他母亲吃了。又和秋菱给薛姨妈捶腿揉胸，停了一会儿，略觉安顿。这薛姨妈只是又悲又气，气的是金桂撒泼，悲的是宝钗有涵养，倒觉可怜。宝钗又劝了一回，不知不觉的睡了一觉，肝气也渐渐平复了。宝钗便说道："妈妈，你这种闲气不要放在心上才好。过几天走的动了，乐得往那边老太太、姨妈处去说说话儿散散闷也好。家里横竖有我和秋菱照看着，谅他也不敢怎么样。"薛姨妈点点头道："过两日看罢了。"

且说元妃疾愈之后，家中俱各喜欢。过了几日，有几个老公走来，带着东西、银两，宣贵妃娘娘之命，因家中省问勤劳，俱有赏赐，把对象银两一一交代清楚。贾赦、贾政等禀明了贾母,一齐谢恩毕,太监吃了茶去了。

大家回到贾母房中,说笑了一回。外面老婆子传进来说:"小厮们来回道,那边有人请大老爷说要紧的话呢。"贾母便向贾赦道:"你去罢。"贾赦答应着,退出来自去了。

这里,贾母忽然想起,和贾政笑道:"娘娘心里却甚实惦记着宝玉,前儿还特特的问他来着呢。"贾政陪笑道:"只是宝玉不大肯念书,辜负了娘娘的美意。"贾母道:"我倒给他上了个好儿,说他近日文章都做上来了。"贾政笑道:"那里能像老太太的话呢。"贾母道:"你们时常叫他出去作诗作文,难道他都没作上来么?小孩子家,慢慢的教导他。可是人家说的,'胖子也不是一口儿吃的'。"贾政听了这话,忙陪笑道:"老太太说的是。"

贾母又道:"提起宝玉,我还有一件事和你商量。如今他也大了,你们也该留神看一个好孩子给他定下,这也是他终身的大事。也别论远近亲戚,什么穷啊富的,只要深知那姑娘的脾性儿好、模样儿周正的就好。"贾政道:"老太太吩咐的很是。但只一件,姑娘也要好,第一要他自己学好才好,不然不稂不莠的,反倒耽误了人家的女孩儿,岂不可惜。"

贾母听了这话,心里却有些不喜欢,便说道:"论

> 贾母忽然提出宝玉的亲事来,以前宝、黛的种种情事,贾母好像全然不知,全无所觉。

第八十四回 试文字宝玉始提亲 探惊风贾环重结怨

起来,现放着你们作父母的,那里用我去张心。但只我想,宝玉这孩子从小儿跟着我,未免多疼他一点儿,耽误了他成人的正事,也是有的。只是我看他那生来的模样儿也还齐整,心性儿也还实在,未必一定是那种没出息的,必至遭踏了人家的女孩儿。也不知是我偏心,我看着横竖比环儿略好些,不知你们看着怎么样。"几句话说得贾政心中甚实不安,连忙陪笑道:"老太太看的人也多了,既说他好、有造化的,想来是不错的。只是儿子望他成人性儿太急了一点,或有竟和古人的话相反,倒是'莫知其子之美'了。"一句话,把贾母也怄笑了,众人也都陪着笑了。

贾母因说道:"你这会子也有了几岁年纪,又居着官,自然越历练越老成。"说到这里,回头瞅着邢夫人和王夫人笑道:"想他那年轻的时候,那一种古怪脾气,比宝玉还加一倍呢。直等娶了媳妇,才略略的懂了些人事儿。如今只抱怨宝玉,这会子我看宝玉比他还略体些人情儿呢。"说的邢夫人、王夫人都笑了,因说道:"老太太又说起逗笑儿的话儿来了。"

说着,小丫头子们进来告诉鸳鸯:"请示老太太,晚饭伺候下了。"贾母便问:"你们又咕咕唧唧的说什么?"鸳鸯笑着回明了。贾母道:"那么着,你们也都吃饭去罢,单留凤姐儿和珍哥媳妇跟着我吃罢。"贾政及邢、王二夫人都答应着,伺候摆上饭来,贾母又催了一遍,才都退出各散。

却说邢夫人自去了。贾政同王夫人进入房中。贾政因提起贾母方才的话来,说道:"老太太这样疼宝玉,毕竟要他有些实学,日后可以混得功名,才好不枉老太太疼他一场,也不至遭塌了人家的女儿。"王夫人道:"老爷这话自然是该当的。"贾政因着个屋里的丫头传出去,告诉李贵:"宝玉放学回来,索性吃饭后再叫他过来,说我还要问他话呢。"李贵答应了"是"。

至宝玉放了学刚要过来请安,只见李贵道:"二爷先不用过去,老爷吩咐了,今日叫二爷吃了饭再过去呢,听见还有话问二爷呢。"宝玉听了这话,又是一个闷雷。只得见过贾母,便回园吃饭。三口两口吃完,忙漱了口,便往贾政这边来。

贾政此时在内书房坐着,宝玉进来请了安,一旁侍立。贾政问道:"这几日我心上有事,也忘了问你。那一日你说,你师父叫你讲一个月的书,就要给你开笔。如今算来,将两个月了,你到底开了笔了没有?"宝玉道:"才做过三次,师父说,且不必回老爷知道,等好些,再回老爷知道罢。因此这两天总没敢回。"贾政道:"是什么题目?"宝玉道:"一个是《吾十有五而志于学》,一个是《人不知而不愠》,一个是《则归墨》三字。"贾政道:"都有稿儿么?"宝玉道:"都

第八十四回　试文字宝玉始提亲　探惊风贾环重结怨

是作了抄出来师父又改的。"贾政道："你带了家来了，还是在学房里呢？"宝玉道："在学房里呢。"贾政道："叫人取了来我瞧。"宝玉连忙叫人传话与焙茗："叫他往学房中去，我书桌子抽屉里，有一本薄薄儿竹纸本子，上面写着'窗课'两字的就是，快拿来。"一回儿焙茗拿了来，递给宝玉。宝玉呈与贾政。

贾政翻开看时，见头一篇写着题目，是《吾十有五而志于学》。他原本破的是"圣人有志于学，幼而已然矣"。代儒却将幼字抹去，明用"十五"。贾政道："你原本'幼'字便扣不清题目了。'幼'字是从小起，至十六以前，都是'幼'。这章书是圣人自言学问工夫与年俱进的话，所以十五、三十、四十、五十、六十、七十俱要明点出来，才见得到了几时有这么个光景，到了几时又有那么个光景。师父把你'幼'字改了'十五'，便明白了好些。"看到承题，那抹去的原本云："夫不志于学，人之常也。"贾政摇头道："不但是孩子气，可见你本性不是个学者的志气。"又看后句"圣人十五而志之，不亦难乎"，说道："这更不成话了。"然后看代儒的改本云："夫人孰不学，而志于学者卒鲜。此圣人所为自信于十五时欤。"便问："改的懂得么？"宝玉答应道："懂得。"

又看第二艺，题目是《人不知而不愠》，便先看代儒的改本云："不以不知而愠者，终无改其说乐矣。"

> 回目是"试文字",而此处却是贾政大讲八股时文的做法,讲破题,讲起、承、转、合。不是贾政试宝玉文字,倒是宝玉听贾政讲课。

方觑着眼看那抹去的底本,说道:"你是什么?'能无愠人之心,纯乎学者也。'上一句似单做了'而不愠'三个字的题目。下一句又犯了下文君子的分界。必如改笔才合题位呢。且下句找清上文,方是书理。须要细心领略。"宝玉答应着。贾政又往下看,"夫不知,未有不愠者也;而竟不然。是非由说而乐者,曷克臻此。"原本末句"非纯学者乎"。贾政道:"这也与破题同病的。这改的也罢了,不过清楚,还说得去。"

第三艺是《则归墨》,贾政看了题目,自己扬着头想了一想,因问宝玉道:"你的书讲到这里了么?"宝玉道:"师父说,《孟子》好懂些,所以倒先讲《孟子》,大前日才讲完了。如今讲《上论语》呢。"贾政因看这个破承倒没大改。破题云:"言于舍杨之外,若别无所归者焉。"贾政道:"第二句倒难为你。""夫墨,非欲归者也;而墨之言已半天下矣,则舍杨之外,欲不归于墨,得乎?"贾政道:"这是你做的么?"宝玉答应道:"是。"贾政点点头儿,因说道:"这也并没有什么出色处,但初试笔能如此,还算不离。前年,我在任上时,还出过《惟士为能》这个题目。那些童生都读过前人这篇,不能自出心裁,每多抄袭。你念过没有?"宝玉道:"也念过。"贾政道:"我要你另换个主意,不许雷同了前人,只做个破题也使得。"宝玉只得答应着,低头搜索枯肠。贾政背着手,也在

第八十四回　试文字宝玉始提亲　探惊风贾环重结怨

门口站着作想。只见一个小小厮往外飞走,看见贾政,连忙侧身垂手站住。贾政便问道:"作什么?"小厮回道:"老太太那边姨太太来了,二奶奶传出话来,叫预备饭呢。"贾政听了,也没言语。那小厮自去了。

谁知宝玉自从宝钗搬回家去,十分想念,听见薛姨妈来了,只当宝钗同来,心中早已忙了,便乍着胆子回道:"破题倒作了一个,但不知是不是。"贾政道:"你念来我听。"宝玉念道:"天下不皆士也,能无产者亦仅矣。"贾政听了,点着头道:"也还使得。以后作文,总要把界限分清,把神理想明白了再去动笔。你来的时候,老太太知道不知道?"宝玉道:"知道的。"贾政道:"既如此,你还到老太太处去罢。"宝玉答应了个"是",只得拿捏着慢慢的退出,刚过穿廊月洞门的影屏,便一溜烟,跑到老太太院门口。急得焙茗在后头赶着叫:"看跌倒了!老爷来了。"宝玉那里听得见,刚进得门来,便听见王夫人、凤姐、探春等笑语之声。

> 贾政如此与宝玉讲作八股文,且颇有赞誉,与前八十回大异其趣。

丫鬟们见宝玉来了,连忙打起帘子,悄悄告诉道:"姨太太在这里呢。"宝玉赶忙进来给薛姨妈请安,过来才给贾母请了晚安。贾母便问:"你今儿怎么这早晚才散学?"宝玉悉把贾政看文章并命作破题的话述了一遍。贾母笑容满面。宝玉因问众人道:"宝姐姐在那里坐着呢?"薛姨妈笑道:"你宝姐姐没过来,家里和香菱作活呢。"宝玉听了,心中索然,又不好就走。只见说着话儿已摆上饭来,自然是贾母、薛姨妈上坐,探春等陪坐。薛姨妈道:"宝哥儿呢?"贾母忙笑说道:"宝玉跟着我这边坐罢。"宝玉连忙回道:"头里散学时,李贵传老爷的话,叫吃了饭过去。我赶着要了一碟菜,泡茶吃了一碗饭,就过去了。老太太和姨妈、姐姐们用罢。"贾母道:"既这么着,凤丫头就过来跟着我。你太太才说他今儿吃斋,叫他们自己吃去罢。"王夫人也道:"你跟着老太太、姨太太吃罢,不用等我,我吃斋呢。"于是凤姐告了坐,丫头安了杯箸,凤姐执壶斟了一巡,才归坐。

大家吃着酒。贾母便问道:"可是才姨太太提香菱,我听见前儿丫头们说'秋菱',不知是谁,问起来才知道是他。怎么那孩子好好的又改了名字呢?"薛姨妈满脸飞红,叹了口气道:"老太太再别提起。自从蟠儿娶了这个不知好歹的媳妇,成日家咕咕唧唧,如今闹的也不成个人家了。我也说过他几次,他牛心不听说,我也没那么大精神和他们尽着吵去,只好由他们去。可不是他嫌这丫头的名儿不好改的。"

贾母道:"名儿什么要紧的事呢?"薛姨妈道:"说起来我也怪臊的,其实老太太这边有什么不知道的。他那里是为这名儿不好,听见说他因为是宝丫头起的,他才有心要改。"贾母道:"这又是什么原故呢?"薛

第八十四回　试文字宝玉始提亲　探惊风贾环重结怨

姨妈把手绢子不住的擦眼泪，未曾说，又叹了一口气，道："老太太还不知道呢，这如今媳妇子专和宝丫头怄气。前日老太太打发人看我去，我们家里正闹呢。"

贾母连忙接着问道："可是前儿听见姨太太肝气疼，要打发人看去，后来听见说好了，所以没着人去。依我，劝姨太太竟把他们别放在心上。再者，他们也是新过门的小夫妻，过些时自然就好了。我看宝丫头性格儿温厚和平，虽然年轻，比大人还强几倍。前日那小丫头子回来说，我们这边还都赞叹了他一会子。都像宝丫头那样心胸儿、脾气儿，真是百里挑一的。不是我说句冒失话，那给人家作了媳妇儿，怎么叫公婆不疼，家里上上下下的不宾服呢！"宝玉头里已经听烦了，推故要走，及听见这话，又坐了呆呆的往下听。

> 贾母赞宝钗。

薛姨妈道："不中用。他虽好，到底是女孩儿家，养了蟠儿这个糊涂孩子，真真叫我不放心，只怕在外头喝点子酒，闹出事来。幸亏老太太这里的大爷、二爷常和他在一块儿，我还放点儿心。"宝玉听到这里，便接口道："姨妈更不用悬心。薛大哥相好的都是些正经买卖大客人，都是有体面的，那里就闹出事来。"薛姨妈笑道："依你这样说，我敢只不用操心了。"说话间，饭已吃完。宝玉先告辞了，晚间还要看书，便各自去了。

> 宝玉听贾母赞宝钗，倒特意留下"呆呆的往下听"，不知究竟是何意思。是爱听，不愿听？或者希望贾母还有赞黛玉之话乎？

这里，丫头们刚捧上茶来，只见琥珀走过来向贾母耳朵旁边说了几句,贾母便向凤姐儿道:"你快去罢,瞧瞧巧姐儿去罢。"凤姐听了,还不知何故,大家也怔了。琥珀遂过来,向凤姐道:"刚才平儿打发小丫头子来回二奶奶,说巧姐儿身上不大好,请二奶奶忙着些过来才好呢。"贾母因说道:"你快去罢,姨太太也不是外人。"凤姐连忙答应,在薛姨妈跟前告了辞。又见王夫人说道:"你先过去,我就去。小孩子家,魂儿还不全呢,别叫丫头们大惊小怪的,屋里的猫儿狗儿,也叫他们留点神儿。尽着孩子贵气,偏有这些琐碎。"凤姐答应了,然后带了小丫头回房去了。

这里,薛姨妈又问了一回黛玉的病。贾母道:"林丫头那孩子倒罢了,只是心重些,所以身子就不大很结实了。要赌灵性儿,也和宝丫头不差什么。要赌宽厚待人里头,却不济他宝姐姐有耽待、有尽让了。"贾母评黛玉宽厚不如宝钗。前后比较之间,贾母已倾向于宝钗矣。薛姨妈又说了两句闲话儿,便道:"老太太歇着罢。我也要到家里去看看,只剩下宝丫头和香菱了。打那么同着姨太太看看巧姐儿。"贾母道:"正是。姨太太上年纪的人看看是怎么不好,说给他们,也得点主意儿。"薛姨妈便告辞,同着王夫人出来,往凤姐院里去了。

贾政心里对宝玉欢喜,一反以前性情。却说贾政试了宝玉一番,心里却也喜欢,走向外面和那些门客闲谈。说起方才的话来,便有新进到来最善大棋的一个王尔调,名作梅的,说道:"据我们看来,宝二爷的学问已是大进了。"贾政道:"那有进益,不过略懂得些罢咧,'学问'两个字早得很呢。"詹光道:"这是老世翁过谦的话,不但王大兄这般说,就是我们看,宝二爷必定要高发的。"贾政笑道:"这也是诸位过爱的意思。"

那王尔调又道:"晚生还有一句话,不揣冒昧,和老世翁商议。"贾政道:"什么事?"王尔调陪笑道:"也是晚生的相与,做过南韶道的张大老爷家有一位小姐,说是生得德容功貌俱全,此时尚未受聘。他又没有儿子,家资巨万。但是要富贵双全的人家,女婿又要出众,才肯作亲。晚生来了两个月,瞧着宝二爷的人品学业,都是必要大成的。老世翁这样门楣,还有何说。若晚生过去,包管一说就成。"贾政道:"宝玉说亲却也是年纪了,并且老太太常说起。但只张大老爷素来尚未深悉。"詹光道:"王兄所提张家,晚生却也知道。况和大老爷那边是旧亲,老世翁一问便知。"贾政想了一回,道:"大老爷那边不曾听得这门亲戚。"詹光道:"老世翁原来不知,这张府上原和邢舅太爷那边有亲的。"

贾政听了,方知是邢夫人的亲戚。坐了一回,进来了,便要同王夫人说知,转问邢夫人去。谁知王夫人陪了薛姨妈到凤姐那边看巧姐儿去了。那天已经掌灯时候，薛姨妈去了，王夫人才过来了。贾政告诉了王尔调和詹光的话，又问巧姐儿怎么了。王夫人道："怕是惊风的光景。"贾政道："不甚利害呀？"王夫人道："看着是搐风的来头，只还没搐出来呢。"贾政听了，便不言语，各自安歇，一宿晚景不提。

却说次日邢夫人过贾母这边来请安，王夫人便提起张家的事，一面回贾母，一面问邢夫人。邢夫人道："张家虽系老亲，但近年来久已不通音信，不知他家的姑娘是怎么样的。倒是前日孙亲家太太打发老婆子来问安，却说起张家的事，说他家有个姑娘，托孙亲家那边有对劲的提一提。听见说，只这一个女孩儿，十分娇养，也识得几个字，见不得大阵仗儿，常在房中不出来的。张大老爷又说，只有这一个女孩儿，不肯嫁出去，怕人家公婆严，姑娘受不得委屈，必要女婿过门，赘在他家，给他料理些家事。"贾母听到这里，不等说完，便道："这断使不得。我们宝玉别人服侍他还不够呢，倒给人家当家去。"邢夫人道："正是老太太这个话。"贾母因向王夫人道："你回来告诉你老爷，就说我的话，这张家的亲事是作不得的。"王夫人答应了。贾母便问："你们昨日看巧姐儿怎么样？头里平儿来回我，说很不大好，我也要过去看看呢。"邢王二夫人道："老太太虽疼他，他那里耽的住。"贾母道："却也不止为他，我也要走动走动，活活筋骨

第八十四回　试文字宝玉始提亲　探惊风贾环重结怨

儿。"说着，便吩咐："你们吃饭去罢，回来同我过去。"邢、王二夫人答应着出来，各自去了。

一时吃了饭，都来陪贾母到凤姐房中。凤姐连忙出来，接了进去。贾母便问巧姐儿到底怎么样。凤姐儿道："只怕是搐风的来头。"贾母道："这么着，还不请人赶着瞧！"凤姐道："已经请去了。"贾母因同邢王二夫人进房来看，只见奶子抱着，用桃红绫子小绵被儿裹着，脸皮趣青，眉梢鼻翅微有动意。贾母同邢、王二夫人看了看，便出外间坐下。

正说间，只见一个小丫头回凤姐道："老爷打发人问姐儿怎么样。"凤姐道："替我回老爷，就说请大夫去了。一会儿开了方子，就过去回老爷。"贾母忽然想起张家的事来，向王夫人道："你该就去告诉你老爷，省得人家去说了回来又驳回。"又问邢夫人道："你们和张家如今为什么不走了？"邢夫人因又说："论起那张家行事，也难和咱们作亲，太啬克，没的玷辱了宝玉。"凤姐听了这话，已知八九，便问道："太太不是说宝兄弟的亲事？"邢夫人道："可不是么。"贾母接着因把刚才的话告诉凤姐。凤姐笑道："不是我当着老祖宗、太太们跟前说句大胆的话，现放着天配的姻缘，何用别处去找。"贾母笑问道："在那里？"凤姐道："一个'宝玉'，一个'金锁'，老太太怎么忘了？"贾母笑了一笑，因说："昨日你姑妈在这里，

> 凤姐乘机提出"金锁"配"宝玉"。

<blockquote>凤姐以前说黛玉吃了我们家的茶,便是我们家的人的事等,似又全无影踪了。</blockquote>

你为什么不提?"凤姐道:"老祖宗和太太们在前头,那里有我们小孩子家说话的地方儿。况且,姨妈过来瞧老祖宗,怎么提这些个?这也得太太们过去求亲才是。"贾母笑了,邢、王二夫人也都笑了。贾母因道:"可是我背晦了。"

说着,人回:"大夫来了。"贾母便坐在外间,邢、王二夫人略避。那大夫同贾琏进来,给贾母请了安,方进房中看了,出来站在地下,躬身回贾母道:"姐儿一半是内热,一半是惊风。须先用一剂发散风痰药,还要用四神散才好。因病势来得不轻,如今的牛黄都是假的,要找真牛黄方用得。"贾母道了乏,那大夫同贾琏出去,开了方子,去了。

凤姐道:"人参家里常有,这牛黄倒怕未必有,外头买去,只是要真的才好。"王夫人道:"等我打发人到姨太太那边去找找。他家蟠儿是向与那些西客们做买卖,或者有真的也未可知。我叫人去问问。"正说话间,众姊妹都来瞧来了,坐了一回,也都跟着贾母等去了。这里,煎了药给巧姐儿灌了下去,只见"咯"的一声,连药带痰都吐出来,凤姐才略放了一点儿心。只见王夫人那边的小丫头拿着一点儿的小红纸包儿,说道:"二奶奶,牛黄有了。太太说了,叫二奶奶亲自把分两对准了呢。"凤姐答应着接过来,便叫平儿配齐了真珠、冰片、朱砂,快熬起来,自己用戥子按

第八十四回　试文字宝玉始提亲　探惊风贾环重结怨

方秤了搂在里面，等巧姐儿醒了好给他吃。

只见贾环掀帘进来说："二姐姐，你们巧姐儿怎么了？妈叫我来瞧瞧他。"凤姐见了他母子便嫌，说："好些了。你回去说，叫你们姨娘想着。"那贾环口里答应，只管各处瞧看，看了一回，便问凤姐儿道："你这里听的说有牛黄，不知牛黄是怎么个样儿，给我瞧瞧呢。"凤姐道："你别在这里闹了，妞儿才好些。那牛黄都煎上了。"贾环听了，便去伸手拿那铞子瞧时，岂知措手不及，沸的一声，铞子倒了，火已泼灭了一半。贾环见不是事，自觉没趣，连忙跑了。凤姐急的火星直爆，骂道："真真那一世的对头冤家！你何苦来，还来使促狭！从前你妈要想害我，如今又来害妞儿。我和你几辈子的仇呢！"一面骂平儿不照应。

正骂着，只见丫头来找贾环。凤姐道："你去告诉赵姨娘，说他操心也太苦了，巧姐儿死定了，不用他惦着了！"平儿急忙在那里配药再熬，那丫头摸不着头脑，便悄悄问平儿道："二奶奶为什么生气？"平儿将环哥弄倒药铞子说了一遍。丫头道："怪不得他不敢回来，躲了别处去了。这环哥儿明日还不知怎么样呢。平姐姐，我替你收拾罢。"平儿说："这倒不消。幸亏牛黄还有一点，如今配好了，你去罢。"丫头道："我一准回去告诉赵姨奶奶，也省得他天天说嘴。"

丫头回去果然告诉了赵姨娘，赵姨娘气的叫："快找环儿!"环儿在外间屋子里躲着,被丫头找了来。赵姨娘便骂道:"你这个下作种子!你为什么弄澈了人家的药,招的人家咒骂。我原叫你去问一声,不用进去。你偏进去,又不就走,还要虎头上捉虱子。你看我回了老爷,打你不打!"

这里,赵姨娘正说着,只听贾环在外间屋子里更说出些惊心动魄的话来。未知何言,下回分解。

第八十四回　试文字宝玉始提亲　探惊风贾环重结怨

【回后评】

此回着重写宝玉学作时文八股，且颇合贾政之意，则与前八十回大异，贾政之满意于宝玉，是宝玉已渐渐改变以往之思想性情矣。

此回以清客为宝玉提亲作引，写贾母赞宝钗，又说黛玉宽厚不如宝钗，然后又由凤姐提出"金锁"配"宝玉"来，为以后宝黛"木石姻缘"之破灭，为"金玉姻缘"之捏合先作过渡，亦为改变前八十回宝黛爱情趋势作铺垫。总之，续书逐渐背离前八十回之思想及情节，已从宝玉之作时文八股，宝玉之婚姻问题，贾母、凤姐对钗、黛态度之渐变等诸端开始矣。

写贾环泼撒巧姐药罐，仍是写贾环浮躁儇佻性格，为凤姐与赵姨娘之结仇加深。

第八十五回　　贾存周报升郎中任
　　　　　　　薛文起复惹放流刑

> 文起,薛蟠的字,甲戌、庚辰等均作文起。

话说赵姨娘正在屋里抱怨贾环,只听贾环在外间屋里发话道:"我不过弄倒了药锅子,溅了一点子药,那丫头子又没就死了,值的他也骂我,你也骂我,赖我心坏,把我往死里遭蹋。等着我明儿还要那小丫头子的命呢,看你们怎么着!只叫他们堤防着就是了。"那赵姨娘赶忙从里间出来,握住他的嘴说道:"你还只管信口胡呲,还叫人家先要了我的命呢!"娘儿两个吵了一回。赵姨娘听见凤姐的话,越想越气,也不着人来安慰凤姐一声儿。过了几天,巧姐儿也好了。因此两边结怨比从前更加一层了。

一日,林之孝进来回道:"今日是北静郡王生日,请老爷的示下。"贾政吩咐道:"只按向年旧例办了,回大老爷知道,送去就是了。"林之孝答应了,自去办理。不一时,贾赦过来同贾政商议,带了贾珍、贾琏、宝玉去与北静王拜寿。别人还不理论，惟有宝玉素日仰慕北静王的容貌威仪，巴不得常见才好，遂连忙换了衣服，跟着来到北府。

贾赦、贾政递了职名候谕。不多时，里面出来了一个太监，手里掐着数珠儿，见了贾赦、贾政，笑嘻嘻的说道："二位老爷好？"贾赦、贾政也都赶忙问好。他兄弟三人也过来问了好。那太监道："王爷叫请进去呢。"于是爷儿五个跟着那太监进入府中，过了两层门，转过一层殿去，里面方是内宫门。刚到门前，大家站住，那太监先进去回王爷去了。这里门上小太监都迎着问了好。一时那太监出来，说了个"请"字，爷儿五个肃敬跟入。只见北静郡王穿着礼服，已迎到殿门廊下。贾赦、贾政先上来请安，挨次便是珍、琏、宝玉请安。

那北静郡王单看宝玉道："我久不见你，很惦记你。"因又笑问道："你那块玉儿好？"宝玉躬着身打着一半千儿，回道："蒙王爷福庇，都好。"北静王道："今日你来，没有什么好东西给你吃的，倒是大家说说话儿罢。"说着，几个老公打起帘子，北静王说"请"，自己却先进去。然后贾赦等都躬着身跟进去。先是贾赦请北静王受礼，北静王也说了两句谦辞，那贾赦早已跪下，次及贾政等挨次行礼，自不必说。

那贾赦等复肃敬退出。北静王吩咐太监等让在众戚旧一处好生款待,却单留宝玉在这里说话儿,又赏了坐。宝玉又磕头谢了恩,在挨门边绣墩上侧坐,说了一回读书、作文诸事。北静王甚加爱惜,又赏了茶,因说道:"昨儿巡抚吴大人来陛见,说起令尊翁前任学政时,秉公办事,凡属生童,俱心服之至。他陛见时,万岁爷也曾问过,他也十分保举。可知是令尊翁的喜兆。"宝玉连忙站起,听毕这一段话,才回启道:"此是王爷的恩典,吴大人的盛情。"

正说着,小太监进来回道:"外面诸位大人老爷都在前殿谢王爷赏宴。"说着,呈上谢宴并请午安的帖子来。北静王略看了一看,仍递给小太监,笑了一笑说道:"知道了,劳动他们。"

那小太监又回道:"这贾宝玉王爷单赏的饭预备了。"北静王便命那太监带了宝玉到一所极小巧精致的院里,派人陪着吃了饭,又过来谢了恩。北静王又说了些好话儿,忽然笑说道:"我前次见你那块玉倒有趣儿,回来说了个式样,叫他们也作了一块来。今日你来得正好,就给你带回去顽罢。"因命小太监取来,亲手递给宝玉。宝玉接过来捧着,又谢了,然后退出。北静王又命两个小太监跟出来,才同着贾赦等回来了。贾赦便各自回院里去。

这里,贾政带着他三人回来见过贾母,请过了安,说了一回府里遇见的人。宝玉又回了贾政吴大人陛见

_{北静王生日,只写贾府诸人来贺,其余概未写到,毫无寿诞气象,且单留宝玉叙话,置贾赦、贾政等不顾,又单赏宝玉吃饭,种种写法,令人不解。尤其是北静王竟为宝玉特制一块玉,简直荒唐。宝玉的玉是与生俱来的宝物,岂可仿作。仿作后赠宝玉,究是何意,令人不可解。}

第八十五回　贾存周报升郎中任　薛文起复惹放流刑

保举的话。贾政道："这吴大人本来咱们相好，也是我辈中人，还倒是有骨气的。"又说了几句闲话儿，贾母便叫："歇着去罢。"贾政退出，珍、琏、宝玉都跟到门口。

贾政道："你们都回去陪老太太坐着去罢。"说着，便回房去。刚坐了一坐，只见一个小丫头回道："外面林之孝请老爷回话。"说着，递上个红单帖来，写着吴巡抚的名字。贾政知是来拜，便叫小丫头叫林之孝进来。贾政出至廊檐下，林之孝进来回道："今日巡抚吴大人来拜，奴才回了去了。再，奴才还听见说，现今工部出了一个郎中缺，外头人和部里都吵嚷是老爷拟正呢。"贾政道："瞧罢咧。"林之孝又回了几句话，才出去了。

且说珍、琏、宝玉三人回去，独有宝玉到贾母那边，一面述说北静王待他的光景，并拿出那块玉来。大家看着笑了一回。贾母因命人："给他收起去罢，别丢了。"因问："你那块玉好生带着罢，别闹混了。"宝玉在项上摘了下来，说："这不是我那一块玉？那里就掉了呢。比起来，两块玉差远着呢，那里混得过？我正要告诉老太太，前儿晚上我睡的时候把玉摘下来，挂在帐子里，他竟放起光来了，满帐子都是红的。"贾母说道："又胡说了，帐子的檐子是红的，火光照着，自然红是有的。"宝玉道："不是。那时候灯已灭了，屋里都漆黑的了，还看得见他呢。"邢、王二夫人抿着嘴笑。凤姐道："这是喜信发动了。"宝玉道："什么喜信？"贾母道："你不懂得。今儿个闹了一天，你去歇歇儿去罢，别在这里说呆话了。"宝玉又站了一回儿，才回园中去了。

这里，贾母问道："正是，你们去看薛姨妈，说起这事没有？"王夫人道："本来就要去看的，因凤丫头为巧姐儿病着，耽搁了两天，今日才去的。这事，我们都告诉了，姨妈倒也十分愿意，只说蟠儿这时候不在家，目今他父亲没了，只得和他商量商量再办。"贾母道："这也是情理的话。既这么样，大家先别提起，等姨太太那边商量定了再说。"

不说贾母处谈论亲事，且说宝玉回到自己房中，告诉袭人道："老太太与凤姐姐方才说话含含糊糊，不知是什么意思。"袭人想了想，笑了一笑，道："这个我也猜不着。但只刚才说这些话时，林姑娘在跟前没有？"宝玉道："林姑娘才病起来，这些时何曾到老太太那边去呢。"

正说着，只听外间屋里麝月与秋纹拌嘴。袭人道："你两个又闹什么？"麝月道："我们两个斗牌，他赢了我的钱他拿了去，他输了钱就不肯拿出来。这也罢了，他倒把我的钱都抢了去了。"宝玉笑道："几个钱，什么要紧？傻丫头，不许闹了。"说的两个人都咕嘟着嘴坐着去了。这里，袭人打发宝玉睡下。不提。

却说袭人听了宝玉方才的话，也明知是给宝玉提亲的事。因恐宝玉每有痴想，这一提起不知又招出他多少呆话来，所以故作不知，自己心上却也是头一件关切的事。夜间躺着，想了个主意，不如去见见紫鹃，看他有什么动静，自然就知道了。次日一早起来，打发宝玉上了学，自己梳洗了，便慢慢的去到潇湘馆来。

只见紫鹃正在那里掐花儿呢，见袭人进来，便笑嘻嘻的道："姐姐屋里坐着。"袭人道："坐着，妹妹掐花儿呢吗？姑娘呢？"紫鹃道："姑娘才梳洗完了，等着温药呢。"紫鹃一面说着，一面同袭人进来。见了黛玉正在那里拿着一本书看，袭人陪着笑道："姑娘怨不得劳神，起来就看书。我们宝二爷念书，若能像姑娘这样，岂不好了呢。"黛玉笑着把书放下。雪雁已拿着个小茶盘托着一钟药、一钟水，小丫头在后面捧着痰盒、漱盂进来。原来袭人来时要探探口气，坐了一回，无处入话，又想着黛玉最是心多，探不成消息，再惹着了他倒是不好，又坐了坐，搭讪着辞了出来了。

将到怡红院门口，只见两个人在那里站着呢。袭人不便往前走，那一个早看见了，连忙跑过来。袭人一看，却是锄药，因问："你作什么？"锄药道："刚才芸二爷来了,拿了个帖儿,说给咱们宝二爷瞧的,在这里候信。"袭人道:"宝二爷天天上学,你难道不知道,还候什么信呢?"锄药笑道:"我告诉他了。他叫告诉姑娘,听姑娘的信呢。"

袭人正要说话,只见那一个也慢慢的蹭了过来,细看时,就是贾芸,溜溜湫湫往这边来了。袭人见是贾芸,连忙向锄药道:"你告诉说知道了,回来给宝二爷瞧罢。"那贾芸原要过来和袭人说话,无非亲近之意,又不敢造次,只得慢慢踱来。相离不远,不想袭人说出这话,自己也不好再往前走,只好站住。这里,袭人已掉背脸往回里去了。贾芸只得怏怏而回,同锄药出去了。

晚间,宝玉回房,袭人便回道:"今日廊下小芸二爷来了。"宝玉道:"作什么?"袭人道:"他还有个帖儿呢。"宝玉道:"在那里?拿来我看看。"麝月便走去,在里间屋里书橱子上头拿了来。宝玉接过看时,上面皮儿上写着:"叔父大人安禀。"宝玉道:"这孩子怎么又不认我作父亲了?"袭人道:"怎么?"宝玉道:"前年他送我白海棠时,称我作'父亲大人',今日这帖子封皮上写着'叔父',可不是又不认了么?"

袭人道:"他也不害臊,你也不害臊。他那么大了,倒认你这么大儿的作父亲,可不是他不害臊?你正经连个——"刚说到这里,脸一红,微微的一笑。宝玉

第八十五回　贾存周报升郎中任　薛文起复惹放流刑

也觉得了，便道："这倒难讲。俗语说：'和尚无儿，孝子多着呢。'只是我看着他还伶俐得人心儿，才这么着。他不愿意，我还不希罕呢。"说着，一面拆那帖儿。袭人也笑道："那小芸二爷也有些鬼鬼头头的。什么时候又要看人，什么时候又躲躲藏藏的，可知也是个心术不正的货。"宝玉只顾拆开看那字儿，也不理会袭人这些话。

袭人见他看那帖儿，皱一回眉，又笑一笑儿，又摇摇头儿，后来光景竟大不耐烦起来。袭人等他看完了，问道："是什么事情？"宝玉也不答言，把那帖子已经撕作几段。袭人见这般光景，也不便再问，便问宝玉："吃了饭还看书不看？"宝玉道："可笑芸儿这孩子竟这样的混账。"袭人见他所答非所问，便微微的笑着问道："到底是什么事？"宝玉道："问他作什么，咱们吃饭罢。吃了饭歇着罢，心里闹的怪烦的。"说着，叫小丫头子点了一个火儿来，把那撕的帖儿烧了。

一时小丫头们摆上饭来，宝玉只是怔怔的坐着。袭人连哄带怄催着吃了一口儿饭，便搁下了，仍是闷闷的歪在床上。一时间，忽然掉下泪来。此时袭人、麝月都摸不着头脑。麝月道："好好儿的，这又是为什么？都是什么芸儿雨儿的，不知什么事弄了这么个浪帖子来，惹的这么傻了的似的，哭一会子，笑一会子。要天长日久闹起这闷葫芦来，可叫人怎么受呢。"说着，竟伤起心来。

袭人旁边由不得要笑，便劝道："好妹妹，你也别怄人了。他一个人就够受了，你又这么着。他那帖子上的事难道与你相干？"麝月道："你混说起来了。知道他帖儿上写的是什么混账话，你混往人身上扯。要那么说，他帖儿上只怕倒与你相干呢。"袭人还未答言，只听宝玉在床上"扑哧"的一声笑了，爬起来抖了抖衣裳，说："咱们睡觉罢，别闹了。明日我还起早念书呢。"说着，便躺下睡了。一宿无话。

次日，宝玉起来梳洗了，便往家塾里去。走出院门，忽然想起，叫焙茗略等，急忙转身回来叫："麝月姐姐呢？"麝月答应着出来，问道："怎么又回来了？"宝玉道："今日芸儿要来了，告诉他别在这里闹。再闹，我就回老太太和老爷去了。"麝月答应了。

宝玉才转身去了，刚往外走着，只见贾芸慌慌张张往里来，看见宝玉连忙请安，说："叔叔大喜了。"那宝玉估量着是昨日那件事，便说道："你也太冒失了，不管人心里有事没事，只管来搅。"贾芸陪笑道："叔叔不信，只管瞧去，人都来了，在咱们大门口呢。"宝玉越发急了，说："这是那里的话！"

正说着，只听外边一片声嚷起来。贾芸道："叔叔听，这不是？"宝玉越发心里狐疑起来。只听一个人嚷道:"你们这些人好没规矩,这是什么地方,你们在这里混嚷!"那人答道:"谁叫老爷升了官呢,怎么不叫我们来吵喜呢。别人家盼着吵,还不能呢。"宝玉听了,才知道是贾政升了郎中了,人来报喜的。心中自是甚喜。连忙要走时,贾芸赶着说道:"叔叔乐不乐?叔叔的亲事要再成了,不用说是两层喜了。"宝玉红了脸,啐了一口道:"呸!没趣儿的东西!还不快走呢。"贾芸把脸红了,道:"这有什么的,我看你老人家就不——"宝玉沉着脸道:"就不什么?"贾芸未及说完,也不敢言语了。

贾政升官,宝玉欢喜,也是前八十回绝无之事。

宝玉连忙来到家塾中,只见代儒笑着说道:"我才刚听见你老爷升了。你今日还来了么?"宝玉陪笑道:"过来见了太爷,好到老爷那边去。"代儒道:"今日不必来了,放你一天假罢。可不许回园子里顽去。你年纪不小了,虽不能办事,也当跟着你大哥他们学学才是。"宝玉答应着回来。

刚走到二门口,只见李贵走来迎着,旁边站住,笑道:"二爷来了么,奴才才要到学里请去。"宝玉笑道:"谁说的?"李贵道:"老太太才打发人到院里去找二爷,那边的姑娘们说二爷学里去了。刚才老太太打发人出来叫奴才去给二爷告几天假,听说还要唱戏贺喜呢,二爷就来了。"说着,宝玉自己进去。进了二门,只见满院里丫头、老婆都是笑容满面,见他来了,笑道:

"二爷这早晚才来,还不快进去给老太太道喜去呢。"

宝玉笑着进了房门,只见黛玉挨着贾母左边坐着呢,右边是湘云,地下邢、王二夫人,探春、惜春、李纨、凤姐、李纹、李绮、邢岫烟一干姐妹都在屋里,只不见宝钗、宝琴、迎春三人。宝玉此时喜的无话可说,忙给贾母道了喜,又给邢、王二夫人道喜,一一见了众姐妹,便向黛玉笑道:"妹妹身体可大好了?"黛玉也微笑道:"大好了。听见说二哥哥身上也欠安,好了么?"宝玉道:"可不是,我那日夜里忽然心里疼起来,这几天刚好些就上学去了,也没能过去看妹妹。"黛玉不等他说完,早扭过头和探春说话去了。

> 八十回是迎春嫁出后回来过一次,先仍住紫菱洲,后到邢夫人处,接着孙家便来接回去,此后未见迎春回来,此处忽提不见迎春,不知何意。

凤姐在地下站着,笑道:"你两个那里像天天在一处的,倒像是客一般,有这些套话,可是人说的'相敬如宾'了。"说的大家一笑。林黛玉满脸飞红,又不好说,又不好不说,迟了一回儿,才说道:"你懂得什么?"众人越发笑了。凤姐一时回过味来,才知道自己出言冒失,正要拿话岔时,只见宝玉忽然向黛玉道:"林妹妹,你瞧芸儿这种冒失鬼。"说了这一句,方想起来,便不言语了。招的大家又都笑起来,说:"这从那里说起?"黛玉也摸不着头脑,也跟着讪讪的笑。

> 凤姐前面明明已提出"金玉姻缘",此处却故意对黛玉、宝玉说"相敬如宾",这是何意?

宝玉无可搭讪,因又说道:"可是刚才我听见有人要送戏,说是几儿?"大家都瞅着他笑。凤姐儿道:"你在外头听见,你来告诉我们。你这会子问谁呢?"

第八十五回　贾存周报升郎中任　薛文起复惹放流刑

宝玉得便说道:"我外头再去问问去。"贾母道:"别跑到外头去,头一件看报喜的笑话,第二件你老子今日大喜,回来碰见你,又该生气了。"宝玉答应了个"是",才出来了。

这里,贾母因问凤姐谁说送戏的话,凤姐道:"说是舅太爷那边说,后儿日子好,送一班新出的小戏儿给老太太、老爷、太太贺喜。"因又笑着说道:"不但日子好,还是好日子呢。"说着这话,却瞅着黛玉笑。黛玉也微笑。王夫人因道:"可是呢,后日还是外甥女儿的好日子呢。"贾母想了一想,也笑道:"可见我如今老了,什么事都糊涂了。亏了有我这凤丫头是我个'给事中'。既这么着,很好,他舅舅家给他们贺喜,你舅舅家就给你做生日,岂不好呢?"说的大家都笑起来,说道:"老祖宗说句话儿,都是上篇上论的,怎么怨得有这么大福气呢。"说着,宝玉进来,听见这些话,越发乐的手舞足蹈了。一时,大家都在贾母这边吃饭,甚热闹,自不必说。

饭后,那贾政谢恩回来,给宗祠里磕了头,便来给贾母磕头,站着说了几句话,便出去拜客去了。这里,接连着亲戚族中的人来来去去,闹闹穰穰,车马填门,貂蝉满座,真是:

　　花到正开蜂蝶闹,月逢十足海天宽。

如此两日,已是庆贺之期。这日一早,王子腾和亲戚家已送过一班戏来，就在贾母正厅前搭起行台。外头，爷们都穿着公服陪侍，亲戚来贺的约有十余桌酒。里面，为着是新戏，又见贾母高兴，便将琉璃戏屏隔在后厦，里面也摆下酒席。上首，薛姨妈一桌，是王夫人、宝琴陪着。对面，老太太一桌，是邢夫人、岫烟陪着。下面，尚空两桌，贾母叫他们快来。

一回儿，只见凤姐领着众丫头，都簇拥着林黛玉来了。黛玉略换了几件新鲜衣服，打扮得宛如嫦娥下界，含羞带笑的出来见了众人。湘云、李纹、李绮都让他上首座，黛玉只是不肯。贾母笑道："今日你坐了罢。"薛姨妈站起来问道："今日林姑娘也有喜事么？"贾母笑道："是他的生日。"薛姨妈道："咳，我倒忘了。"走过来说道："恕我健忘，回来叫宝琴过来拜姐姐的寿。"黛玉笑说"不敢"。大家坐了。

那黛玉留神一看，独不见宝钗，便问道："宝姐姐可好么？为什么不过来？"薛姨妈道："他原该来的，只因无人看家，所以不来。"黛玉红着脸微笑道："姨妈那里又添了大嫂子，怎么倒用宝姐姐看起家来？大约是他怕人多热闹，懒待来罢。我倒怪想他的。"薛姨妈笑道："难得你惦记他。他也常想你们姊妹们。过一天我叫他来，大家叙叙。"

说着，丫头们下来斟酒上菜，外面已开戏了。出场自然是一两出吉庆戏文，及至第三出，只见金童玉

> 以往黛玉何曾如此打扮过，特为牵合下边戏文耳。

> 前八十回中无黛玉过生日的情节。但六十二回已写明黛玉生日是二月十二，与袭人同生日。此回已是秋天，又为黛玉过生日，前后不接。

> 宝钗何以不来？是因凤姐"金玉姻缘"之说，故先避嫌乎？

女,旗旛宝幢,引着一个霓裳羽衣的小旦,头上披着一条黑帕,唱了一回儿,进去了。众皆不识,听见外面人说:"这是新打的《蕊珠记》里的《冥升》。小旦扮的是嫦娥,前因堕落人寰,几乎给人为配,幸亏观音点化,他就未嫁而逝,此时升引月宫。不听见曲里头唱的'人间只道风情好,那知道秋月春花容易抛,几乎不把广寒宫忘却了!'"第四出是《吃糠》,第五出是达摩带着徒弟过江回去,正扮出些海市蜃楼,好不热闹。

"冥升",是为黛玉伏笔。

"吃糠"是影后来宝钗的结局,达摩带着徒弟过江回去是影后来宝玉的出家。

众人正在高兴时,忽见薛家的人满头汗闯进来,向薛蝌说道:"二爷快回去,并里头回明太太,也请速回去,家中有要紧事。"薛蝌道:"什么事?"家人道:"家去说罢。"薛蝌也不及告辞就走了。薛姨妈见里头丫头传进话去,更骇得面如土色,即忙起身,带着宝琴,别了一声,即刻上车回去了,弄得内外愕然。贾母道:"咱们这里打发人跟过去听听,到底是什么事,大家都关切的。"众人答应了个"是"。

不说贾府依旧唱戏,单说薛姨妈回去,只见有两个衙役站在二门口,几个当铺里伙计陪着,说:"太太回来自有道理。"正说着,薛姨妈已进来了。那衙役们见跟从着许多男妇,簇拥着一位老太太,便知是薛蟠之母。看见这个势派,也不敢怎么,只得垂手侍立，让薛姨妈进去了。

那薛姨妈走到厅房后面，早听见有人大哭，却是金桂。薛姨妈赶忙走来，只见宝钗迎出来，满面泪痕，见了薛姨妈，便道："妈妈听了先别着急，办事要紧。"薛姨妈同着宝钗进了屋子，因为头里进门时，已经走着听见家人说了，吓的战战兢兢的了，一面哭着，因问："到底是和谁？"只见家人回道："太太此时且不必问那些底细。凭他是谁，打死了总是要偿命的，且商量怎么办才好。"

> 薛蟠又出了人命案。

薛姨妈哭着出来道："还有什么商议？"家人道："依小的们的主见，今夜打点银两，同着二爷赶去和大爷见了面，就在那里访一个有斟酌的刀笔先生，许他些银子，先把死罪撕掳开，回来再求贾府去上司衙门说情。还有外面的衙役，太太先拿出几两银子来，打发了他们。我们好赶着办事。"薛姨妈道："你们找着那家子，许他发送银子，再给他些养济银子，原告不追，事情就缓了。"

> 宝钗精于世故。

宝钗在帘内说道："妈妈，使不得。这些事，越给钱越闹的凶。倒是刚才小厮说的话是。"薛姨妈又哭道："我也不要命了，赶到那里见他一面，同他死在一处就完了。"宝钗急的一面劝，一面在帘子里叫人："快同二爷办去罢。"丫头们搀进薛姨妈来。薛蝌才往外走，宝钗道："有什么信，打发人即刻寄了来。你

第八十五回　贾存周报升郎中任　薛文起复惹放流刑

们只管在外头照料。"薛蝌答应着去了。

这宝钗方劝薛姨妈，那里金桂趁空儿抓住香菱，又和他嚷道："平常你们只管夸他们，家里打死了人，一点事也没有，就进京来了的。如今撺掇的真打死人了。平日里，只讲有钱有势、有好亲戚。这时候我看着，也是唬的慌手慌脚的了。大爷明儿有个好歹儿，不能回来时，你们各自干你们的去了，撂下我一个人受罪！"说着，又大哭起来。这里薛姨妈听见，越发气的发昏。宝钗急的没法。

正闹着，只见贾府中王夫人早打发大丫头过来打听来了。宝钗虽心知自己是贾府的人了，一则尚未提明，二则事急之时，只得向那大丫头道："此时事情头尾尚未明白，就只听见说我哥哥在外头打死了人，被县里拿了去了，也不知怎么定罪呢。刚才二爷才去打听去了，一半日得了准信，赶着就给那边太太送信去。你先回去道谢太太惦记着，底下我们还有多少仰仗那边爷们的地方呢。"那丫头答应着去了。薛姨妈和宝钗在家抓摸不着。

> 宝钗已心知自己是贾府的人，宝、黛之木石前盟已被生生拆散。

过了两日，只见小厮回来，拿了一封书，交给小丫头拿进来。宝钗拆开看时，书内写着：

　　大哥人命是误伤，不是故杀。今早用蝌出名，补了一张呈纸进去，尚未批出。大哥前头口供甚是不好，待此纸批准后再录一堂，能够翻供得好,便可得生了。快向当铺内再取银伍百两来使用。千万莫迟。并请太太放心。余事问小厮。

宝钗看了,一一念给薛姨妈听了。薛姨妈拭着眼泪,说道:"这么看起来,竟是死活不定了。"宝钗道:"妈妈先别伤心,等着叫进小厮来问明了再说。"一面打发小丫头把小厮叫进来。薛姨妈便问小厮道:"你把大爷的事细说与我听听。"小厮道:"我那一天晚上听见大爷和二爷说的,把我唬糊涂了。"

未知小厮说出什么话来,下回分解。

第八十五回　贾存周报升郎中任　薛文起复惹放流刑

【回后评】

　　北静王送宝玉以假玉，殊不合情理，尤其是宝玉之玉，来历不凡，岂可贸然造假。特为后文伏笔，故写此耳，总是勉强成文。

　　贾政升官，亦无来由。七十回贾政书信到，说六七月回京，七十一回开头即说贾政回京，诸事完毕，赐假一月，以后即再无其他叙述。此处忽然升官，总显突然。

　　黛玉"打扮得宛如嫦娥下界，含羞带笑的出来"，此种描写无非是为牵合戏文，却实与黛玉不合，黛玉何曾作如此妆扮过，且"含羞带笑"，令人倍觉不自然。

　　薛蟠又出人命案，倒合此人作为。

第八十六回　　受私贿老官翻案牍
　　　　　　　　寄闲情淑女解琴书

　　话说薛姨妈听了薛蟠的来书，因叫进小厮问道："你听见你大爷说，到底是怎么就把人打死了呢？"小厮道："小的也没听真切。那一日，大爷告诉二爷说——"说着，回头看了一看，见无人才说道："大爷说，自从家里闹的特利害，大爷也没心肠了，所以要到南边置货去。这日想着约一个人同行，这人在咱们这城南二百多地住。大爷找他去了，遇见在先和大爷好的那个蒋玉菡带着些小戏子进城。大爷同他在个铺子里吃饭喝酒，因为这当槽儿的尽着拿眼瞟蒋玉菡，大爷就有了气了。后来蒋玉菡走了。第二天，大爷就请找的那个人喝酒，酒后想起头一天的事来，叫那当槽儿的换酒，那当槽儿的来迟了，大爷就骂起来了。那个人不依，大爷就拿起酒碗照他打去。谁知那个人也是个泼皮，便把头伸过来，叫大爷打。大爷拿碗就砸他的脑袋一下，他就冒了血了，躺在地下。头里还骂，

> 补叙薛蟠出去原因。

后头就不言语了。"薛姨妈道:"怎么也没人劝劝吗?"那小厮道:"这个没听见大爷说,小的不敢妄言。"薛姨妈道:"你先去歇歇罢。"小厮答应出来。

这里,薛姨妈自来见王夫人,托王夫人转求贾政。贾政问了前后,也只好含糊应了,只说等薛蝌递了呈子,看他本县怎么批了,再作道理。

这里,薛姨妈又在当铺里兑了银子,叫小厮赶着去了。三日后,果有回信。薛姨妈接着了,即叫小丫头告诉宝钗,连忙过来看了。只见书上写道:

> 带去银两做了衙门上下使费。哥哥在监也不大吃苦,请太太放心。独是这里的人很刁,尸亲见证都不依,连哥哥请的那个朋友也帮着他们。我与李祥两个俱系生地生人,幸找着一个好先生,许他银子,才讨个主意,说是须得拉扯着同哥哥喝酒的吴良,弄人保出他来。许他银两,叫他撕掳。他若不依,便说张三是他打死,明推在异乡人身上,他吃不住,就好办了。我依着他,果然吴良出来。现在买嘱尸亲、见证,又做了一张呈子。前日递的,今日批来,请看呈底便知。

因又念呈底道:

> 具呈人某,呈为兄遭飞祸代伸冤抑事。窃生胞兄薛蟠,本籍南京,寄寓西京。于某

年月日备本往南贸易。去未数日，家奴送信回家，说遭人命。生即奔宪治，知兄误伤张姓。及至图圄，据兄泣告，实与张姓素不相认，并无仇隙。偶因换酒角口，生兄将酒泼地，恰值张三低头拾物，一时失手，酒碗误碰囟门身死。蒙恩拘讯，兄惧受刑，承认斗殴致死。仰蒙宪天仁慈，知有冤抑，尚未定案。生兄在禁，具呈诉辩，有干例禁。生念手足，冒死代呈，伏乞宪慈恩准，提证质讯，开恩莫大。生等举家仰戴鸿仁，永永无既矣。激切上呈。

批的是：

尸场检验，证据确凿。且并未用刑，尔兄自认斗杀，招供在案。今尔远来，并非目睹，何得捏词妄控？理应治罪，姑念为兄情切，且恕。不准。

薛姨妈听到那里，说道："这不是救不过来了么，这怎么好呢？"宝钗道："二哥的书还没看完，后面还有呢。"因又念道："有要紧的，问来使便知。"薛姨妈便问来人，因说道："县里早知我们的家当充足，须得在京里谋干得大情，再送一份大礼，还可以覆审，从轻定案。太太此时必得快办。再迟了，就怕大爷要受苦了。"

薛姨妈听了，叫小厮自去，即刻又到贾府，与王

第八十六回　受私贿老官翻案牍　寄闲情淑女解琴书

夫人说明原故,恳求贾政。贾政只肯托人与知县说情,不肯提及银物。薛姨妈恐不中用,求凤姐与贾琏说了,花上几千银子,才把知县买通。薛蟠那里也便弄通了。

然后,知县挂牌坐堂,传齐了一干邻保、证见、尸亲人等,监里提出薛蟠。刑房书吏俱一一点名。知县便叫地保对明初供,又叫尸亲张王氏并尸叔张二问话。张王氏哭禀道:"小的的男人是张大,南乡里住,十八年前死了。大儿子、二儿子也都死了,光留下这个死的儿子叫张三,今年二十三岁,还没有娶女人呢。为小人家里穷,没得养活,在李家店里做当槽儿的。那一天晌午,李家店里打发人来叫俺,说:'你儿子叫人打死了。'我的青天老爷,小的就唬死了。跑到那里,看见我儿子头破血出的躺在地下喘气儿。问他话,也说不出来。不多一会儿,就死了。小人就要揪住这个小杂种拼命。"众衙役吆喝一声。张王氏便磕头道:"求青天老爷伸冤,小人就只这一个儿子了。"知县便叫下去,又叫李家店的人问道:"那张三是在你店内佣工的么?"那李二回道:"不是佣工,是做当槽儿的。"知县道:"那日尸场上你说张三是薛蟠将碗砸死的,你亲眼见的么?"李二说道:"小的在柜上,听见说客房里要酒。不多一回,便听见说:'不好了,打伤了。'小的跑进去,只见张三躺在地下,也不能言语。小的便喊禀地保,一面报他母亲去了。他们到底怎样打的,实在不知道,求太爷问那喝酒的便知道了。"知县喝道:"初审口供,你是亲见的。怎么如今说没有见?"李二道:"小的前日唬昏了乱说。"衙役又吆喝了一声。

知县便叫吴良问道:"你是同在一处喝酒的么?薛蟠怎么打的,据实供来。"吴良说:"小的那日在家,这个薛大爷叫我喝酒。他嫌酒不好,要换,张三不肯。薛大爷生气,把酒向他脸上泼去,不晓得怎么样,就碰在那脑袋上了。这是亲眼见的。"知县道:"胡说。前日尸场上薛蟠自己认拿碗砸死的,你说你亲眼见的。怎么今日的供不对?掌嘴。"衙役答应着要打,吴良求着说:"薛蟠实没有与张三打架,酒碗失手碰在脑袋上的。求老爷问薛蟠便是恩典了。"

知县叫提薛蟠,问道:"你与张三到底有什么仇隙?毕竟是如何死的?实供上来!"薛蟠道:"求太老爷开恩,小的实没有打他。为他不肯换酒,故拿酒泼他。不想一时失手,酒碗误碰在他的脑袋上。小的即忙掩他的血,那里知道再掩不住,血淌多了,过一回就死了。前日尸场上,怕太老爷要打,所以说是拿碗砸他的。只求太老爷开恩。"知县便喝道:"好个糊涂东西!本县问你怎么砸他的,你便供说,恼他不换酒,才砸的。今日又供是失手碰的。"知县假作声势,要打要夹,薛蟠一口咬定。

第八十六回　受私贿老官翻案牍　寄闲情淑女解琴书

知县叫仵作将前日尸场填写伤痕据实报来。仵作禀报说："前日验得张三尸身无伤，惟囟门有磁器伤长一寸七分，深五分。皮开，囟门骨脆裂破三分，实系磕碰伤。"知县查对尸格相符，早知书吏改轻，也不驳诘，胡乱便叫画供。

张王氏哭喊道："青天老爷！前日听见还有多少伤，怎么今日都没有了？"知县道："这妇人胡说，现有尸格，你不知道么？"叫尸叔张二便问道："你侄儿身死，你知道有几处伤？"张二忙供道："脑袋上一伤。"知县道："可又来。"叫书吏将尸格给张王氏瞧去，并叫地保、尸叔指明与他瞧，现有尸场亲押证见，俱供并未打架，不为斗殴。只依误伤吩咐画供。将薛蟠监禁候详，余令原保领出，退堂。张王氏哭着乱嚷，知县叫众衙役撵他出去。张二也劝张王氏道："实在误伤，怎么赖人？现在太老爷断明，不要胡闹了。"

薛蝌在外打听明白，心内喜欢，便差人回家送信。等批详回来，便好打点赎罪，且住着等信。只听路上三三两两传说，有个贵妃薨了，皇上辍朝三日。这里离陵寝不远，知县办差垫道，一时料着不得闲，住在这里无益，不如到监告诉哥哥安心等着，"我回家去，过几日再来。"薛蟠也怕母亲痛苦，带信说："我无事，必须衙门再使费几次，便可回家了，只是不要可惜银

> 一场命案，全靠银子，把斗殴改为误伤，封建官场如此而已，可与前薛蟠打死冯渊对看。可见封建法律，总为有钱者开脱。

钱。"薛蝌留下李祥在此照料,一径回家,见了薛姨妈,陈说知县怎样徇情,怎样审断,终定了误伤,将来尸亲那里再花些银子,一准赎罪,便没事了。薛姨妈听说,暂且放心,说:"正盼你来家中照应。贾府里本该谢去,况且周贵妃薨了,他们天天进去,家里空落落的。我想着要去,替姨太太那边照应照应作伴儿,只是咱们家又没人。你这来的正好。"薛蝌道:"我在外头原听见说是贾妃薨了,这么才赶回来的。我们元妃好好儿的,怎么说死了?"

薛姨妈道:"上年原病过一次,也就好了。这回又没听见元妃有什么病。只闻那府里头几天老太太不大受用,合上眼便看见元妃娘娘。众人都不放心,直至打听起来,又没有什么事。到了大前儿晚上,老太太亲口说是'怎么元妃独自一个人到我这里?'众人只道是病中想的话,总不信。老太太又说:'你们不信,元妃还与我说是荣华易尽,须要退步抽身。'众人都说:'谁不想到?这是有年纪的人思前想后的心事。'所以也不当件事。恰好第二天早起,里头吵嚷出来,说娘娘病重,宣各诰命进去请安。他们就惊疑的了不得,赶着进去。他们还没有出来,我们家里已听见周贵妃薨逝了。你想外头的讹言,家里的疑心,恰碰在一处,可奇不奇!"

<small>前八十回《红楼梦》十二支曲中的话,此处又重出。</small>

宝钗道:"不但是外头的讹言舛错,便在家里的,

第八十六回　受私贿老官翻案牍　寄闲情淑女解琴书

一听见'娘娘'两个字，也就都忙了，过后才明白。这两天，那府里这些丫头婆子来说，他们早知道不是咱们家的娘娘。我说，'你们那里拿得定呢？'他说道：'前几年正月，外省荐了一个算命的，说是很准。那老太太叫人将元妃八字夹在丫头们八字里头，送出去叫他推算。他独说，这正月初一日生日的那位姑娘只怕时辰错了，不然真是个贵人，也不能在这府中。老爷和众人说，不管他错不错，照八字算去。那先生便说，甲申年正月丙寅这四个字内，有伤官败财，惟申字内有正官禄马，这就是家里养不住的，也不见什么好。这日子是乙卯，初春木旺，虽是比肩，那里知道愈比愈好，就像那个好木料，愈经斫削，才成大器。独喜得时上什么辛金为贵，什么巳中正官禄马独旺，这叫作飞天禄马格。又说什么日禄归时，贵重的很，天月二德坐本命，贵受椒房之宠。这位姑娘若是时辰准了，定是一位主子娘娘。这不是算准了么！我们还记得说，可惜荣华不久，只怕遇着寅年卯月，这就是比而又比，劫而又劫，譬如好木，太要做玲珑剔透，本质就不坚了。他们把这些话都忘记了，只管瞎忙。我才想起来，告诉我们大奶奶，今年那里是寅年卯月呢。"

宝钗尚未说完，薛蝌急道："且不要管人家的事。既有这样个神仙算命的，我想哥哥今年什么恶星照命，遭这么横祸，快开八字与我，给他算去，看有妨碍么。"

> 宝钗转述丫鬟讲算命者的话，竟能把算命者所讲命书上的话记得头头是道，一字不漏，难道丫鬟、宝钗亦精此道乎？

> 前十二钗册写元春"虎兔相逢大梦归"，故此处写寅年卯月。

宝钗道："他是外省来的，不知如今在京不在了。"说着，便打点薛姨妈往贾府去。

到了那里，只有李纨、探春等在家接着，便问道："大爷的事怎么样了？"薛姨妈道："等详上司才定，看来也到不了死罪了。"这才大家放心。探春便道："昨晚太太想着说，上回家里有事，全仗姨太太照应，如今自己有事，也难提了。心里只是不放心。"薛姨妈道："我在家里也是难过。只是你大哥遭了这事，你二兄弟又办事去了，家里你姐姐一个人，中什么用？况且我们媳妇儿又是个不大晓事的，所以不能脱身过来。目今那里知县也正为预备周贵妃的差事，不得了结案件，所以你二兄弟回来了，我才得过来看看。"

李纨便道："请姨太太这里住几天更好。"薛姨妈点头道："我也要在这边给你们姐妹们作作伴儿，就只你宝妹妹冷静些。"惜春道："姨妈要惦着，为什么不把宝姐姐也请过来？"薛姨妈笑着说道："使不得。"惜春道："怎么使不得？他先怎么住着来呢？"李纨道："你不懂的，人家家里如今有事，怎么来呢？"惜春也信以为实，不便再问。

正说着，贾母等回来，见了薛姨妈，也顾不得问好，便问薛蟠的事。薛姨妈细述了一遍。宝玉在旁听见什么蒋玉菡一段，当着人不问，心里打量是："他既回了京，怎么不来瞧我？"又见宝钗也不过来，不知是

第八十六回　受私贿老官翻案牍　寄闲情淑女解琴书

怎么个原故。心内正自呆呆的想呢，恰好黛玉也来请安。宝玉稍觉心里喜欢，便把想宝钗来的念头打断，同着姊妹们在老太太那里吃了晚饭。大家散了，薛姨妈将就住在老太太的套间屋里。

宝玉回到自己房中，换了衣服，忽然想起蒋玉菡给的汗巾，便向袭人道："你那一年没有系的那条红汗巾子，还有没有？"袭人道："我搁着呢。问他做什么？"宝玉道："我白问问。"袭人道："你没有听见？薛大爷相与这些混账人，所以闹到人命关天。你还提那些作什么？有这样白操心，倒不如静静儿的念念书，把这些个没要紧的事撂开了也好。"宝玉道："我并不闹什么，偶然想起，有也罢，没也罢，我白问一声，你们就有这些话。"

袭人笑道："并不是我多话。一个人知书达理，就该往上巴结才是。就是心爱的人来了，也叫他瞧着喜欢尊敬啊。"宝玉被袭人一提，便说："了不得，方才我在老太太那边，看见人多，没有与林妹妹说话。他也不曾理我。散的时候他先走了，此时必在屋里。我去就来。"说着就走。袭人道："快些回来罢，这都是我提头儿，倒招起你的高兴来了。"

宝玉也不答言，低着头，一径走到潇湘馆来。只见黛玉靠在桌上看书。宝玉走到跟前，笑说道："妹妹早回来了。"黛玉也笑道："你不理我，我还在那里做什么!"宝玉一面笑说:"他们人多说话,我插不下嘴去,所以没有和你说话。"一面瞧着黛玉看的那本书。书上的字一个也不认得。有的像"芍"字;有的像茫"字;也有一个"大"字,旁边"九"字加上一勾,中间又添个"五"字;也有上头"五"字、"六"字,又添一个"木"字,底下又是一个"五"字。看着又奇怪,又纳闷,便说:"妹妹近日愈发进了,看起天书来了。"黛玉嗤的一声笑道:"好个念书的人,连个琴谱都没有见过。"宝玉道:"琴谱怎么不知道。为什么上头的字一个也不认得?妹妹,你认得么?"黛玉道:"不认得瞧他做什么?"宝玉道:"我不信,从没有听见你会抚琴。我们书房里挂着好几张,前年来了一个清客先生,叫做什么嵇好古,老爷烦他抚了一曲。他取下琴来说,都使不得,还说:'老先生若高兴,改日携琴来请教。'想是我们老爷也不懂,他便不来了。怎么你有本事藏着?"

黛玉道:"我何尝真会呢。前日身上略觉舒服,在大书架上翻书,看有一套琴谱,甚有雅趣,上头讲的琴理甚通,手法说的也明白,真是古人静心养性的工夫。我在扬州也听得讲究过,也曾学过,只是不弄了,就没有了。这果真是'三日不弹,手生荆棘'。前日看这几篇,没有曲文,只有操名。我又到别处找了一本有曲文的来看着,才有意思。究竟怎么弹得好,实

> 琴曲曰"操"。古琴曲共十二操,曰:将归操、猗兰操、龟山操、越裳操、拘幽操、岐山操、履霜操、朝飞操、别鹤操、残形操、山仙操、襄陵操。

> 《列子·汤问》:"伯牙善鼓琴,钟子期善听。伯牙鼓琴,志在高山,钟子期曰:'善哉,峨峨兮若泰山!'志在流水,曰:'善哉,洋洋乎若江河!'"

第八十六回 受私贿老官翻案牍 寄闲情淑女解琴书

在也难。书上说的：师旷鼓琴，能来风雷龙凤；孔圣人尚学琴于师襄，一操便知其为文王；高山流水，得遇知音。"说到这里，眼皮儿微微一动，慢慢的低下头去。

宝玉正听得高兴，便道："好妹妹，你才说的实在有趣，只是我才见上头的字都不认得，你教我几个呢。"黛玉道："不用教的，一说便可以知道的。"宝玉道："我是个糊涂人，得教我那个'大'字加一勾，中间一个'五'字的。"黛玉笑道："这'大'字'九'字，是用左手大拇指按琴上的九徽。这一勾加'五'字，是右手钩五弦。并不是一个字，乃是一声，是极容易的。还有吟、揉、绰、注、撞、走、飞、推等法，是讲究手法的。"宝玉乐得手舞足蹈的说："好妹妹，你既明琴理，我们何不学起来？"

> 我国古琴，初为五弦，后增为七弦。

黛玉道："琴者，禁也。古人制下，原以治身，涵养性情，抑其淫荡，去其奢侈。若要抚琴，必择静室高斋，或在层楼的上头，在林石的里面，或是山巅上，或是水涯上。再遇着那天地清和的时候，风清月朗，焚香静坐，心不外想，气血和平，才能与神合灵，与道合妙。所以古人说，'知音难遇'。若无知音，宁可独对着那清风明月，苍松怪石，野猿老鹤，抚弄一番，以寄兴趣，方为不负了这琴。还有一层，又要指法好，取音好。若必要抚琴，先须衣冠整齐，或鹤氅，

> 《白虎通·礼乐》："琴，禁也。禁止于邪，以正人心也。"古人认为琴是象征道德的乐器，不可轻动。

1657

> 黛玉论琴,简直是高台讲章,说教而已,略无雅意。

或深衣,要如古人的像表,那才能称圣人之器;然后盥了手,焚上香,方才将身就在榻边,把琴放在案上,坐在第五徽的地方儿,对着自己的当心,两手方从容抬起,这才心身俱正。还要知道轻重疾徐,卷舒自若,体态尊重方好。"宝玉道:"我们学着顽,若这么讲究起来,那就难了。"

两个人正说着,只见紫鹃进来,看见宝玉,笑说道:"宝二爷,今日这样高兴。"宝玉笑道:"听见妹妹讲究的叫人顿开茅塞,所以越听越爱听。"紫鹃道:"不是这个高兴,说的是二爷到我们这边来的话。"宝玉道:"先时妹妹身上不舒服,我怕闹的他烦。再者,我又上学。因此显着就疏远了似的。"

紫鹃不等说完,便道:"姑娘也是才好,二爷既这么说,坐坐也该让姑娘歇歇儿了,别叫姑娘只是讲究劳神了。"宝玉笑道:"可是我只顾爱听,也就忘了妹妹劳神了。"黛玉笑道:"说这些倒也开心,也没有什么劳神的。只是怕我只管说,你只管不懂呢。"宝玉道:"横竖慢慢的自然明白了。"说着,便站起来道:"当真的妹妹歇歇儿罢。明儿我告诉三妹妹和四妹妹去,叫他们都学起来,让我听。"黛玉笑道:"你也太受用了。即如大家学会了抚起来,你不懂,可不是对——"黛玉说到那里,想起心上的事,便缩住口,不肯往下说了。宝玉便笑着道:"只要你们能弹,我便爱听,也不管牛不牛的了。"黛玉红了脸一笑。紫鹃、雪雁也都笑了。

于是走出门来。只见秋纹带着小丫头,捧着一小盆兰花来,说:"太太那边有人送了四盆兰花来,因里头有事,没有空儿顽他,叫给二爷一盆,林姑娘一盆。"黛玉看时,却有几枝双朵儿的,心中忽然一动,也不知是喜是悲,便呆呆的呆看。那宝玉此时却一心只在琴上,便说:"妹妹有了兰花,就可以做《猗兰操》了。"黛玉听了,心里反不舒服。回到房中,看着花,想到:"草木当春,花鲜叶茂。想我年纪尚小,便像三秋蒲柳。若是果能随愿,或者渐渐的好来,不然,只恐似那花柳残春,怎禁得风催雨送。"想到那里,不禁又滴下泪来。

紫鹃在旁看见这般光景,却想不出原故来。方才宝玉在这里那么高兴,如今好好的看花,怎么又伤起心来?正愁着没法儿劝解,只见宝钗那边打发人来。未知何事,下回分解。

【回后评】

　　此回通过薛蟠命案,写官场种种情弊,从文案的更改到官吏的审讯,无不由钱支配,可见封建官场的内幕,贾政只是敷衍,似未参予舞弊,实亦睁一眼闭一眼而已。

　　贾母梦中闻元春说"退步抽身早"及为元春算命说到寅年卯月之忌,皆是据前第五回册和曲词而来,敷衍成章而已。

　　黛玉谈琴理,亦为以往所无,且以前亦未提及黛玉学琴,此是较前增补。然恰似迂儒说教,略无高雅之趣。

第八十七回　　感秋深抚琴悲往事
　　　　　　　坐禅寂走火入邪魔

却说黛玉叫进宝钗家的女人来，问了好，呈上书子。黛玉叫他去喝茶，便将宝钗来书打开看时，只见上面写着：

> 妹生辰不偶，家运多艰，姊妹伶仃，萱亲衰迈。兼之狺声猂语，旦暮无休。更遭惨祸飞灾，不啻惊风密雨。夜深辗侧，愁绪何堪。属在同心，能不为之愍恻乎？回忆海棠结社，序属清秋，对菊持螯，同盟欢洽。犹记"孤标傲世偕谁隐，一样花开为底迟"之句，未尝不叹冷节遗芳，如吾两人也。感怀触绪，聊赋四章，匪曰无故呻吟，亦长歌当哭之意耳。
>
> 悲时序之递嬗兮，又属清秋。感遭家之不造兮，独处离愁。北堂有萱兮，何以忘忧？无以解忧兮，我心咻咻。一解

前八十回探春一札，能得六朝风致，此札相去远矣！

云凭凭兮秋风酸。步中庭兮霜叶干。何去何从兮,失我故欢。静言思之兮恻肺肝!
二解

惟鲋有潭兮,惟鹤有梁。鳞甲潜伏兮,羽毛何长!搔首问兮茫茫。高天厚地兮,谁知余之永伤。三解

银河耿耿兮寒气侵。月色横斜兮,玉漏沉。忧心炳炳兮,发我哀吟。吟复吟兮,寄我知音。四解

> 前八十回中无琴操,此是新创,词意较平。
>
> 宝钗家中遇人命案,又有恶嫂之扰,为此琴操,终嫌牵强。然文字亦可读。

黛玉看了,不胜伤感。又想:"宝姐姐不寄与别人,单寄与我,也是惺惺惜惺惺的意思。"正在沉吟,只听见外面有人说道:"林姐姐在家里呢么?"黛玉一面把宝钗的书叠起,口内便答应道:"是谁?"

正问着,早见几个人进来,却是探春、湘云、李纹、李绮。彼此问了好,雪雁倒上茶来,大家喝了,说些闲话。因想起前年的菊花诗来,黛玉便道:"宝姐姐自从挪出去,来了两遭,如今索性有事也不来了,真真奇怪。我看他终久还来我们这里不来?"探春微笑道:"怎么不来,横竖要来的。如今是他们尊嫂有些脾气,姨妈上了年纪的人,又兼有薛大哥的事,自然得宝姐姐照料一切,那里还比得先前有工夫呢。"

正说着,忽听得唿喇喇一片风声,吹了好些落叶,打在窗纸上。停了一回儿,又透过一阵清香来。众人

第八十七回　感秋深抚琴悲往事　坐禅寂走火入邪魔

闻着，都说道："这是何处来的香风？这像什么香？"黛玉道："好像木樨香。"探春笑道："林姐姐终不脱南边人的话，这大九月里的，那里还有桂花呢？"黛玉笑道："原是啊，不然怎么不竟说是桂花香，只说似乎像呢？"湘云道："三姐姐，你也别说。你可记得'十里荷花，三秋桂子'？在南边，正是晚桂开的时候了。你只没有见过罢了，等你明日到南边去的时候，你自然也就知道了。"探春笑道："我有什么事到南边去？况且，这个也是我早知道的，不用你们说嘴。"李纹、李绮只抿着嘴儿笑。

黛玉道："妹妹，这可说不齐。俗语说，'人是地行仙'，今日在这里，明日就不知在那里。譬如我，原是南边人，怎么到了这里呢？"湘云拍着手笑道："今儿三姐姐可叫林姐姐问住了。不但林姐姐是南边人到这里，就是我们这几个人就不同。也有本来是北边的；也有根子是南边，生长在北边的；也有生长在南边，到这北边的。今儿大家都凑在一处，可是人总有一个定数，大凡地和人总是各自有缘分的。"众人听了，都点头，探春也只是笑。又说了一会子闲话儿，大家散出。黛玉送到门口,大家都说："你身上才好些，别出来了，看着了风。"

于是黛玉一面说着话儿，一面站在门口又与四人殷勤了几句，便看着他们出院去了。进来坐着，看看已是林鸟归山，夕阳西坠。因史湘云说起南边的话，便想着："父母若在，南边的景致，春花秋月，水秀山明，二十四桥，六朝遗迹。不少下人服侍，诸事可以任意，言语亦可不避。香车画舫，红杏青帘，惟我独尊。今日寄人篱下，纵有许多照应，自己无处不要留心。不知前生作了什么罪孽，今生这样孤凄。真是李后主说的'此间日中，只以眼泪洗面'矣！"一面思想，不知不觉神往那里去了。

> 按：王铚《默记》下："韩玉汝家有李国主归朝后与金陵旧宫人书云，此中日夕，只以眼泪洗面。"

紫鹃走来，看见这样光景，想着必是因刚才说起南边、北边的话来，一时触着黛玉的心事了，便问道："姑娘们来说了半天话，想来姑娘又劳了神了。刚才我叫雪雁告诉厨房里，给姑娘作了一碗火肉白菜汤，加了一点儿虾米儿，配了点青笋、紫菜。姑娘想着好么？"黛玉道："也罢了。"紫鹃道："还熬了一点江米粥。"黛玉点点头儿，又说道："那粥该你们两个自己熬了，不用他们厨房里熬才是。"

> 黛玉所用菜汤，岂是贾府饮食。

紫鹃道："我也怕厨房里弄的不干净，我们各自熬呢；就是那汤，我也告诉雪雁和柳嫂儿说了，要弄干净着。柳嫂儿说了，他打点妥当，拿到他屋里，叫他们五儿瞅着炖呢。"黛玉道："我倒不是嫌人家腌臜。只是病了好些日子，不周不备，都是人家，这会子又汤儿粥儿的调度，未免惹人厌烦。"说着，眼圈儿又红了。紫鹃道："姑娘这话也是多想。姑娘是老太太

第八十七回　感秋深抚琴悲往事　坐禅寂走火入邪魔

的外孙女儿，又是老太太心坎儿上的。别人求其在姑娘跟前讨好儿还不能呢，那里有抱怨的？"

黛玉点点头儿，因又问道："你才说的五儿，不是那日和宝二爷那边的芳官在一处的那个女孩儿？"紫鹃道："就是他。"黛玉道："不听见说要进来么？"紫鹃道："可不是，因为病了一场，后来好了才要进来，正是晴雯他们闹出事来的时候，也就耽搁住了。"黛玉道："我看那丫头倒也还头脸儿干净。"说着，外头婆子送了汤来。雪雁出来接时，那婆子说道："柳嫂儿叫回姑娘，这是他们五儿作的，没敢在大厨房里作，怕姑娘嫌腌臜。"雪雁答应着，接了进来。黛玉在屋里已听见了，吩咐雪雁告诉那老婆子回去说，叫他费心。雪雁出来说了，老婆子自去。

这里，雪雁将黛玉的碗箸安放在小几儿上，因问黛玉道："还有咱们南来的五香大头菜，拌些麻油醋可好么？"黛玉道："也使得，只不必累赘了。"一面盛上粥来，黛玉吃了半碗，用羹匙舀了两口汤喝，就搁下了。两个丫鬟撤了下来，拭净了小几端下去，又换上一张常放的小几。黛玉漱了口，盥了手，便道："紫鹃，添了香了没有？"紫鹃道："就添去。"黛玉道："你们就把那汤和粥吃了罢，味儿还好，且是干净。待我自己添香罢。"两个人答应了，在外间自吃去了。

这里，黛玉添了香，自己坐着。才要拿本书看，

<small>连五香大头菜都成黛玉菜肴。</small>

只听得园内的风自西边直透到东边,穿过树枝,都在那里唏嚠哗喇不住的响。一回儿,檐下的铁马也只管叮叮当当的乱敲起来。一时雪雁先吃完了,进来伺候。黛玉便问道:"天气冷了,我前日叫你们把那些小毛儿衣服晾晾,可曾晾过没有?"雪雁道:"都晾过了。"黛玉道:"你拿一件来,我披披。"雪雁走去,将一包小毛衣服抱来,打开毡包,给黛玉自拣。只见内中夹着个绢包儿,黛玉伸手拿起,打开看时,却是宝玉病时送来的旧手帕,自己题的诗,上面泪痕犹在,里头却包着那剪破了的香囊、扇袋,并宝玉通灵玉上的穗子。原来晾衣服时从箱中捡出,紫鹃恐怕遗失了,遂夹在这毡包里的。这黛玉不看则已,看了时也不说穿那一件衣服,手里只拿着那两方手帕,呆呆的看那旧诗。看了一回,不觉得簌簌泪下。紫鹃刚从外间进来,只见雪雁正捧着一毡包衣裳在旁边呆立,小几上却搁着剪破的香囊,两三截儿扇袋和那铰折了的穗子,黛玉手中自拿着两方旧帕,上边写着字迹,在那里对着滴泪。正是:

　　失意人逢失意事,新啼痕间旧啼痕。

紫鹃见了这样,知是他触物伤情,感怀旧事,料道劝也无益,只得笑着道:"姑娘还看那些东西作什么,那都是那几年宝二爷和姑娘小时一时好了,一时恼了,闹出来的笑话儿。要像如今这样斯抬斯敬,那

> 此时黛玉还未知木石姻缘破灭之事,即宝玉亦未知,则黛玉见此旧时寄情手帕,悲乎,喜乎,感乎,正难遽定,何以竟说"失意人逢失意事"?殊觉无据。

第八十七回　感秋深抚琴悲往事　坐禅寂走火入邪魔

里能把这些东西白遭塌了呢。"紫鹃这话原给黛玉开心，不料这几句话更提起黛玉初来时和宝玉的旧事来，一发珠泪连绵起来。紫鹃又劝道："雪雁这里等着呢，姑娘披上一件罢。"那黛玉才把手帕撂下。紫鹃连忙拾起，将香袋等物包起拿开。

这黛玉方披了一件皮衣，自己闷闷的走到外间来坐下。回头看见案上宝钗的诗启尚未收好，又拿出来瞧了两遍，叹道："境遇不同，伤心则一。不免也赋四章，翻入琴谱，可弹可歌，明日写出来寄去，以当和作。"便叫雪雁将外边桌上笔砚拿来，濡墨挥毫，赋成四叠。又将琴谱翻出，借他《猗兰》《思贤》两操，合成音韵，与自己做的配齐了，然后写出，以备送与宝钗。又即叫雪雁向箱中将自己带来的短琴拿出，调上弦，又操演了指法。黛玉本是个绝顶聪明人，又在南边学过几时，虽是手生，到底一理就熟。抚了一番，夜已深了，便叫紫鹃收拾睡觉。不提。

却说宝玉这日起来梳洗了，带着焙茗正往书房中来，只见墨雨笑嘻嘻的跑来，迎头说道："二爷今日便宜了，太爷不在书房里，都放了学了。"宝玉道："当真的么？"墨雨道："二爷不信，那不是三爷和兰哥儿来了。"宝玉看时，只见贾环、贾兰跟着小厮们，两个笑嘻嘻的，嘴里咕咕呱呱不知说些什么，迎头来了。

见了宝玉,都垂手站住。宝玉问道:"你们两个怎么就回来了?"贾环道:"今日太爷有事,说是放一天学,明儿再去呢。"宝玉听了,方回身到贾母、贾政处去禀明了,然后回到怡红院中。袭人问道:"怎么又回来了?"宝玉告诉了他,只坐了一坐儿,便往外走。袭人道:"往那里去,这样忙法?就放了学,依我说,也该养养神儿了。"宝玉站住脚,低了头,说道:"你的话也是。但是好容易放一天学,还不散散去,你也该可怜我些儿了。"袭人见说的可怜,笑道:"由爷去罢。"正说着,端了饭来。宝玉也没法儿,只得且吃饭,三口两口忙忙的吃完,漱了口,一溜烟往黛玉房中去了。

走到门口,只见雪雁在院中晾绢子呢。宝玉因问:"姑娘吃了饭了么?"雪雁道:"早起喝了半碗粥,懒待吃饭。这时候打盹儿呢。二爷且到别处走走,回来再来罢。"

宝玉只得回来。无处可去,忽然想起惜春有好几天没见,便信步走到蓼风轩来。刚到窗下,只见静悄悄一无人声。宝玉打谅他也睡午觉,不便进去。才要走时,只听屋里微微一响,不知何声。宝玉站住再听,半日又拍的一响。

宝玉还未听出,只见一个人道:"你在这里下了一个子儿,那里你不应么?"宝玉方知是下大棋,但

第八十七回　感秋深抚琴悲往事　坐禅寂走火入邪魔

只急切听不出这个人的语音是谁。底下方听见惜春道："怕什么，你这么一吃我，我这么一应，你又这么吃，我又这么应。还缓着一着儿呢，终久连得上。"那一个又道："我要这么一吃呢？"惜春道："阿嗄，还有一着反扑在里头呢！我倒没防备。"宝玉听了，听那一个声音很熟，却不是他们姊妹。料着惜春屋里也没外人，轻轻的掀帘进去。看时不是别人，却是那栊翠庵的槛外人妙玉。

> 第七回写到迎春、探春二人围棋，但未实写。周瑞家的送花去，二人即将棋住了。六十二回写探春与宝琴下棋，写探春凝神棋路，实中有虚。此处全是实写。

这宝玉见是妙玉，不敢惊动。妙玉和惜春正在凝思之际，也没理会。宝玉却站在旁边看他两个的手段，只见妙玉低着头问惜春道："你这个畸角儿不要了么？"惜春道："怎么不要？你那里头都是死子儿，我怕什么。"妙玉道："且别说满话，试试看。"惜春道："我便打了起来，看你怎么样？"妙玉却微微笑着，把边上子一接，却搭转一吃，把惜春的一个角儿都打起来了，笑着说道："这叫做'倒脱靴势'。"

惜春尚未答言，宝玉在旁情不自禁，哈哈一笑，把两个人都唬了一大跳。惜春道："你这是怎么说，进来也不言语，这么使促狭唬人。你多早晚进来的？"宝玉道："我头里就进来了，看着你们两个争这个畸角儿。"说着，一面与妙玉施礼，一面又笑问道："妙公轻易不出禅关，今日何缘下凡一走？"妙玉听了，忽然把脸一红，也不答言，低了头自看那棋。

> 终嫌着迹，如此写妙玉，则浅之矣。

宝玉自觉造次，连忙陪笑道："倒是出家人比不得我们在家的俗人，头一件心是静的。静则灵，灵则慧。"宝玉尚未说完，只见妙玉微微的把眼一抬，看了宝玉一眼，复又低下头去，那脸上的颜色渐渐的红晕起来。宝玉见他不理，只得讪讪的旁边坐了。

惜春还要下子，妙玉半日说道："再下罢。"便起身理理衣裳，重新坐下，痴痴的问着宝玉道："你从何处来？"宝玉巴不得这一声，好解释前头的话，忽又想道："或是妙玉的机锋。"转红了脸，答应不出来。妙玉微微一笑，自和惜春说话。惜春也笑道："二哥哥，这什么难答的，你没的听见人家常说的'从来处来'么？这也值得把脸红了，见了生人的似的。"

妙玉听了这话，想起自家，心上一动，脸上一热，必然也是红的，倒觉不好意思起来。因站起来，说道："我来得久了，要回庵里去了。"惜春知妙玉为人，也不深留，送出门口。妙玉笑道："久已不来这里，弯弯曲曲的，回去的路头都要迷住了。"宝玉道："这倒要我来指引指引何如？"妙玉道："不敢，二爷前请。"

于是二人别了惜春，离了蓼风轩，弯弯曲曲走近潇湘馆，忽听得叮咚之声，妙玉道："那里的琴声？"宝玉道："想必是林妹妹那里抚琴呢。"妙玉道："原来他也会这个，怎么素日不听见提起？"宝玉悉把黛玉的事述了一遍，因说："咱们去看他。"妙玉道："从

第八十七回　感秋深抚琴悲往事　坐禅寂走火入邪魔

古只有听琴,再没有看琴的。"宝玉笑道:"我原说我是个俗人。"说着,二人走至潇湘馆外,在山子石坐着静听,甚觉音调清切。只听得低吟道:

　　风萧萧兮秋气深。美人千里兮独沉吟。

　望故乡兮何处,倚栏杆兮涕沾襟。

歇了一回,听得又吟道:

　　山迢迢兮水长。照轩窗兮明月光。耿耿

　不寐兮银河渺茫。罗衫怯怯兮风露凉。

又歇了一歇,妙玉道:"刚才'侵'字韵是第一叠,如今'阳'字韵是第二叠了。咱们再听。"里边又吟道:

　　子之遭兮不自由。予之遇兮多烦忧。之

　子与我兮心焉相投。思古人兮俾无尤。

妙玉道:"这又是一拍。何忧思之深也!"宝玉道:"我虽不懂得,但听他音调,也觉得过悲了。"里头又调了一回弦。妙玉道:"君弦太高了,与无射律只怕不配呢。"里边又吟道:

　　人生斯世兮如轻尘。天上人间兮感夙因。

　感夙因兮不可惙。素心如何天上月。

妙玉听了,呀然失色道:"如何忽作变徵之声?音韵可裂金石矣。只是太过。"宝玉道:"太过便怎么?"妙玉道:"恐不能持久。"

正议论时,听得君弦嘣的一声断了。妙玉站起来连忙就走。宝玉道:"怎么样?"妙玉道:"日后自知,

<small>黛玉琴诗,较宝钗为佳。</small>

你也不必多说。"竟自走了。弄得宝玉满肚疑团,没精打彩的归至怡红院中,不表。

单说妙玉归去,早有道婆接着,掩了庵门,坐了一回,把"禅门日诵"念了一遍。吃了晚饭,点上香,拜了菩萨,命道婆自去歇着,自己的禅床靠背俱已整齐,屏息垂帘,跏趺坐下,断除妄想,趋向真如。坐到三更过后,听得屋上"骨碌碌"一片瓦响。妙玉恐有贼来,下了禅床,出到前轩,但见云影横空,月华如水。

那时天气尚不很凉,独自一个凭栏站了一回。忽听房上两个猫儿一递一声厮叫。着此猫叫,便觉俗气袭来。那妙玉忽想起日间宝玉之言,不觉一阵心跳耳热。自己连忙收摄心神,走进禅房,仍到禅床上坐了。怎奈神不守舍,一时如万马奔驰,觉得禅床便恍荡起来,身子已不在庵中。便有许多王孙公子要来娶他,又有些媒婆扯扯拽拽扶他上车,自己不肯去。一回儿又有盗贼劫他,持刀执棍的逼勒,只得哭喊求救。

早惊醒了庵中女尼道婆等众,都拿火来照看。只见妙玉两手撒开,口中流沫。急叫醒时,只见眼睛直竖,两颧鲜红,骂道:"我是有菩萨保佑,你们这些强徒敢要怎么样!"众人都唬的没了主意,都说道:"我们在这里呢,快醒转来罢。"妙玉道:"我要回家

第八十七回　感秋深抚琴悲往事　坐禅寂走火入邪魔

去，你们有什么好人送我回去罢。"道婆道："这里就是你住的房子。"说着，又叫别的女尼忙向观音前祷告，求了签，翻开签书看时，是触犯了西南角上的阴人。就有一个说："是了。大观园中西南角上本来没有人住，阴气是有的。"一面弄汤弄水的在那里忙乱。

那女尼原是自南边带来的，服侍妙玉自然比别人尽心，围着妙玉，坐在禅床上。妙玉回头道："你是谁？"女尼道："是我。"妙玉仔细瞧了一瞧，道："原来是你。"便抱住那女尼，呜呜咽咽的哭起来。说道："你是我的妈呀，你不救我，我不得活了。"那女尼一面唤醒他，一面给他揉着。道婆倒上茶来喝了，直到天明才睡了。

女尼便打发人去请大夫来看脉，也有说是思虑伤脾的，也有说是热入血室的，也有说是邪祟触犯的，也有说是内外感冒的，终无定论。后请得一个大夫来看了，问："曾打坐过没有？"道婆说道："向来打坐的。"大夫道："这病可是昨夜忽然来的么？"道婆道："是。"大夫道："这是走魔入火的原故。"众人问："有碍没有？"大夫道："幸亏打坐不久，魔还入得浅，可以有救。"写了降伏心火的药，吃了一剂，稍稍平复些。外面那些游头浪子听见了，便造作许多谣言，说："这样年纪，那里忍得住？况且又是很风流的人品，很乖觉的性灵，以后不知飞在谁手里，便宜谁去呢。"过了几日，妙玉病虽略好，神思未复，终有些恍惚。

一日，惜春正坐着，彩屏忽然进来，回道："姑娘知道妙玉师父的事吗？"惜春道："他有什么事？"彩屏道："我昨日听见邢姑娘和大奶奶那里说呢。他自从那日和姑娘下棋回去，夜间忽然中了邪，嘴里乱嚷，说强盗来抢他来了。到如今还没好。姑娘你说这不是奇事吗？"惜春听了，默然无语，因想："妙玉虽然洁净，毕竟尘缘未断。可惜我生在这种人家，不便出家。我若出了家时，那有邪魔缠扰。一念不生，万缘俱寂。"想到这里，蓦与神会，若有所得，便口占一偈云：

大造本无方，云何是应住。

既从空中来，应向空中去。

占毕，即命丫头焚香。自己静坐了一回，又翻开那棋谱来，把孔融、王积薪等所著看了几篇。内中"荷叶包蟹势"、"黄莺搏兔势"都不出奇，"三十六局杀角势"一时也难会难记，独看到"八龙走马"，觉得甚有意思。

正在那里作想，只听见外面一个人走进院来，连叫彩屏。未知是谁，下回分解。

第八十七回　感秋深抚琴悲往事　坐禅寂走火入邪魔

【回后评】

感秋抚琴一节有新意,是前八十回所无。宝钗书札不及探春,宝钗琴诗不如黛玉,然亦可读。

前第七回曾提到迎春、探春二人围棋,但只一句带过,六十二回写探春与宝琴下棋,林之孝家的来回事,探春凝神棋着,用志不分,何等神妙。此处是实写,凡吃、应、断、连、反扑、抢角、占边、倒脱靴等诸种着法,一一写到,亦合于棋理,然写下棋是为了写人,此处终觉太实,直是讲围棋着法矣。

妙玉走魔入火,是写妙玉凡心未脱,情缘未断,亦为后文遭劫伏笔。

第八十八回　　博庭欢宝玉赞孤儿
　　　　　　　正家法贾珍鞭悍仆

　　却说惜春正在那里揣摩棋谱，忽听院内有人叫彩屏，不是别人，却是鸳鸯的声儿。彩屏出去，同着鸳鸯进来。

　　那鸳鸯却带着一个小丫头，提了一个小黄绢包儿。惜春笑问道："什么事？"鸳鸯道："老太太因明年八十一岁，是个暗九。许下一场九昼夜的功德，发心要写三千六百五十零一部《金刚经》。这已发出外面人写了。但是，俗说《金刚经》就像那道家的符壳，《心经》才算是符胆。故此《金刚经》内必要插着《心经》，更有功德。老太太因《心经》是更要紧的，观自在又是女菩萨，所以要几个亲丁奶奶、姑娘们写上三百六十五部，如此又虔诚，又洁净。咱们家中除了二奶奶，头一宗他当家没有空儿，二宗他也写不上来，其余会写字的，不论写得多少，连东府珍大奶奶、姨娘们都分了去，本家里头自不用说。"惜春听了，点

> 要惜春写经，正合惜春之意。

第八十八回　博庭欢宝玉赞孤儿　正家法贾珍鞭悍仆

头道："别的我做不来，若要写经，我最信心的。你搁下喝茶罢。"鸳鸯才将那小包儿搁在桌上，同惜春坐下。彩屏倒了一钟茶来。惜春笑问道："你写不写？"鸳鸯道："姑娘又说笑话了。那几年还好。这三四年来，姑娘见我还拿了拿笔儿么？"惜春道："这却是有功德的。"鸳鸯道："我也有一件事。向来服侍老太太安歇后，自己念上米佛，已经念了三年多了。我把这个米收好，等老太太做功德的时候，我将他衬在里头供佛施食，也是我一点诚心。"惜春道："这样说来，老太太做了观音，你就是龙女了。"鸳鸯道："那里跟得上这个分儿。却是除了老太太，别的也服侍不来，不晓得前世什么缘分儿。"说着要走，叫小丫头把小绢包打开，拿出来，道："这素纸一扎，是写《心经》的。"又拿起一子儿藏香，道："这是叫写经时点着写的。"惜春都应了。

鸳鸯遂辞了出来，同小丫头来至贾母房中，回了一遍。看见贾母与李纨打双陆，鸳鸯旁边瞧着。李纨的骰子好，掷下去把老太太的锤打下了好几个去。鸳鸯抿着嘴儿笑。忽见宝玉进来，手中提了两个细篾丝的小笼子，笼内有几个蝈蝈儿，说道："我听说老太太夜里睡不着，我给老太太留下解解闷。"贾母笑道："你别瞅着你老子不在家，你只管淘气。"宝玉笑道："我没有淘气。"贾母道："你没淘气，不在学房里念书，

> 双陆为古代博戏，传自古印度，盛于南北朝至隋唐，今已失传，但此书中尚写到，可见乾隆时此博戏尚存，今地下文物中曾数见。
>
> 玩蝈蝈，北京风俗，至今尚存。

为什么又弄这个东西呢?"宝玉道:"不是我自己弄的。今儿因师父叫环儿和兰儿对对子,环儿对不来,我悄悄的告诉了他。他说了,师父喜欢,夸了他两句。他感激我的情,买了来孝敬我的。我才拿了来孝敬老太太的。"贾母道:"他没有天天念书么,为什么对不上来?对不上来,就叫你儒大爷爷打他的嘴巴子,看他臊不臊。你也够受了,不记得你老子在家时,一叫做诗做词,唬的倒像个小鬼儿似的,这会子又说嘴了。那环儿小子更没出息,求人替做了,就变着方法儿打点人。这么点子孩子就闹鬼闹神的,也不害臊。赶大了,还不知是个什么东西呢。"说的满屋子人都笑了。

前八十回只有写贾政问宝玉功课时,才"唬得像个小鬼儿似的",因宝玉不肯读四书五经也。凡做诗,对对子,宝玉何曾怕过!此处所说,与前面不符。

贾母亦不喜欢贾环。

贾母又问道:"兰小子呢,做上来了没有?这该环儿替他了,他又比他小了。是不是?"宝玉笑道:"他倒没有,却是自己对的。"贾母道:"我不信。不然,就也是你闹了鬼了。如今你还了得,羊群里跑出骆驼来了,就只你大。你又会做文章了。"宝玉笑道:"实在是他作的。师父还夸他明儿一定有大出息呢。老太太不信,就打发人叫了他来亲自试试,老太太就知道了。"贾母道:"果然这么着,我才喜欢。我不过怕你撒谎。既是他做的,这孩子明儿大概还有一点儿出息。"因看着李纨,又想起贾珠来,"这也不枉你大哥哥死了,你大嫂子拉扯他一场,日后也替你大哥哥顶门壮户。"说到这里,不禁流下泪来。

第八十八回　博庭欢宝玉赞孤儿　正家法贾珍鞭悍仆

李纨听了这话，却也动心，只是贾母已经伤心，自己连忙忍住泪，笑劝道："这是老祖宗的余德，我们托着老祖宗的福罢咧。只要他应得了老祖宗的话，就是我们的造化了。老祖宗看着也喜欢，怎么倒伤起心来呢？"因又回头向宝玉道："宝叔叔明儿别这么夸他，他多大孩子，知道什么。你不过是爱惜他的意思，他那里懂得，一来二去，眼大心肥，那里还能够有长进呢。"贾母道："你嫂子这也说的是。就只他还太小呢，也别逼櫋紧了他。小孩子胆儿小，一时逼急了，弄出点子毛病来，书倒念不成，把你的工夫都白遭蹋了。"贾母说到这里，李纨却忍不住扑簌簌掉下泪来，连忙擦了。

<small>一段赞议贾兰，亦为后文伏笔。</small>

只见贾环、贾兰也都进来给贾母请了安。贾兰又见过他母亲，然后过来在贾母旁边侍立。贾母道："我刚才听见你叔叔说你对的好对子，师父夸你来着。"贾兰也不言语，只管抿着嘴儿笑。鸳鸯过来说道："请示老太太，晚饭伺候下了。"贾母道："请你姨太太去罢。"琥珀接着便叫人去王夫人那边请薛姨妈。这里，宝玉、贾环退出。素云和小丫头们过来把双陆收起。李纨尚等着伺候贾母的晚饭，贾兰便跟着他母亲站着。贾母道："你们娘儿两个跟着我吃罢。"李纨答应了。一时摆上饭来，丫鬟回来禀道："太太叫回老太太，姨太太这几天浮来暂去，不能过来回老太太，今日饭

后家去了。"于是贾母叫贾兰在身旁边坐下,大家吃饭,不必细述。

却说贾母刚吃完了饭,盥漱了,歪在床上说闲话儿。只见小丫头子告诉琥珀,琥珀过来回贾母道:"东府大爷请晚安来了。"贾母道:"你们告诉他,如今他办理家务乏乏的,叫他歇着去罢。我知道了。"小丫头告诉老婆子们,老婆子才告诉贾珍。贾珍然后退出。

> 贾珍何以要"过来料理诸事",未见交代。
>
> 是何处庄头未写明,是秋季,故送果品、野味,与乌进孝交租虽有异,实亦模拟前文耳。

到了次日,贾珍过来料理诸事。门上小厮陆续回了几件事,又一个小厮回道:"庄头送果子来了。"贾珍道:"单子呢?"那小厮连忙呈上。贾珍看时,上面写着不过是时鲜果品,还夹带菜蔬野味若干在内。贾珍看完,问向来经管的是谁。门上的回道:"是周瑞。"便叫周瑞:"照账点清,送往里头交代。等我把来账抄下一个底子,留着好对。"又叫告诉厨房:"把下菜中添几宗给送果子的来人,照常赏饭给钱。"周瑞答应了,一面叫人搬至凤姐儿院子里去,又把庄子的账同果子交代明白,出去了一回儿,又进来回贾珍道:"才刚来的果子,大爷曾点过数目没有?"贾珍道:"我那里有工夫点这个呢?给了你账,你照账点就是了。"周瑞道:"小的曾点过,也没有少,也不能多出来。大爷既留下底子,再叫送果子来的人问问,他这账是真的假的?"贾珍道:"这是怎么说?不过是几个果子罢咧,有什么要紧。我又没有疑你。"

说着,只见鲍二走来,磕了一个头,说道:"求大爷原旧放小的在外头伺候罢。"贾珍道:"你们这又是怎么着?"鲍二道:"奴才在这里又说不上话来。"贾珍道:"谁叫你说话?"鲍二道:"何苦来,在这里作眼睛珠儿。"周瑞接口道:"奴才在这里经管地租庄子,银钱出入每年也有三五十万来往,老爷、太太、奶奶们从没有说过话的,何况这些零星东西。若照鲍二说起来,爷们家里的田地、房产都被奴才们弄完了。"贾珍想道:"必是鲍二在这里拌嘴,不如叫他出去。"因向鲍二说道:"快滚罢。"又告诉周瑞说:"你也不用说了,你干你的事罢。"二人各自散了。

贾珍正在厢房里歇着,听见门上闹的翻江搅海。叫人去查问,回来说道:"鲍二和周瑞的干儿子打架。"贾珍道:"周瑞的干儿子是谁?"门上的回道:"他叫何三,本来是个没味儿的,天天在家里喝酒闹事,常来门上坐着。听见鲍二与周瑞拌嘴,他就插在里头。"贾珍道:"这却可恶。把鲍二和那个什么何几给我一块儿捆起来!周瑞呢?"门上的回道:"打架时他先走了。"贾珍道:"给我拿了来!这还了得了!"众人答应了。正嚷着,贾琏也回来了,贾珍便告诉了一遍。贾琏道:"这还了得!"又添了人去拿周瑞。周瑞知道躲不过,也找到了。贾珍便叫都捆上。贾琏便向周瑞道:"你们前头的话也不要紧,大爷说开了,很是了。为什么外头又打架?你们打架已经使不得,又弄个野杂种什么何三来闹,你不压伏压伏他们,倒竟走了。"就把周瑞踢了几脚。贾珍道:"单打周瑞不中用。"喝命人把鲍二和何三各人打了五十鞭子,撵了出去,方和贾琏两个商量正事。下人背地里便生出许多议论来:也有说贾珍护短的;也有说不会调停的;也有说他本不是好人,前儿尤家姊妹弄出许多丑事来,那鲍二不是他调停着二爷叫了来的吗?这会子又嫌鲍二不济事,必是鲍二的女人服侍不到了。人多嘴杂,纷纷不一。

却说贾政自从在工部掌印,家人中尽有发财的。那贾芸听见了,也要插手弄一点事儿,便在外头说了几个工头,讲了成数,便买了些时新绣货,要走凤姐儿门子。

凤姐正在房中听见丫头们说:"大爷、二爷都生了气,在外头打人呢。"凤姐听了,不知何故,正要叫人去问,只见贾琏已进来了,把外面的事告诉了一遍。凤姐道:"事情虽不要紧,但这风俗儿断不可长。此刻还算咱们家里正旺的时候儿,他们就敢打架。以后小辈儿们当了家,他们越发难制伏了。前年我在东府里,亲眼见过焦大吃的烂醉,躺在台阶子底下骂

第八十八回　博庭欢宝玉赞孤儿　正家法贾珍鞭悍仆

人，不管上上下下一混汤子的混骂。他虽是有过功的人，到底主子、奴才的名分，也要存点儿体统才好。珍大奶奶，不是我说，是个老实头，个个人都叫他养得无法无天的。如今又弄出一个什么鲍二，我还听见，是你和珍大爷得用的人。为什么今儿又打他呢？"贾琏听了这话刺心，便觉讪讪的，拿话来支开，借有事，说着就走了。

下人打架闹事，不知何故，前面焦大醉骂，一是醉，二是因派他活借故抒愤。此处却写得不知来由。欲模拟前文，总是力不能及。

小红进来，回道："芸二爷在外头要见奶奶。"凤姐一想："他又来做什么？"便道："叫他进来罢。"小红出来，瞅着贾芸微微一笑。贾芸赶忙凑近一步，问道："姑娘替我回了没有？"小红红了脸，说道："我就是见二爷的事多。"贾芸道："何曾有多少事能到里头来劳动姑娘呢。就是那一年，姑娘在宝二叔房里，我才和姑娘——"小红怕人撞见，不等说完，赶忙问道："那年我换给二爷的一块绢子，二爷见了没有？"那贾芸听了这句话，喜的心花俱开，才要说话，只见一个小丫头从里面出来，贾芸连忙同着小红往里走。两个人一左一右，相离不远，贾芸悄悄的道："回来我出来，还是你送出我来，我告诉你，还有笑话儿呢。"小红听了，把脸飞红，瞅了贾芸一眼，也不答言，同他到了凤姐门口，自己先进去回了，然后出来，掀起帘子点手儿，口中却故意说道："奶奶请芸二爷进来呢。"

又写小红、芸儿，亦是续前八十回中情节，然前八十回小红与贾芸，均是极伶俐人物，此处写贾芸向凤姐送礼，仍是重复前八十回中笔墨。

贾芸笑了一笑，跟着他走进房来，见了凤姐儿，请了安,并说:"母亲叫问好。"凤姐也问了他母亲好。凤姐道:"你来有什么事?"贾芸道:"侄儿从前承婶娘疼爱,心上时刻想着,总过意不去。欲要孝敬婶娘,又怕婶娘多想。如今重阳时候,略备了一点儿东西。婶娘这里那一件没有,不过是侄儿一点孝心。只怕婶娘不肯赏脸。"凤姐儿笑道:"有话坐下说。"贾芸才侧身坐了,连忙将东西捧着搁在旁边桌上。

凤姐又道:"你不是什么有余的人,何苦又去花钱。我又不等着使。你今日来意是怎么个想头儿,你倒是实说。"贾芸道:"并没有别的想头儿,不过感念婶娘的恩惠,过意不去罢咧。"说着微微的笑了。凤姐道:"不是这么说。你手里窄,我很知道,我何苦白白儿使你的。你要我收下这个东西,须先和我说明白了。要是这么含着骨头露着肉的,我倒不收。"贾芸没法儿,只得站起来,陪着笑儿说道:"并不是有什么妄想。前几日听见老爷总办陵工,侄儿有几个朋友办过好些工程,极妥当的,要求婶娘在老爷跟前提一提。办得一两种,侄儿再忘不了婶娘的恩典。若是家里用得着,侄儿也能给婶娘出力。"

凤姐道:"若是别的我却可以作主。至于衙门里的事,上头呢,都是堂官司员定的;底下呢,都是那些书办衙役们办的。别人只怕插不上手,连自己的家人,也不过跟着老爷服侍服侍。就是你二叔去,亦只

第八十八回　博庭欢宝玉赞孤儿　正家法贾珍鞭悍仆

是为的是各自家里的事，他也并不能搀越公事。论家事，这里是踩一头儿撬一头儿的，连珍大爷还弹压不住，你的年纪儿又轻，辈数儿又小，那里缠的清这些人呢。况且衙门里头的事，差不多儿也要完了，不过吃饭瞎跑。你在家里什么事作不得，难道没了这碗饭吃不成？我这是实在话，你自己回去想想就知道了。你的情意我已经领了，把东西快拿回去，是那里弄来的，仍旧给人家送了去罢。"

正说着，只见奶妈子一大起带了巧姐儿进来。那巧姐儿身上穿得锦团花簇，手里拿着好些顽意儿，笑嘻嘻走到凤姐身边学舌。贾芸一见，便站起来，笑盈盈的赶着说道："这就是大妹妹么？你要什么好东西不要？"那巧姐儿便"哑"的一声哭了。贾芸连忙退下。凤姐道："乖乖不怕。"连忙将巧姐揽在怀里，道："这是你芸大哥哥，怎么认起生来了？"贾芸道："妹妹生得好相貌，将来又是个有大造化的。"那巧姐儿回头把贾芸一瞧，又哭起来，叠连几次。

贾芸看这光景坐不住，便起身告辞要走。凤姐道："你把东西带了去罢。"贾芸道："这一点子婶娘还不赏脸？"凤姐道："你不带去，我便叫人送到你家去。芸哥儿，你不要这么样，你又不是外人，我这里有机会，少不得打发人去叫你，没有事也没法儿，不在乎这些东东西西上的。"贾芸看见凤姐执意不受，只得红着

> 写巧姐见到贾芸即哭，意在为后文贾芸勾结王仁、邢大舅、贾环等坑害巧姐作伏笔。

脸道:"既这么着,我再找得用的东西来孝敬婶娘罢。"凤姐儿便叫小红拿了东西,跟着贾芸送出来。

贾芸走着,一面心中想道:"人说二奶奶利害,果然利害。一点儿都不漏缝,真正斩钉截铁,怪不得没有后世。这巧姐儿更怪,见了我好像前世的冤家似的。真正晦气,白闹了这么一天。"小红见贾芸没得彩头,也不高兴,拿着东西跟出来。贾芸接过来,打开包儿,拣了两件,悄悄的递给小红。小红不接,嘴里说道:"二爷别这么着,看奶奶知道了。大家倒不好看。"贾芸道:"你好生收着罢,怕什么,那里就知道了呢。你若不要,就是瞧不起我了。"小红微微一笑,才接过来,说道:"谁要你这些东西,算什么呢?"说了这句话,把脸又飞红了。贾芸也笑道:"我也不是为东西,况且那东西也算不了什么。"

不住地写脸红,笔笔重复。

说着话儿,两个已走到二门口。贾芸把下剩的仍旧揣在怀内。小红催着贾芸道:"你先去罢,有什么事情,只管来找我。我如今在这院里了,又不隔手。"贾芸点点头儿,说道:"二奶奶太利害,我可惜不能长来。刚才我说的话,你横竖心里明白,得了空儿再告诉你罢。"小红满脸羞红,说道:"你去罢,明儿也长来走走。谁叫你和他生疏呢。"贾芸道:"知道了。"贾芸说着出了院门。这里,小红站在门口,怔怔的看他去远了,才回来了。

又是满脸羞红。这小小一段,连写四次脸红,笔墨累赘笨拙,终无灵气。

第八十八回　博庭欢宝玉赞孤儿　正家法贾珍鞭悍仆

却说凤姐在房中吩咐预备晚饭，因又问道："你们熬了粥了没有？"丫鬟们连忙去问，回来回道："预备了。"凤姐道："你们把那南边来的糟东西弄一两碟来罢。"秋桐答应了，叫丫头们伺候。

平儿走来，笑道："我倒忘了。今儿晌午，奶奶在上头老太太那边的时候，水月庵的师父打发人来，要向奶奶讨两瓶南小菜，还要支用几个月的月银，说是身上不受用。我问那道婆来着：'师父怎么不受用？'他说：'四五天了，前儿夜里因那些小沙弥、小道士里头有几个女孩子睡觉没有吹灯，他说了几次不听。那一夜看见他们三更以后灯还点着呢，他便叫他们吹灯，个个都睡着了，没有人答应，只得自己亲自起来给他们吹灭了。回到炕上，只见有两个人，一男一女，坐在炕上。他赶着问是谁，那里把一根绳子往他脖子上一套，他便叫起人来。众人听见，点上灯火，一齐赶来，已经躺在地下，满口吐白沫子。幸亏救醒了。此时还不能吃东西，所以叫来寻些小菜儿的。'我因奶奶不在房中，不便给他。我说：'奶奶此时没有空儿，在上头呢，回来告诉。'便打发他回去了。才刚听见说起南菜，方想起来了，不然就忘了。"

凤姐听了，呆了一呆，说道："南菜不是还有呢，叫人送些去就是了。那银子过一天叫芹哥来领就是了。"又见小红进来回道："才刚二爷差人来，说是

> 写水月庵夜里一男一女两人将老尼几乎勒死，此二人是人是鬼，用笔故意含混。凤姐听了呆了一呆等描写，是故作疑人之笔，欲应前凤姐与老尼合谋拆散婚姻至成人命事也。

1689

今晚城外有事，不能回来，先通知一声。"凤姐道："是了。"

说着，只听见小丫头从后面喘吁吁的嚷着，直跑到院子里来，外面平儿接着，还有几个丫头们，咕咕唧唧的说话。凤姐道："你们说什么呢？"平儿道："小丫头子有些胆怯，说鬼话。"凤姐叫那一个小丫头进来，问道："什么鬼话？"那丫头道："我才刚到后边去叫打杂儿的添煤，只听得三间空屋子里哗喇哗喇的响，我还道是猫儿、耗子，又听得嗳的一声，像个人出气儿的似的。我害怕，就跑回来了。"凤姐骂道："胡说！我这里断不兴说神说鬼，我从来不信这些个话。快滚出去罢。"那小丫头出去了。凤姐便叫彩明将一天零碎日用账对过一遍。时已将近二更，大家又歇了一回，略说些闲话，遂叫各人安歇去罢。凤姐也睡下了。

> 此等处又是模拟前七十五回异兆悲音故事。

将近三更，凤姐似睡不睡，觉得身上寒毛一乍，自己惊醒了，越躺着越发起渗来，因叫平儿、秋桐过来作伴。二人也不解何意。那秋桐本来不顺凤姐，后来贾琏因尤二姐之事不大爱惜他了，凤姐又笼络他，如今倒也安静，只是心里比平儿差多了，外面情儿。今见凤姐不受用，只得端上茶来。凤姐喝了一口，道："难为你，睡去罢，只留平儿在这里就够了。"秋桐却要献勤儿，因说道："奶奶睡不着，倒是我们两个轮流坐坐也使得。"凤姐一面说，一面睡着了。平儿、

> 欲写凤姐造孽心虚，终是着迹。

第八十八回　博庭欢宝玉赞孤儿　正家法贾珍鞭悍仆

秋桐看见凤姐已睡，只听得远远的鸡声叫了，二人方都穿着衣服略躺了一躺，就天亮了，连忙起来服侍凤姐梳洗。

凤姐因夜中之事，心神恍惚不宁，只是一味要强，仍然扎挣起来。正坐着纳闷，忽听个小丫头子在院里问道："平姑娘在屋里么？"平儿答应了一声，那小丫头掀起帘子进来，却是王夫人打发过来来找贾琏，说："外头有人回要紧的官事。老爷才出了门，太太叫快请二爷过去呢。"

凤姐听见，唬了一跳。未知何事，下回分解。

【回后评】

赞贾兰是为后文贾兰得中预伏。

贾珍鞭仆,是续前焦大醉骂故事,然焦大醉骂何等自然,此处下人打架等,终不知来由,牵入何三,是为后来贾府遇盗伏笔。

写小红、贾芸事,虽是继前八十回,然前八十回小红、贾芸人物情节何等灵动,续书故事及人物思想性格均与前大异其趣。

第八十九回　　人亡物在公子填词
　　　　　　　蛇影杯弓颦卿绝粒

却说凤姐正自起来纳闷，忽听见小丫头这话，又唬了一跳，连忙问道："什么官事？"小丫头道："也不知道。刚才二门上小厮回进来，回老爷有要紧的官事，所以太太叫我请二爷来了。"凤姐听是工部里的事，才把心略略的放下，因说道："你回去回太太，就说二爷昨日晚上出城有事，没有回来。打发人先回珍大爷去罢。"那丫头答应着去了。

一时贾珍过来，见了部里的人，问明了，进来见了王夫人，回道："部中来报，昨日总河奏到河南一带决了河口，湮没了几府州县。又要开销国帑，修理城工。工部司官又有一番照料，所以部里特来报知老爷的。"说完退出，及贾政回家来回明。

底本作"开锁国帑"，"开锁"不可解。藤花榭本作"开销"，从改。

从此，直到冬间，贾政天天有事，常在衙门里。宝玉的工课也渐渐松了，只是怕贾政觉察出来，不敢不常在学房里去念书，连黛玉处也不敢常去。

那时已到十月中旬，宝玉起来要往学房中去。这日，天气陡寒，只见袭人早已打点出一包衣服，向宝玉道："今日天气很冷，早晚宁使暖些。"说着，把衣服拿出来给宝玉挑了一件穿，又包了一件，叫小丫头拿出交给焙茗，嘱咐道："天气凉，二爷要换时，好生预备着。"焙茗答应了，抱着毡包，跟着宝玉自去。

宝玉到了学房中，做了自己的工课，忽听得纸窗呼喇喇一派风声。代儒道："天气又发冷。"把风门推开一看，只见西北上一层层的黑云渐渐往东南扑上来。焙茗走进来，回宝玉道："二爷，天气冷了，再添些衣服罢。"宝玉点点头儿。只见焙茗拿进一件衣服来，宝玉不看则已，看了时神已痴了。那些小学生都巴着眼瞧，却原是晴雯所补的那件雀金裘。

宝玉道："怎么拿这一件来！是谁给你的？"焙茗道："是里头姑娘们包出来的。"宝玉道："我身上不大冷，且不穿呢，包上罢。"代儒只当宝玉可惜这件衣服，却也心里喜他知道俭省。焙茗道："二爷穿上罢，着了凉，又是奴才的不是了。二爷只当疼奴才罢。"宝玉无奈，只得穿上，呆呆的对着书坐着。代儒也只当他看书，不甚理会。晚间放学时，宝玉便往代儒托病告假一天，代儒本来上年纪的人，也不过伴着几个孩子解闷儿，时常也八病九痛的，乐得去一个少操一个心。况且明知贾政事忙，贾母溺爱，便点点头儿。

第八十九回　人亡物在公子填词　蛇影杯弓颦卿绝粒

玉一径回来，见过贾母、王夫人，也是这样说，自然没有不信的，略坐一坐，便回园中去了。见了袭人等，也不似往日有说有笑的，便和衣躺在炕上。袭人道："晚饭预备下了，这会儿吃，还是等一等儿？"宝玉道："我不吃了，心里不舒服。你们吃去罢。"袭人道："那么着，你也该把这件衣服换下来了，那个东西那里禁得住揉搓。"宝玉道："不用换。"袭人道："倒也不但是娇嫩物儿，你瞧瞧那上头的针线也不该这么遭蹋他呀。"宝玉听了这话，正碰在他心坎儿上，叹了一口气，道："那么着，你就收起来给我包好了，我也总不穿他了。"说着，站起来脱下。袭人才过来接时，宝玉已经自己叠起。袭人道："二爷怎么今日这样勤谨起来了？"宝玉也不答言，叠好了，便问："包这个的包袱呢？"麝月连忙递过来，让他自己包好，回头却和袭人挤着眼儿笑。

宝玉也不理会，自己坐着，无精打彩，猛听架上钟响，自己低头看了看表，针已指到酉初二刻了。一时小丫头点上灯来。袭人道："你不吃饭，喝一口粥儿罢。别净饿着，看仔细饿上虚火来，那又是我们的累赘了。"宝玉摇摇头儿，说："这不大饿，强吃了倒不受用。"袭人道："既这么着，就索性早些歇着罢。"于是袭人、麝月铺设好了，宝玉也就歇下。翻来覆去，只睡不着。将及黎明，反朦胧睡去，不一顿饭时，早

此等话岂是袭人能说。

又醒了。

此时,袭人、麝月也都起来。袭人道:"昨夜听着你翻腾到五更多,我也不敢问你。后来我就睡着了,不知到底你睡着了没有?"宝玉道:"也睡了一睡,不知怎么就醒了。"袭人道:"你没有什么不受用?"宝玉道:"没有,只是心上发烦。"袭人道:"今日学房里去不去?"宝玉道:"我昨儿已经告了一天假了,今儿我要想园里逛一天,散散心,只是怕冷。你叫他们收拾一间房子,备下一炉香,搁下纸墨笔砚。你们只管干你们的,我自己静坐半天才好。别叫他们来搅我。"麝月接着道:"二爷要静静儿的用工夫,谁敢来搅。"

袭人道:"这么着很好,也省得着了凉。自己坐坐,心神也不散。"因又问:"你既懒待吃饭,今日吃什么?早说,好传给厨房里去。"宝玉道:"还是随便罢,不必闹的大惊小怪的。倒是要几个果子搁在那屋里,借点果子香。"袭人道:"那个屋里好?别的都不大干净,只有晴雯起先住的那一间,因一向无人,还干净,就是清冷些。"宝玉道:"不妨,把火盆挪过去就是了。"袭人答应了。

正说着,只见一个小丫头端了一个茶盘儿,一个碗,一双牙箸,递给麝月,道:"这是刚才花姑娘要的,厨房里老婆子送了来了。"麝月接了一看,却是一碗

第八十九回　人亡物在公子填词　蛇影杯弓颦卿绝粒

燕窝汤，便问袭人道："这是姐姐要的么？"袭人笑道："昨夜二爷没吃饭，又翻腾了一夜，想来今日早起心里必是发空的，所以我告诉小丫头们，叫厨房里作了这个来的。"袭人一面叫小丫头放桌儿，麝月打发宝玉喝了，漱了口。只见秋纹走来说道："那屋里已经收拾妥了，但等着一时炭劲过了，二爷再进去罢。"宝玉点头，只是一腔心事，懒怠说话。一时小丫头来请，说笔砚都安放妥当了。宝玉道："知道了。"又一个小丫头回道："早饭得了。二爷在那里吃？"宝玉道："就拿了来罢，不必累赘了。"小丫头答应了自去。

一时端上饭来，宝玉笑了一笑，向袭人、麝月道："我心里闷得很。自己吃，只怕又吃不下去。不如你们两个同我一块儿吃，或者吃的香甜，我也多吃些。"麝月笑道："这是二爷的高兴，我们可不敢。"袭人道："其实也使得，我们一处喝酒，也不止今日。只是偶然替你解闷儿还使得，若认真这样，还有什么规矩体统呢。"说着三人坐下。宝玉在上首，袭人、麝月两个打横陪着。吃了饭，小丫头端上漱口茶，两个看着撤了下去。宝玉因端着茶，默默如有所思，又坐了一坐，便问道："那屋里收拾妥了么？"麝月道："头里就回过了，这回子又问。"

宝玉略坐了一坐，便过这间屋子来，亲自点了一炷香，摆上些果品，便叫人出去，关上了门。外面袭人等都静悄无声。宝玉拿了一幅泥金角花的粉红笺出来，口中祝了几句，便提起笔来写道：

怡红主人焚付晴姐知之，酌茗清香，庶几来飨。

其词云：

随身伴，独自意绸缪。谁料风波平地起，顿教躯命实时休。孰与话轻柔？　东逝水，无复向西流。想象更无怀梦草，添衣还见翠云裘。脉脉使人愁！

写毕，就在香上点个火焚化了。静静儿等着，直待一炷香点尽了，才开门出来。袭人道："怎么出来了？想来又闷的慌了。"

宝玉笑了一笑，假说道："我原是心里烦，才找个地方儿静坐坐儿。这会子好了，还要外头走走去呢。"说着，一径出来，到了潇湘馆中，在院里问道："林妹妹在家里呢么？"紫鹃接应道："是谁？"掀帘看时，笑道："原来是宝二爷。姑娘在屋里呢，请二爷到屋里坐着。"宝玉同着紫鹃走进来。黛玉却在里间呢。说道："紫鹃，请二爷屋里坐罢。"

宝玉走到里间门口，看见新写的一副紫墨色泥金云龙笺的小对，上写着："绿窗明月在，青史古人空。"宝玉看了，笑了一笑，走入门去，笑问道："妹妹做什么呢？"黛玉站起来，迎了两步，笑着让道："请坐。

此为《忆江南》词，两首重叠称"双调"，唐时皆单调，至宋加后叠成双调。故此为"双调忆江南"。

怀梦草，旧题汉郭宪《洞冥记》卷三："种火之山，有梦草，似蒲，色红，昼缩入地，夜则出，亦名怀梦。怀其叶，则知梦之吉凶，立验也。帝（汉武帝）思李夫人之容不可得，朔（东方朔）乃献一枝，帝怀之，夜果梦李夫人。"

前七十八回已有《芙蓉女儿诔》，其文何等高雅，此处忽来此双调《忆江南》，不仅情节重复，且词意浅薄庸俗，又用"泥金角花的粉红笺"，真是一派轻薄。前七十八回是"用晴雯素日所喜之冰鲛縠一幅，楷字写成"，何等庄重，前后比较，便可知此恶俗不堪。

此处是应八十五回演《蕊珠记》《冥升》，小旦扮嫦娥，而黛玉看戏，"打扮得宛如嫦娥"一段，亦示黛玉之不寿也。

第八十九回　人亡物在公子填词　蛇影杯弓颦卿绝粒

我在这里写经，只剩得两行了，等写完了再说话儿。"因叫雪雁倒茶。宝玉道："你别动，只管写。"说着，一面看见中间挂着一幅单条，上面画着一个嫦娥，带着一个侍者；又一个女仙，也有一个侍者，捧着一个长长儿的衣囊似的。二人身旁边略有些云护，别无点缀，全仿李龙眠白描笔意，上有"斗寒图"三字，用八分书写着。宝玉道："妹妹这幅《斗寒图》可是新挂上的？"黛玉道："可不是。昨日他们收拾屋子，我想起来，拿出来叫他们挂上的。"宝玉道："是什么出处？"黛玉笑道："眼前熟的很的，还要问人。"宝玉笑道："我一时想不起，妹妹告诉我罢。"黛玉道："岂不闻'青女素娥俱耐冷，月中霜里斗婵娟'。"宝玉道：青女素娥，语意双关。"是啊。这个实在新奇雅致，却好此时拿出来挂。"说着，又东瞧瞧，西走走。

雪雁沏了茶来，宝玉吃着。又等了一会子，黛玉经才写完，站起来道："简慢了。"宝玉笑道："妹妹还是这么客气。"但见黛玉身上穿着月白绣花小毛皮袄，加上银鼠坎肩；头上挽着随常云髻，簪上一枝赤金匾簪，别无花朵；腰下系着杨妃色绣花绵裙。真比如：

亭亭玉树临风立，冉冉香莲带露开。

宝玉因问道："妹妹这两日弹琴来着没有？"黛玉道："两日没弹了。因为写字已经觉得手冷，那里还去弹琴。"宝玉道:"不弹也罢了。我想琴虽是清高之品,却不是好东西,从没有弹琴里弹出富贵寿考来的,只有弹出忧思怨乱来的。再者弹琴也得心里记谱,未免费心。依我说,妹妹身子又单弱,不操这心也罢了。"黛玉抿着嘴儿笑。宝玉指着壁上道:"这张琴可就是么?怎么这么短?"黛玉笑道:"这张琴不是短,因我小时学抚的时候,别的琴都够不着,因此特地做起来的。虽不是焦尾枯桐,这鹤山凤尾还配得齐整,龙池雁足高下还相宜。你看这断纹不是牛旄似的么,所以音韵也还清越。"

宝玉道:"妹妹这几天来做诗没有?"黛玉道:"自结社以后没大作。"宝玉笑道:"你别瞒我,我听见你吟的什么'不可惙,素心如何天上月',你搁在琴里,觉得音响分外的响亮。有的没有?"黛玉道:"你怎么听见了?"宝玉道:"我那一天从蓼风轩来听见的,又恐怕打断你的清韵,所以静听了一会就走了。我正要问你:前路是平韵,到末了儿忽转了仄韵,是个什么意思?"黛玉道:"这是人心自然之音,做到那里就到那里,原没有一定的。"宝玉道:"原来如此。可惜我不知音,枉听了一会子。"黛玉道:"古来知音人能有几个?"

宝玉听了,又觉得出言冒失了,又怕寒了黛玉的心,坐了一坐,心里像有许多话,却再无可讲的。黛

> 宝、黛二人如此冷淡,并说"不知音""知音人能有几个",如此描写,与前八十回几成反调。

第八十九回　人亡物在公子填词　蛇影杯弓颦卿绝粒

玉因方才的话也是冲口而出，此时回想，觉得太冷淡些，也就无话。宝玉一发打量黛玉设疑，遂讪讪的站起来，说道："妹妹坐着罢。我还要到三妹妹那里瞧瞧去呢。"黛玉道："你若见了三妹妹，替我问候一声罢。"宝玉答应着，便出来了。

此种描写，已违前八十回基调，宝玉之于黛玉，绝无"冷"者，虽"吵嘴"亦不是"冷"，故此处所写已大失前八十回作者之意。

黛玉送至屋门口，自己回来闷闷的坐着，心里想道："宝玉近来说话半吐半吞，忽冷忽热，也不知他是什么意思。"正想着，紫鹃走来，道："姑娘，经不写了？我把笔砚都收好了？"黛玉道："不写了，收起去罢。"说着，自己走到里间屋里床上歪着，慢慢的细想。紫鹃进来，问道："姑娘喝碗茶罢？"黛玉道："不喝呢。我略歪歪儿，你们自己去罢。"

紫鹃答应着出来，只见雪雁一个人在那里发呆。紫鹃走到他跟前问道："你这会子也有了什么心事了么？"雪雁只顾发呆，倒被他唬了一跳，因说道："你别嚷，今日我听见了一句话，我告诉你听，奇不奇？你可别言语。"说着，往屋里努嘴儿。因自己先行，点着头儿叫紫鹃同他出来，到门外平台底下，悄悄儿的道："姐姐你听见了么？宝玉定了亲了！"紫鹃听见，唬了一跳，说道："这是那里来的话？只怕不真罢。"雪雁道："怎么不真？别人大概都知道，就只咱们没听见。"紫鹃道："你是那里听来的？"雪雁道："我听见侍书说的，是个什么知府家，家资也好，人才也

雪雁听说宝玉定了亲了。其实是最初清客的作媒，已早过去了。

此下一大段文字，虽是谬传，但写黛玉颇得其神理。文字亦可读。

好。"

紫鹃正听时，只听得黛玉咳嗽了一声，似乎起来的光景。紫鹃恐怕他出来听见，便拉了雪雁，摇摇手儿，往里望望，不见动静，才又悄悄儿的问道："他到底怎么说来？"雪雁道："前儿不是叫我到三姑娘那里去道谢吗，三姑娘不在屋里，只有侍书在那里。大家坐着，无意中说起宝二爷的淘气来。他说宝二爷怎么好，只会顽儿，全不像大人的样子，已经说亲了，还是这么呆头呆脑。我问他定了没有，他说是定了，是个什么王大爷做媒的。那王大爷是东府里的亲戚，所以也不用打听，一说就成了。"紫鹃侧着头想了一想："这句话奇！"又问道："怎么家里没有人说起？"雪雁道："侍书也说的是老太太的意思。若一说起，恐怕宝玉野了心，所以都不提起。侍书告诉了我，又叮嘱千万不可露风，说出来只道是我多嘴。"把手往里一指，"所以他面前也不提。今日是你问起，我不犯瞒你。"

正说到这里，只听鹦鹉叫唤，学着说："姑娘回来了，快倒茶来！"倒把紫鹃、雪雁吓了一跳，回头并不见有人，便骂了鹦鹉一声，走进屋内。只见黛玉喘吁吁的，刚坐在椅子上，紫鹃搭讪着问茶问水。黛玉问道："你们两个那里去了？再叫不出一个人来。"说着，便走到炕边，将身子一歪，仍旧倒在炕上，往

第八十九回　人亡物在公子填词　蛇影杯弓颦卿绝粒

里躺下，叫把帐子撩下。紫鹃、雪雁答应出去。他两个心里疑惑方才的话只怕被他听了去了，只好大家不提。

谁知黛玉一腔心事，又窃听了紫鹃、雪雁的话，虽不很明白，已听得了七八分，如同将身撂在大海里一般。思前想后，竟应了前日梦中之谶，千愁万恨，堆上心来。左右打算，不如早些死了，免得眼见了意外的事情，那时反倒无趣。又想到自己没了爹娘的苦，自今以后，把身子一天一天的遭蹋起来，一年半载，少不得身登清净。打定了主意，被也不盖，衣也不添，竟是合眼装睡。紫鹃和雪雁来伺候几次，不见动静，又不好叫唤。晚饭都不吃。点灯以后，紫鹃掀开帐子，见已睡着了，被窝都蹬在脚后。怕他着了凉，轻轻儿拿来盖上。黛玉也不动，单待他出去，仍然褪下。那紫鹃只管问雪雁："今儿的话到底是真的是假的？"雪雁道："怎么不真？"紫鹃道："侍书怎么知道的？"雪雁道："是小红那里听来的。"紫鹃道："头里咱们说话，只怕姑娘听见了，你看刚才的神情，大有原故。今日以后，咱们倒别提这件事了。"说着，两个人也收拾要睡。紫鹃进来看时，只见黛玉被窝又蹬下来，复又给他轻轻盖上。一宿晚景不提。

次日，黛玉清早起来，也不叫人，独自一个呆呆的坐着。紫鹃醒来，看见黛玉已起，便惊问道："姑娘怎么这样早？"黛玉道："可不是。睡得早，所以醒得早。"紫鹃连忙起来，叫醒雪雁，伺候梳洗。那黛玉对着镜子，只管呆呆的自看。看了一回，那泪珠儿断断连连，早已湿透了罗帕。正是：

瘦影正临春水照，卿须怜我我怜卿。

紫鹃在旁，也不敢劝，只怕倒把闲话勾引旧恨来。迟了好一会，黛玉才随便梳洗了，那眼中泪渍终是不干。又自坐了一会，叫紫鹃道："你把藏香点上。"紫鹃道："姑娘，你睡也没睡得几时，如何点香？不是要写经？"黛玉点点头儿。紫鹃道："姑娘今日醒得太早，这会子又写经，只怕太劳神了罢。"黛玉道："不怕，早完了早好。况且我也并不是为经，倒借着写字解解闷儿，以后你们见了我的字迹，就算见了我的面儿了。"说着，那泪直流下来。紫鹃听了这话，不但不能再劝，连自己也撑不住滴下泪来。

原来黛玉立定主意，自此以后，有意遭蹋身子，茶饭无心，每日渐减下来。宝玉下学时，也常抽空问候，只是黛玉虽有万千言语，自知年纪已大，又不便似小时可以柔情挑逗，所以满腔心事，只是说不出来。宝玉欲将实言安慰，又恐黛玉生嗔，反添病症。两个人见了面，只得用浮言劝慰，真真是亲极反疏了。

那黛玉虽有贾母、王夫人等怜恤，不过请医调治，只说黛玉常病，那里知他的心病。紫鹃等虽知其意，

第八十九回　人亡物在公子填词　蛇影杯弓颦卿绝粒

也不敢说。从此一天一天的减,到半月之后,肠胃日薄,一日果然粥都不能吃了。黛玉日间听见的话,都似宝玉娶亲的话;看见怡红院中的人,无论上下,也像宝玉娶亲的光景。薛姨妈来看,黛玉不见宝钗,越发起疑心。索性不要人来看望,也不肯吃药,只要速死。睡梦之中,常听见有人叫"宝二奶奶"的。一片疑心,竟成蛇影。一日竟是绝粒,粥也不喝,恹恹一息,垂毙殆尽。

　　未知黛玉性命如何,且看下回分解。

> 以上一大段,能得黛玉神理。

【回后评】

宝玉因雀金裘而念晴雯,并作词以念,情节与前重复,词亦庸俗不可读。

雪雁谬传,黛玉杯弓蛇影绝粒一段,情文皆可读。

第九十回　　失绵衣贫女耐嗷嘈
　　　　　　　送果品小郎惊叵测

却说黛玉自立意自戕之后，渐渐不支，一日竟至绝粒。从前十几天内，贾母等轮流看望，他有时还说几句话；这两日，索性不大言语。心里虽有时昏晕，却也有时清楚。贾母等见他这病不似无因而起，也将紫鹃、雪雁盘问过两次，两个那里敢说。便是紫鹃欲向侍书打听消息，又怕越闹越真，黛玉更死得快了，所以见了侍书，毫不提起。那雪雁是他传话弄出这样缘故来，此时恨不得长出百十个嘴来说"我没说"，自然更不敢提起。

到了这一天，黛玉绝粒之日，紫鹃料无指望了，守着哭了会子，因出来偷向雪雁道："你进屋里来，好好儿的守着他。我去回老太太、太太和二奶奶去。今日这个光景，大非往常可比了。"雪雁答应，紫鹃自去。

这里，雪雁正在屋里伴着黛玉，见他昏昏沉沉，小孩子家那里见过这个样儿,只打谅如此便是死的光景了,心中又痛又怕,恨不得紫鹃一时回来才好。正怕着,只听窗外脚步走响,雪雁知是紫鹃回来,才放下心了,连忙站起来,掀着里间帘子等他。只见外面帘子响处,进来了一个人,却是侍书。

> 解铃还是系铃人。

那侍书是探春打发来看黛玉的,见雪雁在那里掀着帘子,便问道:"姑娘怎么样?"雪雁点点头儿叫他进来。侍书跟进来,见紫鹃不在屋里,瞧了瞧黛玉,只剩得残喘微延,唬的惊疑不止,因问:"紫鹃姐姐呢?"雪雁道:"告诉上屋里去了。"那雪雁此时只打谅黛玉心中一无所知了,又见紫鹃不在面前,因悄悄的拉了侍书的手,问道:"你前日告诉我说的什么王大爷给这里宝二爷说了亲,是真话么?"侍书道:"怎么不真?"雪雁道:"多早晚放定的?"侍书道:"那里就放定了呢。那一天我告诉你时,是我听见小红说的。后来我到二奶奶那边去,二奶奶正和平姐姐说呢,说那都是门客们借着这个事讨老爷的喜欢,往后好拉拢的意思,别说大太太说不好,就是大太太愿意,说那姑娘好,那大太太眼里看的出什么人来!再者,老

> 此话重要,可惜仍非指黛玉也,但此时却含混得好。

太太心里早有了人了,就在咱们园子里的。大太太那里摸的着底呢?老太太不过因老爷的话,不得不问问罢咧。又听见二奶奶说,宝玉的事,老太太总是要亲上作亲的,凭谁来说亲,横竖不中用。"

第九十回　失绵衣贫女耐嗷嘈　送果品小郎惊叵测

雪雁听到这里，也忘了神了，因说道："这是怎么说，白白的送了我们这一位的命了！"侍书道："这是从那里说起？"雪雁道："你还不知道呢。前日都是我和紫鹃姐姐说来着，这一位听见了，就弄到这步田地了。"侍书道："你悄悄儿的说罢，看仔细他听见了。"雪雁道："人事都不省了，瞧瞧罢，左不过在这一两天了。"

正说着，只见紫鹃掀帘进来说："这还了得！你们有什么话，还不出去说，还在这里说！索性逼死他就完了。"侍书道："我不信,有这样奇事。"紫鹃道："好姐姐，不是我说，你又该恼了。你懂得什么呢！懂得，也不传这些舌了。"

这里，三个人正说着，只听黛玉忽然又嗽了一声。紫鹃连忙跑到炕沿前站着，侍书、雪雁也都不言语了。紫鹃弯着腰，在黛玉身后轻轻问道："姑娘喝口水罢。"黛玉微微答应了一声。雪雁连忙倒了半钟滚白水，紫鹃接了托着，侍书也走近前来。紫鹃和他摇头儿，不叫他说话。侍书只得咽住了，站了一回。黛玉又嗽了一声，紫鹃趁势问道："姑娘喝水呀？"黛玉又微微应了一声，那头似有欲抬之意，那里抬得起。紫鹃爬上炕去，爬在黛玉旁边，端着水试了冷热，送到唇边，扶了黛玉的头，就到碗边，喝了一口。紫鹃才要拿时，黛玉意思还要喝一口，紫鹃便托着那碗不动。黛玉又喝了一口，摇摇头儿不喝了，喘了一口气，仍旧躺下。半日，微微睁眼，说道："刚才说话不是侍书么？"紫鹃答应道："是。"侍书尚未出去，因连忙过来问候。黛玉睁眼看了，点点头儿，又歇了一歇，说道："回去问你姑娘好罢。"侍书见这番光景，只当黛玉嫌烦，只得悄悄的退出去了。

以上一大段，连上回文字，皆极自然可读。

原来那黛玉虽则病势沉重，心里却还明白。起先侍书、雪雁说话时，他也模糊听见了一半句，却只作不知，也因实无精神答理。及听了雪雁、侍书的话，才明白过来前头的事情原是议而未成的，又兼侍书说是凤姐说的，老太太的主意亲上作亲，又是园中住着的，非自己而谁？因此一想，阴极阳生，心神顿觉清爽许多，所以才喝了两口水，又要想问侍书的话。

以上一段写得合情合理。

恰好贾母、王夫人、李纨、凤姐听见紫鹃之言，都赶着来看。黛玉心中疑团已破，自然不似先前寻死之意了。虽身体软弱，精神短少，却也勉强答应一两句了。凤姐因叫过紫鹃，问道："姑娘也不至这样。这是怎么说，你这样唬人？"紫鹃道："实在头里看着不好，才敢去告诉的。回来见姑娘竟好了许多，也就怪了。"贾母笑道："你也别怪他，他懂得什么。看见不好就言语，这倒是他明白的地方，小孩子家，不嘴懒脚懒就好。"说了一回，贾母等料着无妨，也就去了。正是：

贾母之言，亦极合情理。

第九十回　失绵衣贫女耐嗷嘈　送果品小郎惊叵测

> 心病终须心药治，解铃还是系铃人。

不言黛玉病渐减退，且说雪雁、紫鹃背地里都念佛。雪雁向紫鹃说道："亏他好了，只是病的奇怪，好的也奇怪。"紫鹃道："病的倒不怪，就只好的奇怪。想来宝玉和姑娘必是姻缘，人家说的'好事多磨'，又说道'是姻缘棒打不回'。这样看起来，人心天意，他们两个竟是天配的了。再者，你想，那一年我说了林姑娘要回南去，把宝玉没急死了，闹得家翻宅乱。如今一句话，又把这一个弄得死去活来。可不说的三生石上百年前结下的么？"说着两个悄悄的抿着嘴笑了一回。雪雁又道："幸亏好了。咱们明儿再别说了，就是宝玉娶了别的人家儿的姑娘，我亲见他在那里结亲，我也再不露一句话了。"紫鹃笑道："这就是了。"不但紫鹃和雪雁在私下里讲究，就是众人也都知道黛玉的病也病得奇怪，好也好得奇怪，三三两两，唧唧哝哝议论着。不多几时，连凤姐儿也知道了，邢、王二夫人也有些疑惑，倒是贾母略猜着了八九。

> 紫鹃实是黛玉的知音，可惜只是愿望而已。

> 贾母既已猜着了八九，则何竟忍心夺黛玉之命哉！

那时，正值邢、王二夫人、凤姐等在贾母房中说闲话，说起黛玉的病来。贾母道："我正要告诉你们，宝玉和林丫头是从小儿在一处的，我只说小孩子们，怕什么？以后时常听得，林丫头忽然病，忽然好，都为有了些知觉了。所以我想，他们若尽着搁在一块儿，毕竟不成体统。你们怎么说？"王夫人听了，便呆

一呆,只得答应道:"林姑娘是个有心计儿的。至于宝玉,呆头呆脑,不避嫌疑是有的;看起外面,却还都是个小孩儿形象。此时若忽然或把那一个分出园外,不是倒露了什么痕迹了么?古来说的,'男大须婚,女大须嫁。'老太太想,倒是赶着把他们的事办办也罢了。"

"他们的事",是指宝玉、黛玉否?

贾母皱了一皱眉,说道:"林丫头的乖僻,虽也是他的好处,我的心里不把林丫头配他,也是为这点子。况且林丫头这样虚弱,恐不是有寿的。只有宝丫头最妥。"王夫人道:"不但老太太这么想,我们也是这样。但林姑娘也得给他说了人家儿才好,不然女孩儿家长大了,那个没有心事?倘或真与宝玉有些私心,若知道宝玉定下宝丫头,那倒不成事了。"贾母道:"自然先给宝玉娶了亲,然后给林丫头说人家,再没有先是外人后是自己的。况且林丫头年纪到底比宝玉小两岁。依你们这样说,倒是宝玉定亲的话不许叫他知道倒罢了。"

贾母竟于此时作此决定,眼看黛玉死去活来,却又作此夺命之举,何其忍心乃尔!

贾母、王夫人的目标都是宝钗。

凤姐便吩咐众丫头们道:"你们听见了,宝二爷定亲的话,不许混吵嚷。若有多嘴的,堤防着他的皮。"贾母又向凤姐道:"凤哥儿,你如今自从身上不大好,也不大管园里的事了。我告诉你,须得经点儿心。不但这个,就像前年那些人喝酒耍钱,都不是事。你还精细些,少不得多分点心儿,严紧严紧他们才好。况

由以前假定亲,引出现在的真定亲来。

第九十回　失绵衣贫女耐嗷嘈　送果品小郎惊叵测

且我看他们也就只还服你。"凤姐答应了。娘儿们又说了一回话，方各自散了。

从此，凤姐常到园中照料。一日，刚走进大观园，到了紫菱洲畔，只听见一个老婆子在那里嚷。凤姐走到跟前，那婆子才瞧见了，早垂手侍立，口里请了安。凤姐道："你在这里闹什么？"婆子道："蒙奶奶们派我在这里看守花果，我也没有差错，不料邢姑娘的丫头说我们是贼。"凤姐道："为什么呢？"婆子道："昨儿我们家的黑儿跟着我到这里顽了一回，他不知道，又往邢姑娘那边去瞧了一瞧，我就叫他回去了。今儿早起，听见他们丫头说，丢了东西了。我问他丢了什么，他就问起我来了。"凤姐道："问了你一声，也犯不着生气呀。"婆子道："这里园子到底是奶奶家里的，并不是他们家里的。我们都是奶奶派的，贼名儿怎么敢认呢。"凤姐照脸啐了一口，厉声道："你少在我跟前唠唠叨叨的！你在这里照看，姑娘丢了东西，你们就该问哪，怎么说出这些没道理的话来？把老林叫了来，撵出他去。"丫头们答应了。

只见邢岫烟赶忙出来，迎着凤姐陪笑道："这使不得，没有的事，事情早过去了。"凤姐道："姑娘，不是这个话。倒不讲事情，这名分上太岂有此理了。"岫烟见婆子跪在地下告饶，便忙请凤姐到里边去坐。

凤姐道："他们这种人，我知道。他除了我，其余都没上没下的了。"岫烟再三替他讨饶，只说自己的丫头不好。凤姐道："我看着邢姑娘的分上，饶你这一次。"婆子才起来，磕了头，又给岫烟磕了头，才出去了。

这里，二人让了坐。凤姐笑问道："你丢了什么东西了？"岫烟笑道："没有什么要紧的，是一件红小袄儿，已经旧了的。我原叫他们找，找不着就罢了。这小丫头不懂事，问了那婆子一声，那婆子自然不依了。这都是小丫头糊涂，不懂事，我也骂了几句。已经过去了，不必再提了。"凤姐把岫烟内外一瞧，看见虽有些皮绵衣服，已经半新不旧的，未必能暖和。他的被窝多半是薄的。至于房中桌上摆设的东西，就是老太太拿来的，却一些不动，收拾的干干净净。

凤姐心上便很爱敬他，说道："一件衣服原不要紧，这时候冷，又是贴身的，怎么就不问一声儿呢？这撒野的奴才了不得了！"说了一回，凤姐出来，各处去坐了一坐，就回去了。到了自己房中，叫平儿取了一件大红洋绉的小袄儿，一件松花色绫子一斗珠儿的小皮袄，一条宝蓝盘锦镶花绵裙，一件佛青银鼠褂子，包好叫人送去。

那时，岫烟被那老婆子聒噪了一场，虽有凤姐来压住，心上终是不安，想起："许多姊妹们在这里，没有一个下人敢得罪他的；独自我这里，他们言三语四,刚刚凤姐来碰见。"想来想去,终是没意思,又说不出来。正在吞声饮泣,看见凤姐那边的丰儿送衣服过来。岫烟一看,决不肯受。丰儿道:"奶奶吩咐我说,姑娘要嫌是旧衣裳,将来送新的来。"岫烟笑谢道:"承奶奶的好意,只是因我丢了衣服,他就拿来,我断不敢受。你拿回去,千万谢你们奶奶,承你奶奶的情,我算领了。"倒拿个荷包给了丰儿。那丰儿只得拿了去了。

> 写出落魄人之心声。

不多时,又见平儿同着丰儿过来,岫烟忙迎着问了好,让了坐。平儿笑说道:"我们奶奶说,姑娘特外道的了不得。"岫烟道:"不是外道,实在不过意。"平儿道:"奶奶说,姑娘要不收这衣裳,不是嫌太旧,就是瞧不起我们奶奶。刚才说了,我要拿回去,奶奶不依我呢。"岫烟红着脸笑谢道:"这样说了,叫我不敢不收。"又让了一回茶。

平儿同丰儿回去,将到凤姐那边,碰见薛家差来的一个老婆子,接着问好。平儿便问道:"你那里来的?"婆子道:"那边太太、姑娘叫我来请各位太太、奶奶、姑娘们的安。我才刚在奶奶前问起姑娘来,说姑娘到园中去了。可是从邢姑娘那里来么?"平儿道:"你怎么知道?"婆子道:"方才听见说。真真的二奶奶和姑娘们的行事叫人感念。"平儿笑了一笑说:"你回来坐着罢。"婆子道:"我还有事,改日再过来瞧姑娘罢。"说着走了。平儿回来,回复了凤姐。不在话下。

且说薛姨妈家中被金桂搅得翻江倒海,看见婆子回来,述起岫烟的事,宝钗母女二人不免滴下泪来。宝钗道:"都为哥哥不在家,所以叫邢姑娘多吃几天苦。如今还亏凤姐姐不错。咱们底下也得留心,到底是咱们家里人。"说着,只见薛蝌进来说道:"大哥哥这几年在外头相与的都是些什么人,连一个正经的也没有。来一起子,都是些狐群狗党。我看他们那里是不放心,不过将来探探消息儿罢咧。这两天都被我干出去了。以后吩咐了门上,不许传进这种人来。"薛姨妈道:"又是蒋玉菡那些人哪?"薛蝌道:"蒋玉菡却倒没来,倒是别人。"

薛姨妈听了薛蝌的话,不觉又伤心起来,说道:"我虽有儿,如今就像没有的了。就是上司准了,也是个废人。你虽是我侄儿,我看你还比你哥哥明白些,我这后辈子全靠你了。你自己从今更要学好。再者,你聘下的媳妇儿,家道不比往时了。人家的女孩儿出门子不是容易,再没别的想头,只盼着女婿能干,他就有日子过了。若邢丫头也像这个东西,"说着,把手往里头一指,道:"我也不说了。邢丫头实在是个有廉耻、有心计儿的,又守得贫,耐得富。只是等咱们的事情过去了,早些把你们的正经事完结了,也了我一宗心事。"薛蝌道:"琴妹妹还没有出门子,这倒是太太烦心的一件事。至于这个,可算什么呢。"大家又说了一回闲话。

薛蝌回到自己房中,吃了晚饭,想起邢岫烟住在贾府园中,终是寄人篱下,况且又穷,日用起居,不想可知。况兼当初一路同来,模样儿、性格儿都知道的。可知天意不均:如夏金桂这种人,偏教他有钱,娇养得这般泼辣;邢岫烟这种人,偏教他这样受苦。阎王判命的时候,不知如何判法的。想到闷来也想吟诗一首,写出来出出胸中的闷气,又苦自己没有工夫,只得混写道:

蛟龙失水似枯鱼。两地情怀感索居。

同在泥涂多受苦,不知何日向清虚。

写毕,看了一回,意欲拿来黏在壁上,又不好意思。自己沉吟道:"不要被人看见笑话。"又念了一遍,道:"管他呢,左右黏上自己看着解闷儿罢。"又看了一回,到底不好,拿来夹在书里。又想自己年纪可也不小了,家中又碰见这样飞灾横祸,不知何日了局,致使幽闺弱质,弄得这般凄凉寂寞。

正在那里想时,只见宝蟾推门进来,拿着一个盒子,笑嘻嘻放在桌上。薛蝌站起来让坐。宝蟾笑着向薛蝌道:"这是四碟果子,一小壶儿酒,大奶奶叫给二爷送来的。"薛蝌陪笑道:"大奶奶费心。但是叫小丫头们送来就完了，怎么又劳动姐姐呢。"宝蟾道："好说。自家人，二爷何必说这些套话。再者，我们大爷这件事，实在叫二爷操心，大奶奶久已要亲自弄点什么儿谢二爷，又怕别人多心。二爷是知道的，咱们家里都是言合意不合。送点子东西没要紧，倒没的惹人七嘴八舌的讲究。所以今日些微的弄了一两样果子，一壶酒，叫我亲自悄悄儿的送来。"说着，又笑瞅了薛蝌一眼，道："明儿二爷再别说这些话，叫人听着怪不好意思的。我们不过也是底下的人，服侍的着大爷，就服侍的着二爷，这有何妨呢？"话中已有埋伏。

薛蝌一则秉性忠厚，二则到底年轻，只是向来不见金桂和宝蟾如此相待，心中想到刚才宝蟾说为薛蟠之事也是情理，因说道："果子留下罢。这个酒儿，姐姐只管拿回去。我向来的酒上实在很有限，挤住了偶然喝一钟，平白无事是不能喝的。难道大奶奶和姐姐还不知道么？"宝蟾道："别的我作得主，独这一件事，我可不敢应。大奶奶的脾气儿，二爷是知道的。我拿回去，不说二爷不喝，倒要说我不尽心了。"薛蝌没法，只得留下。

宝蟾方才要走，又到门口往外看看，回过头来向着薛蝌一笑，又用手指着里面，说道："他还只怕要来亲自给你道乏呢。"薛蝌不知何意，反倒讪讪的起来，因说道："姐姐替我谢大奶奶罢。天气寒，看凉着。

第九十回　失绵衣贫女耐嗷嘈　送果品小郎惊叵测

再者，自己叔嫂，也不必拘这些个礼。"宝蟾也不答言，笑着走了。

薛蝌始而以为金桂为薛蟠之事，或者真是不过意，备此酒果给自己道乏，也是有的。及见了宝蟾这种鬼鬼祟祟、不尴不尬的光景，也觉了几分。却自己回心一想："他到底是嫂子的名分，那里就有别的讲究了呢？或者，宝蟾不老成，自己不好意思怎么样，却指着金桂的名儿，也未可知。然而到底是哥哥的屋里人，也不好。"忽又一转念："那金桂素性为人，毫无闺阁理法。况且有时高兴，打扮得妖调非常，自以为美，又焉知不是怀着坏心呢？不然，就是他和琴妹妹也有了什么不对的地方儿，所以设下这个毒法儿，要把我拉在浑水里，弄一个不清不白的名儿，也未可知。"想到这里，索性倒怕起来。

薛蝌已略有觉察。

正在不得主意的时候，忽听窗外噗哧的笑了一声，把薛蝌倒唬了一跳。

未知是谁，下回分解。

【回后评】

  黛玉因闻讹传而绝粒，濒于绝境，又闻密语而转危为安，渐渐好转，虽是回应前五十七回"慧紫鹃情辞试忙玉"，然文情两胜，且不拘板，为后部佳什之一。

  贾母见黛玉之病情而反加紧操办宝玉之亲事，无异直夺黛玉之命也。贾母初看，一慈祥老人也，至此则其残忍之性已初露矣。

  《红楼梦》中邢岫烟与薛蝌是荆钗布裙之一对，邢岫烟于前八十回描写较多，薛蝌较少，岫烟与薛蝌之定亲是在前八十回，双方皆贫寒，亦是前八十回所定，此为宝黛婚姻之外之另一对贫寒夫妻，反倒于平凡中得全始终，与宝、黛恰成对照。

第九十一回　　纵淫心宝蟾工设计
　　　　　　　布疑阵宝玉妄谈禅

　　话说薛蝌正在狐疑，忽听窗外一笑，唬了一跳，心中想道："不是宝蟾，定是金桂。只不理他们，看他们有什么法儿。"听了半日，却又寂然无声。自己也不敢吃那酒果。掩上房门，刚要脱衣时，只听见窗纸上微微一响。薛蝌此时被宝蟾鬼混了一阵，心中七上八下，竟不知是如何是可。听见窗纸微响，细看时，又无动静，自己反倒疑心起来。掩了怀，坐在灯前，呆呆的细想；又把那果子拿了一块，翻来覆去的细看。猛回头，看见窗上纸湿了一块，走过来觑着眼看时，冷不防外面往里一吹，把薛蝌唬了一大跳。听得吱吱的笑声，薛蝌连忙把灯吹灭了，屏息而卧。只听外面一个人说道："二爷为什么不喝酒吃果子，就睡了？"这句话仍是宝蟾的语音。薛蝌只不作声装睡。又隔有两句话时，又听得外面似有恨声道："天下那里有这样没造化的人！"薛蝌听了，是宝蟾，又似是金桂的

何以不插门。

语音。这才知道他们原来是这一番意思，翻来覆去，直到五更后才睡着了。

刚到天明，早有人来扣门。薛蝌忙问是谁，外面也不答应。薛蝌只得起来，开了门看时，却是宝蟾，拢着头发，掩着怀，穿一件片锦边琵琶襟小紧身，上面系一条松花绿半新的汗巾，下面并未穿裙，正露着石榴红洒花夹裤，一双新绣红鞋。原来宝蟾尚未梳洗，恐怕人见，赶早来取家伙。薛蝌见他这样打扮便走进来，心中又是一动，只得陪笑问道："怎么这样早就起来了？"宝蟾把脸红着，并不答言，只管把果子折在一个碟子里，端着就走。

> 宝蟾此种装束，特意诱人也。

薛蝌见他这般，知是昨晚的原故，心里想道："这也罢了。倒是他们恼了，索性死了心，也省得来缠。"于是把心放下，唤人舀水洗脸。自己打算在家里静坐两天，一则养养心神，二则出去怕人找他。原来和薛蟠好的那些人因见薛家无人，只有薛蝌在那里办事，年纪又轻，便生许多觊觎之心。也有想插在里头做跑腿的；也有能做状子的，认得一二个书役的，要给他上下打点的；甚至有叫他在内趁钱的；也有造作谣言恐吓的：种种不一。薛蝌见了这些人，远远躲避，又不敢面辞，恐怕激出意外之变，只好藏在家中，听候转详。不提。

且说金桂昨夜打发宝蟾送了些酒果，去探探薛蝌

第九十一回　纵淫心宝蟾工设计　布疑阵宝玉妄谈禅

的消息。宝蟾回来，将薛蝌的光景一一的说了。金桂见事有些不大投机，便怕白闹一场，反被宝蟾瞧不起，欲把两三句话遮饰改过口来，又可惜了这个人，心里倒没了主意，只是怔怔的坐着。〔是金桂故意打发宝蟾来试探。〕

那知宝蟾亦知薛蟠难以回家，正欲寻个头路，因怕金桂拿他，所以不敢透漏。今见金桂所为，先已开了端了，他便乐得借风使船，先弄薛蝌到手，不怕金桂不依，所以用言挑拨。见薛蝌似非无情，又不甚兜揽，一时也不敢造次。后来见薛蝌吹灯自睡，大觉扫兴，回来告诉金桂，看金桂有甚方法，再作道理。及见金桂怔怔的，似乎无技可施，他也只得陪金桂收拾睡了。〔因薛蟠不归，两个不轨之妇便起邪念。〕夜里那里睡得着，翻来覆去，想出一个法子来：不如明儿一早起来，先去取了家伙，却自己换上一两件动人的衣服，也不梳洗，越显出一番娇媚来。只看薛蝌的神情，自己反倒装出一番恼意，索性不理他。那薛蝌若有悔心，自然移船泊岸，不愁不先到手。〔可见确是特意打扮。〕及至见了薛蝌，仍是昨晚这般光景，并无邪僻之意，自己只得以假为真，端了碟子回来，却故意留下酒壶，以为再来搭转之地。〔仍留下余地。〕

只见金桂问道："你拿东西去有人碰见么？"宝蟾道："没有。""二爷也没问你什么？"宝蟾道："也没有。"金桂因一夜不曾睡着，也想不出一个法子来，只得回思道："若作此事，别人可瞒，宝蟾如何能瞒？

不如我分惠于他,他自然没有不尽心的。我又不能自去,少不得要他作脚,倒不如和他商量一个稳便主意。"因带笑说道:"你看二爷到底是个怎么样的人?"宝蟾道:"倒像个糊涂人。"

> 二人对答,话里有话,写得入微。

金桂听了,笑道:"你如何说起爷们来了?"宝蟾也笑道:"他辜负奶奶的心,我就说得他。"金桂道:"他怎么辜负我的心?你倒得说说。"宝蟾道:"奶奶给他好东西吃,他倒不吃。这不是辜负奶奶的心么?"说着,却把眼溜着金桂一笑。金桂道:"你别胡想。我给他送东西,为大爷的事不辞劳苦,我所以敬他。又怕人说瞎话,所以问你。你这些话向我说,我不懂是什么意思。"

> 以假话对假话。

宝蟾笑道:"奶奶别多心,我是跟奶奶的,还有两个心么?但是,事情要密些,倘或声张起来,不是顽的。"

> 终于说真了。

金桂也觉得脸飞红了,因说道:"你这个丫头就不是个好货!想来你心里看上了,却拿我作筏子,是不是呢?"

> 你自己难道是好货。

宝蟾道:"只是奶奶那么想罢咧,我倒是替奶奶难受。奶奶要真瞧二爷好,我倒有个主意。奶奶想,那个耗子不偷油呢。他也不过怕事情不密,大家闹出乱子来,不好看。依我想,奶奶且别性急,时常在他身上不周不备的去处张罗张罗。他是个小叔子,又没娶媳妇儿,奶奶就多尽点心儿和他贴个好儿,别人也说不出什么来。过几天,他感奶奶的情,他自然要谢候奶奶。那时,奶奶再备点东西儿,在咱

第九十一回　纵淫心宝蟾工设计　布疑阵宝玉妄谈禅

们屋里，我帮着奶奶灌醉了他，怕跑了他？他要不应，咱们索性闹起来，就说他调戏奶奶。他害怕，他自然得顺着咱们的手儿。他再不应，他也不是人，咱们也不至白丢了脸面。奶奶想，怎么样？"

金桂听了这话，两颧早已红晕了，笑骂道："小蹄子，你倒偷过多少汉子的似的，怪不得大爷在家时离不开你。"宝蟾把嘴一撇，笑说道："罢哟，人家倒替奶奶拉纤，奶奶倒往我们说这个话咧。"从此，金桂一心笼络薛蝌，倒无心混闹了，家中也少觉安静。

当日宝蟾自去取了酒壶，仍是稳稳重重一脸的正气。薛蝌偷眼看了，反倒后悔，疑心或者是自己错想了他们，也未可知。果然如此，倒辜负了他这一番美意，保不住日后倒要和自己也闹起来，岂非自惹的呢。过了两天，甚觉安静。薛蝌遇见宝蟾，宝蟾便低头走了，连眼皮儿也不抬；遇见金桂，金桂却一盆火儿的赶着。薛蝌见这般光景，反倒过意不去。这且不表。

且说宝钗母女觉得金桂几天安静，待人忽亲热起来，一家子都为罕事。薛姨妈十分欢喜，想到必是薛蟠娶这媳妇时冲犯了什么，才败坏了这几年。目今闹出这样事来，亏得家里有钱，贾府出力，方才有了指望。媳妇儿忽然安静起来，或者是蟠儿转过运气来了，也未可知，于是自己心里倒以为希有之奇。这日饭后，扶了同贵过来，到金桂房里瞧瞧。走到院中，只听一

> 可见宝蟾刁恶之极！

> 一段写宝蟾、金桂设计勾引，颇得此类人心理。前写夏金桂是泼辣横蛮，此处又似《金瓶梅》中人物。
> 两个人终于变成一路。

> 薛蝌此种想法，总是心性不牢。

> 总是无知妇人想法。

1725

个男人和金桂说话。同贵知机,便说道:"大奶奶,老太太过来了。"说着已到门口。只见一个人影儿在房门后一躲,薛姨妈一吓,倒退了出来。金桂道:"太太请里头坐。没有外人,他就是我的过继兄弟,本住在屯里,不惯见人,因没有见过太太。今儿才来,还没去请太太安。"薛姨妈道:"既是舅爷,不妨见见。"金桂叫兄弟出来,见了薛姨妈,作了一个揖,问了好。薛姨妈也问了好,坐下叙起话来。薛姨妈道:"舅爷上京几时了?"那夏三道:"前月我妈没有人管家,把我过继来的。前日才进京,今日来瞧姐姐。"薛姨妈看那人不尴尬,于是略坐坐儿,便起身道:"舅爷坐着罢。"回头向金桂道:"舅爷头上末下的来,留在咱们这里吃了饭再去罢。"金桂答应着,薛姨妈自去了。金桂见婆婆去了,便向夏三道:"你坐着,今日可是过了明路的了,省得我们二爷查考你。我今日还叫你买些东西,只别叫众人看见。"夏三道:"这个交给我就完了。你要什么,只要有钱,我就买得来。"金桂道:"且别说嘴,你买上了当,我可不收。"说着,二人又笑了一回,然后金桂陪夏三吃了晚饭,又告诉他买的东西,又嘱咐一回,夏三自去。从此夏三往来不绝。虽有个年老的门上人,知是舅爷,也不常回,从此生出无限风波,这是后话。不表。

> 岂知早已藏有一个。

> "过了明路的了",可见原是暗路来的。

第九十一回　纵淫心宝蟾工设计　布疑阵宝玉妄谈禅

一日，薛蟠有信寄回，薛姨妈打开叫宝钗看时，上写：

> 男在县里也不受苦，母亲放心。但昨日县里书办说，府里已经准详，想是我们的情到了。岂知府里详上去，道里反驳下来。亏得县里主文相公好，即刻做了回文顶上去了。那道里却把知县申饬。现在道里要亲提，若一上去，又要吃苦。必是道里没有托到。母亲见字，快快托人求道爷去。还叫兄弟快来，不然就要解道。银子短不得。火速，火速。

（可见封建官司是无底洞。）

薛姨妈听了，又哭了一场，自不必说。薛蝌一面劝慰，一面说道："事不宜迟。"薛姨妈没法，只得叫薛蝌到县照料，命人即便收拾行李，兑了银子，家人李祥本在那里照应的，薛蝌又同了一个当中伙计连夜起程。

那时，手忙脚乱，虽有下人办理，宝钗又恐他们思想不到，亲来帮着，直闹至四更才歇。到底富家女子娇养惯的，心上又急，又苦劳了一会，晚上就发烧。到了明日，汤水都吃不下。莺儿去回了薛姨妈。薛姨妈急来看时，只见宝钗满面通红，身如燔灼，话都不说。薛姨妈慌了手脚，便哭得死去活来。宝琴扶着劝薛姨妈。秋菱也泪如泉涌，只管叫着。宝钗不能说话，手也不能摇动，眼干鼻塞。叫人请医调治，渐渐苏醒回来。薛姨妈等大家略略放心。早惊动荣、宁两府的人，

> 以前未写过宝钗如此重病。

先是凤姐打发人送十香返魂丹来,随后王夫人又送至宝丹来。贾母、邢、王二夫人以及尤氏等都打发丫头来问候,却都不叫宝玉知道。一连治了七八天,终不见效,还是他自己想起冷香丸,吃了三丸,才得病好。后来宝玉也知道了,因病好了,没有瞧去。

那时,薛蝌又有信回来,薛姨妈看了,怕宝钗耽忧,也不叫他知道。自己来求王夫人,并述了一会子宝钗的病。薛姨妈去后,王夫人又求贾政。贾政道:"此事上头可托,底下难托,必须打点才好。"王夫人又提起宝钗的事来,因说道:"这孩子也苦了。既是我家的人了,也该早些娶了过来才是,别叫他糟蹋坏了身子。"贾政道:"我也是这么想。但是他家忙乱,况且如今到了冬底,已经年近岁逼,不无各自要料理些家务。今冬且放了定,明春再过礼。过了老太太的生日,就定日子娶。你把这番话先告诉薛姨太太。"王夫人答应了。

> 借宝钗病,再提亲事。一日紧似一日。

到了明日,王夫人将贾政的话向薛姨妈述了。薛姨妈想着也是。到了饭后,王夫人陪着来到贾母房中,大家让了坐。贾母道:"姨太太才过来?"薛姨妈道:"还是昨儿过来的。因为晚了,没得过来给老太太请安。"王夫人便把贾政昨夜所说的话向贾母述了一遍,贾母甚喜。说着,宝玉进来了。贾母便问道:"吃了饭了没有?"宝玉道:"才打学房里回来,吃了要往

第九十一回　纵淫心宝蟾工设计　布疑阵宝玉妄谈禅

学房里去,先见见老太太。又听见说姨妈来了,过来给姨妈请请安。"因问:"宝姐姐可大好了?"薛姨妈笑道:"好了。"原来方才大家正说着,见宝玉进来,都煞住了。宝玉坐了坐,见薛姨妈情形不似从前亲热,"虽是此刻没有心情,也不犯大家都不言语。"满腹猜疑,自往学中去了。

晚间回来,都见过了,便往潇湘馆来。掀帘进去,紫鹃接着,见里间屋内无人,宝玉道:"姑娘那里去了?"紫鹃道:"上屋里去了。知道薛姨妈、太太过来,姑娘请安去了。二爷没有到上屋里去么?"宝玉道:"我去了来的,没有见你姑娘。"紫鹃道:"这也奇了。"宝玉问:"姑娘到底那里去了?"紫鹃道:"不定。"宝玉往外便走。刚出屋门,只见黛玉带着雪雁,冉冉而来。宝玉道:"妹妹回来了。"缩身退步进来。

黛玉进来,走入里间屋内,便请宝玉里头坐。紫鹃拿了一件外罩换上,然后坐下,问道:"你上去看见姨妈没有?"宝玉道:"见过了。"黛玉道:"姨妈说起我没有?"宝玉道:"不但没有说起你,连见了我也不像先时亲热。今日我问起宝姐姐病来,他不过笑了一笑,并不答言。难道怪我这两天没有去瞧他么?"黛玉笑了一笑,道:"你去瞧过没有?"宝玉道:"头几天不知道。这两天知道了,也没有去。"黛玉道:"可不是。"宝玉道:"老太太不叫我去,太太也不叫

宝玉犯疑。

我去,老爷又不叫我去,我如何敢去?若是像从前这扇小门走得通的时候,要我一天瞧他十趟也不难。如今把门堵了,要打前头过去,自然不便了。"黛玉道:"他那里知道这个原故?"宝玉道:"宝姐姐为人是最体谅我的。"黛玉道:"你不要自己打错了主意。若论宝姐姐,更不体谅。又不是姨妈病,是宝姐姐病。向来在园中,做诗、赏花、饮酒,何等热闹。如今隔开了,你看见他家里有事了,他病到那步田地,你像没事人一般,他怎么不恼呢?"宝玉道:"这样,难道宝姐姐便不和我好了不成?"黛玉道:"他和你好不好,我却不知。我也不过是照理而论。"宝玉听了,瞪着眼呆了半晌。

黛玉看见宝玉这样光景,也不睬他,只是自己叫人添了香,又翻出书来细看了一会。只见宝玉把眉一皱,把脚一跺,道:"我想,这个人生他做什么!天地间没有了我,倒也干净!"黛玉道:"原是有了我,便有了人。有了人,便有无数的烦恼生出来,恐怖、颠倒、梦想,更有许多缠碍。才刚我说的都是顽话,你不过是看见姨妈没精打彩,如何便疑到宝姐姐身上去?姨妈过来,原为他的官司事情心绪不宁,那里还来应酬你?都是你自己心上胡思乱想,钻入魔道里去了。"宝玉豁然开朗,笑道:"很是,很是。你的性灵比我竟强远了。怨不得前年我生气的时候,你和我说

<small>既未见宝钗,黛玉又淡他,故出此言,然终觉牵强。</small>

第九十一回　纵淫心宝蟾工设计　布疑阵宝玉妄谈禅

过几句禅语，我实在对不上来。我虽丈六金身，还藉你一茎所化。"

黛玉乘此机会说道："我便问你一句话，你如何回答？"宝玉盘着腿，合着手，闭着眼，嘘着嘴，道："讲来。"黛玉道："宝姐姐和你好，你怎么样？宝姐姐不和你好，你怎么样？宝姐姐前儿和你好，如今不和你好，你怎么样？今儿和你好，后来不和你好，你怎么样？你和他好，他偏不和你好，你怎么样？你不和他好，他偏要和你好，你怎么样？"宝玉呆了半晌，忽然大笑道："任凭弱水三千，我只取一瓢饮。"黛玉道："瓢之漂水奈何？"宝玉道："非瓢漂水，水自流，瓢自漂耳！"黛玉道："水止珠沉，奈何？"宝玉道："禅心已作沾泥絮，莫向春风舞鹧鸪。"黛玉道："禅门第一戒是不打诳语的。"宝玉道："有如三宝。"黛玉低头不语。

只听见檐外老鸹呱呱的叫了几声，便飞向东南上去，宝玉道："不知主何吉凶。"黛玉道："人有吉凶事，不在鸟音中。"忽见秋纹走来，说道："请二爷回去。老爷叫人到园里来问过，说二爷打学里回来了没有。袭人姐姐只说，已经来了。快去罢。"吓得宝玉站起身来往外忙走，黛玉也不敢相留。

未知何事，下回分解。

> 重复前八十回。
>
> 意谓只要黛玉。
>
> 谓己心已定，不必疑虑也。
>
> 佛、法、僧三宝，愿向三宝发誓。
>
> 黛玉因听宝玉发誓，故说"不在鸟音中"也，此时黛玉已完全放心，岂知实已变乎？

【回后评】

写金桂、宝蟾设计勾引,能得荡妇情态。写薛蝌年轻人虽费把持,总是心正人正,未为所诱也。

写宝玉与黛玉谈禅,只取一瓢,有如三宝,黛玉则完全放心,以反衬后来骤变也。

第九十二回　　评女传巧姐慕贤良
　　　　　　　　玩母珠贾政参聚散

话说宝玉从潇湘馆出来,连忙问秋纹道:"老爷叫我作什么?"秋纹笑道:"没有叫,袭人姐姐叫我请二爷,我怕你不来,才哄你的。"宝玉听了,才把心放下,因说:"你们请我也罢了,何苦来唬我。"说着,回到怡红院内。

袭人便问道:"你这好半天到那里去了?"宝玉道:"在林姑娘那边,说起薛姨妈、宝姐姐的事来,便坐住了。"袭人又问道:"说些什么?"宝玉将打禅语的话述了一遍。袭人道:"你们再没个计较,正经说些家常闲话儿,或讲究些诗句,也是好的。怎么又说到禅语上了?又不是和尚。"宝玉道:"你不知道,我们有我们的禅机,别人是插不下嘴去的。"袭人笑道:"你们参禅参翻了,又叫我们跟着打闷葫芦了。"宝玉道:"头里我也年纪小,他也孩子气,所以我说了不留神的话,他就恼了。如今我也留神,他也没有恼的了。

> 前有薛蟠让茗烟以贾政之名哄骗宝玉,此处又有秋纹以贾政之名哄骗宝玉。薛蟠,呆霸王则可也,秋纹何敢遽用贾政之名?于理未安。

> 袭人岂知参禅是表,谈情是里。

1733

只是他近来不常过来,我又念书,偶然到一处,好像生疏了似的。"袭人道:"原该这么着才是。都长了几岁年纪了,怎么好意思还像小孩子时候的样子。"宝玉点头道:"我也知道。如今且不用说那个。我问你,老太太那里打发人来,说什么来着没有?"袭人道:"没有说什么。"宝玉道:"必是老太太忘了。明儿不是十一月初一日么,年年老太太那里必是个老规矩,要办消寒会,齐打伙儿坐下喝酒说笑。我今日已经在学房里告了假了,这会子没有信儿,明儿可是去不去呢?若去了呢,白白的告了假;若不去,老爷知道了,又说我偷懒。"

袭人道:"据我说,你竟是去的是。才念的好些儿了,又想歇着。依我说,也该上紧些才好。昨儿听见太太说,兰哥儿念书真好,他打学房里回来,还各自念书作文章,天天晚上弄到四更多天才睡。你比他大多了,又是叔叔,倘或赶不上他,又叫老太太生气。倒不如明儿早起去罢。"

麝月道:"这样冷天,已经告了假又去,倒叫学房里说:既这么着,就不该告假呀,显见的是告谎假脱滑儿。依我说,落得歇一天。就是老太太忘记了,咱们这里就不消寒了么?咱们也闹个会儿,不好么?"袭人道:"都是你起头儿,二爷更不肯去了。"麝月道:"我也是乐一天是一天,比不得你要好名儿,使唤一

第九十二回　评女传巧姐慕贤良　玩母珠贾政参聚散

个月再多得二两银子！"袭人啐道："小蹄子，人家说正经话，你又来胡拉混扯的了。"麝月道："我倒不是混拉扯，我是为你。"袭人道："为我什么？"麝月道："二爷上学去了，你又该咕嘟着嘴想着，巴不得二爷早一刻儿回来，就有说有笑的了。这会子又假撇清，何苦呢！我都看见了。"

补袭人平时情思，以见其表里不一。

袭人正要骂他，只见老太太那里打发人来，说道："老太太说了，叫二爷明儿不用上学去呢。明儿请了姨太太来给他解闷，只怕姑娘们都来，家里的史姑娘、邢姑娘、李姑娘们都请了，明儿来赴什么消寒会呢。"宝玉没有听完，便喜欢道："可不是。老太太最高兴的，明日不上学是过了明路的了。"袭人也便不言语了。那丫头回去。宝玉认真念了几天书，巴不得顽这一天。又听见薛姨妈过来，想着"宝姐姐自然也来。"心里喜欢，便说："快睡罢，明日早些起来。"于是一夜无话。

到了次日，果然一早到老太太那里请了安，又到贾政、王夫人那里请了安，回明了老太太今儿不叫上学，贾政也没言语，便慢慢退出来，走了几步，便一溜烟跑到贾母房中。见众人都没来，只有凤姐那边的奶妈子带了巧姐儿，跟着几个小丫头过来，给老太太请了安，说："我妈妈先叫我来请安，陪着老太太说说话儿。妈妈回来就来。"贾母笑着道："好孩子，我一早就起来了，等他们总不来，只有你二叔叔来了。"

那奶妈子便说:"姑娘给你二叔叔请安。"宝玉也问了一声:"妞妞好?"

巧姐儿道:"我昨夜听见我妈妈说,要请二叔叔去说话。"宝玉道:"说什么呢?"巧姐儿道:"我妈妈说,跟着李妈认了几年字,不知道我认得不认得。我说都认得,我认给妈妈瞧。妈妈说我瞎认,不信,说我一天尽子顽,那里认得。我瞧着那些字也不要紧,就是那《女孝经》也是容易念的。妈妈说我哄他,要请二叔叔得空儿的时候给我理理。"贾母听了,笑道:"好孩子,你妈妈是不认得字的,所以说你哄他。明儿叫你二叔叔理给他瞧瞧,他就信了。"宝玉道:"你认了多少字了?"巧姐儿道:"认了三千多字,念了一本《女孝经》,半个月头里又上了《列女传》。"宝玉道:"你念了懂得吗?你要不懂,我倒是讲讲这个你听罢。"贾母道:"做叔叔的也该讲究给侄女儿听听。"

宝玉道:"那文王后妃是不必说了,想来是知道的。那姜后脱簪待罪,齐国的无盐虽丑,能安邦定国,是后妃里头的贤能的。若说有才的,是曹大姑、班婕妤、蔡文姬、谢道韫诸人。孟光的荆钗布裙,鲍宣妻的提瓮出汲,陶侃母的截发留宾,还有画荻教子的,这是不厌贫的。那苦的里头,有乐昌公主破镜重圆,苏蕙的回文感主。那孝的是更多了,木兰代父从军,曹娥投水寻父的尸首等类也多,我也说不得许多。那个曹

八十四回巧姐尚在襁褓之中,此处已"认了几年字","认了三千多字,念了一本《女孝经》,半个月头里又上了《列女传》"。前后时间才数月,何前后不接至此。

宝玉讲《女孝经》《列女传》,大反前八十回所写。

第九十二回　评女传巧姐慕贤良　玩母珠贾政参聚散

氏的引刀割鼻，是魏国的故事。那守节的更多了，只好慢慢的讲。若是那些艳的，王嫱、西子、樊素、小蛮、绛仙等。妒的是秃妾发、怨洛神等类，也少。文君、红拂是女中的——"

> 宝玉竟讲守节的故事，与前八十回的宝玉判若两人。

贾母听到这里，说："够了，不用说了。你讲的太多，他那里还记得呢？"巧姐儿道："二叔叔才说的，也有念过的，也有没念过的。念过的，二叔叔一讲，我更知道了好些。"宝玉道："那字是自然认得的了，不用再理。明儿我还上学去呢。"巧姐儿道："我还听见我妈妈昨儿说，我们家的小红头里是二叔叔那里的，我妈妈要了来，还没有补上人呢。我妈妈想着要把什么柳家的五儿补上，不知二叔叔要不要。"宝玉听了更喜欢，笑着道："你听你妈妈的话！要补谁就补谁罢咧，又问什么要不要呢。"因又向贾母笑道："我瞧大姐姐这个小模样儿，又有这个聪明儿，只怕将来比凤姐姐还强呢，又比他认的字。"

> 前八十回中柳五儿已死，此处又出现柳五儿，前后不接。

贾母道："女孩儿家认得字呢也好，只是女工针黹倒是要紧的。"巧姐儿道："我也跟着刘妈妈学着做呢，什么扎花儿咧，拉锁子，我虽弄不好，却也学着会做几针儿。"贾母道："咱们这样人家固然不仗着自己做，但只到底知道些，日后才不受人家的拿捏。"巧姐儿答应着"是"，还要宝玉解说《列女传》，见宝玉呆呆的，也不敢再说。

1737

你道宝玉呆的是什么？只因柳五儿要进怡红院，头一次是他病了不能进来，第二次王夫人撵了晴雯，大凡有些姿色的，都不敢挑。后来又在吴贵家看晴雯去，五儿跟着他妈给晴雯送东西去，见了一面，更觉娇娜妩媚。今日亏得凤姐想着，叫他补入小红的窝儿，竟是喜出望外了。所以呆呆的想他。

贾母等着那些人，见这时候还不来，又叫丫头去请。回来李纨同着他妹子，探春、惜春、史湘云、黛玉都来了，大家请了贾母的安，众人厮见。独有薛姨妈未到，贾母又叫请去。果然姨妈带着宝琴过来。宝玉请了安，问了好。只不见宝钗、邢岫烟二人。黛玉便问起："宝姐姐为何不来？"薛姨妈假说身上不好。邢岫烟知道薛姨妈在坐，所以不来。宝玉虽见宝钗不来，心中纳闷，因黛玉来了，便把想宝钗的心暂且搁开。不多时，邢、王二夫人也来了。凤姐听见婆婆们先到了，自己不好落后，只得打发平儿先来告假，说是正要过来，因身上发热，过一回儿就来。贾母道："既是身上不好，不来也罢。咱们这时候很该吃饭了。"丫头们把火盆往后挪了一挪儿，就在贾母榻前一溜摆下两桌，大家序次坐下吃了饭，依旧围炉闲谈，不须多赘。

且说凤姐因何不来？头里为着倒比邢、王二夫人迟了，不好意思。后来旺儿家的来回说："迎姑娘那

> 宝钗因婚事已定，避嫌不来。

第九十二回　评女传巧姐慕贤良　玩母珠贾政参聚散

里打发人来请奶奶安，还说并没有到上头，只到奶奶这里来。"凤姐听了纳闷，不知又是什么事，便叫那人进来，问："姑娘在家好？"那人道："有什么好的？奴才并不是姑娘打发来的，实在是司棋的母亲央我来求奶奶的。"凤姐道："司棋已经出去了，为什么来求我？"

那人道："自从司棋出去，终日啼哭。忽然那一日他表兄来了，他母亲见了，恨得什么似的，说他害了司棋，一把拉住要打。那小子不敢言语，谁知司棋听见了，急忙出来，老着脸和他母亲道：'我是为他出来的，我也恨他没良心。如今他来了，妈要打他，不如勒死了我。'他母亲骂他：'不害臊的东西，你心里要怎么样？'司棋说道：'一个女人配一个男人。我一时失脚，上了他的当，我就是他的人了,决不肯再失身给别人的。我恨他为什么这样胆小，一身作事一身当，为什么要逃？就是他一辈子不来了，我也一辈子不嫁人的。妈要给我配人，我原拼着一死的。今儿他来了，妈问他怎么样。若是他不改心，我在妈跟前磕了头，只当是我死了，他到那里，我跟到那里。就是讨饭吃，也是愿意的。'他妈气得了不得，便哭着骂着说：'你是我的女儿，我偏不给他。你敢怎么着？'那知道那司棋这东西糊涂，便一头撞在墙上，把脑袋撞破，鲜血直流，竟死了。他

司棋性格前后尚能一致。

司棋之死，实是抄检大观园之故。

1739

妈哭着救不过来，便要叫那小子偿命。他表兄也奇，说道：'你们不用着急。我在外头原发了财，因想着他才回来的，心也算是真了。你们若不信，只管瞧。'说着，打怀里掏出一匣子金珠首饰来。他妈妈看见了，便心软了，说：'你既有心，为什么总不言语？'他外甥道：'大凡女人都是水性杨花，我若说有钱，他便是贪图银钱了。如今他只为人就是难得的。我把金珠给你们，我去买棺盛殓他。'那司棋的母亲接了东西，也不顾女孩儿了，便由着外甥去。那里知道他外甥叫人抬了两口棺材来。司棋的母亲看见诧异，说：'怎么棺材要两口？'他外甥笑道：'一口装不下，得两口才好。'司棋的母亲见他外甥又不哭，只当是他心疼的傻了。岂知他忙着把司棋收拾了，也不啼哭，眼错不见，把带的小刀子往脖子里一抹，也就抹死了。司棋的母亲懊悔起来，倒哭得了不得。如今坊上知道了，要报官。他急了，央我来求奶奶说个人情，他再过来给奶奶磕头。"

凤姐听了，诧异道："那有这样傻丫头，偏偏的就碰见这个傻小子！怪不得那一天翻出那些东西来，他心里没事人似的，敢只是这么个烈性孩子。论起来，我也没这么大工夫管他这些闲事。但只你才说的，叫人听着怪可怜见儿的。也罢了，你回去告诉他，我和你二爷说，打发旺儿给他撕掳就是了。"凤姐打发那

司棋、潘又安以悲剧结局，然其因种于前八十回抄检大观园，则王夫人其罪大矣。

司棋、潘又安一段文字可读。

第九十二回　评女传巧姐慕贤良　玩母珠贾政参聚散

人去了，才过贾母这边来。不提。

且说贾政这日正与詹光下大棋，通局的输赢也差不多，单为着一只角儿死活未分，在那里打劫。门上的小厮进来，回道："外面冯大爷要见老爷。"贾政道："请进来。"小厮出去请了，冯紫英走进门来，贾政即忙迎着。

冯紫英进来，在书房中坐下，见是下棋，便道："只管下棋，我来观局。"詹光笑道："晚生的棋是不堪瞧的。"冯紫英道："好说，请下罢。"贾政道："有什么事么？"冯紫英道："没有什么样话。老伯只管下棋，我也学几着儿。"贾政向詹光道："冯大爷是我们相好的，既没事，我们索性下完了这一局，再说话儿。冯大爷在旁边瞧着。"冯紫英道："下采不下采？"詹光道："下采的。"冯紫英道："下采的是不好多嘴的。"贾政道："多嘴也不妨，横竖他输了十来两银子，终久是不拿出来的。往后只好罚他做东便了。"詹光笑道："这倒使得。"冯紫英道："老伯和詹公对下么？"贾政笑道："从前对下，他输了。如今让他两个子儿，他又输了。时常还要悔几着。不叫他悔，他就急了。"詹光也笑道："没有的事。"贾政道："你试试瞧。"大家一面说笑，一面下完了。做起棋来，詹光还了棋头，输了七个子儿。冯紫英道："这盘终吃亏在打劫里头。老伯劫少，就

贾政竟还下棋赌输赢。

便宜了。"贾政对冯紫英道:"有罪,有罪。咱们说话儿罢。"冯紫英道:"小侄与老伯久不见面,一来会会,二来因广西的同知进来引见,带了四种洋货,可以做得贡的。一件是围屏,有二十四扇槅子,都是紫檀雕刻的。中间虽说不是玉,却是绝好的硝子石,石上镂出山水人物楼台花鸟等物。一扇上有五六十个人,都是宫妆的女子,名为《汉宫春晓》。人的眉目口鼻以及出手衣褶,刻得又清楚又细腻。点缀布置都是好的。我想尊府大观园中正厅上却可用得着。还有一个钟表,有三尺多高,也是一个小童儿拿着时辰牌,到了什么时候,他就报什么时辰。里头也有些人在那里打十番的。这是两件重笨的,却还没有拿来。现在我带在这里两件,却有些意思儿。"就在身边拿出一个锦匣子,见几重白绵裹着,揭开了绵子,第一层是一个玻璃盒子,里头金托子大红绉绸托底,上放着一颗桂圆大的珠子,光华耀目。

冯紫英道:"据说这就叫做母珠。"因叫拿一个盘儿来,詹光即忙端过一个黑漆茶盘,道:"使得么?"冯紫英道:"使得。"便又向怀里掏出一个白绢包儿,将包儿里的珠子都倒在盘里散着,把那颗母珠搁在中间,将盘置于桌上。看见那些小珠子儿滴溜滴溜都滚到大珠身边来,一回儿把这颗大珠子抬高了,别处的小珠子一颗也不剩,都黏在大珠上。詹光道:"这也

第九十二回　评女传巧姐慕贤良　玩母珠贾政参聚散

奇怪。"贾政道:"这是有的,所以叫做母珠,原是珠之母。"

那冯紫英回头看着他跟来的小厮道:"那个匣子呢?"那小厮赶忙捧过一个花梨木匣子来。大家打开看时,原来匣内衬着虎纹锦,锦上叠着一束蓝纱。詹光道:"这是什么东西?"冯紫英道:"这叫做鲛绡帐。"在匣子里拿出来时,叠得长不满五寸,厚不上半寸,冯紫英一层一层的打开,打到十来层,已经桌上铺不下了。冯紫英道:"你看,里头还有两折,必得高屋里去才张得下。这就是鲛丝所织,暑热天气张在堂屋里头,苍蝇、蚊子一个不能进来,又轻又亮。"贾政道:"不用全打开,怕叠起来倒费事。"詹光便与冯紫英一层一层折好收拾。

冯紫英道:"这四件东西价儿也不很贵,两万银他就卖。母珠一万,鲛绡帐五千,《汉宫春晓》与自鸣钟五千。"贾政道:"那里买得起。"冯紫英道:"你们是个国戚,难道宫里头用不着么?"贾政道:"用得着的很多,只是那里有这些银子。等我叫人拿进去给老太太瞧瞧。"冯紫英道:"很是。"

贾政便着人叫贾琏把这两件东西送到老太太那边去,并叫人请了邢、王二夫人、凤姐儿都来瞧着,又把两样东西一一试过。贾琏道:"他还有两件:一件是围屏,一件是乐钟。共总要卖二万银子呢。"凤姐

> 又重复前可卿梦中所嘱,然此处凤姐是为拒买四宝也。亦见贾府已大不如昔矣。

儿接着道:"东西自然是好的,但是那里有这些闲钱?咱们又不比外任督抚要办贡。我已经想了好些年了,像咱们这种人家,必得置些不动摇的根基才好,或是祭地,或是义庄,再置些坟屋。往后,子孙遇见不得意的事,还是有点儿底子,不到一败涂地。我的意思是这样,不知老太太、老爷、太太们怎么样。若是外头老爷们要买,只管买。"贾母与众人都说:"这话说的倒也是。"贾琏道:"还了他罢。原是老爷叫我送给老太太瞧,为的是宫里好进。谁说买来搁在家里?老太太还没开口,你便说了一大些丧气话!"说着,便把两件东西拿了出去,告诉了贾政,只说:"老太太不要。"便与冯紫英道:"这两件东西好可好,就只没银子。我替你留心,有要买的人,我便送信给你去。"冯紫英只得收拾好,坐下说些闲话,没有兴头,就要起身。贾政道:"你在我这里吃了晚饭去罢。"冯紫英道:"罢了,来了就叨扰老伯吗!"贾政道:"说那里的话!"正说着,人回:"大老爷来了。"贾赦早已进来。彼此相见,叙些寒温。

不一时,摆上酒来,肴馔罗列,大家喝着酒。至四五巡后,说起洋货的话,冯紫英道:"这种货本是难销的,除非要像尊府这种人家,还可销得,其余就难了。"贾政道:"这也不见得。"贾赦道:"我们家里也比不得从前了,这回儿也不过是个空门面。"冯紫

第九十二回　评女传巧姐慕贤良　玩母珠贾政参聚散

英又问："东府珍大爷可好么？我前儿见他，说起家常话儿来，提到他令郎续娶的媳妇，远不及头里那位秦氏奶奶了。如今后娶的到底是那一家的？我也没有问起。"贾政道："我们这个侄孙媳妇儿，也是这里大家，从前做过京畿道的胡老爷的女孩儿。"紫英道："胡道长我是知道的。但是他家教上也不怎么样。也罢了，只要姑娘好就好。"

贾琏道："听得内阁里人说起，贾雨村又要升了。"贾政道："这也好，不知准不准？"贾琏道："大约有意思的了。"冯紫英道："我今儿从吏部里来，也听见这样说。雨村老先生是贵本家不是？"贾政道："是。"冯紫英道："是有服的，还是无服的？"贾政道："说也话长。他原籍是浙江湖州府人，流寓到苏州，甚不得意。有个甄士隐和他相好，时常周济他。以后中了进士，得了榜下知县。便娶了甄家的丫头。如今的太太不是正配。岂知甄士隐弄到零落不堪，没有找处。雨村革了职以后，那时还与我家并未相识，只因舍妹丈林如海林公在扬州巡盐的时候，请他在家做西席，外甥女儿是他的学生。因他有起复的信要进京来，恰好外甥女儿要上来探亲，林姑老爷便托他照应上来的，还有一封荐书，托我吹嘘吹嘘。那时看他不错，大家常会。岂知雨村也奇，我家世袭起，从'代'字辈下来，宁荣两宅人口房舍以及起居事宜，

前五十八回因朝中老太妃之丧，"贾母、邢、王、尤、许婆媳……"则贾蓉续娶是许姓，此处又说是"胡老爷的女孩儿"，前后不接。

贾雨村重新升官，为后文伏笔。

一概都明白,因此遂觉得亲热了。"因又笑说道:"几年间门子也会钻了。由知府推升转了御史,不过几年,升了吏部侍郎,署兵部尚书。为着一件事降了三级,如今又要升了。"

> 历叙贾雨村升降。

冯紫英道:"人世的荣枯,仕途的得失,终属难定。"贾政道:"像雨村算便宜的了。还有我们差不多的人家,就是甄家,从前一样功勋,一样的世袭,一样的起居,我们也是时常往来。不多几年,他们进京来,差人到我这里请安,还很热闹,一回儿抄了原籍的家财,至今杳无音信,不知他近况若何,心下也着实惦记。看了这样,你想做官的怕不怕?"

贾赦道:"咱们家是最没有事的。"冯紫英道:"果然,尊府是不怕的。一则里头有贵妃照应;二则故旧好,亲戚多;三则你家自老太太起,至于少爷们,没有一个刁钻刻薄的。"贾政道:"虽无刁钻刻薄,却没有德行才情。白白的衣租食税,那里当得起。"贾赦道:"咱们不用说这些话,大家吃酒罢。"

大家又喝了几杯,摆上饭来。吃毕,喝茶。冯家的小厮走来轻轻的向紫英说了一句,冯紫英便要告辞了。贾赦、贾政道:"你说什么?"小厮道:"外面下雪,早已下了榔子了。"贾政叫人看时,已是雪深一寸多了。贾政道:"那两件东西,你收拾好了么?"冯紫英道:"收好了。若尊府要用,价钱还自然让些。"贾政道:"我留神就是了。"紫英道:"我再听信罢。天气冷,请罢,别送了。"贾赦、贾政便命贾琏送了出去。

未知后事如何,下回分解。

【回后评】

宝玉为巧姐讲《女孝经》《列女传》等，已与前八十回截然不同。

司棋、潘又安竟以死殉情，前八十回中司棋烈性，抄检时已见其端，潘又安此时见其至情。司棋、潘又安之死，实抄检所至，则王夫人之罪也。司棋、潘又安之死又为《红楼梦》添一婚姻悲剧，则亦是揭封建婚姻之罪也。

消寒会宝钗之不来，是因金玉婚姻已定也。黛玉略无猜疑，是因上回宝玉发誓"只取一瓢""有如三宝"，故再无可疑也，岂知并宝玉亦不知其变乎，伤哉！

冯紫英携四宝来售，贾府无力购此，则见贾府之衰败。冯紫英说大观园正厅可用"汉宫春晓"，岂知贾府已入秋冬肃杀之季，岂能春晓。母珠能聚子珠，见其团圆之盛也，今贾府已濒离散，贾母亦无力挽回，故此母珠亦不能留也。

第九十三回　　甄家仆投靠贾家门
　　　　　　　水月庵掀翻风月案

却说冯紫英去后，贾政叫门上的人来吩咐道："今儿临安伯那里来请吃酒，知道是什么事？"门上的人道："奴才曾问过，并没有什么喜庆事。不过南安王府里到了一班小戏子，都说是个名班。伯爷高兴，唱两天戏，请相好的老爷们瞧瞧，热闹热闹。大约不用送礼的。"说着，贾赦过来问道："明儿二老爷去不去？"贾政道："承他亲热，怎么好不去的。"说着，门上进来回道："衙门里书办来请老爷明日上衙门，有堂派的事，必得早些去。"贾政道："知道了。"说着，只见两个管屯里地租子的家人走来，请了安，磕了头，旁边站着。贾政道："你们是郝家庄的？"两个答应了一声。贾政也不往下问，竟与贾赦各自说了一回话儿散了。家人等秉着手灯，送过贾赦去。

这里，贾琏便叫那管租的人道："说你的。"那人说道："十月里的租子，奴才已经赶上来了。原是明

> 写差役横行不法，亦写贾府之势日衰。

儿可到，谁知京外拿车，把车上的东西，不由分说，都掀在地下。奴才告诉他，说是府里收租子的车，不是买卖车。他更不管这些。奴才叫车夫只管拉着走，几个衙役就把车夫混打了一顿，硬扯了两辆车去了。奴才所以先来回报，求爷打发个人到衙门里去要了来才好。再者，也整治整治这些无法无天的差役才好。爷还不知道呢，更可怜的是那买卖车，客商的东西全不顾，掀下来，赶着就走。那些赶车的但说句话，打的头破血出的。"

贾琏听了，骂道："这个还了得！"立刻写了一个帖儿，叫家人拿去："向拿车的衙门里要车去，并车上东西。若少了一件，是不依的。快叫周瑞。"周瑞不在家。又叫旺儿，旺儿晌午出去了，还没有回来。贾琏道："这些忘八羔子，一个都不在家！他们终年家吃粮不管事。"因吩咐小厮们："快给我找去。"说着，也回到自己屋里睡下。不提。

> 事事不顺手。

且说临安伯第二天又打发人来请。贾政告诉贾赦道："我是衙门里有事，琏儿要在家等候拿车的事情，也不能去，倒是大老爷带宝玉应酬一天也罢了。"贾赦点头道："也使得。"贾政遣人去叫宝玉，说："今儿跟大爷到临安伯那里听戏去。"宝玉喜欢的了不得，便换上衣服，带了焙茗、扫红、锄药三个小子出来，见了贾赦，请了安，上了车，来到临安伯府里。门上

第九十三回　甄家仆投靠贾家门　水月庵掀翻风月案

人回进去，一会子出来说："老爷请。"

于是贾赦带着宝玉走入院内，只见宾客喧阗。贾赦、宝玉见了临安伯，又与众宾客都见过了礼。大家坐着，说笑了一回。只见一个掌班的拿着一本戏单，一个牙笏，向上打了一个千儿，说道："求各位老爷赏戏。"先从尊位点起，挨至贾赦，也点了一出。那人回头见了宝玉，便不向别处去，竟抢步上来，打个千儿道："求二爷赏两出。"

宝玉一见那人，面如傅粉，唇若涂朱，鲜润如出水芙蕖，飘扬似临风玉树。原来不是别人，就是蒋玉菡。前日听得他带了小戏儿进京，也没有到自己那里。此时见了，又不好站起来，只得笑道："你多早晚来的？"蒋玉菡把手在自己身上一指，笑道："怎么二爷不知道么？"宝玉因众人在坐，也难说话，只得胡乱点了一出。

> 写蒋玉菡过于着力，前蒋玉菡何等自然。

蒋玉菡去了，便有几个议论道："此人是谁？"有的说："他向来是唱小旦的，如今不肯唱小旦，年纪也大了，就在府里掌班。头里也改过小生。他也攒了好几个钱，家里已经有两三个铺子，只是不肯放下本业，原旧领班。"有的说："想必成了家了。"有的说："亲还没有定。他倒拿定一个主意，说是人生配偶关系一生一世的事，不是混闹得的，不论尊卑贵贱，总要配的上他的才能。所以到如今还并没娶亲。"宝玉暗忖度道:"不知日后谁家的女孩儿嫁他,要嫁着这样的人材儿,也算是不辜负了。"

> 此处特点蒋玉菡尚未娶亲,又特写宝玉一笔,都是为以后伏线。

那时开了戏,也有昆腔,也有高腔,也有弋腔、梆子腔,做得热闹。过了晌午,便摆开桌子吃酒。又看了一回,贾赦便欲起身。临安伯过来留道:"天色尚早,听见说蒋玉菡还有一出《占花魁》,他们顶好的首戏。"宝玉听了,巴不得贾赦不走。于是贾赦又坐了一会。

> 特写蒋玉菡服侍花魁,着一"花"字,为后文埋伏。

果然蒋玉菡扮着秦小官服侍花魁醉后神情,把这一种怜香惜玉的意思,做得极情尽致。以后对饮对唱,缠缠缱绻。宝玉这时不看花魁,只把两只眼睛独射在秦小官身上,更加蒋玉菡声音响亮,口齿清楚,按腔落板,宝玉的神魂都唱了进去了。直等这出戏进场后,更知蒋玉菡极是情种,非寻常戏子可比。因想着,《乐记》上说的是:"情动于中,故形于声。声成文,谓之音。"所以知声,知音,知乐,有许多讲究。声音之原,不可不察。诗词一道,但能传情,不能入骨,自后想要讲究讲究音律。宝玉想出了神,忽见贾赦起身,主人不及相留。宝玉没法,只得跟了回来。到了家中,贾赦自回那边去了,宝玉来见贾政。贾政才下衙门,正向贾琏问起拿车之事。贾琏道:"今儿叫人拿帖儿去,知县不在家。他的门上说了,这是本官不知道的,并无牌票出去拿车,都是那些混账东西在外

第九十三回　甄家仆投靠贾家门　水月庵掀翻风月案

头撒野挤讹头。既是老爷府里的,我便立刻叫人去追办,包管明儿连车连东西一并送来。如有半点差迟,再行禀过本官,重重处治。此刻本官不在家,求这里老爷看破些,可以不用本官知道更好。"贾政道:"既无官票,到底是何等样人在那里作怪?"贾琏道:"老爷不知,外头都是这样,想来明儿必定送来的。"贾琏说完下来,宝玉上去见了。贾政问了几句,便叫他往老太太那里去。

贾琏因为昨夜叫空了家人,出来传唤,那起人多已伺候齐全。贾琏骂了一顿,叫大管家赖大:"将各行档的花名册子拿来,你去查点查点。写一张谕帖,叫那些人知道:若有并未告假,私自出去,传唤不到,贻误公事的,立刻给我打了撵出去!"赖大连忙答应了几个"是",出来吩咐了一回。家人各自留意。

过不几时,忽见有一个人,头上戴着毡帽,身上穿着一身青布衣裳,脚下穿着一双撒鞋,走到门上,向众人作了个揖。众人拿眼上上下下打谅了他一番,便问他是那里来的。那人道:"我自南边甄府中来的。并有家老爷手书一封,求这里的爷们呈上尊老爷。"众人听见他是甄府来的,才站起来让他坐下,道:"你乏了,且坐坐,我们给你回就是了。"门上一面进来回明贾政,呈上来书。贾政拆书看时,上写着:

> 世交夙好，气谊素敦。遥仰襜帷，不胜依切。弟因菲材获谴，自分万死难偿，幸邀宽宥，待罪边隅。迄今门户凋零，家人星散。所有奴子包勇，向曾使用，虽无奇技，人尚悫实。倘使得备奔走，糊口有资，屋乌之爱，感佩无涯矣。专此奉达，余容再叙。不宣。

_{阅信，知甄家抄家后已发往边隅。甄家仆投贾家，实为贾家后事先递一信也。}

_{清初流人大都发往东北苦寒之地，李煦即是如此。此处说"待罪边隅"，当亦是东北。}

贾政看完，笑道："这里正因人多，甄家倒荐人来，又不好却的。"吩咐门上："叫他见我。且留他住下，因材使用便了。"门上出去，带进人来。见贾政便磕了三个头，起来道："家老爷请老爷安。"自己又打个千儿，说："包勇请老爷安。"

贾政回问了甄老爷的好，便把他上下一瞧。但见包勇身长五尺有零，肩背宽肥，浓眉爆眼，磕额长髯，气色粗黑，垂着手站着。便问道："你是向来在甄家的，还是住过几年的？"包勇道："小的向在甄家的。"贾政道："你如今为什么要出来呢？"包勇道："小的原不肯出来。只是家爷再四叫小的出来，说是别处你不肯去，这里老爷家里只当原在自己家里一样的，所以小的来的。"贾政道："你们老爷不该有这事情，弄到这样的田地。"包勇道："小的本不敢说，我们老爷只是太好了，一味的真心待人，反倒招出事来。"贾政道："真心是最好的了。"包勇道："因为太真了，人人都不喜欢，讨人厌烦是有的。"贾政笑了一笑，道："既

_{"只当原在自己家里一样的"，亦甄（真）即是贾（假）也。}

_{太真，反招人厌，亦是世情之写实。}

第九十三回　甄家仆投靠贾家门　水月庵掀翻风月案

这样，皇天自然不负他的。"

包勇还要说时，贾政又问道："我听见说，你们家的哥儿不是也叫宝玉么？"包勇道："是。"贾政道："他还肯向上巴结么？"包勇道："老爷若问我们哥儿，倒是一段奇事。哥儿的脾气也和我家老爷一个样子，也是一味的诚实。从小儿只管和那些姐妹们在一处顽，老爷、太太也狠打过几次，他只是不改。那一年太太进京的时候儿，哥儿大病了一场，已经死了半日，把老爷几乎急死，装裹都预备了。幸喜后来好了，嘴里说道，走到一座牌楼那里，见了一个姑娘，领着他到了一座庙里，见了好些柜子，里头见了好些册子。又到屋里，见了无数女子，说是多变了鬼怪似的，也有变做骷髅儿的。他吓急了，便哭喊起来。老爷知他醒过来了，连忙调治，渐渐的好了。老爷仍叫他在姐妹们一处顽去，他竟改了脾气了，好着时候的顽意儿一概都不要了，惟有念书为事。就有什么人来引诱他，他也全不动心。如今渐渐的能够帮着老爷料理些家务了。"贾政默然想了一回，道："你去歇歇去罢。等这里用着你时，自然派你一个行次儿。"包勇答应着退下来，跟着这里人出去歇息。不提。

一日，贾政早起刚要上衙门，看见门上那些人在那里交头接耳，好像要使贾政知道的似的，又不好明

> 贾政岂能与包勇大加攀谈，且问及甄宝玉"还肯向上巴结么？"而包勇则竟大谈甄宝玉的前后变化等，皆不伦不类，不识体统至极。

> 大病以后，甄宝玉已改性情了。
> 一场大病，脱胎换骨。

回,只管咕咕唧唧的说话。贾政叫上来问道:"你们有什么事,这么鬼鬼祟祟的?"门上的人回道:"奴才们不敢说。"贾政道:"有什么事不敢说的?"门上的人道:"奴才今儿起来开门出去,见门上贴着一张白纸,上写着许多不成事体的字。"贾政道:"那里有这样的事!写的是什么?"门上的人道:"是水月庵里的腌臜话。"贾政道:"拿给我瞧。"门上的人道:"奴才本要揭下来,谁知他贴得结实,揭不下来,只得一面抄,一面洗。刚才李德揭了一张给奴才瞧,就是那门上贴的话。奴才们不敢隐瞒。"说着,呈上那帖儿。贾政接来看时,上面写着:

> 西贝草斤年纪轻。水月庵里管尼僧。
>
> 一个男人多少女,窝娼聚赌是陶情。
>
> 不肖子弟来办事,荣国府内出新闻。

贾政看了,气得头昏目晕,赶着叫门上的人不许声张,悄悄叫人往宁、荣两府靠近的夹道子墙壁上再去找寻。随即叫人去唤贾琏出来。

> 贾芹水月庵事发。贴传单,亦当时一种揭露脏事之形式。以前脏事都发生在宁国府,此次是荣国府。

贾琏即忙赶至,贾政忙问道:"水月庵中寄居的那些女尼、女道,向来你也查考查考过没有?"贾琏道:"没有。一向都是芹儿在那里照管。"贾政道:"你知道芹儿照管得来,照管不来?"贾琏道:"老爷既这么说,想来芹儿必有不妥当的地方儿。"贾政叹道:"你瞧瞧这个帖儿写的是什么!"贾琏一看,道:"有

第九十三回　甄家仆投靠贾家门　水月庵掀翻风月案

这样事么？"正说着，只见贾蓉走来，拿着一封书子，写着："二老爷密启。"打开看时，也是无头榜一张，与门上所贴的话相同。贾政道："快叫赖大带了三四辆车子到水月庵里去，把那些女尼、女道士一齐拉回来。不许泄漏，只说里头传唤。"赖大领命去了。

且说水月庵中小女尼、女道士等初到庵中，沙弥与道士原系老尼收管，日间教他些经忏。以后元妃不用，也便习学得懒怠了。那些女孩子们，年纪渐渐的大了，都也有个知觉了。更兼贾芹也是风流人物，打量芳官等出家只是小孩子性儿，便去招惹他们。那知芳官竟是真心，不能上手，便把这心肠移到女尼、女道士身上。因那小沙弥中有个名叫沁香的，和女道士中有个叫做鹤仙的，长得都甚妖娆，贾芹便和这两个人勾搭上了，闲时便学些丝弦，唱个曲儿。

那时正当十月中旬，贾芹给庵中那些人领了月例银子，便想起法儿来，告诉众人道："我为你们领月钱，不能进城，又只得在这里歇着，怪冷的。怎么样，我今儿带些果子酒，大家吃着乐一夜，好不好？"那些女孩子都高兴，便摆起桌子，连本庵的女尼也叫了来，惟有芳官不来。贾芹喝了几杯，便说道要行令。沁香等道："我们都不会，倒不如搳拳罢。谁输了喝一杯，岂不爽快？"本庵的女尼道："这天刚过晌午，混嚷混喝的不像。且先喝几钟，爱散的先散去。谁爱陪芹大爷的，回来晚上尽子喝去，我也不管。"

正说着，只见道婆急忙进来说："快散了罢，府里赖大爷来了。"众女尼忙乱收拾，便叫贾芹躲开。贾芹因多喝了几杯，便道："我是送月钱来的，怕什么！"话犹未完，已见赖大进来，见这般样子，心里大怒。为的是贾政吩咐不许声张，只得含糊装笑道："芹大爷也在这里呢么？"贾芹连忙站起来道："赖大爷，你来作什么？"赖大说："大爷在这里更好。快快叫沙弥、道士收拾上车进城，宫里传呢。"贾芹等不知原故，还要细问。赖大说："天已不早了，快快的好赶进城。"众女孩子只得一齐上车，赖大骑着大走骡，押着赶进城，不提。

揭帖中所写贾芹水月庵之事，正被赖大撞着。

却说贾政知道这事，气得衙门也不能上了，独坐在内书房叹气。贾琏也不敢走开。忽见门上的进来，禀道："衙门里今夜该班是张老爷。因张老爷病了，有知会来请老爷补一班。"贾政正等赖大回来要办贾芹，此时又要该班，心里纳闷，也不言语。贾琏走上去，说道："赖大是饭后出去的，水月庵离城二十来里，就赶进城也得二更天。今日又是老爷的帮班，请老爷只管去。赖大来了，叫他押着，也别声张。等明儿老爷回来再发落。倘或芹儿来了，也不用说明，看他明儿见了老爷怎么样说。"贾政听来有理，只得上班去了。

贾琏抽空才要回到自己房中，一面走着，心里抱怨凤

第九十三回　甄家仆投靠贾家门　水月庵掀翻风月案

姐出的主意，欲要埋怨，因他病着，只得隐忍，慢慢的走着。

且说那些下人，一人传十，传到里头。先是平儿知道，即忙告诉凤姐。凤姐因那一夜不好，恹恹的总没精神，正是惦记铁槛寺的事情。听说外头贴了匿名揭帖的一句话，吓了一跳，忙问贴的是什么。平儿随口答应，不留神就错说了，道："没要紧，是馒头庵里的事情。"凤姐本是心虚，听见馒头庵的事情，这一唬直唬怔了，一句话没说出来，急火上攻，眼前发晕，咳嗽了一阵，哇的一声，吐出一口血来。平儿慌了，说道："水月庵里不过是女沙弥、女道士的事，奶奶着什么急？"凤姐听是水月庵，才定了定神，说道："呸，糊涂东西，到底是水月庵呢，是馒头庵？"平儿笑道："是我头里错听了是馒头庵，后来听见不是馒头庵，是水月庵，我刚才也就说溜了嘴，说成馒头庵了。"凤姐道："我就知道是水月庵，那馒头庵与我什么相干。原是这水月庵是我叫芹儿管的，大约克扣了月钱。"平儿道："我听着不像月钱的事，还有些腌臜话呢。"凤姐道："我更不管那个。你二爷那里去了？"平儿说："听见老爷生气，他不敢走开。我听见事情不好，我吩咐这些人不许吵嚷，不知太太们知道了么？但听见说，老爷叫赖大拿这些女孩子去了。且叫个人前头打听打听。奶奶现在病着，依我，竟先别管他们

> 借水月庵事，故点凤姐，然凤姐心惊，何至如此外露。总是欲写凤姐已临末路耳。

> 故意要说与馒头庵无关，实欲盖弥彰。

的闲事。"

正说着，只见贾琏进来。凤姐欲待问他，见贾琏一脸的怒气，暂且装作不知。贾琏饭没吃完，旺儿来说："外头请爷呢，赖大回来了。"贾琏道："芹儿来了没有？"旺儿道："也来了。"贾琏便道："你去告诉赖大，说老爷上班儿去了。把这些个女孩子暂且收在园里，明日等老爷回来送进宫去。只叫芹儿在内书房等着我。"旺儿去了。

贾芹走进书房，只见那些下人指指点点，不知说什么。看起这个样儿来，不像宫里要人。想着问人，又问不出来。正在心里疑惑，只见贾琏走出来，贾芹便请了安，垂手侍立，说道："不知道娘娘宫里即刻传那些孩子们做什么？叫侄儿好赶。幸喜侄儿今儿送月钱去，还没有走，便同着赖大来了。二叔想来是知道的。"贾琏道："我知道什么！你才是明白的呢。"贾芹摸不着头脑儿，也不敢再问。贾琏道："你干得好事，把老爷都气坏了。"贾芹道："侄儿没有干什么。庵里月钱是月月给的，孩子们经忏是不忘记的。"贾琏见他不知，又是平素常在一处顽笑的，便叹口气道："打嘴的东西，你各自去瞧瞧罢！"便从靴掖儿里头拿出那个揭帖来，扔与他瞧。

贾芹拾来一看，吓得面如土色，说道："这是谁干的！我并没得罪人，为什么这么坑我！我一月送钱

第九十三回　甄家仆投靠贾家门　水月庵掀翻风月案

去，只走一趟，并没有这些事。若是老爷回来打着问我，侄儿便该死了。我母亲知道，更要打死。"说着，见没人在旁边，便跪下去，说道："好叔叔，救我一救儿罢！"说着，只管磕头，满眼泪流。

贾琏想道："老爷最恼这些，要是问准了有这些事，这场气也不小。闹出去也不好听，又长那个贴帖儿的人的志气了。将来咱们的事多着呢。倒不如趁着老爷上班儿，和赖大商量着，若混过去，就可以没事了。现在没有对证。"想定主意，便说："你别瞒我，你干的鬼鬼祟祟的事，你打谅我都不知道呢！若要完事，就是老爷打着问你，你一口咬定没有才好。没脸的，起去罢！"叫人去唤赖大。

不多时，赖大来了。贾琏便与他商量。赖大说："这芹大爷本来闹的不像了。奴才今儿到庵里的时候，他们正在那里喝酒呢。帖儿上的话，是一定有的。"贾琏道："芹儿，你听！赖大还赖你不成？"贾芹此时红涨了脸，一句也不敢言语。还是贾琏拉着赖大，央他："护庇护庇罢，只说芹哥儿在家里找来的。你带了他去，只说没见我。明日你求老爷也不用问那些女孩子了，竟是叫了媒人来，领了去一卖完事。果然娘娘再要的时候儿，咱们再买。"赖大想来，闹也无益，且名声不好，就应了。贾琏叫贾芹："跟了赖大爷去罢，听着他教你。你就跟着他。"说罢，贾芹又磕了一个头，

_{贾琏自己的事不少，害怕因风起火，牵连出自己的事。故与赖大等串通一气，瞒过贾政。亦写贾政实是颟顸假正耳。}

跟着赖大出去。到了没人的地方儿，又给赖大磕头。赖大说："我的小爷，你太闹的不像了。不知得罪了谁，闹出这个乱儿。你想想，谁和你不对罢？"

贾芹想了一想，忽然想起一个人来。未知是谁，下回分解。

第九十三回　甄家仆投靠贾家门　水月庵掀翻风月案

【回后评】

　　甄家仆投贾家门，不仅写甄府已抄没，亦写甄（真）即是贾（假），贾家的被抄亦在弦上也。贾政亲见包勇一段，语言情节均不伦不类。

　　写蒋玉菡演秦小官服侍花魁，点出"花"字，是为后文预示。

　　水月庵事，既写荣府管理无序，贾琏、赖大串通包庇贾芹，蒙蔽贾政，贾政则颟顸懵懂，假正而已。更借水月庵误说馒头庵，写凤姐心虚心惊，总为凤姐末路着笔。

第九十四回　宴海棠贾母赏花妖
　　　　　　　失宝玉通灵知奇祸

　　话说赖大带了贾芹出来，一宿无话，静候贾政回来。单是那些女尼、女道重进园来，都喜欢的了不得，欲要到各处逛逛，明日预备进宫。不料赖大便吩咐了看园的婆子并小厮看守，惟给了些饭食，却是一步不准走开。那些女孩子摸不着头脑，只得坐着等到天亮。园里各处的丫头虽都知道，拉进女尼们来，预备宫里使唤，却也不能深知原委。

　　到了明日早起，贾政正要下班，因堂上发下两省城工估销册子，立刻要查核，一时不能回家，便叫人回来告诉贾琏说："赖大回来，你务必查问明白。该如何办，就如何办了，不必等我。"贾琏奉命，先替芹儿喜欢，又想道：若是办得一点影儿都没有，又恐贾政生疑，"不如回明二太太，讨个主意办去，便是不合老爷的心，我也不至甚担干系。"主意定了，进内去见王夫人，陈说："昨日老爷见了揭帖生气，把

第九十四回　宴海棠贾母赏花妖　失宝玉通灵知奇祸

芹儿和女尼、女道等都叫进府来查办。今日老爷没空问这种不成体统的事，叫我来回太太，该怎么便怎么样。我所以来请示太太，这件事如何办理？"

王夫人听了，诧异道："这是怎么说！若是芹儿这么样起来，这还成咱们家的人了么！但只这个贴帖儿的也可恶，这些话可是混嚼说得的么？你到底问了芹儿，有这件事没有呢？"贾琏道："刚才也问过了。太太想，别说他干了没有，就是干了，一个人干了混账事也肯应承么？但只我想，芹儿也不敢行此事，知道那些女孩子都是娘娘一时要叫的，倘或闹出事来，怎么样呢？依侄儿的主见，要问也不难。若问出来，太太怎么个办法呢？"王夫人道："如今那些女孩子在那里？"贾琏道："都在园里锁着呢。"王夫人道："姑娘们知道不知道？"贾琏道："大约姑娘们也都知道是预备宫里头的话，外头并没提起别的来。"

> 王夫人以为"咱们家的人"都是"好样的"，可见其于贾琏等人之事一无所知。

王夫人道："很是。这些东西一刻也是留不得的。头里我原要打发他们去来着，都是你们说留着好，如今不是弄出事来了么？你竟叫赖大那些人带去，细细的问他的本家有人没有，将文书查出，花上几十两银子，雇只船，派个妥当人送到本地，一概连文书发还了，也落得无事。若是为着一两个不好，个个都押着他们还俗，那又太造孽了。若在这里发给官媒，虽然我们不要身价，他们弄去卖钱，那里顾人的死活呢！芹儿

> 送到本地者，押回本地寺庙也。王夫人以为"押着他们还俗，那又太造孽了"。岂知逼着他们出家才是造孽，让他们还俗才是积德造福，所以王夫人总是蠢而俗，其所凭者财与势而已。

呢，你便狠狠的说他一顿。除了祭祀喜庆，无事叫他不用到这里来，看仔细碰在老爷气头儿上，那可就吃不了兜着走了。并说与账房儿里，把这一项钱粮档子销了。还打发个人到水月庵，说老爷的谕：除了上坟烧纸，若有本家爷们到他那里去，不许接待。若再有一点不好风声，连老姑子一并撵出去。"

贾琏一一答应了，出去将王夫人的话告诉赖大，说："是太太主意，叫你这么办去。办完了，告诉我去回太太。你快办去罢。回来老爷来，你也按着太太的话回去。"赖大听说，便道："我们太太真正是个佛心。这班东西着人送回去。既是太太好心，不得不挑个好人。芹哥儿竟交给二爷开发了罢。那个贴帖儿的，奴才想法儿查出来，重重的收拾他才好。"贾琏点头说："是了。"即刻将贾芹发落。赖大也赶着把女尼等领出，按着主意办去了。

晚上，贾政回家，贾琏、赖大回明贾政。贾政本是省事的人，听了也便撂开手了。独有那些无赖之徒，听得贾府发出二十四个女孩子出来，那个不想，究竟那些人能够回家不能，未知着落，亦难虚拟。

虚写一笔，则此二十四个女孩子命运可知矣，不明写者，无须明写也，哀哉！此王夫人之"积德"也。

且说紫鹃因黛玉渐好，园中无事，听见女尼等预备宫内使唤，不知何事，便到贾母那边打听打听。恰遇着鸳鸯下来，闲着坐下说闲话儿，提起女尼的事，

第九十四回　宴海棠贾母赏花妖　失宝玉通灵知奇祸

鸳鸯诧异道:"我并没有听见,回来问问二奶奶就知道了。"正说着,只见傅试家两个女人过来请贾母的安,鸳鸯要陪了上去,那两个女人因贾母正睡晌觉,就与鸳鸯说了一声儿,回去了。

紫鹃问:"这是谁家差来的?"鸳鸯道:"好讨人嫌。家里有了一个女孩儿,生得好些,便献宝的似的,常常在老太太面前夸他家姑娘,长得怎么好,心地怎么好,礼貌上又能,说话儿又简绝,做活计儿手儿又巧,会写会算,尊长上头最孝敬的,就是待下人也是极和平的。来了,就编这么一大套,常常说给老太太听。我听着很烦。这几个老婆子真讨人嫌。我们老太太偏爱听那些个话。老太太也罢了,还有宝玉,素常见了老婆子便很厌烦的,偏见了他们家的老婆子便不厌烦。你说奇不奇?前儿还来说,他们姑娘现有多少人家儿来求亲,他们老爷总不肯应,心里只要和咱们这种人家作亲才肯。一回夸奖,一回奉承,把老太太的心都说活了。"

紫鹃听了一呆,便假意道:"若老太太喜欢,为什么不就给宝玉定了呢?"鸳鸯正要说出原故,听见上头说:"老太太醒了。"鸳鸯赶着上去。紫鹃只得起身出来,回到园里。一头走,一头想道:"天下莫非只有一个宝玉,你也想他,我也想他,我们家的那一位,越发痴心起来了。看他的那个神情儿,是一定在

> 紫鹃是深知黛玉亦深知宝玉者。前八十回中"试忙玉"等已写得极透,此处便与前八十回游离矣。

宝玉身上的了。三番五次的病,可不是为着这个是什么?这家里金的银的还闹不清,若添了一个什么傅姑娘,更了不得了。我看,宝玉的心也在我们那一位的身上。听着鸳鸯的说话,竟是见一个爱一个的。这不是我们姑娘白操了心了吗?"

紫鹃本是想着黛玉,往下一想,连自己也不得主意了,不免掉下泪来。要想叫黛玉不用瞎操心呢,又恐怕他烦恼;若是看着他这样,又可怜见儿的。左思右想,一时烦躁起来,自己啐自己道:"你替人耽什么忧!就是林姑娘真配了宝玉,他的那性情儿也是难服侍的。宝玉性情虽好,又是贪多嚼不烂的。我倒劝人不必瞎操心,我自己才是瞎操心呢!从今以后,我尽我的心,服侍姑娘,其余的事全不管!"这么一想,心里倒觉清净。

> 紫鹃对黛玉、宝玉如何能如此想,与前紫鹃判若两人矣。

回到潇湘馆来,见黛玉独自一人坐在炕上,理从前做过的诗文词稿。抬头见紫鹃来,便问:"你到那里去了?"紫鹃道:"我今儿瞧了瞧姐妹们去。"黛玉道:"敢是找袭人姐姐去么?"紫鹃道:"我找他做什么?"黛玉一想这话,怎么顺嘴说了出来,反觉不好意思,便啐道:"你找谁,与我什么相干!倒茶去罢。"

> 黛玉如此说,作者意在想写黛玉思念宝玉也。

紫鹃也心里暗笑,出来倒茶。只听见园里一叠声乱嚷,不知何故,一面倒茶,一面叫人去打听。回来说道:"怡红院里的海棠,本来萎了几棵,也没人去

第九十四回　宴海棠贾母赏花妖　失宝玉通灵知奇祸

浇灌他。昨日宝玉走去瞧，见枝头上好像有了骨朵儿似的。人都不信，没有理他。忽然今日开得很好的海棠花，众人诧异，都争着去看，连老太太、太太都哄动了，来瞧花儿呢。所以大奶奶叫人收拾园里败叶枯枝，这些人在那里传唤。"黛玉也听见了，知道老太太来，便更了衣，叫雪雁去打听，"若是老太太来了，即来告诉我。"雪雁去不多时，便跑来说："老太太、太太好些人都来了。请姑娘就去罢。"黛玉略自照了一照镜子，掠了一掠鬓发，便扶着紫鹃，到怡红院来。已见老太太坐在宝玉常卧的榻上，黛玉便说道："请老太太安。"退后，便见了邢、王二夫人，回来与李纨、探春、惜春、邢岫烟彼此问了好。只有凤姐因病未来；史湘云因他叔叔调任回京，接了家去；薛宝琴跟他姐姐家去住了；李家姐妹因见园内多事，李婶娘带了在外居住。所以黛玉今日见的只有数人。

　　大家说笑了一回，讲究这花开得古怪。贾母道："这花儿应在三月里开的，如今虽是十一月，因节气迟，还算十月，应着小阳春的天气，因为和暖，开花也是有的。"王夫人道："老太太见的多，说得是，也不为奇。"邢夫人道："我听见这花已经萎了一年，怎么这回不应时候儿开了？必有个原故。"李纨笑道："老太太与太太说得都是。据我的糊涂想头，必是宝玉有喜事来了，此花先来报信。"探春虽不言语，心内想："此

> 海棠不时而发，引出李纨、探春不同的想法，一则以喜，一则以忧也。

花必非好兆。大凡顺者昌,逆者亡。草木知运,不时而发,必是妖孽。"只不好说出来。

独有黛玉听说是喜事,心里触动,便高兴说道:"当初田家有荆树一棵,三个弟兄因分了家,那荆树便枯了。后来感动了他弟兄们,仍旧归在一处,那荆树也就荣了。可知草木也随人的。如今二哥哥认真念书,舅舅喜欢,那棵树也就发了。"贾母、王夫人听了喜欢,便说:"林姑娘比方得有理,很有意思。"正说着,贾赦、贾政、贾环、贾兰都进来看花。贾赦便说:"据我的主意,把他砍去。必是花妖作怪。"贾政道:"见怪不怪,其怪自败。不用砍他,随他去就是了。"贾母听见,便说:"谁在这里混说?人家有喜事好处,什么怪不怪的!若有好事,你们享去;若是不好,我一个人当去。你们不许混说。"贾政听了,不敢言语,讪讪的同贾赦等走了出来。

那贾母高兴,叫人传话到厨房里,快快预备酒席,大家赏花。叫:"宝玉、环儿、兰儿各人做一首诗志喜。林姑娘的病才好,不要他费心;若高兴,给你们改改。"对着李纨道:"你们都陪我喝酒。"李纨答应了"是",便笑对探春道:"都是你闹的。"探春道:"饶不叫我们做诗,怎么我们闹的?"李纨道:"海棠社不是你起的么?如今那棵海棠也要来入社了。"大家听着,都笑了。

> 黛玉称赞宝玉读书,大违前意。黛玉亦与前判若两人矣。

> 贾赦偏认为是花妖。贾政是听其自然的态度,实较贾赦为高,盖祸福自有因由,岂砍掉树木所能改变。
> 贾母敢当其祸,甘让其福,是往日性格。

> 贾母不懂诗,亦不好诗,何以此处忽由贾母提出叫宝玉等作诗。

> 李纨颇得雅趣。

第九十四回　宴海棠贾母赏花妖　失宝玉通灵知奇祸

一时摆上酒菜，一面喝着，彼此都要讨老太太的欢喜，大家说些兴头话。宝玉上来，斟了酒，便立成了四句诗，写出来，念与贾母听道：

　　海棠何事忽摧隤。今日繁花为底开。
　　应是北堂增寿考，一阳旋复占先梅。

贾环也写了来念道：

　　草木逢春当茁芽。海棠未发候偏差。
　　人间奇事知多少，冬月开花独我家。

贾兰恭楷誊正，呈与贾母，贾母命李纨念道：

　　烟凝媚色春前萎。霜浥微红雪后开。
　　莫道此花知识浅，欣荣预佐合欢杯。

贾母听毕，便说："我不大懂诗，听去倒是兰儿的好，环儿做得不好。都上来吃饭罢。"

> 由贾母评诗，亦是以前所无之事。

宝玉看见贾母喜欢，更是兴头，因想起："晴雯死的那年海棠死的，今日海棠复荣，我们院内这些人自然都好。但是晴雯不能像花的死而复生了。"顿觉转喜为悲。忽又想起前日巧姐提凤姐要把五儿补入，或此花为他而开，也未可知，却又转悲为喜，依旧说笑。

> 却是宝玉想头。

贾母还坐了半天，然后扶了珍珠回去了，王夫人等跟着过来。只见平儿笑嘻嘻的迎上来，说："我们奶奶知道老太太在这里赏花，自己不得来，叫奴才来服侍老太太、太太们。还有两匹红，送给宝二爷包裹这花，当作贺礼。"袭人过来接了，呈与贾母看。贾母笑道:"偏是凤丫头行出点事儿来,叫人看着又体面,又新鲜,很有趣儿。"袭人笑着向平儿道:"回去替宝二爷给二奶奶道谢。要有喜,大家喜。"贾母听了,笑道:"嗳哟,我还忘了呢。凤丫头虽病着,还是他想得到,送得也巧。"一面说着,众人就随着去了。

<small>原来凤姐心中别有疑忌,欲借红色以压邪耳。</small>

平儿私与袭人道:"奶奶说,这花开得奇怪,叫你铰块红绸子挂挂,便应在喜事上去了。以后也不必只管当作奇事混说。"袭人点头答应,送了平儿出去。不提。

且说那日,宝玉本来穿着一裹圆的皮袄在家歇息;因见花开,只管出来看一回,赏一回,叹一回,爱一回的,心中无数悲喜离合,都弄到这株花上去了。忽然听说贾母要来,便去换了一件狐腋箭袖,罩一件元狐腿外褂,出来迎接贾母。匆匆穿换,未将通灵宝玉挂上。及至后来贾母去了,仍旧换衣。

袭人见宝玉脖子上没有挂着,便问:"那块玉呢?"宝玉道:"才刚忙乱换衣,摘下来放在炕桌上,我没有带。"袭人回看桌上并没有玉,便向各处找寻,踪影全无,吓得袭人满身冷汗。宝玉道:"不用着急,少不得在屋里的。问他们就知道了。"

<small>海棠花开而宝玉失玉,则花开是不祥矣。

从宝玉失玉起,宝玉即开始进入神志模糊的境界,为宝玉情节之一大变化。</small>

袭人当作麝月等藏起吓他顽,便向麝月等笑着说道:"小蹄子们,顽呢到底有个顽法。把这件东西藏

第九十四回　宴海棠贾母赏花妖　失宝玉通灵知奇祸

在那里了？别真弄丢了，那可就大家活不成了。"麝月等都正色道："这是那里的话？顽是顽，笑是笑。这个事非同儿戏，你可别混说。你自己昏了心了，想想罢，想想搁在那里了？这会子又混赖人了。"

袭人见他这般光景，不像是顽话，便着急道："皇天菩萨小祖宗，到底你摆在那里去了？"宝玉道："我记得明明放在炕桌上的。你们到底找啊。"袭人、麝月、秋纹等也不敢叫人知道，大家偷偷儿的各处搜寻，闹了大半天，毫无影响，甚至翻箱倒笼，实在没处去找，便疑到方才这些人进来，不知谁捡了去了。袭人说道："进来的，谁不知道这玉是性命似的东西呢，谁敢捡了去呢？你们好歹先别声张，快到各处问去。若有姐妹们捡着吓我们顽呢，你们给他磕头，要了回来。若是小丫头偷了去，问出来，也不回上头，不论做什么送他，换了出来，都使得的。这可不是小事，真要丢了这个，比丢了宝二爷的还利害呢。"麝月、秋纹刚要往外走，袭人又赶出来，嘱咐道："头里在这里吃饭的倒先别问去，找不成，再惹出些风波来，更不好了。"麝月等依言分头各处追问，人人不晓，个个惊疑。麝月等回来，俱目瞪口呆，面面相窥。宝玉也吓怔了。袭人急的只是干哭。找是没处找，回又不敢回，怡红院里的人吓得个个像木雕泥塑一般。

大家正在发呆，只见各处知道的都来了。探春叫把园门关上，先命个老婆子带着两个丫头，再往各处去寻去，一面又叫告诉众人："若谁找出来，重重的赏银。"大家头一宗要脱干系，二宗听见重赏，不顾命的混找了一遍，甚至于茅厕里都找到。谁知那块玉竟像绣花针儿一般，找了一天，总无影响。

李纨急了，说："这件事不是顽的，我要说句无礼的话了。"众人道："什么呢？"李纨道："事情到了这里，也顾不得了。现在园里，除了宝玉，都是女人。要求各位姐姐、妹妹、姑娘都要叫跟来的丫头脱了衣服，大家搜一搜。若没有，再叫丫头们去搜那些老婆子、并粗使的丫头。"大家说道："这话也说的有理。现在人多手乱，鱼龙混杂，倒是这么一来，你们也洗洗清。"探春独不言语。那些丫头们也都愿意洗净自己。先是平儿起，平儿说道："打我先搜起。"于是各人自己解怀，李纨一气儿混搜。

探春嗔着李纨道："大嫂子，你也学那起不成材料的样子来了。那个人既偷了去，还肯藏在身上？况且，这件东西在家里是宝，到了外头，不知道的是废物，偷他做什么？我想来，必是有人使促狭。"众人听说，又见环儿不在这里，昨儿是他满屋里乱跑，都疑到他身上，只是不肯说出来。探春又道："使促狭的，只有环儿。你们叫个人，去悄悄的叫了他来，背地里哄着他，叫他拿出来，然后吓着他，叫他不要声张。这

<blockquote>李纨竟出此恶俗主意，从抄检大观园竟发展到搜身了。情况愈来愈糟。</blockquote>

<blockquote>探春独抱异见。</blockquote>

<blockquote>探春毕竟有见地，批评得是。</blockquote>

<blockquote>又疑到贾环，可见人不能背恶名，背恶名则众恶皆归矣。</blockquote>

第九十四回　宴海棠贾母赏花妖　失宝玉通灵知奇祸

就完了。"大家点头称是。

李纨便向平儿道:"这件事,还是得你去,才弄得明白。"平儿答应,就赶着去了。不多时,同了环儿来了。众人假意装出没事的样子,叫人沏了碗茶,搁在里间屋里,众人故意搭讪走开。

原叫平儿哄他,平儿便笑着向环儿道:"你二哥哥的玉丢了,你瞧见了没有?"贾环便急得紫涨了脸,瞪着眼说道:"人家丢了东西,你怎么又叫我来查问,疑我?我是犯过案的贼么?"平儿见这样子,倒不敢再问,便又陪笑道:"不是这么说。怕三爷要拿了去吓他们,所以白问问瞧见了没有,好叫他们找。"贾环道:"他的玉在他身上,看见不看见,该问他,怎么问我?捧着他的人多着咧!得了什么,不来问我。丢了东西,就来问我!"说着,起身就走。众人不好拦他。

_{贾环说得对。}

_{难怪贾环发怒。}

这里宝玉倒急了,说道:"都是这劳什子闹事,我也不要他了。你们也不用闹了。环儿一去,必是嚷得满院里都知道了,这可不是闹事了么?"袭人等急得又哭道:"小祖宗,你看这玉丢了没要紧,若是上头知道了,我们这些人就要粉身碎骨了!"说着,便嚎啕大哭起来。

众人更加伤感,明知此事掩饰不来,只得要商议定了话,回来好回贾母诸人。宝玉道:"你们竟也不用商议,硬说我砸了就完了。"平儿道:"我的爷,好轻巧话儿!上头要问为什么砸的呢?他们也是个死啊。倘或要起砸破的碴儿来,那又怎么样呢?"宝玉道:"不然,便说我前日出门丢了。"众人一想,这句话倒还混得过去,但是这两天又没上学,又没往别处去。宝玉道:"怎么没有?大前儿还到南安王府里听戏去了呢,便说那日丢的。"探春道:"那也不妥。既是前儿丢的,为什么当日不来回?"众人正在胡思乱想,要装点撒谎,只听得赵姨娘的声儿,哭着喊着走来,说:"你们丢了东西,自己不找,怎么叫人背地里拷问环儿?我把环儿带了来,索性交给你们这一起澌上水的。该杀该剐,随你们罢。"说着,将环儿一推,说:"你是个贼,快快的招罢!"气得环儿也哭喊起来。

惹出赵姨娘来了。

赵姨娘本来无风要起浪,现在既有风,便可掀起巨浪了。

李纨正要劝解,丫头来说:"太太来了。"袭人等此时无地可容,宝玉等赶忙出来迎接。赵姨娘暂且也不敢作声,跟了出来。王夫人见众人都有惊惶之色,才信方才听见的话,便道:"那块玉真丢了么?"众人都不敢作声。王夫人走进屋里坐下,便叫袭人。慌得袭人连忙跪下,含泪要禀。王夫人道:"你起来,快快叫人细细找去,一忙乱倒不好了。"袭人哽咽难言。

宝玉生恐袭人直告诉出来,便说道:"太太,这事不与袭人相干。是我前日到南安王府那里听戏,在路上丢了。"王夫人道:"为什么那日不找?"宝玉道:

第九十四回　宴海棠贾母赏花妖　失宝玉通灵知奇祸

"我怕他们知道，没有告诉他们。我叫焙茗等在外头各处找过的。"王夫人道："胡说。如今脱换衣服，不是袭人他们服侍的么？大凡哥儿出门回来，手巾、荷包短了，还要查个明白，何况这块玉不见了，便不问的么？"宝玉无言可答。

> 宝玉的谎言一驳就倒。

赵姨娘听见，便得意了，忙接过口道："外头丢了东西，也赖环儿！"话未说完，被王夫人喝道："这里说这个，你且说那些没要紧的话！"赵姨娘便不敢言语了。还是李纨、探春从实的告诉了王夫人一遍，王夫人也急得泪如雨下，索性要回明贾母，去问邢夫人那边跟来的这些人去。

> 赵姨娘又找到了说话的机会。

凤姐病中也听见宝玉失玉，知道王夫人过来，料躲不住，便扶了丰儿来到园里。正值王夫人起身要走，凤姐姣怯怯的说："请太太安。"宝玉等过来，问了凤姐好。王夫人因说道："你也听见了么，这可不是奇事吗？刚才眼错不见就丢了，再找不着。你去想想，打从老太太那边丫头起，至你们平儿，谁的手不稳，谁的心促狭？我要回了老太太，认真的查出来才好。不然，是断了宝玉的命根子了。"凤姐回道："咱们家人多手杂，自古说的，'知人知面不知心'，那里保得住谁是好的？但是一吵嚷，已经都知道了，偷玉的人若叫太太查出来，明知是死无葬身之地，他着了急，反要毁坏了灭口。那时可怎么处呢？据我的糊涂想头，

> 总是凤姐的主意稳一些，亦如抄检大观园时凤姐的意见。

只说宝玉本不爱他,撂丢了,也没有什么要紧。只要大家严密些,别叫老太太、老爷知道。这么说了,暗暗的派人去各处察访,哄骗出来,那时玉也可得,罪名也好定。不知太太心里怎么样?"

王夫人迟了半日,才说道:"你这话虽也有理,但只是老爷跟前怎么瞒的过呢?"便叫环儿过来,道:"你二哥哥的玉丢了,白问了你一句,怎么你就乱嚷?若是嚷破了,人家把那个毁坏了,我看你活得活不得!"贾环吓得哭道:"我再不敢嚷了。"赵姨娘听了,那里还敢言语。王夫人便吩咐众人道:"想来,自然有没找到的地方儿,好端端的在家里的,还怕他飞到那里去不成?只是不许声张。限袭人三天内给我找出来。要是三天找不着,只怕也瞒不住,大家那就不用过安静日子了。"说着,便叫凤姐儿跟到邢夫人那边商议踩缉。不提。

这里,李纨等纷纷议论,便传唤看园子的一干人来,叫把园门锁上,快传林之孝家的来,悄悄儿的告诉了他,叫他吩咐前后门上,三天之内,不论男女下人,从里头可以走动,要出时一概不许放出。只说里头丢了东西,待这件东西有了着落,然后放人出来。

林之孝家的答应了"是",因说:"前儿奴才家里也丢了一件不要紧的东西,林之孝必要明白,上街去找了一个测字的。那人叫做什么刘铁嘴,测了一个字,

第九十四回　宴海棠贾母赏花妖　失宝玉通灵知奇祸

说的很明白，回来依旧一找，便找着了。"袭人听见，便央及林家的道："好林奶奶，出去快求林大爷替我们问问去。"那林之孝家的答应着出去了。

邢岫烟道："若说那外头测字打卦的，是不中用的。我在南边闻妙玉能扶乩，何不烦他问一问。况且我听见说，这块玉原有仙机，想来问得出来。"众人都诧异道："咱们常见的，从没有听他说起。"麝月便忙问岫烟道："想来，别人求他是不肯的。好姑娘，我给姑娘磕个头，求姑娘就去，若问出来了，我一辈子总不忘你的恩。"说着，赶忙就要磕下头去，岫烟连忙拦住。黛玉等也都怂恿着岫烟速往栊翠庵去。

一面林之孝家的进来，说道："姑娘们大喜。林之孝测了字，回来说，这玉是丢不了的，将来横竖有人送还来的。"众人听了，也都半信半疑。惟有袭人、麝月喜欢的了不得。探春便问："测的是什么字？"林之孝家的道："他的话多，奴才也学不上来。记得是拈了个赏人东西的'赏'字。那刘铁嘴也不问，便说：'丢了东西不是？'"李纨道："这就算好。"

> 奇极神极，竟有人能送来。

林之孝家的道："他还说，'赏'字上头一个'小'字，底下一个'口'字，这件东西很可嘴里放得，必是个珠子宝石。"众人听了，夸赞道："真是神仙。往下怎么说？"林之孝家的道："他说，底下'贝'字，折开不成一个'见'字，可不是'不见'了？因上头拆了'当'字,叫快到当铺里找去。'赏'字加一'人'字,可不是'偿'字?只要找着当铺,就有人。有了人,便赎了来。可不是偿还了吗?"众人道:"既这么着,就先往左近找起。横竖几个当铺都找遍了,少不得就有了。咱们有了东西,再问人就容易了。"李纨道:"只要东西,那怕不问人都使得。林嫂子,烦你就把测字的话快去告诉二奶奶,回了太太,先叫太太放心。就叫二奶奶快派人查去。"林家的答应了便走。

众人略安了一点儿神,呆呆的等岫烟回来。正呆等,只见跟宝玉的焙茗在门外招手儿,叫小丫头子快出来。那小丫头赶忙的出去了。焙茗便说道:"你快进去,告诉我们二爷和里头太太、奶奶、姑娘们,天大喜事。"那小丫头子道:"你快说罢,怎么这么累赘?"焙茗笑着拍手道:"我告诉姑娘,姑娘进去回了,咱们两个人都得赏钱呢。你打量什么?宝二爷的那块玉呀,我得了准信来了。"

未知如何,下回分解。

> 以上宝玉失玉情节,行文尚觉自然可读。

第九十四回　宴海棠贾母赏花妖　失宝玉通灵知奇祸

【回后评】

贾琏秉王夫人之意，让二十四个女孩子回本地出家，一是继续葬送此二十四个青年女子之命运，二是此二十四人岂能真押送回本地。书中虚写一笔，则此二十四人命运惨矣！

贾芹与沁香、鹤仙等之胡行，贾琏与赖大等均瞒上欺下包庇了之。王夫人说："若是芹儿这么样起来，这还成咱们家的人了么？"王夫人一向颠顸懵懂，岂知荣府之人，不仅贾琏、贾芹，连凤姐亦作恶多端，王夫人一概不知，还以为"咱们家的人"都是好样的，真是愚而且蠢。

傅家女人来说亲，引起紫鹃一番想法，与前八十回大不合榫，读者当细察之。

海棠花不时而开，此天时之故也，然书中是为预示灾情而写，盖前八十回海棠枯死而晴雯遇祸，此处海棠不时而开而宝玉失玉，总为事之失常而写耳！

宝玉失玉，是写贾府之败，一段家翻宅乱文字，颇能见其衰乱之状。

第九十五回　　因讹成实元妃薨逝
　　　　　　　　以假混真宝玉疯颠

话说焙茗在门口和小丫头子说宝玉的玉有了,那小丫头急忙回来告诉宝玉。众人听了,都推着宝玉出去问他,众人在廊下听着。宝玉也觉放心,便走到门口,问道:"你那里得了?快拿来。"焙茗道:"拿是拿不来的,还得托人做保去呢。"宝玉道:"你快说是怎么得的,我好叫人取去。"焙茗道:"我在外头,知道林爷爷去测字,我就跟了去。我听见说,在当铺里找。我没等他说完,便跑到几个当铺里去,我比给他们瞧,有一家便说有。我说,给我罢。那铺子里要票子。我说,当多少钱?他说,三百钱的也有,五百钱的也有。前儿有一个人,拿这么一块玉,当了三百钱去。今儿又有人,也拿一块玉,当了五百钱去。"宝玉不等说完,便道:"你快拿三百五百钱去取了来,我们挑着看是不是。"里头袭人便啐道:"二爷不用理他,我小时候儿听见我哥哥常说,有些人卖那些小玉儿,没钱

> 焙茗终日陪伴宝玉,于宝玉之玉,岂有不知底里至此,乃当铺里"三百钱的也有,五百钱的也有",此类玉绝非宝玉所失之玉,焙茗自当一听即知,岂有竟以为是真者,此不合情理者也。

> 还是袭人明白。

第九十五回　因讹成实元妃薨逝　以假混真宝玉疯颠

用便去当。想来是家家当铺里有的。"众人正在听得诧异，被袭人一说，想了一想，倒大家笑起来，说："快叫二爷进来罢，不用理那糊涂东西了。他说的那些玉，想来不是正经东西。"

宝玉正笑着，只见岫烟来了。原来岫烟走到栊翠庵，见了妙玉，不及闲话，便求妙玉扶乩。妙玉冷笑几声，说道："我与姑娘来往，为的是姑娘不是势利场中的人。今日怎么听了那里的谣言，过来缠我？况且我并不晓得什么叫扶乩。"说着，将要不理。岫烟懊悔此来，知他脾气是这么着的，"一时我已说出，不好白回去，又不好与他质证他会扶乩的话。"只得陪着笑，将袭人等性命关系的话说了一遍，见妙玉略有活动，便起身拜了几拜。

> 岫烟特来求妙玉扶乩，是意外之闻，亦情急而及此也。

妙玉叹道："何必为人作嫁！但是我进京以来，素无人知，今日你来破例，恐将来缠绕不休。"岫烟道："我也一时不忍，知你必是慈悲的。便是将来他人求你，愿不愿在你，谁敢相强。"妙玉笑了一笑，叫道婆焚香，在箱子里找出沙盘乩架，书了符，命岫烟行礼，祝告毕，起来同妙玉扶着乩。不多时，只见那仙乩疾书道：

> 妙玉总是有一番矫情。

　　噫！来无迹，去无踪。青埂峰下倚古松。
　　欲追寻，山万重。入我门来一笑逢。
书毕，停了乩。岫烟便问请是何仙，妙玉道："请的是拐仙。"岫烟录了出来，请教妙玉解识。妙玉道："这

> 乩语亦依前通灵遇双真回和尚道士之语而来，唯已着迹，不如前超玄耳。

1783

个可不能,连我也不懂。你快拿去,他们的聪明人多着哩。"

岫烟只得回来,进入院中,各人都问怎么样了。岫烟不及细说,便将所录乩语递与李纨。众姊妹及宝玉争看,都解的是:"一时要找,是找不着的。然而丢是丢不了的,不知几时不找便出来了。但是青埂峰不知在那里?"李纨道:"这是仙机隐语。咱们家里那里跑出青埂峰来?必是谁怕查出,撂在有松树的山子石底下,也未可定。独是'入我门来'这句,到底是入谁的门呢?"黛玉道:"不知请的是谁?"岫烟道:"拐仙。"探春道:"若是仙家的门,便难入了。"

袭人心里着忙,便捕风捉影的混找,没一块石底下不找到,只是没有。回到院中,宝玉也不问有无,只管傻笑。麝月着急道:"小祖宗!你到底是那里丢的?说明了,我们就是受罪,也在明处啊。"宝玉笑道:"我说外头丢的,你们又不依。你如今问我,我知道么?"李纨、探春道:"今儿从早起闹起,已到三更来的天了。你瞧林妹妹已经撑不住,各自去了。我们也该歇歇儿了,明儿再闹罢。"说着大家散去。宝玉即便睡下。可怜袭人等哭一回,想一回,一夜无眠。暂且不提。

<small>一个"闹"字,写出忙乱之状。</small>

且说黛玉先自回去,想起金石的旧话来,反自喜欢,心里说道:"和尚、道士的话真个信不得。果真金、

<small>一则以喜。</small>

第九十五回　因讹成实元妃薨逝　以假混真宝玉疯颠

玉有缘，宝玉如何能把这玉丢了呢？或者因我之事，拆散他们的金玉，也未可知。"想了半天，更觉安心，把这一天的劳乏竟不理会，重新倒看起书来。紫鹃倒觉身倦，连催黛玉睡下。黛玉虽躺下，又想到海棠花上，说"这块玉原是胎里带来的，非比寻常之物，来去自有关系。若是这花主好事呢，不该失了这玉呀。看来，此花开的不祥，莫非他有不吉之事？"不觉又伤起心来。又转想到喜事上头，此花又似应开，此玉又似应失，如此一悲一喜，直想到五更，方睡着。

一则以忧。

次日，王夫人等早派人到当铺里去查问，凤姐暗中设法找寻。一连闹了几天，总无下落。还喜贾母、贾政未知。袭人等每日提心吊胆，宝玉也好几天不上学，只是怔怔的，不言不语，没心没绪的。王夫人只知他因失玉而起，也不大着意。

那日，正在纳闷，忽见贾琏进来请安，嘻嘻的笑道："今日听得军机贾雨村打发人来告诉二老爷，说舅太爷升了内阁大学士，奉旨来京，已定明年正月二十日宣麻。有三百里的文书去了。想舅太爷昼夜趱行，半个多月就要到了。侄儿特来回太太知道。"王夫人听说，便欢喜非常。正想娘家人少，薛姨妈家又衰败了，兄弟又在外任，照应不着。今日忽听兄弟拜相回京，王家荣耀，将来宝玉都有倚靠，便把失玉的心又略放开些了，天天专望兄弟来京。

> 一喜一忧，均突然而至。

忽一天，贾政进来，满脸泪痕，喘吁吁的说道："你快去禀知老太太，即刻进宫。不用多人的，是你服侍进去。因娘娘忽得暴病，现在太监在外立等。他说，太医院已经奏明痰厥，不能医治。"王夫人听说，便大哭起来。贾政道："这不是哭的时候，快快去请老太太，说得宽缓些，不要吓坏了老人家。"贾政说着，出来吩咐家人伺候。

王夫人收了泪，去请贾母，只说元妃有病，进去请安。贾母念佛道："怎么又病了？前番吓的我了不得，后来又打听错了。这回情愿再错了也罢。"王夫人一面回答，一面催鸳鸯等开箱取衣饰，穿戴起来。王夫人赶着回到自己房中，也穿戴好了，过来伺候。一时出厅上轿进宫。不提。

且说元春自选了凤藻宫后，圣眷隆重，身体发福，未免举动费力。每日起居劳乏，时发痰疾。因前日侍宴回宫，偶沾寒气，勾起旧病。不料此回甚属利害，竟至痰气壅塞，四肢厥冷。一面奏明，即召太医调治。岂知汤药不进，连用通关之剂，并不见效。内官忧虑，奏请预办后事。所以传旨命贾氏椒房进见。

贾母、王夫人遵旨进宫，见元妃痰塞口涎，不能言语，见了贾母，只有悲泣之状，却少眼泪。贾母进前请安，奏些宽慰的话。少时，贾政等职名递进，宫嫔传奏，元妃目不能顾，渐渐脸色改变。内宫太监即

第九十五回　因讹成实元妃薨逝　以假混真宝玉疯颠

要奏闻，恐派各妃看视，椒房姻戚未便久羁，请在外宫伺候。贾母、王夫人怎忍便离，无奈国家制度，只得下来，又不敢啼哭，惟有心内悲感。

朝门内官员有信。不多时，只见太监出来，立传钦天监。贾母便知不好，尚未敢动。稍刻，小太监传谕出来，说："贾娘娘薨逝。"是年甲寅年十二月十八日立春，元妃薨日是十二月十九日，已交卯年寅月，存年四十三岁。贾母含悲起身，只得出宫上轿回家。贾政等亦已得信，一路悲戚。到家中，邢夫人、李纨、凤姐、宝玉等出厅分东西迎着贾母请了安，并贾政、王夫人请安，大家哭泣。不提。

次日早起，凡有品级的，按贵妃丧礼，进内请安哭临。贾政又是工部，虽按照仪注办理，未免堂上又要周旋他些，同事又要请教他，所以两头更忙，非比从前太后与周妃的丧事了。但元妃并无所出，惟谥曰"贤淑贵妃"。此是王家制度，不必多赘。

只讲贾府中男女天天进宫，忙的了不得。幸喜凤姐儿近日身子好些，还得出来照应家事，又要预备王子腾进京接风贺喜。凤姐胞兄王仁知道叔叔入了内阁，仍带家眷来京。凤姐心里喜欢，便有些心病，有这些娘家的人，也便撂开，所以身子倒觉比前好了些。王夫人看见凤姐照旧办事，又把担子卸了一半，又眼见兄弟来京，诸事放心，倒觉安静些。

> 《红楼梦》故事之进入热闹华贵，是因元妃之省亲，大观园亦由是而建，今元妃之死，是贾家速败之兆，亦是《红楼梦》故事之将了也。
>
> 应前判词"虎兔相逢大梦归"。寅属虎，卯属兔也。

> 写凤姐心病，因娘家人而撂开，实写其平时常为心病所苦也。

> 失去通灵玉，已失去灵性矣。

独有宝玉原是无职之人，又不念书。代儒学里知他家里有事，也不来管他；贾政正忙，自然没有空儿查他。想来宝玉趁此机会，竟可与姊妹们天天畅乐。不料他自失了玉后，终日懒怠走动，说话也糊涂了。并贾母等出门回来，有人叫他去请安，便去；没人叫他，他也不动。袭人等怀着鬼胎，又不敢去招惹他，恐他生气。每天茶饭，端到面前便吃，不来也不要。

> 初时还未看出有病。还以为是与以前一样情景，故来求紫鹃开解，岂知此番完全是两回事。

袭人看这光景不像是有气，竟像是有病的。袭人偷着空儿到潇湘馆告诉紫鹃，说是："二爷这么着，求姑娘给他开导开导。"紫鹃虽即告诉黛玉，只因黛玉想着亲事上头一定是自己了，如今见了他，反觉不好意思："若是他来呢，原是小时在一处的，也难不理他；若说我去找他，断断使不得。"所以黛玉不肯过来。

> 写探春"才自精明"也，探春明知家运已入败境，不是人力可以挽回。

袭人又背地里去告诉探春。那知探春心里明明知道海棠开得怪异，宝玉失的更奇，接连着元妃姐姐薨逝，谅家道不祥，日日愁闷，那有心肠去劝宝玉。况兄妹们男女有别，只好过来一两次，宝玉又终是懒懒的，所以也不大常来。

宝钗也知失玉。因薛姨妈那日应了宝玉的亲事，回去便告诉了宝钗。薛姨妈还说："虽是你姨妈说了，我还没有应准，说等你哥哥回来再定。你愿意不愿意？"宝钗反正色的对母亲道："妈妈这话说错了。

第九十五回　因讹成实元妃薨逝　以假混真宝玉疯颠

女孩儿家的事情，是父母做主的。如今我父亲没了，妈妈应该做主的。再不然，问哥哥。怎么问起我来？"所以薛姨妈更爱惜他，说他虽是从小娇养惯的，却也生来的贞静，因此在他面前，反不提起宝玉了。宝钗自从听此一说，把"宝玉"两字自然更不提起了。如今虽然听见失了玉，心里也甚惊疑，倒不好问，只得听旁人说去，竟像不与自己相干的。

> 宝钗绝对遵奉父母之命，总是离不开"假"，其实其内心岂有不喜，她平时深知薛蟠情景，反要听薛蟠之意，亦是假意做作也。
>
> 宝钗从此不提"宝玉"二字，则正说明其心中千肯万肯也。

只有薛姨妈打发丫头过来了好几次问信。因他自己的儿子薛蟠的事焦心，只等哥哥进京便好为他出脱罪名，又知元妃已薨，虽然贾府忙乱，却得凤姐好了，出来理家，也把贾家的事撂开了。只苦了袭人，虽然在宝玉跟前低声下气的服侍劝慰，宝玉竟是不懂，袭人只有暗暗的着急而已。

过了几日，元妃停灵寝庙，贾母等送殡去了几天，岂知宝玉一日呆似一日，也不发烧，也不疼痛，只是吃不像吃，睡不像睡，甚至说话都无头绪。那袭人、麝月等一发慌了，回过凤姐几次。凤姐不时过来，起先道是找不着玉生气，如今看他失魂落魄的样子，只有日日请医调治。煎药吃了好几剂，只有添病的，没有减病的。及至问他那里不舒服，宝玉也不说出来。

> 宝玉失去"通灵宝玉"，则失去灵性，真成"臭皮囊"矣。

直至元妃事毕，贾母惦记宝玉，亲自到园看视。王夫人也随过来。袭人等忙叫宝玉接去请安。宝玉虽说是病，每日原起来行动，今日叫他接贾母去，他依

> 初看外表，尚不见异，岂知只是"臭皮囊"而已。

然仍是请安，惟是袭人在旁扶着指教。贾母见了，便道："我的儿，我打谅你怎么病着，故此过来瞧你。今你依旧的模样儿，我的心放了好些。"王夫人也自然是宽心的。但宝玉并不回答，只管嘻嘻的笑。贾母等进屋坐下，问他的话，袭人教一句，他说一句，大不似往常，直是一个傻子似的。

> 已无灵性，自然只是躯壳而已。

贾母愈看愈疑，便说："我才进来看时，不见有什么病。如今细细一瞧，这病果然不轻，竟是神魂失散的样子。到底因什么起的呢？"王夫人知事难瞒，又瞧瞧袭人怪可怜的样子，只得便依着宝玉先前的话，将那往南安王府里去听戏时丢了这块玉的话，悄悄的告诉了一遍。心里也彷徨的很，生恐贾母着急，并说：

> 王夫人如此说，是为庇护袭人也。

"现在着人在四下里找寻，求签问卦，都说在当铺里找，少不得找着的。"贾母听了，急得站起来，眼泪直流，说道："这件玉如何是丢得的！你们忒不懂事了，难道老爷也是撂开手的不成？"王夫人知贾母生气，叫袭人等跪下，自己敛容低首回说："媳妇恐老太太着急、老爷生气，都没敢回。"贾母咳道："这是宝玉的命根子。因丢了，所以他是这么失魂丧魄的，还了得！况是这玉满城里都知道，谁捡了去，便叫你们找出来么！叫人快快请老爷，我与他说。"那时吓得王夫人、袭人等俱哀告道："老太太这一生气，回来老爷更了不得了。现在宝玉病着，交给我们尽命的

> 贾母深知失玉之大不祥。

第九十五回　因讹成实元妃薨逝　以假混真宝玉疯颠

找来就是了。"贾母道："你们怕老爷生气，有我呢。"便叫麝月传人去请。不一时传进话来，说："老爷谢客去了。"贾母道："不用他也使得。你们便说我说的话，暂且也不用责罚下人，我便叫琏儿来写出赏格，悬在前日经过的地方，便说：有人捡得送来者，情愿送银一万两。如有知人捡得，送信找得者，送银五千两。如真有了，不可吝惜银子。这么一找，少不得就找出来了。若是靠着咱们家几个人找，就找一辈子，也不能得。"王夫人也不敢直言。贾母传话告诉贾琏，叫他速办去了。贾母便叫人："将宝玉动用之物都搬到我那里去，只派袭人、秋纹跟过来，余者仍留园内看屋子。"宝玉听了，终不言语，只是傻笑。贾母便携了宝玉起身，袭人等搀扶出园。回到自己房中，叫王夫人坐下，看人收拾里间屋内安置。便对王夫人道："你知道我的意思么？我为的园里人少，怡红院里的花树忽萎忽开，有些奇怪。头里仗着一块玉能除邪祟，如今此玉丢了，生恐邪气易侵，故我带他过来一块儿住着。这几天也不用叫他出去，大夫来就在这里瞧。"王夫人听说，便接口道："老太太想的自然是。如今宝玉同着老太太住了，老太太的福气大，不论什么都压住了。"贾母道："什么福气，不过我屋里干净些，经卷也多，都可以念念定定心神。你问宝玉好不好？"

那宝玉见问，只是笑。袭人叫他说"好"，宝玉

> 贾母之悬赏，是因王夫人说是在外边丢失也。如无外边丢失之说，则悬赏何用！

> 宝玉从此离开大观园，则亦从此作别潇湘馆矣！

> 大观园因诸钗聚居，才见花柳繁华、富贵温柔，才有诸多诗词结社韵事，今宝玉出园，亦见大观园之繁华已尽，诸钗渐次风流云散矣。

也就说"好"。王夫人见了这般光景,未免落泪,在贾母这里,不敢出声。贾母知王夫人着急,便说道:"你回去罢,这里有我调停他。晚上老爷回来,告诉他,不必来见我,不许言语就是了。"王夫人去后,贾母叫鸳鸯找些安神定魄的药,按方吃了。不提。

贾政是道听途说得知的。

且说贾政当晚回家,在车内听见道儿上人说道:"人要发财,也容易的很。"那个问道:"怎么见得?"这个人又道:"今日听见,荣府里丢了什么哥儿的玉了,贴着招帖儿,上头写着玉的大小、式样、颜色,说有人捡了送去,就给一万两银子。送信的还给五千呢。"贾政虽未听得如此真切,心里诧异,急忙赶回,便叫门上的人问起那事来。门上的人禀道:"奴才头里也不知道。今儿晌午,琏二爷传出老太太的话,叫人去贴帖儿,才知道的。"贾政便叹气道:"家道该衰,偏生养这么一个孽障!才养他的时候,满街的谣言,

贾政于宝玉,终薄骨肉之情,闻信而不忧其病,只憎其"孽障",则贾政之于其子,亦略无慈父之心也。

隔了十几年略好了些,这会子又大张晓谕的找玉,成何道理!"说着,忙走进里头去问王夫人。王夫人便一五一十的告诉。贾政知是老太太的主意,又不敢违拗,只抱怨王夫人几句。又走出来,叫瞒着老太太,背地里揭了这个帖儿下来。岂知早有那些游手好闲的人揭了去了。

因为悬赏,自有人送玉。

过了些时,竟有人到荣府门上,口称送玉来。家内人们听见,喜欢的了不得,便说:"拿来,我给你

第九十五回　因讹成实元妃薨逝　以假混真宝玉疯颠

回去。"那人便怀内掏出赏格来，指给门上人瞧："这不是你府上的帖子么，写明送玉来的给银一万两。二太爷，你们这会子瞧我穷，回来我得了银子，就是个财主了。别这么待理不理的。"门上听他话头来得硬，说道："你到底略给我瞧一瞧，我好给你回去。"那人初倒不肯，后来听人说得有理，便掏出那玉，托在掌中一扬，说："这是不是？"众家人原是在外服役，只知有玉，也不常见，今日才看见这玉的模样儿了，急忙跑到里头，抢头报似的。

那日贾政、贾赦出门，只有贾琏在家。众人回明，贾琏还细问真不真。门上人口称："亲眼见过，只是不给奴才，要见主子，一手交银，一手交玉。"贾琏却也喜欢，忙去禀知王夫人，即便回明贾母，把个袭人乐得合掌念佛。贾母并不改口，一叠连声："快叫琏儿请那人到书房内坐下，将玉取来一看，即便送银。"贾琏依言，请那人进来，当客待他，用好言道谢："要借这玉送到里头，本人见了，谢银分厘不短。"那人只得将一个红绸子包儿送过去。贾琏打开一看，可不是那一块晶莹美玉吗！贾琏素昔原不理论，今日倒要看看。看了半日，上面的字也仿佛认得出来，什么"除邪祟"等字。贾琏看了，喜之不胜，便叫家人伺候，忙忙的送与贾母、王夫人认去。

这会子惊动了合家的人，都等着争看。凤姐见贾琏进来，便劈手夺去，不敢先看，送到贾母手里。贾琏笑道："你这么一点儿事还不叫我献功呢。"贾母打开看时，只见那玉比先前昏暗了好些，一面用手擦摸，鸳鸯拿上眼镜儿来，戴着一瞧，说："奇怪，这块玉倒是的，怎么把头里的宝色都没了呢？"王夫人看了一会子，也认不出，便叫凤姐过来看。凤姐看了道："像倒像，只是颜色不大对。不如叫宝兄弟自己一看就知道了。"袭人在旁也看着未必是那一块，只是盼得的心盛，也不敢说出不像来。凤姐于是从贾母手中接过来，同着袭人拿来给宝玉瞧。

这时，宝玉正睡着才醒。凤姐告诉道："你的玉有了。"宝玉睡眼朦胧，接在手里也没瞧，便往地下一摔，道："你们又来哄我了。"说着，只是冷笑。凤姐连忙拾起来，道："这也奇了，怎么你没瞧就知道呢？"宝玉也不答言，只管笑。王夫人也进屋里来了，见他这样，便道："这不用说了。他那玉原是胎里带来的一种古怪东西，自然他有道理。想来这个必是人见了帖儿照样做的。"大家此时恍然大悟。

贾琏在外间屋里听见这话，便说道："既不是，快拿来给我问问他去，人家这样事，他敢来鬼混！"贾母喝住，道："琏儿，拿了去给他，叫他去罢。那也是穷极了的人没法儿了，所以见我们家有这样事，他便想着赚几个钱，也是有的。如今白白的花了钱弄

> 到宝玉处，才辨出真假，众人皆不能辨，可见不知真假之人多也。

了这个东西，又叫咱们认出来了。依着我，不要难为他，把这玉还他，说不是我们的，赏给他几两银子。外头的人知道了，才肯有信儿就送来呢。若是难为了这一个人，就有真的，人家也不敢拿来了。"贾琏答应出去。

那人还等着呢，半日不见人来，正在那里心里发虚。只见贾琏气忿走出来了。未知何如，下回分解。

> 亦是千金市骏骨之意。

【回后评】

宝玉失玉，元妃薨逝，皆贾府将败之兆。

宝钗婚事，宝钗反正色告其母要以其母之命、其兄之意为定，其实皆假意也。宝钗岂不知其母之意，又岂必待其兄之意，实故意如此耳，此真宝钗之为人也。

妙玉并不是真不愿为宝玉扶乩，是故作矫情耳，此亦真妙玉之为人。

宝玉因失玉而搬出大观园，怡红院从此冷落矣，潇湘馆亦从此别矣，此实文章之大关键处，而亦宝、黛二人分离之始也。

第九十六回　　瞒消息凤姐设奇谋
　　　　　　　　泄机关颦儿迷本性

　　话说贾琏拿了那块假玉忿忿走出,到了书房。那个人看见贾琏的气色不好,心里先发了虚了,连忙站起来迎着。刚要说话,只见贾琏冷笑道:"好大胆,我把你这个混账东西!这里是什么地方儿,你敢来掉鬼!"回头便问:"小厮们呢?"外头轰雷一般,几个小厮齐声答应。贾琏道:"取绳子去捆起他来。等老爷回来回明了,把他送到衙门里去。"众小厮又一齐答应:"预备着呢。"嘴里虽如此,却不动身。那人先自唬的手足无措,见这般势派,知道难逃公道,只得跪下,给贾琏碰头,口口声声只叫:"老太爷,别生气。是我一时穷极无奈,才想出这个没脸的营生来。那玉是我借钱做的,我也不敢要了,只得孝敬府里的哥儿顽罢。"说毕,又连连磕头。贾琏啐道:"你这个不知死活的东西!这府里希罕你的那朽不了的浪东西!"
　　正闹着,只见赖大进来,陪着笑向贾琏道:"二爷别生气了。靠他算个什么东西，饶了他，叫他滚出去罢。"贾琏道："实在可恶。"赖大、贾琏作好作歹，众人在外头都说道："糊涂狗攮的，还不给爷和赖大爷磕头呢！快快的滚罢，还等窝心脚呢！"那人赶忙磕了两个头，抱头鼠窜而去。从此街上闹动了"贾宝玉弄出'假宝玉'"来。

且说贾政那日拜客回来，众人因为灯节底下，恐怕贾政生气，已过后的事了，便也都不肯回。只因元妃的事忙碌了好些时，近日宝玉又病着，虽有旧例家宴，大家无兴，也无有可记之事。

到了正月十七日，王夫人正盼王子腾来京，只见凤姐进来，回说："今日二爷在外，听得有人传说，我们家大老爷赶着进京，离城只二百多里地，在路上没了。太太听见了没有？"王夫人吃惊道："我没有听见，老爷昨晚也没有说起。到底在那里听见的？"凤姐道："说是在枢密张老爷家听见的。"王夫人怔了半天，那眼泪早流下来了，因拭泪说道："回来再叫琏儿索性打听明白了，来告诉我。"凤姐答应去了。

王夫人不免暗里落泪，悲女哭弟，又为宝玉耽忧。如此连三接二，都是不随意的事，那里搁得住，便有些心口疼痛起来。又加贾琏打听明白了，来说道："舅太爷是赶路劳乏，偶然感冒风寒。到了十里屯地方，

> 正指望王子腾入朝，不想竟在路上死了，从此贾家朝中无人了。

第九十六回　瞒消息凤姐设奇谋　泄机关颦儿迷本性

延医调治。无奈这个地方没有名医，误用了药，一剂就死了。但不知家眷可到了那里没有。"王夫人听了，一阵心酸，便心口疼得坐不住，叫彩云等扶了上炕，还扎挣着叫贾琏去回了贾政："即速收拾行装，迎到那里，帮着料理完毕，即刻回来告诉我们，好叫你媳妇儿放心。"贾琏不敢违拗，只得辞了贾政起身。

贾政早已知道，心里很不受用；又知宝玉失玉以后神志惛愦，医药无效；又值王夫人心疼。那年正值京察，工部将贾政保列一等。二月，吏部带领引见。皇上念贾政勤俭谨慎，即放了江西粮道。即日谢恩，已奏明起程日期。虽有众亲朋贺喜，贾政也无心应酬，只念家中人口不宁，又不敢耽延在家。

正在无计可施，只听见贾母那边叫："请老爷。"贾政即忙进去，看见王夫人带着病也在那里，便向贾母请了安。贾母叫他坐下，便说："你不日就要赴任，我有多少话与你说，不知你听不听？"说着，掉下泪来。贾政忙站起来，说道："老太太有话只管吩咐，儿子怎敢不遵命呢。"贾母咽哽着说道："我今年八十一岁的人了，你又要做外任去。偏有你大哥在家，你又不能告亲老。你这一去了，我所疼的，只有宝玉，偏偏的又病得糊涂，还不知道怎么样呢。我昨日叫赖大媳妇出去，叫人给宝玉算算命，这先生算得好灵，说要娶了金命的人帮扶他，必要冲冲喜才好，不然只怕保

> 娶金命的人，自然是宝钗无疑了。

> "还是要宝玉好呢,还是随他去呢"一句话有多大压力,贾政岂能不允?何况即使无"金命"之说,贾政亦未必不同意让宝玉娶宝钗。

不住。我知道你不信那些话,所以教你来商量。你的媳妇也在这里,你们两个也商量商量。还是要宝玉好呢,还是随他去呢?"

贾政陪笑说道:"老太太当初疼儿子这么疼的,难道做儿子的就不疼自己的儿子不成么?只为宝玉不上进,所以时常恨他,也不过是恨铁不成钢的意思。老太太既要给他成家,这也是该当的。岂有逆着老太太不疼他的理?如今宝玉病着,儿子也是不放心。因老太太不叫他见我,所以儿子也不敢言语。我到底瞧瞧宝玉是个什么病。"王夫人见贾政说着也有些眼圈儿红,知道心里是疼的,便叫袭人扶了宝玉来。

宝玉见了他父亲,袭人叫他请安,他便请了个安。贾政见他脸面很瘦,目光无神,大有疯傻之状,便叫人扶了进去,便想到:"自己也是望六的人了,如今又放外任,不知道几年回来。倘或这孩子果然不好,一则年老无嗣,虽说有孙子,到底隔了一层;二则老太太最疼的是宝玉,若有差错,可不是我的罪名更重了?"瞧瞧王夫人,一包眼泪,又想到他身上,复站起来,说:"老太太这么大年纪,想法儿疼孙子,做儿子的还敢违拗?老太太主意,该怎么便怎么就是了。但只姨太太那边,不知说明白了没有?"王夫人便道:"姨太太是早应了的。只为蟠儿的事没有结案,所以这些时总没提起。"贾政又道:"这就是第一层的难处。

第九十六回　瞒消息凤姐设奇谋　泄机关颦儿迷本性

他哥哥在监里，妹子怎么出嫁？况且贵妃的事，虽不禁婚嫁，宝玉应照已出嫁的姐姐有九个月的功服，此时也难娶亲。再者我的起身日期已经奏明，不敢耽搁。这几天怎么办呢？"

贾母想了一想："说的果然不错。若是等这几件事过去，他父亲又走了。倘或这病一天重似一天，怎么好？只可越些礼办了才好。"想定主意，便说道："你若给他办呢，我自然有个道理，包管都碍不着。姨太太那边，我和你媳妇亲自过去求他。蟠儿那里，我央蝌儿去告诉他，说是要救宝玉的命，诸事将就，自然应的。若说服里娶亲，当真使不得。况且宝玉病着，也不可教他成亲，不过是冲冲喜。我们两家愿意，孩子们又有金玉的道理，婚是不用合的了。即挑了好日子，按着咱们家分儿过了礼。赶着挑个娶亲日子，一概鼓乐不用，倒按宫里的样子，用十二对提灯，一乘八人轿子抬了来，照南边规矩拜了堂。一样坐床撒帐，可不是算娶了亲了么？宝丫头心地明白，是不用虑的。内中又有袭人，也还是个妥妥当当的孩子。再有个明白人常劝他，更好。他又和宝丫头合的来。再者，姨太太曾说，宝丫头的金锁也有个和尚说过，只等有玉的便是婚姻。焉知宝丫头过来，不因金锁倒招出他那块玉来，也定不得。从此一天好似一天，岂不是大家的造化？这会子，只要立刻收拾屋子，铺排起来，这

> 此时金锁之说，大见功效。

1801

屋子是要你派的。一概亲友不请，也不排筵席。待宝玉好了，过了功服，然后再摆席请人。这么着，都赶的上。你也看见了他们小两口儿的事，也好放心的去。"

> 一场金玉良缘，原来是先演假戏。

贾政听了，原不愿意，只是贾母做主，不敢违命，勉强陪笑说道："老太太想得极是，也很妥当。只是要吩咐家下众人，不许吵嚷得里外皆知，这要耽不是的。姨太太那边，只怕不肯。若是果真应了，也只好按着老太太的主意办去。"贾母道："姨太太那里，有我呢。你去罢。"

> 贾政不愿意，是不愿意越礼制，非不愿意"金玉良缘"也。

贾政答应出来，心中好不自在。因赴任事多，部里领凭，亲友们荐人，种种应酬不绝，竟把宝玉的事，听凭贾母交与王夫人、凤姐儿了。惟将荣禧堂后身王夫人内屋旁边一大跨所二十余间房屋指与宝玉，余者一概不管。贾母定了主意，叫人告诉他去，贾政只说很好。此是后话。

且说宝玉见过贾政，袭人扶回里间炕上。因贾政在外，无人敢与宝玉说话，宝玉便昏昏沉沉的睡去。贾母与贾政所说的话，宝玉一句也没有听见。

袭人等却静静儿的听得明白。头里虽也听得些风声，到底影响，只不见宝钗过来，却也有些信真。今日听了这些话，心里方才水落归漕，倒也喜欢。心里想道："果然上头的眼力不错，这才配得是，我也造化。若他来了，我可以卸了好些担子。但是这一位的

> 袭人自然欢喜。

第九十六回　瞒消息凤姐设奇谋　泄机关颦儿迷本性

心里，只有一个林姑娘。幸亏他没有听见，若知道了，又不知要闹到什么分儿了。"袭人想到这里，转喜为悲，心想："这件事怎么好？老太太、太太那里知道他们心里的事。一时高兴说给他知道，原想要他病好。若是他仍似前的心事：初见林姑娘，便要摔玉砸玉；况且那年夏天在园里，把我当作林姑娘，说了好些私心话；后来因为紫鹃说了句顽话儿，便哭得死去活来。若是如今和他说，要娶宝姑娘，竟把林姑娘撂开，除非是他人事不知还可，若稍明白些，只怕不但不能冲喜，竟是催命了！我再不把话说明，那不是一害三个人了么。"

回应前事。

袭人这一点倒是料到了，确是催命的。
一害三个人，一点不错。

袭人想定主意，待等贾政出去，叫秋纹照看着宝玉，便从里间出来，走到王夫人身旁，悄悄的请了王夫人到贾母后身屋里去说话。贾母只道是宝玉有话，也不理会，还在那里打算怎么过礼，怎么娶亲。

那袭人同了王夫人到了后间，便跪下哭了。王夫人不知何意，把手拉着他，说："好端端的，这是怎么说，有什么委屈，起来说。"袭人道："这话奴才是不该说的，这会子因为没有法儿了。"王夫人道："你慢慢的说。"袭人道："宝玉的亲事，老太太、太太已定了宝姑娘了，自然是极好的一件事。只是奴才想着，太太看去，宝玉和宝姑娘好，还是和林姑娘好呢？"王夫人道："他两个因从小儿在一处，所以宝玉和林

> 袭人此时说已是迟了，但即使早说亦必无用。然袭人能说，总算还是尽心。

> 王夫人只是外面瞧出几分，做母亲的于儿子的心事如此漠然，则其爱只爱其身，未知爱其心也。

> 哪里来的万全的主意，原来只是为了万全，不是为了宝玉。

> "林丫头倒没有什么"，一句话，已把黛玉的生死置于度外。

> 凤姐诡计多端，总不从正路想。

姑娘又好些。"袭人道："不是好些。"便将宝玉素与黛玉这些光景一一的说了，还说："这些事都是太太亲眼见的。独是夏天的话，我从没敢和别人说。"

王夫人拉着袭人道："我看外面儿已瞧出几分来了。你今儿一说，更加是了。但是刚才老爷说的话，想必都听见了。你看他的神情儿怎么样？"袭人道："如今宝玉若有人和他说话，他就笑；没人和他说话，他就睡。所以头里的话，却倒都没听见。"王夫人道："倒是这件事叫人怎么样呢？"袭人道："奴才说是说了，还得太太告诉老太太，想个万全的主意才好。"王夫人便道："既这么着，你去干你的，这时候满屋子的人，暂且不用提起。等我瞅空儿回明老太太，再作道理。"说着，仍到贾母跟前。

贾母正在那里和凤姐儿商议，见王夫人进来，便问道："袭人丫头说什么？这么鬼鬼祟祟的。"王夫人趁问，便将宝玉的心事，细细回明贾母。贾母听了，半日没言语。王夫人和凤姐也都不再说了。只见贾母叹道："别的事都好说。林丫头倒没有什么。若宝玉真是这样，这可叫人作了难了。"

只见凤姐想了一想，因说道："难倒不难。只是我想了个主意，不知姑妈肯不肯。"王夫人道："你有主意，只管说给老太太听，大家娘儿们商量着办罢了。"凤姐道："依我想，这件事只有一个掉包儿的法子。"

第九十六回 瞒消息凤姐设奇谋 泄机关颦儿迷本性

贾母道："怎么掉包儿？"凤姐道："如今不管宝兄弟明白不明白，大家吵嚷起来，说是老爷做主，将林姑娘配了他了。瞧他的神情儿怎么样。要是他全不管，这个包儿也就不用掉了；若是他有些喜欢的意思，这事却要大费周折呢。"王夫人道："就算他喜欢，你怎么样办法呢？"

凤姐走到王夫人耳边，如此这般的说了一遍。王夫人点了几点头儿，笑了一笑，说道："也罢了。"贾母便问道："你娘儿两个捣鬼，到底告诉我是怎么着呀？"凤姐恐贾母不懂，露泄机关，便也向耳边轻轻的告诉了一遍。贾母果真一时不懂，凤姐笑着又说了几句。贾母笑道："这么着也好，可就只忒苦了宝丫头了。倘或吵嚷出来，林丫头又怎么样呢？"凤姐道："这个话，原只说给宝玉听，外头一概不许提起，有谁知道呢？"

正说间，丫头传进话来，说："琏二爷回来了。"王夫人恐贾母问及，使个眼色与凤姐。凤姐便出来，迎着贾琏努了个嘴儿，同到王夫人屋里等着去了。一回儿，王夫人进来，已见凤姐哭的两眼通红。贾琏请了安，将到十里屯料理王子腾的丧事的话说了一遍，便说："有恩旨，赏了内阁的职衔，谥了文勤公，命本宗扶柩回籍，着沿途地方官员照料。昨日起身，连家眷回南去了。舅太太叫我回来请安问好，说如今想

> 此等事岂可掉包，真是异想天开，凤姐视人命如儿戏耳！

> 王夫人本是愚蠢之极，反以凤姐之计为是，可悲可叹！

> 贾母只知苦了宝丫头，可见其全不以黛玉为念，亦不以宝玉为念也，悲夫！

> 凤姐之哭，是因王子腾之死。

1805

不到不能进京,有多少话不能说。听见我大舅子要进京,若是路上遇见了,便叫他来到咱们这里细细的说。"王夫人听毕,其悲痛自不必言。凤姐劝慰了一番:"请太太略歇一歇,晚上来再商量宝玉的事罢。"说毕,同了贾琏回到自己房中,告诉了贾琏,叫他派人收拾新房。不提。

一日,黛玉早饭后,带着紫鹃到贾母这边来,一则请安,二则也为自己散散闷。出了潇湘馆,走了几步,忽然想起忘了手绢子来,因叫紫鹃回去取来,自己却慢慢的走着等他。刚走到沁芳桥那边山石背后,当日同宝玉葬花之处,忽听一个人呜呜咽咽在那里哭。

> 意外之情,意外之文,来得自然。

黛玉煞住脚听时,又听不出是谁的声音,也听不出哭着叨叨的是些什么话。心里甚是疑惑,便慢慢的走去。及到了跟前,却见一个浓眉大眼的丫头在那里哭呢。黛玉未见他时,还只疑府里这么大丫头有什么说不出的心事,所以来这里发泄发泄。及至见了这个丫头,却又好笑,因想到,这种蠢货有什么情种,自然是那屋里作粗活的丫头受了大女孩子的气了。细瞧了一瞧,却不认得。那丫头见黛玉来了,便也不敢再哭,站起来拭眼泪。

黛玉问道:"你好好的,为什么在这里伤心?"那丫头听了这话,又流泪道:"林姑娘,你评评这个理。

第九十六回　瞒消息凤姐设奇谋　泄机关颦儿迷本性

他们说话，我又不知道。我就说错了一句话，我姐姐也不犯就打我呀。"黛玉听了，不懂他说的是什么，因笑问道："你姐姐是那一个？"那丫头道："就是珍珠姐姐。"黛玉听了，才知他是贾母屋里的，因又问："你叫什么？"那丫头道："我叫傻大姐儿。"黛玉笑了一笑，又问："你姐姐为什么打你？你说错了什么话了？"那丫头道："为什么呢，就是为我们宝二爷娶宝姑娘的事情。"

用傻大姐来泄密，最是合理。

黛玉听了这句话，如同一个疾雷，心头乱跳。略定了定神，便叫这丫头："你跟了我这里来。"那丫头跟着黛玉到那畸角儿上葬桃花的去处，那里背静。黛玉因问道："宝二爷娶宝姑娘，他为什么打你呢？"傻大姐道："我们老太太和太太、二奶奶商量了，因为我们老爷要起身，说就赶着往姨太太商量把宝姑娘娶过来罢。头一宗，给宝二爷冲什么喜，第二宗——"说到这里，又瞅着黛玉笑了一笑，才说道："赶着办了，还要给林姑娘说婆婆家呢。"

一句话，如五雷轰顶。

黛玉已经听呆了。这丫头只管说道："我又不知道他们怎么商量的，不叫人吵嚷，怕宝姑娘听见害臊。我白和宝二爷屋里的袭人姐姐说了一句：'咱们明儿更热闹了，又是宝姑娘，又是宝二奶奶，这可怎么叫呢？'林姑娘，你说我这话害着珍珠姐姐什么了吗？他走过来，就打了我一个嘴巴，说我混说，不遵上头

不单泄密，竟是和盘托出，一倾而尽。

1807

的话，要撵出我去。我知道上头为什么不叫言语呢？你们又没告诉我，就打我！"说着，又哭起来。

那黛玉此时心里，竟是油儿、酱儿、糖儿、醋儿倒在一处的一般，甜苦酸咸，竟说不上什么味儿来了。停了一会儿，颤巍巍的说道："你别混说了。你再混说，叫人听见，又要打你了。你去罢。"说着，自己转身要回潇湘馆去。那身子竟有千百斤重的，两只脚却像踩着棉花一般，早已软了，只得一步一步慢慢的走将来。走了半天，还没到沁芳桥畔，原来脚下软了。走的慢，且又迷迷痴痴，信着脚从那边绕过来，更添了两箭地的路。这时，刚到沁芳桥畔，却又不知不觉的顺着堤往回里走起来。

> 此时黛玉，诚何以堪，天下最伤心者，无过于此矣！

> 写得入神。

紫鹃取了绢子来，却不见黛玉。正在那里看时，只见黛玉颜色雪白，身子恍恍荡荡的，眼睛也直直的，在那里东转西转。又见一个丫头往前头走了，离的远，也看不出是那一个来。心中惊疑不定，只得赶过来，轻轻的问道："姑娘怎么又回去？是要往那里去？"黛玉也只模糊听见，随口应道："我问问宝玉去！"紫鹃听了，摸不着头脑，只得搀着他到贾母这边来。

> 从紫鹃眼里看黛玉，更见其惨痛之状。

> "又见一个丫头往前头走了"，情景如画。

黛玉走到贾母门口，心里微觉明晰，回头看见紫鹃搀着自己，便站住了，问道："你作什么来的？"紫鹃陪笑道："我找了绢子来了。头里见姑娘在桥那边呢，我赶着过去问姑娘，姑娘没理会。"黛玉笑道：

> 因宝玉已住到贾母处，故到贾母处来也。

第九十六回　瞒消息凤姐设奇谋　泄机关颦儿迷本性

"我打量你来瞧宝二爷来了呢，不然，怎么往这里走呢？"紫鹃见他心里迷惑，便知黛玉必是听见那丫头什么话了，惟有点头微笑而已。只是心里怕他见了宝玉，那一个已经是疯疯傻傻，这一个又这样恍恍惚惚，一时说出些不大体统的话来，那时如何是好。心里虽如此想，却也不敢违拗，只得搀他进去。

那黛玉却又奇怪了，这时不似先前那样软了，也不用紫鹃打帘子，自己掀起帘子进来，却是寂然无声。因贾母在屋里歇中觉，丫头们也有脱滑顽去的，也有打盹儿的，也有在那里伺候老太太的。倒是袭人听见帘子响，从屋里出来一看，见是黛玉，便让道："姑娘屋里坐罢。"黛玉笑着道："宝二爷在家么？"袭人不知底里，刚要答言，只见紫鹃在黛玉身后和他努嘴儿，指着黛玉，又摇摇手儿。袭人不解何意，也不敢言语。黛玉却也不理会，自己走进房来。看见宝玉在那里坐着，也不起来让坐，只瞅着嘻嘻的傻笑。黛玉自己坐下，却也瞅着宝玉笑。两个人也不问好，也不说话，也无推让，只管对着脸傻笑起来。袭人看见这番光景，心里大不得主意，只是没法儿。

忽然听着黛玉说道："宝玉，你为什么病了？"宝玉笑道："我为林姑娘病了。"袭人、紫鹃两个吓得面目改色，连忙用言语来岔。两个却又不答言，仍旧傻笑起来。袭人见了这样，知道黛玉此时心中迷惑，不

_{黛玉说打量紫鹃"来瞧宝二爷来了"一语，是痴是迷，令人闻之伤心。}

_{竟是一对疯傻之人。亏作者写得出。}

_{是宝玉心里话，人虽痴迷，然此心一点总不移也，令人痛煞！
两人愈是傻笑，愈是令人痛煞。}

减于宝玉,因悄和紫鹃说道:"姑娘才好了,我叫秋纹妹妹同着你搀回姑娘,歇歇去罢。"因回头向秋纹道:"你和紫鹃姐姐送林姑娘去罢,你可别混说话。"秋纹笑着,也不言语,便来同着紫鹃搀起黛玉。

那黛玉也就站起来,瞅着宝玉只管笑,只管点头儿。紫鹃又催道:"姑娘回家去歇歇罢。"黛玉道:"可不是,我这就是回去的时候儿了。"说着,便回身笑着出来了,仍旧不用丫头们搀扶,自己却走得比往常飞快。紫鹃、秋纹后面赶忙跟着走。

<small>其言可悲,不哭而笑,则其悲痛更切心也!</small>

黛玉出了贾母院门,只管一直走去。紫鹃连忙搀住,叫道:"姑娘,往这里来。"黛玉仍是笑着随了往潇湘馆来,离门口不远,紫鹃道:"阿弥陀佛,可到了家了!"

<small>伤哉黛玉,万千哀痛,均在此一吐也。作者此句具千斤笔力!</small>

只这一句话没说完,只见黛玉身子往前一栽,"哇"的一声,一口血直吐出来。未知性命如何,且听下回分解。

第九十六回　瞒消息凤姐设奇谋　泄机关颦儿迷本性

【回后评】

王子腾之死，是为贾府之败预作伏笔，从此贾府朝中无人，更无靠山矣。

凤姐设奇谋，看似周密可靠至极，岂知又遇傻大姐泄密。然即使无傻大姐，此密能不泄乎？能长密乎？由此可见，凤姐、贾母、王夫人皆愚蠢而无知之极。何以竟不以宝、黛之生死为念，即使不念黛玉，能不念宝玉乎？如此掉包，宝玉能无恙乎？此而不思，则其人之愚之蠢可知矣！

袭人事先忧虑及此，向王夫人陈述，此袭人忧得是，陈述得是。唯其有袭人之陈述，则更见王夫人等之愚蠢也，虽然，袭人并非反对金玉良缘，相反却是拥护金玉良缘者，只是能忧及后果耳。贾母、王夫人、凤姐竟不顾后果，其愚蠢而短见，竟不如袭人矣！

黛玉无意中于傻大姐处得闻消息，如受猛雷之轰顶，其中心何以承之，实不知如何写是好，而作者竟能写黛玉迷蒙混沌，看着宝玉傻笑，问宝玉"为什么病了"，宝玉笑道："我为林姑娘病了。"两人说话时均是"笑"，而此"笑"实更甚于"哭"也，亏作者能写得出，是后部中之好文章。

第九十七回　林黛玉焚稿断痴情
　　　　　　　薛宝钗出闺成大礼

　　话说黛玉到潇湘馆门口，紫鹃说了一句话，更动了心，一时吐出血来，几乎晕倒。亏了还同着秋纹，两个人挽扶着黛玉到屋里来。那时秋纹去后，紫鹃、雪雁守着，见他渐渐苏醒过来，问紫鹃道："你们守着哭什么？"紫鹃见他说话明白，倒放了心了，因说："姑娘刚才打老太太那边回来，身子觉着不大好，唬的我们没了主意，所以哭了。"黛玉笑道："我那里就能够死呢！"这一句话没完，又喘成一处。原来黛玉因今日听得宝玉、宝钗的事情，这本是他数年的心病，一时急怒，所以迷惑了本性。及至回来，吐了这一口血，心中却渐渐的明白过来，把头里的事一字也不记得了。这会子见紫鹃哭，方模糊想起傻大姐的话来，此时反不伤心，惟求速死，以完此债。这里紫鹃、雪雁只得守着，想要告诉人去，怕又像上次招得凤姐儿说他们失惊打怪的。

> 写得真切。

> "惟求速死"，是伤心之至已"心死"也。

第九十七回　林黛玉焚稿断痴情　薛宝钗出闺成大礼

那知秋纹回去，神情慌遽。正值贾母睡起中觉来，看见这般光景，便问怎么了。秋纹吓的连忙把刚才的事回了一遍。贾母大惊，说："这还了得！"连忙着人叫了王夫人、凤姐过来，告诉了他婆媳两个。凤姐道："我都嘱咐到了，这是什么人走了风呢？这不更是一件难事了吗！"贾母道："且别管那些，先瞧瞧去，是怎么样了。"说着，便起身，带着王夫人、凤姐等过来看视。见黛玉颜色如雪，并无一点血色，神气昏沉，气息微细。半日又咳嗽了一阵，丫头递了痰盒，吐出都是痰中带血的。大家都慌了。只见黛玉微微睁眼，看见贾母在他旁边，便喘吁吁的说道："老太太，你白疼了我了！"贾母一闻此言，十分难受，便道："好孩子，你养着罢，不怕的。"黛玉微微一笑，把眼又闭上了。

> 黛玉一语，令人心碎肠断！
> "一笑"者，一切都已了然也。

外面丫头进来，回凤姐道："大夫来了。"于是大家略避。王大夫同着贾琏进来，诊了脉，说道："尚不妨事。这是郁气伤肝，肝不藏血，所以神气不定。如今要用敛阴止血的药，方可望好。"王大夫说完，同着贾琏出去开方取药去了。

贾母看黛玉神气不好，便出来告诉凤姐等道："我看这孩子的病，不是我咒他，只怕难好。你们也该替他预备预备，冲一冲。或者好了，岂不是大家省心？就是怎么样，也不至临时忙乱。咱们家里，这两天正

> 贾母已看出不能好了，但"药"是有的，只是贾母已铁了心，不肯用此"灵丹妙药"矣。

1813

有事呢。"凤姐儿答应了。

贾母又问了紫鹃一回，到底不知是那个说的。贾母心里只是纳闷，因说："孩子们从小儿在一处儿顽，好些是有的。如今大了，懂的人事，就该要分别些，才是做女孩儿的本分，我才心里疼他。若是他心里有别的想头，成了什么人了呢！我可是白疼了他了。你们说了，我倒有些不放心。"因回到房中，又叫袭人来问。袭人仍将前日回王夫人的话，并方才黛玉的光景，述了一遍。贾母道："我方才看他，却还不至糊涂。这个理，我就不明白了。咱们这种人家，别的事自然没有的，这心病也是断断有不得的。林丫头若不是这个病呢，我凭着化多少钱都使得。若是这个病，不但治不好，我也没心肠了。"

> 可见贾母心肠如铁。

> 贾母何等忍心！

> 凤姐也是一样忍心之人。

凤姐道："林妹妹的事，老太太倒不必张心，横竖有他二哥哥天天同着大夫瞧看。倒是姑妈那边的事要紧。今日早起听见说，房子不差什么就妥当了，竟是老太太、太太到姑妈那边，我也跟了去，商量商量。就只一件，姑妈家里有宝妹妹在那里，难以说话，不如索性请姑妈晚上过来，咱们一夜都说结了，就好办了。"贾母、王夫人都道："你说的是。今日晚了，明日饭后，咱们娘儿们就过去。"说着，贾母用了晚饭。凤姐同王夫人各自归房。不提。

第九十七回　林黛玉焚稿断痴情　薛宝钗出闺成大礼

且说次日凤姐吃了早饭过来，便要试试宝玉，走进里间，说道："宝兄弟大喜，老爷已择了吉日，要给你娶亲了。你喜欢不喜欢？"宝玉听了，只管瞅着凤姐笑，微微的点点头儿。凤姐笑道："给你娶林妹妹过来，好不好？"宝玉却大笑起来。凤姐看着，也断不透他是明白，是糊涂，因又问道："老爷说，你好了才给你娶林妹妹呢。若还是这么傻，便不给你娶了。"宝玉忽然正色道："我不傻，你才傻呢。"说着，便站起来，说："我去瞧瞧林妹妹，叫他放心。"凤姐忙扶住了，说："林妹妹早知道了。他如今要做新媳妇了，自然害羞，不肯见你的。"宝玉道："娶过来，他到底是见我不见？"

正是此话，宝玉几曾傻乎！
"叫他放心"一语，令人堕泪。

凤姐又好笑，又着忙，心里想："袭人的话不差。提了林妹妹，虽说仍旧说些疯话，却觉得明白些。若真明白了，将来不是林姑娘，打破了这个灯虎儿，那饥荒才难打呢。"便忍笑说道："你好好儿的，便见你。若是疯疯颠颠的，他就不见你了。"宝玉说道："我有一个心，前儿已交给林妹妹了。他要过来，横竖给我带来，还放在我肚子里头。"

岂非确有灵丹妙药。木石姻缘，便是起死回生之药；金玉良缘，便是杀人毒药。

凤姐听着竟是疯话，便出来看着贾母笑。贾母听了，又是笑，又是疼，便说道："我早听见了。如今且不用理他，叫袭人好好的安慰他。咱们走罢。"

"如今且不用理他"，何其忍心！

说着，王夫人也来，大家到了薛姨妈那里，只说惦记着这边的事,来瞧瞧。薛姨妈感激不尽,说些薛蟠的话。喝了茶,薛姨妈才要叫人告诉宝钗,凤姐连忙拦住,说:"姑妈不必告诉宝妹妹。"又向薛姨妈陪笑说道:"老太太此来,一则为瞧姑妈,二则也有句要紧的话,特请姑妈到那边商议。"薛姨妈听了,点点头儿,说:"是了。"于是大家又说些闲话,便回来了。

当晚,薛姨妈果然过来,见过了贾母,到王夫人屋里来。不免说起王子腾来,大家落了一回泪。薛姨妈便问道:"刚才我到老太太那里,宝哥儿出来请安,还好好儿的,不过略瘦些,怎么你们说得很利害?"凤姐便道:"其实也不怎么样,只是老太太悬心。目今老爷又要起身外任去,不知几年才来。老太太的意思,头一件叫老爷看着宝兄弟成了家,也放心,二则也给宝兄弟冲冲喜,借大妹妹的金锁压压邪气,只怕就好了。"

薛姨妈心里也愿意,只虑着宝钗委屈,便道:"也使得,只是大家还要从长计较计较才好。"王夫人便按着凤姐的话和薛姨妈说,只说:"姨太太这会子家里没人,不如把妆奁一概蠲免。明日就打发蝌儿去告诉蟠儿,一面这里过门,一面给他变法儿撕掳官事。"并不提宝玉的心事,又说:"姨太太,既作了亲,早娶过来,早好一天,大家早放一天心。"

正说着,只见贾母差鸳鸯过来候信。薛姨妈虽恐

_{桐花凤阁馆批本作"早早娶过来……",据改一字。}

第九十七回　林黛玉焚稿断痴情　薛宝钗出闺成大礼

宝钗委屈，然也没法儿，又见这般光景，只得满口应承。鸳鸯回去回了贾母。贾母也甚喜欢，又叫鸳鸯过来，求薛姨妈和宝钗说明原故，不叫他受委屈。薛姨妈也答应了。便议定凤姐夫妇作媒人。大家散了，王夫人姊妹不免又叙了半夜话儿。

> 按封建时代婚礼而论，已是大大委屈宝钗，如何还说"不叫他受委屈"，薛姨妈、薛宝钗之愿受此委屈，正说明其志在此也。

次日，薛姨妈回家，将这边的话细细的告诉了宝钗，还说："我已经应承了。"宝钗始则低头不语，后来便自垂泪。薛姨妈用好言劝慰，解释了好些话。宝钗自回房内，宝琴随去解闷。薛姨妈又告诉了薛蝌，叫他明日起身："一则打听审详的事，二则告诉你哥哥一个信儿，你即便回来。"

薛蝌去了四日，便回来，回复薛姨妈道："哥哥的事，上司已经准了误杀，一过堂就要题本了，叫咱们预备赎罪的银子。妹妹的事，说：'妈妈做主很好的。赶着办，又省了好些银子。叫妈妈不用等我。该怎么着，就怎么办罢。'"

> 钱已花够了，官司也改了。

薛姨妈听了，一则薛蟠可以回家，二则完了宝钗的事，心里安放了好些。便是看着宝钗心里好像不愿意似的，"虽是这样，他是女儿家，素来也孝顺守礼的人，知我应了，他也没得说的。"便叫薛蝌："办泥金庚帖，填上八字，即叫人送到琏二爷那边去。还问了过礼的日子来，你好预备。本来咱们不惊动亲友。哥哥的朋友，是你说的，都是混账人。亲戚呢，就是

1817

贾、王两家。如今贾家是男家,王家无人在京里。史姑娘放定的事,他家没有来请咱们,咱们也不用通知。倒是把张德辉请了来,托他照料些。他上几岁年纪的人,到底懂事。"薛蝌领命,叫人送帖过去。

次日,贾琏过来,见了薛姨妈,请了安,便说:"明日就是上好的日子。今日过来回姨太太,就是明日过礼罢。只求姨太太不要挑饬就是了。"说着,捧过通书来。薛姨妈也谦逊了几句,点头应允。贾琏赶着回去回明贾政。贾政便道:"你回老太太说,既不叫亲友们知道,诸事宁可简便些。若是东西上,请老太太瞧了就是了,不必告诉我。"贾琏答应,进内将话回明贾母。

这里,王夫人叫了凤姐,命人将过礼的物件都送与贾母过目,并叫袭人告诉宝玉。那宝玉又嘻嘻的笑道:"这里送到园里,回来园里又送到这里。咱们的人送,咱们的人收,何苦来呢。"贾母、王夫人听了,都喜欢道:"说他糊涂,他今日怎么这么明白呢。"

鸳鸯等忍不住好笑,只得上来一件一件的点明给贾母瞧,说:"这是金项圈,这是金珠首饰,共八十件。这是妆蟒四十匹。这是各色绸缎一百二十匹。这是四季的衣服,共一百二十件。外面也没有预备羊酒,这是折羊酒的银子。"贾母看了,都说"好",轻轻的与凤姐说道:"你去告诉姨太太,说:'不是虚礼,求

第九十七回　林黛玉焚稿断痴情　薛宝钗出闺成大礼

姨太太等蟠儿出来，慢慢的叫人给他妹妹做来就是了。那好日子的被褥，还是咱们这里代办了罢。"

凤姐答应了，出来叫贾琏先过去，又叫周瑞、旺儿等，吩咐他们："不必走大门，只从园里从前开的便门内送去，我也就过去。这门离潇湘馆还远，倘别处的人见了，嘱咐他们不用在潇湘馆里提起。"众人答应着，送礼而去。宝玉认以为真，心里大乐，精神便觉得好些，只是语言总有些疯傻。那过礼的回来都不提名说姓，因此上下人等虽都知道，只因凤姐吩咐，都不敢走漏风声。

> 如此大事，却不走大门，令人深思。

且说黛玉虽然服药，这病日重一日。紫鹃等在旁苦劝，说道："事情到了这个分儿，不得不说了。姑娘的心事，我们也都知道。至于意外之事，是再没有的。姑娘不信，只拿宝玉的身子说起，这样大病，怎么做得亲呢？姑娘别听瞎话，自己安心保重才好。"黛玉微笑一笑，也不答言，又咳嗽数声，吐出好些血来。

紫鹃等看去，只有一息奄奄，明知劝不过来，惟有守着流泪，天天三四趟去告诉贾母。鸳鸯测度贾母近日比前疼黛玉的心差了些，所以不常去回。况贾母这几日的心都在宝钗、宝玉身上，不见黛玉的信儿也不大提起，只请太医调治罢了。

黛玉向来病着，自贾母起，直到姊妹们的下人，

> 劝慰已是无用了。

> 鸳鸯也看出来了。

> 惨伤之极。

常来问候。今见贾府中上下人等都不过来,连一个问的人都没有,睁开眼,只有紫鹃一人。自料万无生理,因扎挣着向紫鹃说道:"妹妹,你是我最知心的。虽是老太太派你服侍我,这几年,我拿你就当作我的亲妹妹。"说到这里,气又接不上来。紫鹃听了,一阵心酸,早哭得说不出话来。

> 此话怎不令紫鹃肠断心碎?

迟了半日,黛玉又一面喘,一面说道:"紫鹃妹妹,我躺着不受用,你扶起我来靠着坐坐才好。"紫鹃道:"姑娘的身子不大好,起来又要抖搂着了。"黛玉听了,闭上眼不言语了。一时又要起来,紫鹃没法,只得同雪雁把他扶起,两边用软枕靠住,自己却倚在旁边。黛玉那里坐得住,下身自觉硌的疼,狠命的撑着,叫过雪雁来道:"我的诗本子。"说着,又喘。

雪雁料是要他前日所理的诗稿,因找来送到黛玉跟前。黛玉点点头儿,又抬眼看那箱子。雪雁不解,只是发怔。黛玉气的两眼直瞪,又咳嗽起来,又吐了一口血。雪雁连忙回身取了水来,黛玉漱了,吐在盒内。紫鹃用绢子给他拭了嘴。黛玉便拿那绢子指着箱子,又喘成一处,说不上来,闭了眼。紫鹃道:"姑娘歪歪儿罢。"黛玉又摇摇头儿。紫鹃料是要绢子,便叫雪雁开箱,拿出一块白绫绢子来。黛玉瞧了,撂在一边,使劲说道:"有字的。"紫鹃这才明白过来,要那块题诗的旧帕,只得叫雪雁拿出来,递给黛玉。紫鹃劝道:

> 此情此景,惨不忍读!

> 原来是要有字的诗绢。

第九十七回　林黛玉焚稿断痴情　薛宝钗出闺成大礼

"姑娘歇歇罢，何苦又劳神，等好了再瞧罢。"

只见黛玉接到手里，也不瞧诗，扎挣着伸出那只手来，狠命的撕那绢子，却是只有打颤的分儿，那里撕得动。紫鹃早已知他是恨宝玉，却也不敢说破，只说："姑娘何苦自己又生气！"黛玉点点头儿，掖在袖里，便叫雪雁点灯。雪雁答应，连忙点上灯来。

黛玉瞧瞧，又闭了眼坐着，喘了一会子，又道："笼上火盆。"紫鹃打谅他冷，因说道："姑娘躺下，多盖一件罢。那炭气只怕耽不住。"黛玉又摇头儿。雪雁只得笼上，搁在地下火盆架上。黛玉点头，意思叫挪到炕上来。雪雁只得端上来，出去拿那张火盆炕桌。那黛玉却又把身子欠起，紫鹃只得两只手来扶着他。黛玉这才将方才的绢子拿在手中，瞅着那火点点头儿，往上一撂。

紫鹃唬了一跳，欲要抢时，两只手却不敢动。雪雁又出去拿火盆桌子，此时那绢子已经烧着了。紫鹃劝道："姑娘这是怎么说呢？"黛玉只作不闻，回手又把那诗稿拿起来，瞧了瞧，又撂下了。紫鹃怕他也要烧，连忙将身倚住黛玉，腾出手来拿时，黛玉又早拾起，撂在火上。此时紫鹃却够不着，干急。

雪雁正拿进桌子来，看见黛玉一撂，不知何物，赶忙抢时，那纸沾火就着，如何能够少待，早已烘烘的着了。雪雁也顾不得烧手，从火里抓起来撂在地下

千古伤心之情，千古伤心之文。

一生心事已成灰。

1823

批注	正文
此时黛玉已心死力瘁矣。	乱踩,却已烧得所余无几了。
鹦哥初见于第三回,贾母将自己的一名丫头"名唤鹦哥的与了黛玉"。至第八回出现紫鹃,鹦哥再未出现,似鹦哥与紫鹃是一人。此处紫鹃、鹦哥同时出场,则又是两人。此处均仍底本。	

那黛玉把眼一闭,往后一仰,几乎不曾把紫鹃压倒。紫鹃连忙叫雪雁上来,将黛玉扶着放倒,心里突突的乱跳。欲要叫人时,天又晚了;欲不叫人时,自己同着雪雁和鹦哥等几个小丫头,又怕一时有什么原故。好容易熬了一夜。

到了次日早起,觉黛玉又缓过一点儿来。饭后,忽然又嗽又吐,又紧起来。紫鹃看着不祥了,连忙将雪雁等都叫进来看守,自己却来回贾母。那知到了贾母上房,静悄悄的,只有两三个老妈妈和几个做粗活的丫头在那里看屋子呢。紫鹃因问道:"老太太呢?"那些人都说不知道。紫鹃听这话诧异,遂到宝玉屋里去看,竟也无人。遂问屋里的丫头,也说不知。

> 世情、人情就是如此冷毒!令人不得不信。

紫鹃已知八九,"但这些人怎么竟这样狠毒冷淡!"又想到黛玉这几天竟连一个人问的也没有,越想越悲,索性激起一腔闷气来,一扭身便出来了。自己想了一想:"今日倒要看看宝玉是何形状!看他见了我怎么样过的去!那一年,我说了一句谎话,他就急病了。今日竟公然做出这件事来!可知天下男子之心真真是冰寒雪冷,令人切齿的!"一面走,一面想,早已来到怡红院。只见院门虚掩,里面却又寂静的很。

> 好紫鹃,难得有此义愤。

紫鹃忽然想到:"他要娶亲,自然是有新屋子的,但不知他这新屋子在何处?"正在那里徘徊瞻顾,看见

第九十七回　林黛玉焚稿断痴情　薛宝钗出闺成大礼

墨雨飞跑，紫鹃便叫住他。墨雨过来，笑嘻嘻的道："姐姐在这里做什么？"紫鹃道："我听见宝二爷娶亲，我要来看看热闹儿，谁知不在这里。也不知是几儿？"墨雨悄悄的道："我这话只告诉姐姐，你可别告诉雪雁他们。上头盼咐了，连你们都不叫知道呢。就是今日夜里娶，那里是在这里，老爷派琏二爷另收拾了房子了。"说着，又问："姐姐有什么事么？"紫鹃道："没什么事，你去罢。"墨雨仍旧飞跑去了。

又一个泄密的。

紫鹃自己发了一回呆，忽然想起黛玉来，这时候还不知是死是活。因两泪汪汪，咬着牙发狠道："宝玉，我看他明儿死了，你算是躲的过不见了！你过了你那如心如意的事儿，拿什么脸来见我！"一面哭，一面走，呜呜咽咽的自回去了。

紫鹃此时是伤心，是气愤，是含冤，写得真，然紫鹃不知宝玉亦在梦中也。如知此，则更欲向天呼冤矣！

还未到潇湘馆，只见两个小丫头在门里往外探头探脑的，一眼看是紫鹃，那一个便嚷道："那不是紫鹃姐姐来了吗？"紫鹃知道不好了，连忙摆手儿不叫嚷，赶忙进去看时，只见黛玉肝火上炎，两颧红赤。紫鹃觉得不妥，叫了黛玉的奶妈王奶奶来。一看，他便大哭起来。这紫鹃因王奶妈有些年纪，可以仗个胆儿，谁知竟是个没主意的人，反倒把紫鹃弄得心里七上八下。忽然想起一个人来，便命小丫头急忙去请。

你道是谁？原来紫鹃想起李宫裁是个孀居，今日宝玉结亲，他自然回避。况且园中诸事向系李纨料理，

想得到。

所以打发人去请他。李纨正在那里给贾兰改诗，冒冒失失的见一个丫头进来回说："大奶奶，只怕林姑娘好不了，那里都哭呢。"李纨听了，吓了一大跳，也不及问了，连忙站起身来便走，素云、碧月跟着，一头走着，一头落泪，想着："姐妹在一处一场，更兼他那容貌才情真是寡二少双，惟有青女、素娥可以仿佛一二，竟这样小小的年纪，就作了北邙乡女！偏偏凤姐想出一条偷梁换柱之计，自己也不好过潇湘馆来，竟未能少尽姊妹之情。真真可怜可叹！"一头想着，已走到潇湘馆的门口。里面却又寂然无声，李纨倒着起忙来，想来必是已死，都哭过了，那衣衾未知装裹妥当了没有，连忙三步两步走进屋子来。

里间门口一个小丫头已经看见，便说："大奶奶来了。"紫鹃忙往外走，和李纨走了个对脸。李纨忙问："怎么样？"紫鹃欲说话时，惟有喉中哽咽的分儿，却一字说不出。那眼泪一似断线珍珠一般，只将一只手回过去指着黛玉，李纨看了紫鹃这般光景，更觉心酸，也不再问，连忙走过来。看时，那黛玉已不能言。李纨轻轻叫了两声，黛玉却还微微的开眼，似有知识之状，但只眼皮、嘴唇微有动意，口内尚有出入之息，却要一句话、一点泪也没有了。

> 写得真。

> 泪已尽矣。

李纨回身，见紫鹃不在跟前，便问雪雁。雪雁道："他在外头屋里呢。"李纨连忙出来，只见紫鹃在外间

第九十七回　林黛玉焚稿断痴情　薛宝钗出闺成大礼

空床上躺着，颜色青黄，闭了眼，只管流泪，那鼻涕、眼泪把一个砌花锦边的褥子已湿了碗大的一片。李纨连忙唤他，那紫鹃才慢慢的睁开眼，欠起身来。李纨道："傻丫头，这是什么时候，且只顾哭你的！林姑娘的衣衾还不拿出来给他换上，还等多早晚呢？难道他个女孩儿家，你还叫他赤身露体，精着来，光着去吗？"紫鹃听了这句话，一发止不住痛哭起来。李纨一面也哭，一面着急，一面拭泪，一面拍着紫鹃的肩膀说："好孩子，你把我的心都哭乱了。快着收拾他的东西罢，再迟一会子就了不得了。"

> 紫鹃伤心已极。

正闹着，外边一个人慌慌张张跑进来，倒把李纨唬了一跳，看时却是平儿。跑进来看见这样，只是呆磕磕的发怔。李纨道："你这会子不在那边，做什么来了？"说着，林之孝家的也进来了。平儿道："奶奶不放心，叫来瞧瞧。既有大奶奶在这里，我们奶奶就只顾那一头儿了。"李纨点点头儿。平儿道："我也见见林姑娘。"说着，一面往里走，一面早已流下泪来。

> 难得平儿还未忘黛玉。

这里，李纨因和林之孝家的道："你来的正好，快出去瞧瞧去，告诉管事的，预备林姑娘的后事。妥当了，叫他来回我，不用到那边去。"林之孝家的答应了，还站着。李纨道："还有什么话呢？"林之孝家的道："刚才二奶奶和老太太商量了，那边用紫鹃姑娘使唤使唤呢。"

> 好紫鹃，有肝胆。

> 竟要紫鹃去装假，不顾此间死活，人之忍心，一至于此，令人掩卷痛哭！作者文笔至此，亦已至矣极矣！

李纨还未答言，只见紫鹃道："林奶奶，你先请罢。等着人死了，我们自然是出去的，那里用这么——"说到这里，却又不好说了，因又改说道："况且我们在这里守着病人，身上也不洁净。林姑娘还有气儿呢，不时的叫我。"李纨在旁解说道："当真这林姑娘和这丫头也是前世的缘法儿。倒是雪雁是他南边带来的，他倒不理会。惟有紫鹃，我看他两个一时也离不开。"林之孝家的头里听了紫鹃的话，未免不受用，被李纨这番一说，却也没的说，又见紫鹃哭得泪人一般，只好瞅着他微微的笑，因又说道："紫鹃姑娘这些闲话倒不要紧，只是他却说得，我可怎么回老太太呢？况且这话是告诉得二奶奶的吗！"正说着，平儿擦着眼泪出来，道："告诉二奶奶什么事？"林之孝家的将方才的话说了一遍。平儿低了一回头，说："这么着罢，就叫雪姑娘去罢。"李纨道："他使得吗？"平儿走到李纨耳边说了几句。李纨点点头儿，道："既是这么着，就叫雪雁过去，也是一样的。"林之孝家的因问平儿道："雪姑娘使得吗？"平儿道："使得，都是一样。"林家的道："那么姑娘就快叫雪姑娘跟了我去。我先去回了老太太和二奶奶。这可是大奶奶和姑娘的主意，回来姑娘再各自回二奶奶去。"李纨道："是了。你这么大年纪，连这么点子事还不耽呢。"林家的笑道："不是不耽。头一宗，这件事老太太和二奶奶办的，我们

第九十七回　林黛玉焚稿断痴情　薛宝钗出闺成大礼

都不能很明白。再者，又有大奶奶和平姑娘呢。"说着，平儿已叫了雪雁出来。

原来雪雁因这几日嫌他小孩子家懂得什么，便也把心冷淡了。况且听是老太太和二奶奶叫，也不敢不去。连忙收拾了头，平儿叫他换了新鲜衣服，跟着林家的去了。随后平儿又和李纨说了几句话。李纨又嘱咐平儿打那么催着林之孝家的叫他男人快办了来。平儿答应着出来，转了个弯子，看见林家的带着雪雁在前头走呢，赶忙叫住，道："我带了他去罢，你先告诉林大爷，办林姑娘的东西去罢。奶奶那里，我替回就是了。"那林家的答应着去了。这里，平儿带了雪雁，到了新房子里，回明了，自去办事。

却说雪雁看见这般光景，想起他家姑娘，也未免伤心，只是在贾母、凤姐跟前不敢露出。因又想道："也不知用我作什么，我且瞧瞧。宝玉一日家和我们姑娘好的蜜里调油，这时候总不见面了，也不知是真病假病。怕我们姑娘不依，他假说丢了玉，装出傻子样儿来，叫我们姑娘寒了心，他好娶宝姑娘的意思。我看看他去，看他见了我，傻不傻。莫不成今儿还装傻么？"一面想着，已溜到里间屋子门口，偷偷儿的瞧。

雪雁到底并非无情。

雪雁另是一种想法。

这时，宝玉虽因失玉昏愦，但只听见娶了黛玉为妻，真乃是从古至今、天上人间第一件畅心满意的事了，那身子顿觉健旺起来。只不过不似从前那般灵透，

1829

所以凤姐的妙计百发百中。巴不得即见黛玉，盼到今日完姻，真乐得手舞足蹈，虽有几句傻话，却与病时光景大相悬绝了。雪雁看了，又是生气，又是伤心，他那里晓得宝玉的心事，便各自走开。

> 雪雁岂知宝玉受骗，文情转折，读至此，令人柔肠百折。

这里，宝玉便叫袭人快快给他装新，坐在王夫人屋里。看见凤姐、尤氏忙忙碌碌，再盼不到吉时，只管问袭人道："林妹妹打园里来，为什么这么费事，还不来？"袭人忍着笑道："等好时辰。"回来又听见凤姐与王夫人道："虽然有服，外头不用鼓乐，咱们南边规矩，要拜堂的，冷清清使不得。我传了家内学过音乐、管过戏子的那些女人来吹打，热闹些。"王夫人点头说："使得。"

一时大轿从大门进来，家里细乐迎出去，十二对宫灯排着进来，倒也新鲜雅致。傧相请了新人出轿。宝玉见新人蒙着盖头，喜娘披着红扶着，下首扶新人的你道是谁？原来就是雪雁。宝玉看见雪雁，犹想："因何紫鹃不来，倒是他呢？"又想道："是了，雪雁原是他南边家里带来的，紫鹃仍是我们家的，自然不必带来。"因此，见了雪雁竟如见了黛玉的一般欢喜。

> 宝玉想得亦有些道理，但终未想到竟是蒙骗一场耳！

傧相赞礼，拜了天地。请出贾母受了四拜，后请贾政夫妇登堂，行礼毕，送入洞房。还有坐床撒帐等事，俱是按金陵旧例。贾政原为贾母作主，不敢违拗，不信冲喜之说。那知今日宝玉居然像个好人一般，贾

第九十七回　林黛玉焚稿断痴情　薛宝钗出闺成大礼

政见了，倒也喜欢。

那新人坐了床便要揭起盖头的，凤姐早已防备，故请贾母、王夫人等进去照应。宝玉此时到底有些傻气，便走到新人跟前说道："妹妹身上好了？好些天不见了，盖着这劳什子做什么？"欲待要揭去，反把贾母急出一身冷汗来。宝玉又转念一想，道："林妹妹是爱生气的，不可造次。"又歇了一歇，仍是按捺不住，只得上前揭了。喜娘接去盖头，雪雁走开，莺儿等上来伺候。终于揭底了。

宝玉睁眼一看，好像宝钗，心中不信，自己一手持灯，一手擦眼一看，可不是宝钗么！只见他盛妆艳服，丰肩愜体，鬟低鬓軃，眼瞤息微，真是荷粉露垂，杏花烟润了。宝玉发了一回怔，又见莺儿立在旁边，不见了雪雁。宝玉此时心无主意，自己反以为是梦中了，呆呆的只管站着。众人接过灯去，扶了宝玉仍旧坐下，两眼直视，半语全无。贾母恐他病发，亲自扶他上床。凤姐、尤氏请了宝钗进入里间床上坐下，宝钗此时自然是低头不语。真是相逢如梦中。

宝玉定了一回神，见贾母、王夫人坐在那边，便轻轻的叫袭人道："我是在那里呢？这不是做梦么？"袭人道："你今日好日子，什么梦不梦的混说。老爷可在外头呢。"宝玉悄悄儿的拿手指着道："坐在那里这一位美人儿是谁？"袭人握了自己的嘴，笑的说不

1833

出话来，歇了半日，才说道："是新娶的二奶奶。"众人也都回过头去，忍不住的笑。宝玉又道："好糊涂，你说，二奶奶到底是谁？"袭人道："宝姑娘。"宝玉道："林姑娘呢？"袭人道："老爷作主，娶的是宝姑娘，怎么混说起林姑娘来？"宝玉道："我才刚看见林姑娘了么，还有雪雁呢，怎么说没有？你们这都是做什么顽呢？"凤姐便走上来轻轻的说道："宝姑娘在屋里坐着呢。别混说，回来得罪了他，老太太不依的。"

> "你们这都是做什么顽呢？"问得好，宝玉不糊涂也。

宝玉听了，这会子糊涂更利害了。本来原有昏愦的病，加以今夜神出鬼没，更叫他不得主意，便也不顾别的了，口口声声只要找林妹妹去。贾母等上前安慰，无奈他只是不懂。又有宝钗在内，又不好明说。知宝玉旧病复发，也不讲明，只得满屋里点起安息香来，定住他的神魂，扶他睡下。众人鸦雀无闻。停了片时，宝玉便昏沉睡去。贾母等才得略略放心，只好坐以待旦，叫凤姐去请宝钗安歇。宝钗置若罔闻，也便和衣在内暂歇。贾政在外，未知内里原由，只就方才眼见的光景想来，心下倒放宽了。恰是明日就是起程的吉日，略歇了一歇，众人贺喜送行。贾母见宝玉睡着，也回房去暂歇。

> 真是神出鬼没。"口口声声只要找林妹妹"，惨极悲极。

次早，贾政辞了宗祠，过来拜别贾母，禀称："不孝远离，惟愿老太太顺时颐养，儿子一到任所，即修禀请安，不必挂念。宝玉的事，已经依了老太太完结，只求老太太训诲。"贾母恐贾政在路不放心,并不将宝玉复病的话说起,只说:"我有一句话。宝玉昨夜完姻,并不是同房。今日你起身,必该叫他远送才是。他因病冲喜,如今才好些,又是昨日一天劳乏,出来恐怕着了风。故此问你,你叫他送呢,我即刻去叫他。你若疼他,我就叫人带了他来,你见见,叫他给你磕头就算了。"贾政道:"叫他送什么。只要他从此以后认真念书,比送我还喜欢呢。"贾母听了,又放了一条心,便叫贾政坐着,叫鸳鸯去如此如此,带了宝玉,叫袭人跟着来。

鸳鸯去了不多一会,果然宝玉来了,仍是叫他行礼。宝玉见了父亲,神志略敛些,片时清楚,也没什么大差。贾政吩咐了几句,宝玉答应了。贾政叫人扶他回去了,自己回到王夫人房中,又切实的叫王夫人管教儿子,断不可如前娇纵。明年乡试,务必叫他下场。王夫人一一的听了,也没提起别的。即忙命人扶了宝钗过来,行了新妇送行之礼,也不出房。其余内眷俱送至二门而回。贾珍等也受了一番训饬。大家举酒送行,一班子弟及晚辈亲友,直送至十里长亭而别。

不言贾政起程赴任。且说宝玉回来,旧病陡发,更加昏愦,连饮食也不能进了。未知性命如何,下回分解。

【回后评】

黛玉到潇湘馆门口,哇的一声,吐出一口血来,是黛玉万千恩怨在此一吐,是作者千钧笔力在此一吐。贾母来看黛玉后说:"若是他心里有别的想头,成了什么人了呢!我可是白疼了他了。""林丫头若不是这个病呢,我凭着花多少钱都使得。若是这个病,不但治不好,我也没心肠了。"贾母对待黛玉的全部"慈爱"亦全在此两句话。此两句话,是贾母对黛玉所画的感情的界线,在线以内一切均可,在线以外则全是妄想。贾母的线是铁线,贾母的心亦是铁心。

黛玉对贾母说:"老太太,你白疼了我了",然后"微微一笑,把眼又闭上了"。黛玉对贾母的理解,至此才算完全清楚,再无别言,故微微一笑,闭上眼睛。文是极为轻淡,笔是极为沉重,情是极为伤痛而绝望。一切都完,一切都了,故可以闭眼了。呜呼,人间再无比此更伤更痛之情!

凤姐对宝玉说:"老爷说,你好了才给你娶林妹妹呢。若还是这么傻,便不给你娶了。"宝玉忽然正色道:"我不傻,你才傻呢。"说着便要去看林妹妹。宝玉之话,是至伤至痛之话。由人精神折磨迷弄至此,而竟以为傻,痛之至矣!宝玉说"你才傻呢"一句,实是最清醒之话!

黛玉将诗稿、诗帕付之一炬,则其身心亦已随之成灰矣,是千古血泪之文,是千古不磨之情。此续作中之最动人心魄处,无怪其二百年来传诵不衰也。

宝钗如此成礼,始终不语,只是垂泪。宝钗虽然是宝玉之争夺者,且已成为"胜者",然此时之宝钗,恰恰亦成为整体悲剧中之一员。宝钗虽用心机,然未必竟欲如凤姐设计中之角色,此时之宝钗亦成为被摆布之人物矣。一场喜事中,人人都是悲剧人物，此奇情奇文也。

此时场景中，唯有紫鹃敢哭、敢恨、敢怒、敢顶、敢骂，紫鹃真黛玉之知心人也。李纨、平儿于黛玉濒危中急来看视，伤痛之情，出于肺腑。李纨、平儿真心人也，能令人不忘。

第九十八回　苦绛珠魂归离恨天
　　　　　　　　病神瑛泪洒相思地

　　话说宝玉见了贾政，回至房中，更觉头昏脑闷，懒待动弹，连饭也没吃，便昏沉睡去。仍旧延医诊治，服药不效，索性连人也认不明白了。大家扶着他坐起来，还是像个好人。一连闹了几天，那日恰是回九之期。若不过去，薛姨妈脸上过不去；若说去呢，宝玉这般光景。贾母明知是为黛玉而起，欲要告诉明白，又恐气急生变。宝钗是新媳妇，又难劝慰，必得姨妈过来才好。若不回九，姨妈嗔怪。便与王夫人、凤姐商议道："我看宝玉竟是魂不守舍，起动是不怕的。用两乘小轿，叫人扶着，从园里过去，应了回九的吉期。以后请姨妈过来安慰宝钗，咱们一心一计的调治宝玉，可不两全？"王夫人答应了，即刻预备。

　　幸亏宝钗是新媳妇，宝玉是个疯傻的，由人掇弄过去了。宝钗也明知其事，心里只怨母亲办得糊涂，事已至此，不肯多言。独有薛姨妈看见宝玉这般光景，

第九十八回　苦绛珠魂归离恨天　病神瑛泪洒相思地

心里懊悔，只得草草完事。

到家，宝玉越加沉重。次日，连起坐都不能了。日重一日，甚至汤水不进。薛姨妈等忙了手脚，各处遍请名医，皆不识病源。只有城外破寺中住着个穷医，姓毕，别号知庵的，诊得病源是悲喜激射，冷暖失调，饮食失时，忧忿滞中，正气壅闭，此内伤外感之症。于是度量用药。至晚服了，二更后，果然省些人事，便要水喝。贾母、王夫人等才放了心，请了薛姨妈带了宝钗，都到贾母那里暂且歇息。

宝玉片时清楚，自料难保，见诸人散后，房中只有袭人，因唤袭人至跟前，拉着手哭道："我问你，宝姐姐怎么来的？我记得老爷给我娶了林妹妹过来，怎么被宝姐姐赶了去了？他为什么霸占住在这里？我要说呢，又恐怕得罪了他。你们听见林妹妹哭得怎么样了？"袭人不敢明说，只得说道："林姑娘病着呢。"宝玉又道："我瞧瞧他去。"说着，要起来。岂知连日饮食不进，身子那能动转，便哭道："我要死了，我有一句心里的话，只求你回明老太太：横竖林妹妹也是哭死的，我如今也不能保，两处两个病人都要死的，死了越发难张罗。不如腾一处空房子，趁早将我同林妹妹两个抬在那里，活着也好一处医治服侍，死了也好一处停放。你依我这话，不枉了几年的情分。"袭人听了这些话，便哭的哽嗓气噎。

"为什么霸占住在这里？"此句虽是问袭人，实是问贾母、王夫人、凤姐也。

宝玉深知黛玉必哭死，然又岂知黛玉之不知宝玉受播弄乎！

伤心之极，只求死在一处而已！

宝钗恰好同了莺儿过来，也听见了，便说道："你放着病不保养，何苦说这些不吉利的话。老太太才安慰了些，你又生出事来。老太太一生疼你一个，如今八十多岁的人了，虽不图你的封诰，将来你成了人，老太太也看着乐一天，也不枉了老人家的苦心。太太更是不必说了，一生的心血精神，抚养了你这一个儿子，若是半途死了，太太将来怎么样呢？我虽是命薄，也不至于此。据此三件看来，你便要死，那天也不容你死的，所以你是不得死的。只管安稳着，养个四五天后，风邪散了，太和正气一足，自然这些邪病都没有了。"宝玉听了，竟是无言可答，半晌，方才嘻嘻的笑道："你是好些时不和我说话了，这会子说这些大道理的话给谁听？"宝钗听了这话，便又说道："实告诉你说罢，那两日，你不知人事的时候，林妹妹已经亡故了。"宝玉忽然坐起来，大声诧异道："果真死了吗？"宝钗道："果真死了。岂有红口白舌咒人死的呢？老太太、太太知道你姐妹和睦，你听见他死了，自然你也要死，所以不肯告诉你。"

> 此时宝钗，又非大礼时之宝钗，又是往日之宝钗矣，莫非大礼时仅只不言乎！

宝玉听了，不禁放声大哭，倒在床上。忽然眼前漆黑，辨不出方向，心中正自恍惚，只见眼前好像有人走来，宝玉茫然问道："借问此是何处？"那人道："此阴司泉路。你寿未终，何故至此？"宝玉道："适闻有一故人已死，遂寻访至此，不觉迷途。"那人道：

> 宝玉闻黛玉死讯，放声大哭，昏倒床上，便入阴司。作者已无法再写，只得用此法矣，终不如前黛玉之死沉痛摧心也。

第九十八回　苦绛珠魂归离恨天　病神瑛泪洒相思地

"故人是谁？"宝玉道："姑苏林黛玉。"那人冷笑道："林黛玉生不同人，死不同鬼，无魂无魄，何处寻访？凡人魂魄，聚而成形，散而为气，生前聚之，死则散焉。常人尚无可寻访，何况林黛玉呢！汝快回去罢。"

宝玉听了，呆了半晌，道："既云死者散也，又如何有这个阴司呢？"那人冷笑道："那阴司说有便有，说无就无。皆为世俗溺于生死之说，设言以警世，便道上天深怒愚人——或不守分安常；或生禄未终，自行夭折；或嗜淫欲，尚气逞凶，无故自陨者：特设此地狱，囚其魂魄，受无边的苦，以偿生前之罪。汝寻黛玉，是无故自陷也。且黛玉已归太虚幻境，汝若有心寻访，潜心修养，自然有时相见。如不安生，即以自行夭折之罪囚禁阴司，除父母外，欲图一见黛玉，终不能矣。"那人说毕，袖中取出一石，向宝玉心口掷来。宝玉听了这话，又被这石子打着心窝，吓得即欲回家，只恨迷了道路。

正在踌躇，忽听那边有人唤他。回首看时，不是别人，正是贾母、王夫人、宝钗、袭人等围绕哭泣叫着。自己仍旧躺在床上，见案上红灯，窗前皓月，依然锦绣丛中，繁华世界。定神一想，原来竟是一场大梦。浑身冷汗，觉得心内清爽。仔细一想，真正无可奈何，不过长叹数声而已。

宝钗早知黛玉已死，因贾母等不许众人告诉宝玉

问得妙。

答得亦妙。

不仅死去是梦，活着亦是梦也。

1841

知道,恐添病难治。自己却深知宝玉之病实因黛玉而起,失玉次之,故趁势说明,使其一痛决绝,神魂归一,庶可疗治。贾母、王夫人等不知宝钗的用意,深怪他造次。后来见宝玉醒了过来,方才放心,立即到外书房请了毕大夫进来诊视。那大夫进来诊了脉,便道:"奇怪,这回脉气沉静,神安郁散,明日进调理的药,就可以望好了。"说着,出去。众人各自安心散去。

袭人起初深怨宝钗不该告诉,惟是口中不好说出。莺儿背地也说宝钗道:"姑娘忒性急了。"宝钗道:"你知道什么,好歹横竖有我呢。"那宝钗任人诽谤,并不介意,只窥察宝玉心病,暗下针砭。

一日,宝玉渐觉神志安定,虽一时想起黛玉,尚有糊涂。更有袭人缓缓的将"老爷选定的宝姑娘为人和厚;嫌林姑娘秉性古怪,原恐早夭;老太太恐你不知好歹,病中着急,所以叫雪雁过来哄你"的话时常劝解。宝玉终是心酸落泪。欲待寻死,又想着梦中之言,又恐老太太、太太生气,又不能撂开。又想黛玉已死,宝钗又是第一等人物,方信金石姻缘有定,自己也解了好些。

> 宝玉此等想法,是续作者所加,大违"俺只念木石前盟"之意。

宝钗看来不妨大事,于是自己心也安了,只在贾母、王夫人等前尽行过家庭之礼后,便设法以释宝玉之忧。宝玉虽不能时常坐起,亦常见宝钗坐在床前,禁不住生来旧病。宝钗每以正言劝解,以"养身要紧,

第九十八回　苦绛珠魂归离恨天　病神瑛泪洒相思地

你我既为夫妇,岂在一时"之语安慰他。那宝玉心里虽不顺遂,无奈日里贾母、王夫人及薛姨妈等轮流相伴,夜间宝钗独去安寝,贾母又派人服侍,只得安心静养。又见宝钗举动温柔,也就渐渐的将爱慕黛玉的心肠略移在宝钗身上。此是后话。

却说宝玉成家的那一日,黛玉白日已经昏晕过去,却心头口中一丝微气不断,把个李纨和紫鹃哭的死去活来。到了晚间,黛玉却又缓过来了,微微睁开眼,似有要水要汤的光景。此时,雪雁已去,只有紫鹃和李纨在旁。紫鹃便端了一盏桂圆汤和的梨汁,用小银匙灌了两三匙。黛玉闭着眼静养了一会子,觉得心里似明似暗的。此时,李纨见黛玉略缓,明知是回光返照的光景,却料着还有一半天耐头,自己回到稻香村料理了一回事情。

这里,黛玉睁开眼一看,只有紫鹃和奶妈并几个小丫头在那里,便一手攥了紫鹃的手,使着劲说道:"我是不中用的人了。你服侍我几年,我原指望咱们两个总在一处。不想我——"说着,又喘了一会子,闭了眼歇着。紫鹃见他攥着不肯松手,自己也不敢挪动,看他的光景,比早半天好些,只当还可以回转,听了这话,又寒了半截。半天,黛玉又说道:"妹妹,我这里并没亲人。我的身子是干净的,你好歹叫他们

> 垂死之人,凄凉至此,令人不可卒读。

> 应"质本洁来还洁去"之句。

> 黛玉遗言要"送我回去",则已看透此处不可留也。

送我回去。"说到这里,又闭了眼不言语了。那手却渐渐紧了。喘成一处,只是出气大、入气小,已经促疾的很了。

> 总算探春还能来一看。

紫鹃忙了,连忙叫人请李纨。可巧探春来了,紫鹃见了,忙悄悄的说道:"三姑娘,瞧瞧林姑娘罢。"说着,泪如雨下。探春过来,摸了摸黛玉的手,已经凉了,连目光也都散了。探春、紫鹃正哭着叫人端水来给黛玉擦洗,李纨连忙进来了。三个人才见了,不及说话。刚擦着,猛听黛玉直声叫道:"宝玉,宝玉,

> "宝玉,你好"四字,怨极恨极,因黛玉至死不知宝玉之受蒙痴迷也!故黛玉含怨含恨而死也。

你好——"说到"好"字,便浑身冷汗,不作声了。紫鹃等急忙扶住,那汗愈出,身子便渐渐的冷了。探春、李纨叫人乱着拢头穿衣,只见黛玉两眼一翻,呜呼!

香魂一缕随风散,愁绪三更入梦遥。

当时黛玉气绝,正是宝玉娶宝钗的这个时辰。紫鹃等都大哭起来。李纨、探春想他素日的可疼,今日更加可怜,也便伤心痛哭。因潇湘馆离新房子甚远,所以那边并没听见。一时大家痛哭了一阵,只听得远远一阵音乐之声,侧耳一听,却又没有了。探春、李

> 是迎黛玉之仙乐乎,是宝玉成亲之喜乐乎?

纨走出院外再听时,惟有竹梢风动,月影移墙,好不凄凉冷淡!一时叫了林之孝家的过来,将黛玉停放毕,派人看守,等明早去回凤姐。

> "竹梢风动,月影移墙"八字是黛玉临终凄凉冷淡之况之写照。情是凄极之情,文是好极之文。

凤姐因见贾母、王夫人等忙乱,贾政起身,又为宝玉惛愦更甚,正在着急异常之时,若是又将黛玉的

第九十八回　苦绛珠魂归离恨天　病神瑛泪洒相思地

凶信一回，恐贾母、王夫人愁苦交加，急出病来，只得亲自到园。到了潇湘馆内，也不免哭了一场。见了李纨、探春，知道诸事齐备，便说："很好。只是刚才你们为什么不言语，叫我着急？"探春道："刚才送老爷，怎么说呢？"凤姐道："还倒是你们两个可怜他些。这么着，我还得那边去招呼那个冤家呢。但是，这件事好累坠。若是今日不回，使不得；若回了，恐怕老太太搁不住。"李纨道："你去见机行事，得回再回方好。"凤姐点头，忙忙的去了。

凤姐到了宝玉那里，听见大夫说不妨事，贾母、王夫人略觉放心。凤姐便背了宝玉，缓缓的将黛玉的事回明了。贾母、王夫人听得，都唬了一大跳。贾母眼泪交流，说道："是我弄坏了他了。但只是这个丫头也忒傻气！"说着，便要到园里去哭他一场，又惦记着宝玉，两头难顾。王夫人等含悲共劝贾母不必过去："老太太身子要紧。"

贾母虽然自责，仍说黛玉傻气，可见贾母终不悟自己是杀黛玉之凶手也。

贾母无奈，只得叫王夫人自去。又说："你替我告诉他的阴灵：并不是我忍心不来送你，只为有个亲疏。你是我的外孙女儿，是亲的了。若与宝玉比起来，可是宝玉比你更亲些。倘宝玉有些不好，我怎么见他父亲呢？"说着，又哭起来。王夫人劝道："林姑娘是老太太最疼的，但只寿夭有定。如今已经死了，无可尽心，只是葬礼上要上等的发送，一则可以少尽咱

至此还论亲疏，贾母寡情极矣。

们的心,二则就是姑太太和外甥女儿的阴灵儿,也可以少安了。"贾母听到这里,越发痛哭起来。

凤姐恐怕老人家伤感太过,明仗着宝玉心中不甚明白,便偷偷的使人来撒个谎儿,哄老太太道:"宝玉那里找老太太呢。"贾母听见,才止住泪,问道:"不是又有什么缘故?"凤姐陪笑道:"没什么缘故,他大约是想老太太的意思。"贾母连忙扶了珍珠儿,凤姐也跟着过来。

走至半路,正遇王夫人过来,一一回明了贾母。贾母自然又是哀痛的,只因要到宝玉那边,只得忍泪含悲的说道:"既这么着,我也不过去了。由你们办罢,我看着心里也难受,只别委屈了他就是了。"王夫人、凤姐一一答应了。贾母才过宝玉这边来,见了宝玉,因问:"你做什么找我?"宝玉笑道:"我昨日晚上看见林妹妹来了。他说,要回南去。我想,没人留的住,还得老太太给我留一留他。"贾母听着,说:"使得,只管放心罢。"袭人因扶宝玉躺下。贾母出来,到宝钗这边来。

那时,宝钗尚未回九,所以每每见了人,倒有些含羞之意。这一天,见贾母满面泪痕,递了茶,贾母叫他坐下。宝钗侧身陪着坐了,才问道:"听得林妹妹病了,不知他可好些了?"贾母听了这话,那眼泪止不住流下来,因说道:"我的儿,我告诉你,你可

第九十八回　苦绛珠魂归离恨天　病神瑛泪洒相思地

别告诉宝玉。都是因你林妹妹，才叫你受了多少委屈。你如今作媳妇了，我才告诉你。这如今，你林妹妹没了两三天了，就是娶你的那个时辰死的。如今宝玉这一番病，还是为着这个。你们先都在园子里，自然也都是明白的。"宝钗把脸飞红了，想到黛玉之死，又不免落下泪来。贾母又说了一回话去了。

自此，宝钗千回万转，想了一个主意，只不肯造次，所以过了回九才想出这个法子来。如今果然好些，然后大家说话才不至似前留神。

独是宝玉虽然病势一天好似一天，他的痴心总不能解，必要亲去哭他一场。贾母等知他病未除根，不许他胡思乱想，怎奈他郁闷难堪，病多反复。倒是大夫看出心病，索性叫他开散了，再用药调理，倒可好得快些。宝玉听说，立刻要往潇湘馆来。贾母等只得叫人抬了竹椅子过来，扶宝玉坐上。贾母、王夫人即便先行。

到了潇湘馆内，一见黛玉灵柩，贾母已哭得泪干气绝。凤姐等再三劝住。王夫人也哭了一场。李纨便请贾母、王夫人在里间歇着，犹自落泪。

宝玉一到，想起未病之先来到这里，今日屋在人亡，不禁嚎啕大哭。想起从前何等亲密，今日死别，怎不更加伤感。众人原恐宝玉病后过哀，都来解劝。

宝玉已经哭得死去活来,大家搀扶歇息。其余随来的,如宝钗,俱极痛哭。

独是宝玉必要叫紫鹃来见,问明姑娘临死有何话说,紫鹃本来深恨宝玉,见如此,心里已回过来些,又见贾母、王夫人都在这里,不敢洒落宝玉,便将林姑娘怎么复病,怎么烧毁帕子,焚化诗稿,并将临死说的话,一一的都告诉了。宝玉又哭得气噎喉干。

探春趁便又将黛玉临终嘱咐带柩回南的话也说了一遍。贾母、王夫人又哭起来。多亏凤姐能言劝慰,略略止些,便请贾母等回去。宝玉那里肯舍,无奈贾母逼着,只得勉强回房。

贾母有了年纪的人,打从宝玉病起,日夜不宁,今又大痛一阵,已觉头晕身热。虽是不放心,惦着宝玉,却也挣扎不住,回到自己房中睡下。王夫人更加心痛难禁,也便回去,派了彩云帮着袭人照应,并说:"宝玉若再悲戚,速来告诉我们。"宝钗是知宝玉一时必不能舍,也不相劝,只用讽刺的话说他。宝玉倒恐宝钗多心,也便饮泣收心。歇了一夜,倒也安稳。

明日一早,众人都来瞧他,但觉气虚身弱,心病倒觉去了几分。于是加意调养,渐渐的好起来。贾母幸不成病,惟是王夫人心痛未痊。那日,薛姨妈过来探望,看见宝玉精神略好,也就放心,暂且住下。

一日,贾母特请薛姨妈过去商量说:"宝玉的命,

第九十八回　苦绛珠魂归离恨天　病神瑛泪洒相思地

都亏姨太太救的，如今想来不妨了，独委屈了你的姑娘。如今宝玉调养百日，身体复旧，又过了娘娘的功服，正好圆房。要求姨太太作主，另择个上好的吉日。"薛姨妈便道："老太太主意很好，何必问我。宝丫头虽生的粗笨，心里却还是极明白的。他的情性，老太太素日是知道的。但愿他们两口儿言和意顺，从此老太太也省好些心，我姐姐也安慰些，我也放了心了。老太太便定个日子。还通知亲戚不用呢？"

黛玉的命姨太太送了一半。

贾母道："宝玉和你们姑娘生来第一件大事，况且费了多少周折，如今才得安逸，必要大家热闹几天。亲戚都要请的。一来酬愿，二则咱们吃杯喜酒，也不枉我老人家操了好些心。"薛姨妈听说，自然也是喜欢的，便将要办妆奁的话也说了一番。贾母道："咱们亲上做亲，我想也不必这些。若说动用的，他屋里已经满了。必定宝丫头他心爱的，要你几件，姨太太就拿了来。我看宝丫头也不是多心的人，不比的我那外孙女儿的脾气，所以他不得长寿。"说着，连薛姨妈也便落泪。

恰好凤姐进来，笑道："老太太、姑妈又想着什么了？"薛姨妈道："我和老太太说起你林妹妹来，所以伤心。"凤姐笑道："老太太和姑妈且别伤心，我刚才听了个笑话儿来了，意思说给老太太和姑妈听。"贾母拭了拭眼泪，微笑道："你又不知要编派谁呢？

你说来,我和姨太太听听。说不笑,我们可不依。"

只见那凤姐未从张口,先用两只手比着,笑弯了腰了。未知他说出些什么来,下回分解。

第九十八回　苦绛珠魂归离恨天　病神瑛泪洒相思地

【回后评】

　　宝玉虽痴傻,但他问袭人:宝钗"为什么霸占住在这里",黛玉为什么"被宝姐姐赶了去了",此问有何傻意?又说:"不如腾一处空房子,趁早将我同林妹妹两个抬在那里,活着也好一处医治服侍,死了也好一处停放。"宝玉此语,凄惨至极,至情之极,更无半点傻意,盖宝玉外表虽疯傻,皆为逆境所逼耳,其内心一点光明、一点灵犀,虽万劫不灭也,可怜黛玉不明此情耳。

　　黛玉之死,凄惨至极,幸有紫鹃,尚可稍慰孤零,李纨、探春亦来,亦差慰人意。黛玉说"我的身子是干净的",应"质本洁来还洁去"也,"你好歹叫他们送我回去",侯门不可留也,"强于污淖陷渠沟"也。黛玉于贾府已伤心透矣。

　　黛玉临死,"直声叫道:宝玉,宝玉,你好——"是黛玉含怨怀恨而死,其始终不知宝玉亦受蒙骗挟制也,黛玉含恨而死,则此恨绵绵无绝期也。若使黛玉亦知宝玉受骗挟制,则无可成文矣,此文章之大关键也。黛玉死时,"只听得远远一阵音乐之声,侧耳一听,却又没有了。探春、李纨走出院外再听时,惟有竹梢风动,月影移墙,好不凄凉冷淡!"此音乐是仙乐也,黛玉魂归离恨天矣!此音乐是宝钗大礼喜乐也,是俗势之催魂曲也。是邪非邪,其实只有"竹梢风动,月影移墙"而已,如此境界,正是潇湘妃子之境。

第九十九回　　守官箴恶奴同破例
　　　　　　　阅邸报老舅自担惊

话说凤姐见贾母和薛姨妈为黛玉伤心，便说："有个笑话儿，说给老太太和姑妈听。"未曾开口，先自笑了，因说道："老太太和姑妈打谅是那里的笑话儿？就是咱们家的那二位新姑爷、新媳妇啊。"贾母道："怎么了？"凤姐拿手比着道："一个这么坐着，一个这么站着。一个这么扭过去，一个这么转过来。一个又——"说到这里，贾母已经大笑起来，说道："你好生说罢，倒不是他们两口儿，你倒把人怄的受不得了。"薛姨妈也笑道："你往下直说罢，不用比了。"

凤姐才说道："刚才我到宝兄弟屋里，我看见好几个人笑。我只道是谁，巴着窗户眼儿一瞧，原来宝妹妹坐在炕沿上，宝兄弟站在地下。宝兄弟拉着宝妹妹的袖子，口口声声只叫：'宝姐姐，你为什么不会说话了？你这么说一句话，我的病包管全好。'宝妹妹却扭着头，只管躲。宝兄弟却作了一个揖，上前又

黛玉刚死，贾母、王夫人、凤姐、薛姨妈即笑语连连，虽说是为解因黛玉而伤心，世间有此解痛之方乎！

第九十九回　守官箴恶奴同破例　阅邸报老舅自担惊

拉宝妹妹的衣服。宝妹妹急得一扯，宝兄弟自然病后是脚软的，索性一扑，扑在宝妹妹身上了。宝妹妹急得红了脸，说道：'你越发比先不尊重了。'"说到这里，贾母和薛姨妈都笑起来。

凤姐又道："宝兄弟便立起身来，笑道：'亏了跌了这一交，好容易才跌出你的话来了。'"薛姨妈笑道："这是宝丫头古怪。这有什么的，既作了两口儿，说说笑笑的，怕什么。他没见他琏二哥和你。"凤姐儿笑道："这是怎么说呢？我饶说笑话给姑妈解闷儿，姑妈反倒拿我打起卦来了。"贾母也笑道："要这么着才好，夫妻固然要和气，也得有个分寸儿。我爱宝丫头就在这尊重上头。只是我愁着宝玉还是那么傻头傻脑的，这么说起来，比头里竟明白多了。你再说说，还有什么笑话儿没有？"凤姐道："明儿宝玉圆了房，亲家太太抱了外孙子，那时候不更是笑话儿了么？"

贾母笑道："猴儿，我在这里同着姨太太想你林妹妹，你来怄个笑儿还罢了，怎么臊起皮来了。你不叫我们想你林妹妹，你不用太高兴了，你林妹妹恨你，将来不要独自一个到园里去，堤防他拉着你不依。"凤姐笑道："他倒不怨我。他临死咬牙切齿，倒恨着宝玉呢。"贾母、薛姨妈听着，还道是顽话儿，也不理会。便道："你别胡拉扯了。你去叫外头挑个很好的日子，给你宝兄弟圆了房儿罢。"凤姐去了，择了

林妹妹已归地下，何恨之有，只是读者深恨耳。

于是从假戏、样戏到真戏了。

吉日，重新摆酒唱戏请亲友。这不在话下。

却说宝玉虽然病好复元，宝钗有时高兴翻书观看，谈论起来，宝玉所有眼前常见的尚可记忆，若论灵机，大不似从前活变了，连他自己也不解。宝钗明知是通灵失去，所以如此。倒是袭人时常说他："你何故把从前的灵机都忘了？那些旧毛病忘了才好，为什么你的脾气还觉照旧，在道理上更糊涂了呢？"宝玉听了并不生气，反是嘻嘻的笑。

> 此时宝玉早已非八十回前之宝玉，作者可以任意驱使也。

有时宝玉顺性胡闹，多亏宝钗劝说，诸事略觉收敛些。袭人倒可少费些唇舌，惟知悉心服侍。别的丫头素仰宝钗贞静和平，各人心服，无不安静。只有宝玉到底是爱动不爱静的，时常要到园里去逛。贾母等一则怕他招受寒暑，二则恐他睹景伤情，虽黛玉之柩已寄放城外庵中，然而潇湘馆依然人亡屋在，不免勾起旧病来，所以也不使他去。

况且亲戚姊妹们，薛宝琴已回到薛姨妈那边去了；史湘云因史侯回京，也接了家去了，又有了出嫁的日子，所以不大常来，只有宝玉娶亲那一日，与吃喜酒这天，来过两次，也只在贾母那边住下，为着宝玉已经娶亲过的人，又想自己就要出嫁的，也不肯如从前的诙谐谈笑，就是有时过来，也只和宝钗说话，见了宝玉不过问好而已；那邢岫烟却是因迎春出嫁之后便随着邢夫人过去；李家姊妹也另住在外，即同着李婶

> 全是过场戏，匆匆交代笔墨。

第九十九回　守官箴恶奴同破例　阅邸报老舅自担惊

娘过来，亦不过到太太们与姐妹们处请安问好，即回到李纨那里略住一两天就去了。所以园内的只有李纨、探春、惜春了。贾母还要将李纨等挪进来，为着元妃薨后，家中事情接二连三，也无暇及此。现今天气一天热似一天，园里尚可住得，等到秋天再挪。此是后话，暂且不提。

且说贾政带了几个在京请的幕友，晓行夜宿，一日到了本省，见过上司，即到任拜印受事，便查盘各属州县粮米仓库。贾政向来作京官，只晓得郎中事务都是一景儿的事情，就是外任，原是学差，也无关于吏治上。所以外省州县折收粮米、勒索乡愚这些弊端，虽也听见别人讲究，却未尝身亲其事。只有一心做好官，便与幕宾商议出示严禁，并谕以一经查出，必定详参揭报。初到之时，果然胥吏畏惧，便百计钻营，偏遇贾政这般古执。那些家人跟了这位老爷在都中一无出息，好容易盼到主人放了外任，便在京指着在外发财的名头向人借贷，做衣裳装体面，心里想着，到了任，银钱是容易的了。不想这位老爷呆性发作，认真要查办起来，州县馈送一概不受。门房签押等人心里盘算道："我们再挨半个月，衣服也要当完了。债又逼起来，那可怎么样好呢？眼见得白花花的银子，只是不能到手。"那些长随也道："你们爷们到

贾政放外任，更是糊涂官一个。

跟随者都为赚钱而来。

底还没花什么本钱来的。我们才冤,花了若干的银子打了个门子,来了一个多月,连半个钱也没见过。想来跟这个主儿是不能捞本儿的了。明儿我们齐打伙儿告假去。"次日,果然聚齐,都来告假。贾政不知就里,便说:"要来也是你们,要去也是你们。既嫌这里不好,就都请便。"那些长随怨声载道而去。

只剩下些家人,又商议道:"他们可去的去了,我们去不了的,到底想个法儿才好。"内中有一个管门的叫李十儿,便说:"你们这些没能耐的东西,着什么忙!我见这长字号儿的在这里,不犯给他出头。如今都饿跑了,瞧瞧你十太爷的本领,少不得本主儿依我。只是要你们齐心,打伙儿弄几个钱回家受用,若不随我,我也不管了,横竖拼得过你们。"众人都说:"好十爷,你还主儿信得过。若你不管,我们实在是死症了。"李十儿道:"不要我出了头得了银钱,又说我得了大分儿了。窝儿里反起来,大家没意思。"众人道:"你万安,没有的事。就没有多少,也强似我们腰里掏钱。"

正说着,只见粮房书办走来找周二爷。李十儿坐在椅子上,跷着一只腿,挺着腰,说道:"找他做什么?"书办便垂手陪着笑说道:"本官到了一个多月的任,这些州县太爷见得本官的告示利害,知道不好说话,到了这时候都没有开仓。若是过了漕,你们太爷们来

_{独写李十儿,以见差役之刁之毒。}

第九十九回　守官箴恶奴同破例　阅邸报老舅自担惊

做什么的？"李十儿道："你别混说。老爷是有根蒂的，说到那里，是要办到那里。这两天原要行文催兑，因我说了缓几天才歇的。你到底找我们周二爷做什么？"书办道："原为打听催文的事，没有别的。"李十儿道："越发胡说，方才我说催文，你就信嘴胡诌。可别鬼鬼祟祟来讲什么账，我叫本官打了你，退你。"书办道："我在这衙门内已经三代了。外头也有些体面，家里还过得，就规规矩矩伺候本官升了还能够，不像那些等米下锅的。"说着，回了一声："二太爷，我走了。"

李十儿便站起，堆着笑说："这么不禁顽，几句话就脸急了。"书办道："不是我脸急，若再说什么，岂不带累了二太爷的清名呢？"李十儿过来，拉着书办的手，说："你贵姓啊？"书办道："不敢，我姓詹，单名是个会字，从小儿也在京里混了几年。"李十儿道："詹先生，我是久闻你的名的。我们弟兄们是一样的。有什么话，晚上到这里，咱们说一说。"书办也说："谁不知道李十太爷是能事的，把我一诈就吓毛了。"大家笑着走开。那晚，便与书办咕唧了半夜。第二天拿话去探贾政，被贾政痛骂了一顿。

隔一天拜客，里头吩咐伺候，外头答应了。停了一会子，打点已经三下了，大堂上没有人接鼓。好容易叫个人来打了鼓。贾政踱出暖阁，站班喝道的衙役只有一个。贾政也不查问，在墀下上了轿，等轿夫又

先是罢差，贾政便已无法。

等了好一回。来齐了,抬出衙门,那个炮只响得一声,吹鼓亭的鼓手只有一个打鼓,一个吹号筒。贾政便也生气说:"往常还好,怎么今儿不齐集至此?"抬头看那执事,却是搀前落后。勉强拜客回来,便传误班的要打。有的说,因没有帽子误的。有的说,是号衣当了误的。又有的说,是三天没吃饭抬不动。贾政生气,打了一两个也就罢了。

隔一天,管厨房的上来要钱,贾政带来银两付了。以后便觉样样不如意,比在京的时候倒不便了好些。无奈,便唤李十儿问道:"我跟来这些人怎样都变了?你也管管。现在带来银两早使没有了,藩库俸银尚早,该打发京里取去。"李十儿禀道:"奴才那一天不说他们,不知道怎样,这些人都是没精打彩的,叫奴才也没法儿。老爷说家里取银子,取多少?现在打听节度衙门这几天有生日,别的府道老爷都上千上万的送了,我们到底送多少呢?"贾政道:"为什么不早说?"李十儿说:"老爷最圣明的。我们新来乍到,又不与别位老爷很来往,谁肯送信?巴不得老爷不去,便好想老爷的美缺。"贾政道:"胡说!我这官是皇上放的。不与节度做生日,便叫我不做不成!"李十儿笑着回道:"老爷说的也不错。京里离这里很远,凡百的事都是节度奏闻。他说好便好,说不好便吃不住。到得明白,已经迟了。就是老太太、太太们,那个不愿意

> 用"淡"处理,将贾政"淡"置之。

第九十九回　守官箴恶奴同破例　阅邸报老舅自担惊

老爷在外头烈烈轰轰的做官呢？"

贾政听了这话，也自然心里明白，道："我正要问你，为什么都说起来？"李十儿回说："奴才本不敢说。老爷既问到这里，若不说，是奴才没良心。若说了，少不得老爷又生气。"贾政道："只要说得在理。"李十儿说道："那些书吏衙役，都是花了钱买着粮道的衙门，那个不想发财？俱要养家活口。自从老爷到了任，并没见为国家出力，倒先有了口碑载道。"贾政道："民间有什么话？"李十儿道："百姓说，凡有新到任的老爷，告示出得愈利害，愈是想钱的法儿。州县害怕了，好多多的送银子。收粮的时候，衙门里便说，新道爷的法令，明是不敢要钱，这一难留叨蹬，那些乡民心里愿意花几个钱，早早了事。所以那些人不说老爷好，反说不谙民情。便是本家大人，是老爷最相好的，他不多几年已巴到极顶的分儿，也只为识时达务，能够上和下睦罢了。"

贾政听到这话，道："胡说！我就不识时务吗？若是上和下睦，叫我与他们猫鼠同眠吗？"李十儿回说道："奴才为着这点忠心儿掩不住，才这么说。若是老爷就是这样做去，到了功不成、名不就的时候，老爷又说奴才没良心，有什么话不告诉老爷了。"

贾政道："依你，怎么做才好？"李十儿道："也没有别的。趁着老爷的精神年纪，里头的照应，老太

> 到此时，贾政也已无计可施了。

> 原来都是用钱买的，就如做生意一样。

> 吏道如此！可叹！

> 历任官员都是猫鼠同眠，想不同眠难矣！

1859

太的硬朗，为顾着自己就是了。不然，到不了一年，老爷家里的钱也都贴补完了，还落了自上至下的人抱怨，都说老爷是做外任的，自然弄了钱藏着受用。倘遇着一两件为难的事，谁肯帮着老爷？那时辩也辩不清，悔也悔不及。"

贾政道："据你一说，是叫我做贪官吗？送了命还不要紧，必定将祖父的功勋抹了才是？"李十儿回禀道："老爷极圣明的人，没看见旧年犯事的几位老爷吗？这几位都与老爷相好，老爷常说是个做清官的，如今名在那里？现有几位亲戚，老爷向来说他们不好的，如今升的升，迁的迁。只在要做的好就是了。老爷要知道，民也要顾，官也要顾。若是依着老爷，不准州县得一个大钱，外头这些差使谁办？只要老爷外面还是这样清名声原好，里头的委屈只要奴才办去，关碍不着老爷的。奴才跟主儿一场，到底也要掏出忠心来。"贾政被李十儿一番言语，说得心无主见，道："我是要保性命的。你们闹出来，不与我相干。"说着，便踱了进去。

李十儿便自己做起威福，钩连内外一气的哄着贾政办事，反觉得事事周到，件件随心。所以贾政不但不疑，反多相信。便有几处揭报，上司见贾政古朴忠厚，也不查察。惟是幕友们耳目最长，见得如此，得便用言规谏，无奈贾政不信，也有辞去的，也有与贾

> 既无本领做清官，就只能做贪官，除非你肯不做官。

> 清官被弄成贪官的罪名下台了，贪官却顶着清官的名称升官了，这就是现实。

> 面对如此世情，贾政毫无办法。

> 于是只好猫鼠同眠。实已同眠而贾政反不觉同眠。

第九十九回　守官箴恶奴同破例　阅邸报老舅自担惊

政相好，在内维持的。于是漕务事毕，尚无陨越。

一日，贾政无事，在书房中看书。签押上呈进一封书子，外面官封上开着："镇守海门等处总制公文一角，飞递江西粮道衙门。"贾政拆封看时，只见上写道：

> 金陵契好，桑梓情深。昨岁供职来都，窃喜常依座右。仰蒙雅爱，许结朱陈，至今佩德勿谖。祇因调任海疆，未敢造次奉求，衷怀歉仄，自叹无缘。今幸棨戟遥临，快慰平生之愿。正申燕贺，先蒙翰教，边帐光生，武夫额手。虽隔重洋，尚叨樾荫。想蒙不弃卑寒，希望茑萝之附。小儿已承青盼，淑媛素仰芳仪。如蒙践诺，即遣冰人。途路虽遥，一水可通。不敢云百辆之迎，敬备仙舟以俟。兹修寸幅，恭贺升祺，并求金允。临颖不胜待命之至。

四六俗套。

世弟周琼顿首

贾政看了，心想："儿女姻缘，果然有一定的。旧年因见他就了京职，又是同乡的人，素来相好，又见那孩子长得好，在席间原提起这件事。因未说定，也没有与他们说起。后来他调了海疆，大家也不说了。不料我今升任至此，他写书来问。我看起门户，却也相当，

探春之婚事。

与探春倒也相配。但是我并未带家眷，只可写字与他商议。"正在踌躇，只见门上传进一角文书，是议取到省会议事件。贾政只得收拾上省，候节度派委。

一日在公馆闲坐，见桌上堆着一堆字纸，贾政一一看去，见刑部一本："为报明事，会看得金陵籍行商薛蟠……"贾政便吃惊道："了不得，已经提本了！"随用心看下去，是薛蟠殴伤张三身死，串嘱尸证，捏供误杀一案。贾政一拍桌道："完了！"只得又看，底下是：

薛蟠之案情。

> 据京营节度使咨称：缘薛蟠籍隶金陵，行过太平县，在李家店歇宿，与店内当槽之张三素不相认。于某年月日，薛蟠令店主备酒，邀请太平县民吴良同饮，令当槽张三取酒。因酒不甘，薛蟠令换好酒。张三因称酒已沽定难换。薛蟠因伊倔强，将酒照脸泼去。不期去势甚猛，恰值张三低头拾箸，一时失手，将酒碗掷在张三囟门，皮破血出，逾时殒命。李店主趋救不及，随向张三之母告知。伊母张王氏往看，见已身死，随喊禀地保赴县呈报。前署县诣验，忤作将骨破一寸三分及腰眼一伤，漏报填格，详府审转。看得薛蟠实系泼酒失手，掷碗误伤张三身死，将薛蟠照过失杀人，准斗杀罪收赎等因前来。臣

第九十九回　守官箴恶奴同破例　阅邸报老舅自担惊

等细阅各犯证尸亲前后供词不符，且查斗杀律注云："相争为斗，相打为殴。必实无争斗情形，邂逅身死，方可以过失杀定拟。"应令该节度审明实情，妥拟具题。今据该节度疏称："薛蟠因张三不肯换酒，醉后拉着张三右手，先殴腰眼一拳。张三被殴回骂，薛蟠将碗掷出，致伤囟门深重，骨碎脑破，立时殒命。是张三之死，实由薛蟠以酒碗砸伤深重致死。自应以薛蟠拟抵。将薛蟠依斗杀律拟绞监候，吴良拟以杖徒。承审不实之府州县应请……

以下注着："此稿未完。"贾政因薛姨妈之托，曾托过知县，若请旨革审起来，牵连着自己，好不放心。即将下一本开看，偏又不是。只好翻来覆去将报看完，终没有接这一本的。心中狐疑不定，更加害怕起来。

<small>贾政又想当清官，又徇私请托枉法，假正而已。</small>

正在纳闷，只见李十儿进来，"请老爷到官厅伺候去，大人衙门已经打了二鼓了。"贾政只是发怔，没有听见。李十儿又请一遍。贾政道："这便怎么处？"李十儿道："老爷有什么心事？"贾政将看报之事说了一遍。李十儿道："老爷放心。若是部里这么办了，还算便宜薛大爷呢。奴才在京的时候，听见薛大爷在店里叫了好些媳妇，都喝醉了生事，直把个当槽儿的活活打死的。奴才听见，不但是托了知县，还求琏二

爷去花了好些钱，各衙门打通了，才提的。不知道怎么部里没有弄明白。如今就是闹破了，也是官官相护的，不过认个承审不实，革职处分罢，那里还肯认得银子听情呢。老爷不用想，等奴才再打听罢。不要误了上司的事。"贾政道："你们那里知道！只可惜那知县听了一个情，把这个官都丢了，还不知道有罪没有呢！"李十儿道："如今想他也无益。外头伺候着好半天了，请老爷就去罢。"

贾政不知节度传办何事，且听下回分解。

第九十九回　守官箴恶奴同破例　阅邸报老舅自担惊

【回后评】

　　黛玉一死,贾母、王夫人、凤姐等依然言笑宴宴。渊明云:"亲戚或余悲,他人亦已歌。"吾视贾母等似连"余悲"俱无,人情冷暖至此。

　　贾政做官,只是无能,终任李十儿摆布,然官场之黑暗,吏道之奸滑,亦借此可见一二。

　　黛玉死后之文章,终是敷衍过场而已。

第一百回　　破好事香菱结深恨
　　　　　　悲远嫁宝玉感离情

话说贾政去见了节度，进去了半日，不见出来，外头议论不一。李十儿在外，也打听不出什么事来，便想到报上的饥荒，实在也着急，好容易听见贾政出来，便迎上来跟着，等不得回去，在无人处便问："老爷进去这半天，有什么要紧的事？"贾政笑道："并没有事。只为镇海总制是这位大人的亲戚，有书来嘱托照应我，所以说了些好话。又说，我们如今也是亲戚了。"李十儿听得，心内喜欢，不免又壮了些胆子，便竭力怂恿贾政许这亲事。

> 官场亦是利用婚姻作勾结。

贾政心想，薛蟠的事到底有什么挂碍，在外头信息不早，难以打点，故回到本任来，便打发家人进京打听，顺便将总制求亲之事回明贾母，如若愿意，即将三姑娘接到任所。家人奉命赶到京中，回明了王夫人，便在吏部打听得贾政并无处分，惟将署太平县的这位老爷革职，即写了禀帖，安慰了贾政，然后住着

> 贾政徇私，未得处分。

第一百回　破好事香菱结深恨　悲远嫁宝玉感离情

等信。

且说薛姨妈为着薛蟠这件人命官司，各衙门内不知花了多少银钱，才定了误杀具题。原打量将当铺折变给人，备银赎罪。不想刑部驳审，又托人花了好些钱，总不中用，依旧定了个死罪，监着守候秋天大审。薛姨妈又气又疼，日夜啼哭。

宝钗虽时常过来劝解，说是："哥哥本来没造化，承受了祖父这些家业，就该安安顿顿的守着过日子。在南边已经闹的不象样，便是香菱那件事情，就了不得。因为仗着亲戚们的势力，花了些银钱，这算白打死了一个公子。哥哥就该改过，做起正经人来，也该奉养母亲才是，不想进了京仍是这样。妈妈为他不知受了多少气，哭掉了多少眼泪。给他娶了亲，原想大家安安逸逸的过日子，不想命该如此，偏偏娶的嫂子又是一个不安静的，所以哥哥躲出门的。真正俗语说的，'冤家路儿狭'，不多几天，就闹出人命来了。妈妈和二哥哥也算不得不尽心的了，花了银钱不算，自己还求三拜四的谋干。无奈命里应该，也算自作自受，大凡养儿女，是为着老来有靠。便是小户人家，还要挣一碗饭养活母亲，那里有将现成的闹光了，反害的老人家哭的死去活来的。不是我说，哥哥的这样行为，不是儿子，竟是个冤家对头。妈妈再不明白，明哭到夜，夜哭到明，又受嫂子的气。我呢，又不能常在这里劝解。

> 薛蟠定死罪。

> 宝钗总是以理智的、理解的态度来对待现实和为母亲解释现实。

> 不从骨肉的角度来理解，相反却从冤家的角度来理解，倒反譬解开了,所谓"夙孽"是也。

我看见妈妈这样,那里放得下心?他虽说是傻,也不肯叫我回去。前儿老爷打发人回来说,看见京报,唬的了不得,所以才叫人来打点的。我想,哥哥闹了事,担心的人也不少。幸亏我还是在跟前的一样,若是离乡调远听见了这个信,只怕我想妈妈也就想杀了。我求妈妈暂且养养神,趁哥哥的活口现在,问问各处的账目。人家该咱们的,咱们该人家的,亦该请个旧伙计来算一算,看看还有几个钱没有。"

薛姨妈哭着说道:"这几天,为闹你哥哥的事,你来了,不是你劝我,便是我告诉你衙门的事。你还不知道,京里的官商名字已经退了,两个当铺已经给了人家,银子早拿来使完了。还有一个当铺,管事的逃了,亏空了好几千两银子,也夹在里头打官司。你二哥哥天天在外头要账,料着京里的帐已经去了几万银子,只好拿南边公分里银子并住房折变才够。前两天还听见一个荒信,说是南边的公当铺也因为折了本儿收了。若是这么着,你娘的命可就活不成的了。"说着,又大哭起来。

薛家也彻底败落了。

宝钗也哭着劝道:"银钱的事,妈妈操心也不中用,还有二哥哥给我们料理。单可恨这些伙计们,见咱们的势头儿败了,各自奔各自的去也罢了,我还听见说,帮着人家来挤我们的讹头。可见我哥哥活了这么大,交的人总不过是些个酒肉弟兄,急难中是一个

第一百回　破好事香菱结深恨　悲远嫁宝玉感离情

没有的。妈妈若是疼我,听我的话,有年纪的人,自己保重些。妈妈这一辈子,想来还不致挨冻受饿。家里这点子衣裳、家伙,只好听凭嫂子去,那是没法儿的了。所有的家人、婆子,瞧他们也没心在这里,该去的叫他们去。就可怜香菱苦了一辈子,只好跟着妈妈过去。实在短什么,我要是有的,还可以拿些个来,料我们那个也没有不依的。就是袭姑娘,也是心术正道的,他听见我哥哥的事,他倒提起妈妈来就哭。我们那一个还道是没事的,所以不大着急。若听见了,也是要唬个半死儿的。"

薛姨妈不等说完,便说:"好姑娘,你可别告诉他。他为一个林姑娘,几乎没要了命,如今才好了些。要是他急出个原故来,不但你添一层烦恼,我越发没了依靠了。"宝钗道:"我也是这么想,所以总没告诉他。"

正说着,只听见金桂跑来外间屋里,哭喊道:"我的命是不要的了!男人呢,已经是没有活的分儿了。咱们如今索性闹一闹,大伙儿到法场上去拼一拼。"说着,便将头往隔断板上乱撞,撞的披头散发,气得薛姨妈白瞪着两只眼,一句话也说不出来。还亏得宝钗嫂子长、嫂子短,好一句、歹一句的劝他。金桂道:"姑奶奶,如今你是比不得头里的了。你两口儿好好的过日子,我是个单身人儿,要脸做什么!"说着,便要跑到街上回娘家去。亏得人还多,扯住了,又劝

> 金桂又是一种特殊人物,心理的变态、性的变态、性格的变态,造成了这一个失去人性,或扭曲了人性,扩张了动物本性的人兽之间的人物。

了半天方住；把个宝琴唬的再不敢见他。

若是薛蝌在家，他便抹粉施脂，描眉画鬓，奇情异致的打扮收拾起来，不时打从薛蝌住房前过，或故意咳嗽一声，或明知薛蝌在屋，特问房里何人。有时遇见薛蝌，他便妖妖乔乔、娇娇痴痴的问寒问热，忽喜忽嗔。丫头们看见，都赶忙躲开。他自己也不觉得，只是一意一心要弄得薛蝌感情时，好行宝蟾之计。

> 妖妖乔乔，其实如鬼如魅。

那薛蝌却只躲着。有时遇见，也不敢不周旋一二，只怕他撒泼放刁的意思。更加金桂一则为色迷心，越瞧越爱，越想越幻，那里还看得出薛蝌的真假来。只有一宗，他见薛蝌有什么东西都是托香菱收着，衣服缝洗也是香菱，两个人偶然说话，他来了，急忙散开，一发动了一个"醋"字。欲待发作薛蝌，却是舍不得，只得将一腔隐恨都搁在香菱身上。却又恐怕闹了香菱得罪了薛蝌，倒弄得隐忍不发。

一日，宝蟾走来，笑嘻嘻的向金桂道："奶奶看见了二爷没有？"金桂道："没有。"宝蟾笑道："我说二爷的那种假正经是信不得的。咱们前日送了酒去，他说不会喝。刚才我见他到太太那屋里去，那脸上红扑扑儿的一脸酒气。奶奶不信，回来只在咱们院门口等他，他打那边过来时，奶奶叫住他问问，看他说什么。"金桂听了，一心的怒气，便道："他那里就出来了呢。他既无情义，问他作什么！"宝蟾道："奶奶

> 宝蟾也是一个特殊个性，与金桂恰好成对。

又迟了。他好说，咱们也好说；他不好说，咱们再另打主意。"金桂听着有理，因叫宝蟾瞧着他，看他出去了。宝蟾答应着出来。金桂却去打开镜奁，又照了一照，把嘴唇儿又抹了一抹，然后拿一条洒花绢子，才要出来，又似忘了什么的，心里倒不知怎么是好了。

只听宝蟾外面说道："二爷今日高兴呵，那里喝了酒来了？"金桂听了，明知是叫他出来的意思，连忙掀起帘子出来。只见薛蝌和宝蟾说道："今日是张大爷的好日子，所以被他们强不过吃了半钟，到这时候脸还发烧呢。"一句话没说完，金桂早接口道："自然人家外人的酒，比咱们自己家里的酒是有趣儿的。"薛蝌被他拿话一激，脸越红了，连忙走过来，陪笑道："嫂子说那里的话。"宝蟾见他二人交谈，便躲到屋里去了。

这金桂初时，原要假意发作薛蝌两句，无奈一见他两颊微红，双眸带涩，别有一种谨愿可怜之意，早把自己那骄悍之气感化到爪洼国去了，因笑说道："这么说，你的酒是硬强着才肯喝的呢。"薛蝌道："我那里喝得来。"金桂道："不喝也好，强如像你哥哥喝出乱子来，明儿娶了你们奶奶儿，像我这样守活寡、受孤单呢！"说到这里，两个眼已经乜斜了，两腮上也觉红晕了。

薛蝌见这话越发邪僻了，打算着要走。金桂也看

> 金桂忍不住尊性大发作，却又被意外惊醒。

出来了，那里容得，早已走过来，一把拉住。薛蝌急了，道："嫂子放尊重些。"说着，浑身乱颤。金桂索性老着脸道："你只管进来，我和你说一句要紧的话。"正闹着，忽听背后一个人叫道："奶奶，香菱来了。"把金桂唬了一跳，回头瞧时，却是宝蟾掀着帘子看他二人的光景，一抬头，见香菱从那边来了，赶忙知会金桂。金桂这一惊不小，手已松了。薛蝌得便脱身跑了。

那香菱正走着，原不理会，忽听宝蟾一嚷，才瞧见金桂在那里拉住薛蝌往里死拽。香菱却唬的心头乱跳，自己连忙转身回去。这里，金桂早已连吓带气，呆呆的瞅着薛蝌去了。怔了半天，恨了一声，自己扫兴归房，从此把香菱恨入骨髓。那香菱本是要到宝琴那里，刚走出腰门，看见这般，吓回去了。

> 以下入探春之事。

是日，宝钗在贾母屋里听得王夫人告诉老太太要聘探春一事。贾母说道："既是同乡的人，很好。只是听见说那孩子到过我们家里。怎么你老爷没有提起？"王夫人道："连我们也不知道。"贾母道："好便好，但是道儿太远。虽然老爷在那里，倘或将来老爷调任，可不是我们孩子太单了吗？"王夫人道："两家都是做官的，也是拿不定。或者那边还调进来。即不然，终有个叶落归根。况且老爷既在那里做官，上司已经说了，好意思不给么？想来老爷的主意定了，

第一百回　破好事香菱结深恨　悲远嫁宝玉感离情

只是不敢做主,故遣人来回老太太的。"贾母道:"你们愿意更好。但是三丫头这一去了,不知三年两年那边可能回家?若再迟了,恐怕我赶不上再见他一面了。"说着,掉下泪来。

王夫人道:"孩子们大了,少不得总要给人家的。就是本乡本土的人,除非不做官还使得。若是做官的,谁保得住总在一处?只要孩子们有造化就好。譬如迎姑娘,倒配得近呢,偏是时常听见他被女婿打闹,甚至不给饭吃。就是我们送了东西去,他也摸不着。近来听见,益发不好了,也不放他回来。两口子拌起来,就说咱们使了他家的银钱。可怜这孩子总不得个出头的日子。前儿我惦记他,打发人去瞧他,迎丫头藏在耳房里不肯出来。老婆子们必要进去,看见我们姑娘这样冷天还穿着几件旧衣裳。他一包眼泪的告诉婆子们说:'回去别说我这么苦,这也是命里所招。也不用送什么衣服东西来,不但摸不着,反要添一顿打。说是我告诉的。'老太太想想,这倒是近处眼见的,若不好更难受。倒亏了大太太也不理会他,大老爷也不出个头。如今迎姑娘实在比我们三等使唤的丫头还不如。我想,探丫头虽不是我养的,老爷既看见过女婿,定然是好才许的。只请老太太示下,择个好日子,多派几个人,送到他老爷任上。该怎么着,老爷也不肯将就。"贾母道:"有他老子作主,你就料理妥当,拣

迎春的光景,竟从大富大贵跌入深渊。

个长行的日子送去,也就定了一件事。"王夫人答应着"是"。宝钗听得明白,也不敢则声,只是心里叫苦:"我们家里姑娘们就算他是个尖儿,如今又要远嫁,眼看着这里的人一天少似一天了。"见王夫人起身告辞出去,他也送了出来,一径回到自己房中,并不与宝玉说话。见袭人独自一个做活,便将听见的话说了。袭人也很不受用。

却说赵姨娘听见探春这事,反欢喜起来,心里说道:"我这个丫头在家忒瞧不起我,我何从还是个娘?比他的丫头还不济!况且波上水,护着别人。他挡在头里,连环儿也不得出头。如今老爷接了去,我倒干净。想要他孝敬我,不能够了。只愿意他像迎丫头似的,我也称称愿。"一面想着,一面跑到探春那边,与他道喜说:"姑娘,你是要高飞的人了。到了姑爷那边,自然比家里还好。想来你也是愿意的。便是养了你一场,并没有借你的光儿。就是我有七分不好,也有三分的好,总不要一去了,把我搁在脑杓子后头。"探春听着毫无道理,只低头作活,一句也不言语。赵姨娘见他不理,气忿忿的自己去了。

这里,探春又气又笑,又伤心,也不过自己掉泪而已。坐了一回,闷闷的走到宝玉这边来。宝玉因问道:"三妹妹,我听见林妹妹死的时候,你在那里来着。我还听见说,林妹妹死的时候,远远的有音乐之

> 赵姨娘听探春远嫁反倒欢喜,又一种被扭曲的亲子之情。何以会被扭曲?社会之地位、金钱、名分等使然也。

第一百回　破好事香菱结深恨　悲远嫁宝玉感离情

声。或者他是有来历的,也未可知。"探春笑道:"那是你心里想着罢了。只是那夜却怪,不似人家鼓乐之音。你的话或者也是。"宝玉听了,更以为实。又想,前日自己神魂飘荡之时,曾见一人,说是黛玉生不同人,死不同鬼,必是那里的仙子临凡。忽又想起,那年唱戏做的嫦娥,飘飘艳艳,何等风致。过了一回,探春去了。因必要紫鹃过来,立刻回了贾母去叫他。

> 宝玉心中的黛玉,岂能是嫦娥风致。

无奈紫鹃心里不愿意,虽经贾母、王夫人派了过来,也就没法,只是在宝玉跟前,不是嗳声,就是叹气的。宝玉背地里拉着他,低声下气要问黛玉的话,紫鹃从没好话回答。宝钗倒背地里夸他有忠心,并不嗔怪他。

> 紫鹃又回到宝玉身边。

那雪雁虽是宝玉娶亲这夜出过力的,宝钗见他心地不甚明白,便回了贾母、王夫人,将他配了一个小厮,各自过活去了。王奶妈,养着他,将来好送黛玉的灵柩回南。鹦哥等小丫头,仍服侍了老太太。宝玉本想念黛玉,因此及彼,又想跟黛玉的人已经云散,更加纳闷。闷到无可如何,忽又想黛玉死得这样清楚,必是离凡返仙去了,反又欢喜。

> 交代过雪雁。

忽然听见袭人和宝钗那里讲究探春出嫁之事,宝玉听了,"啊呀"的一声,哭倒在炕上。唬得宝钗、袭人都来扶起说:"怎么了?"宝玉早哭的说不出来,定了一回子神,说道:"这日子过不得了!我姊妹们都一个一个的散了！林妹妹是成了仙去了。大姐姐呢，已经死了，这也罢了，没天天在一块。二姐姐呢，碰着了一个混账不堪的东西。三妹妹又要远嫁，总不得见的了。史妹妹又不知要到那里去？薛妹妹是有了人家的。这些姐姐妹妹，难道一个都不留在家里？单留我做什么？"袭人忙又拿话解劝。

宝钗摆着手说："你不用劝他，让我来问他。"因问着宝玉道："据你的心里，要这些姐妹都在家里陪到你老了，都不要为终身的事吗？若说别人，或者还有别的想头。你自己的姐姐妹妹，不用说，没有远嫁的。就是有，老爷作主，你有什么法儿？打量天下独是你一个人爱姐姐妹妹呢？若是都像你，就连我也不能陪你了。大凡人念书，原为的是明理，怎么你益发糊涂了？这么说起来，我同袭姑娘各自一边儿去，让你把姐姐妹妹们都邀了来，守着你。"

宝玉听了，两只手拉住宝钗、袭人道："我也知道。为什么散的这么早呢？等我化了灰的时候再散，也不迟。"袭人掩着他的嘴，道："又胡说。才这两天身上好些，二奶奶才吃些饭。若是你又闹翻了，我也不管了。"宝玉慢慢的听他两个人说话都有道理，只是心上不知道怎样才好，只得强说道："我却明白，但只是心里闹得慌。"宝钗也不理他，暗叫袭人快把定心丸给他吃了，慢慢的开导他。

> 总是用宝钗说教来解释。

> 探春远嫁，诸钗只剩惜春。大观园风流云散矣。

第一百回　破好事香菱结深恨　悲远嫁宝玉感离情

袭人便欲告诉探春说，临行不必来辞。宝钗道："这怕什么？等消停几日，待他心里明白，还要叫他们多说句话儿呢。况且三姑娘是极明白的人，不像那些假惺惺的人，少不得有一番箴谏。他以后便不是这样了。"

正说着，贾母那边打发过鸳鸯来说，知道宝玉旧病又发，叫袭人劝说安慰，叫他不要胡思乱想。袭人等应了。鸳鸯坐了一会子去了。那贾母又想起探春远行，虽不备妆奁，其一应动用之物俱该预备，便把凤姐叫来，将老爷的主意告诉了一遍，即叫他料理去。

凤姐答应。不知怎么办理，下回分解。

【回后评】

　　薛蟠已判死罪,薛家已完全破产,彻底败落。夏金桂变态心理更加大发作,薛家从此瓦解冰消了。

　　宝钗依旧以理智和冷静的态度对待身边的一切,她既用大道理开悟宝玉,又用大道理开悟薛姨妈,终不失她"冷"的特殊性格。

　　探春远嫁象征着大观园十二钗的风流云散。春花秋月终于了了!